# CODINOME
# *VERITY*

# CODINOME
# *VERITY*

## ELIZABETH WEIN

Tradução
Natalie Gerhardt

Copyright © 2012 por Elizabeth Gatland
Copyright da nota da autora © 2022 por Elizabeth Gatland
Copyright de "Rêverie" © 2022 por Elizabeth Gatland
Copyright de "O brilho verde: iluminando *Codinome Verity*, dez anos depois" © 2022 por Elizabeth Gatland
Copyright de "Uma conversa com Elizabeth Wein" © 2022 por Elizabeth Gatland
Publicado em comum acordo com Elizabeth Gatland e Curtis Brown, Ltd.

Título original: CODE NAME VERITY

Direção editorial: VICTOR GOMES
Coordenação editorial: ALINE GRAÇA
Acompanhamento editorial: LUI NAVARRO E THIAGO BIO
Tradução: NATALIE GERHARDT
Preparação: NESTOR TURANO
Revisão: LETÍCIA NAKAMURA
Capa e ilustrações internas: DANI HASSE
Projeto gráfico: EDUARDO KENJI IHA E VANESSA S. MARINE
Diagramação: VANESSA S. MARINE
Imagens internas: © SPOON GRAPHICS, © RAWPIXEL E © UNSPLASH

ESTA É UMA OBRA DE FICÇÃO. NOMES, PERSONAGENS, LUGARES, ORGANIZAÇÕES E SITUAÇÕES SÃO PRODUTOS DA IMAGINAÇÃO DO AUTOR OU USADOS COMO FICÇÃO. QUALQUER SEMELHANÇA COM FATOS REAIS É MERA COINCIDÊNCIA.

TODOS OS DIREITOS RESERVADOS. PROIBIDA A REPRODUÇÃO, NO TODO OU EM PARTES, ATRAVÉS DE QUAISQUER MEIOS. OS DIREITOS MORAIS DO AUTOR FORAM CONTEMPLADOS.

DADOS INTERNACIONAIS DE CATALOGAÇÃO NA PUBLICAÇÃO (CIP)

W423c Wein, Elizabeth
Codinome Verity / Elizabeth Wein ; Tradução: Natalie Gerhardt –
São Paulo : Morro Branco, 2023.
384 p. ; 14 x 21 cm.

ISBN: 978-65-86015-71-3

1. Literatura inglesa. 2. Ficção histórica – Romance.
I. Gerhardt, Natalie. II. Título.
CDD 823

TODOS OS DIREITOS DESTA EDIÇÃO RESERVADOS À:
**EDITORA MORRO BRANCO**
Alameda Santos, 1357, 8º andar
01419-908 – São Paulo, SP – Brasil
Telefone (11) 3373-8168
www.editoramorrobranco.com.br

Impresso no Brasil
2023

Para Amanda,
nós formamos uma equipe sensacional.

Para meu amigo,

Caso você esteja chegando a este livro pela primeira vez, ou seja este um dos seus livros favoritos, tenha certeza de que você é meu *amigo*. Você tem em mãos e está encarando o meu coração, então se tornará meu amigo mesmo que nunca nos conheçamos e eu não saiba o seu nome. Ao ler este livro pela primeira ou pela décima quinta vez, estamos compartilhando minha celebração à amizade. Sou tão grata a você como se fôssemos compartilhar risadas, lágrimas, segredos e amores pelo restante de nossas vidas — e, de certa forma, nós vamos.

Entre outubro de 2009 e maio de 2010, meus primeiros leitores experienciaram *Codinome Verity* em partes. Escrevia vinte ou trinta páginas (sim, escrevi o primeiro rascunho com tocos de lápis, milenares canetas esferográficas e uma caneta-tinteiro Montblanc, igual aos meus personagens). Eu digitava alguns dias de trabalho e enviava para pequenos grupos de amigos e profissionais do mercado, e eles imediatamente demandavam um pouco mais, tal qual a personagem Anna Engel, que bate as unhas com impaciência contra a mesa enquanto espera o próximo relatório ser entregue. Em certo ponto crucial da história, um leitor me enviou:

*ai*
*meu*
*deus*
*elizabeth*

Como escritora, *Codinome Verity* foi um presente. Quase não consigo acreditar que fui a pessoa sortuda que o colocou no papel. Agora que ele está pelo mundo, é um presente que continua a oferecer, repetidas vezes, sua história duradoura de amor e coragem que me conecta com os leitores. Em carta, desenhos, playlists, canções, peças de tricô e, obviamente, em encontros presenciais, leitores continuam a compartilhar comigo o seu amor por este livro. Uma vez conheci um leitor que foi parado por dirigir freneticamente por conta do audiolivro; quando o policial deu uma olhada dentro do carro e viu uma família inteira em lágrimas por causa da história, ele pensou que havia interrompido uma discussão familiar! Pessoas *aprenderam a voar*, literalmente tornaram-se pilotas, por conta deste livro. Mais de uma vez fiquei perplexa — e comovida — ao saber que um leitor deu o nome Verity à sua filha recém-nascida.

Apesar de se passar durante a guerra e de apresentar um foco na equidade de gênero e no rompimento de papéis de gêneros, fiz uma escolha consciente de usar a amizade como tema subjacente para *Codinome Verity*. Mas eu também posso dizer a você, leitor: caso se veja neste livro de qualquer forma que seja, *de qualquer maneira*, essa é uma interpretação válida. Caso se veja como um covarde aprendendo a ser corajoso, ou um piloto aprendendo a voar, ou um amante navegando em uma relação complexa, ou um trabalhador sobrecarregado com responsabilidades, ou uma escritora tentando improvisar com o seu primeiro livro (pois o manuscrito ficcional de *Codinome Verity* com certeza é o de uma escritora improvisando), eu digo: o que você lê neste livro pertence a você. Coloquei essas palavras no mundo, dormentes e quietas em uma página. Você, leitor, dá vida a elas e as torna reais.

*A janela está sempre aberta.*
Obrigada por ler este livro… por ser meu amigo.
*Pilote o avião.*

Com amor e gratidão,

Perth, Escócia
2022

"Membros passivos da resistência devem compreender que são tão importantes quanto sabotadores."

— *Manual de Operações Secretas* do Serviço de Operações Especiais (SOE), "Métodos de resistência passiva"

# PARTE 1

## Verity

*Ormaie 8.XI.43 JB-S*

NÃO PASSO DE UMA COVARDE.

Queria ser uma heroína e fingi que eu era exatamente isso. Sempre fui boa em fingir. Passei os primeiros doze anos da minha vida brincando de batalha de Stirling Bridge com meus cinco irmãos mais velhos — e, mesmo sendo garota, eles me deixavam ser William Wallace,[1] supostamente um dos nossos antepassados, porque eu fazia os discursos de batalha mais inflamados. Céus, tentei o máximo que pude na última semana. Céus, como *tentei*. Mas agora sei que não passo de uma covarde. Depois do trato ridículo que fiz com o *Hauptsturmführer* Von Linden, capitão da ss, tenho certeza de que não passo de uma covarde. E vou revelar tudo que ele pedir, tudo de que conseguir me lembrar. Absolutamente *tudo* com riqueza de detalhes.

Eis o trato que fizemos. Estou escrevendo para guardar as informações corretas na minha mente.

— Vamos fazer o seguinte — disse-me o capitão. — Como posso suborná-la?

E eu respondi que queria minhas roupas de volta.

Parece insignificante agora. Tenho certeza de que ele esperava que minha resposta fosse algo mais desafiador — "Quero a minha liberdade" ou "Vitória" — ou algo generoso, como "Pare de torturar aquele coitado da Resistência Francesa e lhe dê uma morte digna e misericordiosa". Ou pelo menos algo mais direta-

---

1. William Wallace (1270-1305) foi um nobre cavaleiro escocês que se tornou um dos principais líderes da guerra de independência da Escócia. [N. E.]

mente ligado à minha atual circunstância, como "Por favor, deixe-me dormir" ou "Comida" ou "Solte-me desta maldita grade de ferro onde estou presa nos últimos três dias". Mas eu estava preparada para privação de sono e de comida e para ficar de pé por um bom tempo se ao menos não precisasse fazer isso usando apenas as minhas roupas íntimas — bastante sujas e úmidas às vezes. E é TÃO CONSTRANGEDOR. O calor e a dignidade da minha camisa de flanela e suéter de lã valem muito mais para mim agora do que patriotismo ou integridade.

Então Von Linden me vendeu de volta cada uma das peças de roupa. Exceto o cachecol e as meias, que foram levados logo no início para evitar que eu me enforcasse (bem que tentei). O pulôver custou *quatro conjuntos de código de radiotelegrafia* — o lote completo de poemas codificados, senhas e frequência. Von Linden me entregou o pulôver na hora. O agasalho esperava por mim na minha cela quando ele finalmente me desamarrou no fim daqueles três dias terríveis, embora eu nem tenha conseguido vesti-lo no início, contentando-me a puxá-lo para o meu corpo como se fosse um xale. Agora que consegui enfim vesti-lo, acho que nunca mais vou tirá-lo. A saia e a blusa custaram bem menos do que o pulôver e paguei apenas um conjunto de código para recuperar os sapatos.

São onze conjuntos no total. O último deveria comprar a minha combinação. Note como ele planejou tudo para que eu obtivesse minhas roupas de *maneira invertida*, só para me obrigar a passar pelo tormento de *me despir* na frente de todo mundo sempre que recebo um item de volta. Ele é o único que não fica olhando — e ameaçou tirar tudo de mim quando sugeri que ele estava perdendo um show incrível. Foi a primeira vez que os ferimentos acumulados realmente ficaram à mostra e eu gostaria que ele tivesse *visto* sua obra de arte — em especial, meus braços. Também foi a primeira vez que consegui ficar de pé por algum tempo, e queria que ele tivesse visto isso também. De qualquer modo, decidi continuar sem a combinação, só para não ter o trabalho de tirar toda a minha roupa e vesti-la de novo, então, em troca pelo último conjunto de códigos, comprei um suprimento de papel e tinta — e um pouco de tempo.

Von Linden disse que tenho duas semanas e que posso dispor de quanto papel eu precisar. Preciso apenas vomitar tudo que conseguir sobre o Esforço de Guerra Britânico. E é exatamente o que vou fazer. Von Linden parece o Capitão Gancho, já que faz um gênero cavalheiresco bem-arrumado, apesar de ser um imbecil, e estou mais para Peter Pan na minha confiança ingênua de que ele vai jogar de acordo com as regras e cumprir a palavra. Até agora, ele *cumpriu*. Para começar minha confissão, ele me deu adoráveis papéis de carta timbrados, em um tom de creme, do Château de Bordeaux, o Bordeaux Castle Hotel, que é o que esta construção era antes. (Se não tivesse visto com meus próprios olhos, não teria acreditado que um hotel francês pudesse se tornar tão sombrio com todas as venezianas pregadas com barras e as portas trancadas com cadeado. Mas vocês também conseguiram transformar toda a linda cidade de Ormaie em um lugar sombrio.)

Estou me apoiando muito nesse último conjunto de códigos; mas, além do meu contrato e da minha traição, também prometi a Von Linden a minha alma, embora eu ache que ele não tenha levado essa parte tão a sério. De qualquer forma, será um alívio escrever *qualquer coisa* que não tenha relação com códigos. Estou tão farta de vomitar códigos de radiotelegrafia. Só quando coloquei todas aquelas listas no papel me dei conta do enorme suprimento de códigos que tenho dentro de mim.

É surpreendente, na verdade.

SEUS NAZISTAS ESTÚPIDOS E IMBECIS.

Estou condenada. Total e completamente condenada. Vocês vão enfiar uma bala em mim no fim disso tudo, não importa o que eu faça, porque é isso que vocês fazem com os agentes inimigos. É o que *nós* fazemos com agentes inimigos. Depois de escrever esta confissão, se vocês *não* atirarem em mim e eu conseguir voltar para casa de algum jeito, serei julgada, condenada e morta como colaboradora. Mas olho para todas as estradas sinuosas e escuras à frente, e essa é a mais fácil e óbvia. O que há no meu futuro — uma latinha de querosene enfiada pela minha goela e um fósforo aceso nos lábios? Bisturi e ácido, como o rapaz da Resistência que não abre o bico? Meu esqueleto vivo enfiado em um vagão de gado no meio de duzentos outros desesperados, levados para Deus sabe onde a fim de morrer de sede antes mesmo de chegar ao destino? Não. Eu não vou viajar por essas estradas. Esta é a mais fácil. As outras são assustadoras demais até para olhar.

Vou escrever em inglês. Não tenho vocabulário para um relato de guerra em francês, e não sei escrever fluentemente em alemão. Alguém terá de traduzir para *Hauptsturmführer* Von Linden. *Fräulein* Engel pode fazer isso. Ela fala inglês muito bem. Foi ela que me explicou que parafina e querosene são a mesma coisa. Nós chamamos de parafina em casa, mas os americanos chamam de querosene. É mais ou menos assim que a palavra soa em francês e em alemão também.

(Em relação à parafina, ou querosene, como queira, eu não acredito que você tenha um litro desse produto para desperdiçar em mim. Ou vocês compram no mercado clandestino? Como registram isso contabilmente? *Um litro de combustível altamente inflamável para a execução de uma espiã britânica.* De qualquer modo, vou me esforçar para poupá-los da despesa.)

Um dos primeiros itens da longa lista das coisas nas quais preciso pensar e que estão incluídas na minha confissão é a Localização dos Campos de Pouso Britânicos para a Invasão da Europa. *Fräulein* Engel há de confirmar que caí na risada ao ler isso. Você acha mesmo que eu sei alguma coisa sobre o local por onde os Aliados planejam iniciar a invasão à Europa ocupada pelos nazistas? Só faço parte do Serviço de Operações Especiais[2] porque sei falar francês e alemão e sou boa em inventar histórias; e só estou presa no quartel-general da Gestapo em Ormaie porque não tenho o menor senso de direção. Considerando que meus treinadores encorajaram a minha feliz ignorância sobre campos de pouso só para que eu não *pudesse* revelar tal informação se vo-

---

2. No original: Special Operations Executive (SOE). [N. E.]

cês *realmente* me pegassem, e considerando que nem ao menos fui informada sobre o nome do campo de pouso do qual parti para vir para cá: permita-me lhe dizer que estava na França havia menos de 48 horas antes que aquele seu obediente agente impedisse que eu fosse atropelada por um veículo francês cheio de galinhas porque olhei para o lado errado ao atravessar a rua. Isso mostra como a Gestapo é perspicaz. "Esta pessoa que acabei de salvar da morte esmagada pelas rodas de um veículo esperava que os carros seguissem pelo lado esquerdo da rua, então ela só pode ser uma britânica que caiu de paraquedas na França Nazista depois de saltar de um avião dos Aliados. Devo prendê-la como espiã."

Então, eu não tenho o menor senso de direção. Em algumas pessoas, isso é apenas um DEFEITO TRÁGICO, e não adianta que eu tente levá-lo para qualquer Localização dos Campos de Pouso em Qualquer Lugar. Não sem ter recebido as coordenadas de alguém. Eu poderia inventar, talvez, ser convincente em relação a isso e ganhar um pouco mais de tempo, mas vocês acabariam descobrindo.

Tipos de Aeronave em Operação também está nesta lista de coisas que preciso contar a vocês. Céus, que lista engraçada. Se eu tivesse conhecimento sobre tipos de aeronave ou me importasse minimamente com isso, eu seria pilota do serviço Auxiliar de Transporte Aéreo,[3] assim como Maddie, que pilotou o avião que me trouxe para cá, ou trabalharia como mecânica. E não estaria aqui regurgitando de maneira covarde fatos e dados para a Gestapo. (Vou parar de mencionar a minha própria covardia porque estou começando a ficar com vergonha. Além disso, não quero que se entediem e tirem de mim esses lindos papéis de carta e voltem a mergulhar o meu rosto em uma bacia de água gelada até eu desmaiar.)

Não, esperem um pouco. Eu sei algumas coisas sobre tipos de aeronaves. Vou falar sobre os aviões que conheço, começando com o Puss Moth. Essa foi a primeira aeronave que minha amiga Maddie pilotou. Na verdade, foi o primeiro avião no qual ela

---

3. No original: Air Transport Auxiliary (ATA). [N. E.]

voou e até mesmo o primeiro que ela viu de perto. E a história de como vim parar aqui começa justamente com Maddie. Acho que nunca vou descobrir como acabei com a identidade e a habilitação de pilota dela, em vez do meu próprio documento quando vocês me pegaram, mas, se eu contar sobre Maddie, vão entender por que viemos juntas para cá.

## TIPOS DE AERONAVE

Maddie se chama, na verdade, Margaret Brodatt. Vocês estão com os documentos dela, então já sabem disso. Brodatt não é um sobrenome inglês; na verdade, acho que é russo porque o avô dela veio da Rússia. Mas Maddie é uma cidadã de Stockport. Diferentemente de mim, ela tem um excelente senso de direção. Consegue pilotar orientando-se pelas estrelas ou por navegação estimada, mas acho que aprendeu a se orientar de maneira adequada porque ganhou de presente de aniversário do avô uma motocicleta quando fez dezesseis anos. E Maddie passeava por Stockport, seguindo pelas estradas de terra da região dos montes Peninos. Eles cercam toda a cidade, verdejantes e desabitados, com faixas de nuvens baixas que passam rapidamente à sua frente e a luz do sol deslizando lá de cima como uma imagem colorida em movimento. Sei disso porque tirei uma folga de fim de semana e fiquei hospedada na casa de Maddie e de seus avós; ela me levou na garupa da moto até Dark Peak, e passamos uma das tardes mais maravilhosas da minha vida lá. Era inverno e o sol só aparecia por cinco minutos e, mesmo assim, a chuva e a neve não paravam de cair — foi só porque a previsão do tempo estava tão ruim para voos que ela conseguiu três dias de descanso. Mas, durante aqueles cinco minutos, Cheshire parecia verde e brilhante. O avô de Maddie tem uma loja de motocicletas e conseguia um pouco de gasolina no mercado clandestino especialmente para as visitas dela. Estou escrevendo isso (mesmo que não tenha nada a ver com Tipos de Aeronave) porque prova que sei do que estou falando quando descrevo como era para

Maddie estar sozinha no topo do mundo, aturdida pelo rugido dos quatro ventos e de dois cilindros, com toda a planície de Cheshire, campos verdejantes e chaminés vermelhas aos seus pés, como uma toalha xadrez de piquenique.

Maddie tinha uma amiga chamada Beryl, que largou os estudos e, no fim de 1938, foi trabalhar em uma fábrica de algodão em Ladderal, e as duas gostavam de passear na moto de Maddie para fazer piqueniques porque eram só nessas ocasiões que se viam. Beryl se agarrava à cintura de Maddie, assim como fiz daquela vez. Não havia óculos de proteção para mim nem para Beryl, embora Maddie tivesse os dela. Na tarde desse domingo de junho em particular, elas subiram pelas estradas entre os muros de pedra, que os ancestrais trabalhadores de Beryl construíram, até o topo de Highdown Rise, com lama espirrando nas canelas nuas. A melhor saia de Beryl ficou destruída naquele dia, e seu pai a fez comprar uma nova com o pagamento da semana seguinte.

— Eu adoro o seu avô! — gritou Beryl no ouvido de Maddie.

— Gostaria que ele fosse meu avô também. — (Eu também queria isso.) — Muito legal ele dar para você uma Silent Superb de presente de aniversário!

— Pena que não seja tão silenciosa assim — respondeu Maddie gritando por sobre o ombro. — Não era nova quando ganhei, e já tem cinco anos de uso. Tive que remontar o motor este ano.

— O seu avô não faz isso para você?

— Ele não me deu até eu conseguir desmontar o motor. Tenho que fazer isso sozinha ou não posso ter a moto.

— Eu ainda o adoro — soltou Beryl.

Elas cortaram as estradas verdejantes de Highdown Rise, ao longo dos sulcos deixados por tratores que quase as jogaram contra os muros do campo para caírem em um leito de lama, urtigas e ovelhas. Eu me lembro e sei como deve ter sido. De vez em quando, depois de uma curva ou no alto de uma colina, dá para ver a cadeia verde dos montes Peninos se estendendo serenamente para o oeste, ou as chaminés das fábricas do sul de Manchester riscando o céu azul do norte com fumaça preta.

— E você tem uma habilidade! — gritou Beryl.

— Uma o quê?

— Uma *habilidade*.

— Consertar motores! — berrou Maddie.

— É uma habilidade. Melhor do que o trabalho de carga e descarga.

— Mas você é paga para fazer isso! — gritou Maddie como resposta. — Eu não recebo nada.

A estrada à frente estava esburacada e cheia de poças devido à chuva. Parecia a miniatura dos lagos das Terras Altas. Maddie diminuiu a velocidade ao máximo até ser obrigada a parar. Afundou o pé na terra com a saia levantada até as coxas, ainda sentindo o ronco familiar e confiável da Superb.

— E quem vai dar um emprego de mecânica para uma garota? — perguntou Maddie. — Minha avó quer que eu aprenda a datilografar. Pelo menos você tem um salário.

Elas tiveram de descer da moto e caminhar pela estrada esburacada. Chegaram a outra subida e logo se depararam com o portão de uma fazenda que delimitava os campos. Maddie encostou a moto no muro de pedra para que pudessem comer um sanduíche. Ambas se olharam e começaram a rir de como estavam sujas de lama.

— Imagine o que seu pai vai dizer! — exclamou Maddie.

— E sua avó!

— Ela já está acostumada.

Maddie me contou que Beryl chamava piqueniques de "lanchinhos". Fatias de pão de cereais que a tia de Beryl fazia para três famílias todas as quartas-feiras, e cebolas em conserva do tamanho de maçãs. Os sanduíches de Maddie eram no pão de centeio do padeiro de Reddyke, para onde sua avó a enviava toda sexta-feira. As cebolas em conserva impediram Maddie e Beryl de conversarem porque o barulho da mastigação impedia uma de ouvir o que a outra dizia; além disso, precisavam engolir com cuidado para não sufocarem com um jato acidental de vinagre. (Talvez o capitão irritadinho Von Linden ache cebolas em conserva uma ferramenta útil de persuasão. E assim os prisioneiros seriam alimentados.)

(*Fräulein* Engel me instruiu a escrever aqui, para que o capitão Von Linden fique sabendo, que gastei vinte minutos do tempo que me deram porque comecei a rir da minha própria piada sobre cebolas em conserva e quebrei a ponta do lápis. Tivemos de esperar que alguém trouxesse uma faca porque *Fräulein* Engel não pode me deixar sozinha. E, então, perdi mais cinco minutos chorando depois que quebrei a ponta nova porque a srta. E. a apontou muito próximo aos meus olhos, deixando as aparas caírem neles enquanto *Scharführer* Thibaut segurava minha cabeça, o que me deixou bem nervosa. Não estou mais rindo nem chorando e vou tentar não colocar tanta força ao escrever depois disso.)

De qualquer forma, imagine Maddie antes da guerra, livre e em casa, com a boca cheia de cebola em conserva — ela só conseguiu apontar e se engasgar quando uma aeronave soltando fumaça apareceu no céu, bem acima delas, circulando o campo em que estavam conforme observam empoleiradas no portão. O avião era um Puss Moth.

Posso falar um pouco sobre aviões Puss Moth. Eles são rápidos, monoplanos — você sabe, com apenas um conjunto de asas —, já o Tiger Moth é um biplano e tem dois conjuntos (outro tipo que acabei de lembrar). É possível dobrar para trás as asas do Puss Moth para manobrá-lo ou estacioná-lo no hangar. A visibilidade da cabine do piloto é magnífica, e dá para transportar duas pessoas além do piloto. Eu fui passageira duas vezes. Acho que a versão mais moderna se chama Leopard Moth (consegui mencionar três tipos de aeronave em um único parágrafo!).

Esse Puss Moth circulando o campo em Highdown Rise, o primeiro contato que Maddie teve com o avião, estava morrendo engasgado. Maddie me disse que foi como assistir de camarote. Com o avião a uns cem metros, Beryl e ela conseguiam ver todos os detalhes do motor: os cabos, os suportes de suas asas de lona, o movimento das pás da hélice de madeira ao girar inutilmente com o vento. Grandes nuvens azuladas de fumaça saíam pelo exaustor.

— Está pegando fogo! — berrou Beryl, em uma mistura de pânico e animação.

— Não está pegando fogo. Está queimando óleo — explicou Maddie, porque ela sabe dessas coisas. — Se o piloto tiver o mínimo de bom senso, vai desligar tudo e isso vai parar. Então, ele vai poder plainar até o solo.

Elas ficaram observando. A previsão de Maddie se confirmou: o motor parou e a fumaça se dissipou, e agora o piloto estava claramente plainando para pousar a aeronave quebrada no campo bem à frente delas. Era um pasto de mato alto e descuidado, sem nenhum animal por perto. As asas passaram sobre a cabeça das duas, cortando a luz do sol por um segundo, com o ímpeto e a ondulação de um veleiro. A passagem do monomotor espalhou o resto do lanche pelo campo, crostas marrons e papel pardo voando atrás da fumaça azulada como confete.

Maddie disse que teria sido uma ótima aterrissagem se tivesse sido feita em um campo de pouso. No pasto, a aeronave quebrada foi quicando pelo mato alto por uns trinta metros. Até parar inclinada graciosamente sobre o nariz.

Maddie começou a aplaudir. Beryl agarrou as mãos dela e deu um tapa.

— Pare já com isso, sua idiota! Ele pode ter se machucado. O que a gente deve fazer?

Maddie não tinha planejado aplaudir. Fez isso sem pensar. Consigo imaginar o cabelo preto cacheado voando no seu rosto, o lábio inferior projetado para fora antes de descer do portão e ir correndo até o avião caído.

Não havia chamas. Maddie subiu pelo nariz do Puss Moth para chegar à cabine do piloto, pisando com os sapatos de sola com tachas sobre o tecido que cobria a fuselagem (acho que é assim que se chama o corpo do avião), e aposto que ela se encolheu; não pretendia fazer isso também. Ela estava com calor e desconfortável quando conseguiu abrir a porta, esperando um sermão no dono do avião, e sentiu uma onda vergonhosa de alívio quando viu o piloto de cabeça para baixo, preso parcialmente pelos cintos de segurança e sem dúvida inconsciente. Maddie olhou para os controles que lhe eram desconhecidos. Não havia indicador de pressão de óleo (ela me contou tudo isso). Acelerador, inativo. Desligado. Bom o bastante. Maddie soltou o cinto e deixou o piloto deslizar para o chão.

Beryl estava lá embaixo para arrastar o corpo do piloto desmaiado. Foi mais fácil descer do avião do que subir, bastando um salto para o chão. Ela tirou o capacete e os óculos de voo do piloto; Beryl e ela tinham feito o curso de primeiros socorros com as bandeirantes e pelo menos sabiam o suficiente para se certificarem de que o acidentado estava respirando.

Beryl começou a rir.

— Quem é a idiota agora? — perguntou Maddie, animada.

— É uma garota! — Beryl começou a rir. — É uma garota.

---

Beryl ficou com a pilota desmaiada enquanto Maddie ia com sua Silent Superb até a fazenda para conseguir ajuda. Encontrou dois rapazes fortes da idade dela limpando estrume de vaca, e a mulher do fazendeiro separando as primeiras batatas e ralhando com algumas meninas que montavam um enorme quebra-cabeça no piso antigo da cozinha (era domingo, caso contrário estariam fervendo roupas). Um esquadrão de resgate foi enviado. Maddie desceu de moto pela colina e foi até o *pub* no qual havia uma cabine telefônica.

— Ela vai precisar de uma ambulância, disso tenho certeza, querida — afirmara a mulher do fazendeiro para Maddie com voz gentil. — Ela vai precisar ir para o hospital se estava pilotando um avião.

Maddie ficou remoendo as palavras durante o trajeto. A mulher não disse "Ela vai precisar ir para o hospital se estiver ferida", mas sim "Ela vai precisar ir para o hospital se estava pilotando um avião".

*Uma garota voando!*, pensou Maddie. *Uma garota pilotando um avião!*

Não, ela se corrigiu; era uma garota que *não* estava pilotando um avião. Era uma garota capotando um avião em um pasto de ovelhas.

Mas ela pilotou primeiro. Precisava ser capaz de pilotar para poder pousar (ou cair).

O raciocínio parecia bem lógico para Maddie.

*Nunca caí de moto*, pensou. *Eu poderia pilotar um avião.*

Conheço mais alguns tipos de avião, mas o que me vem à mente é o Lysander. Esse é o avião que Maddie estava pilotando quando me deixou aqui. Na verdade, ela deveria pousar o avião, e não me jogar para fora. Fomos atingidas no voo para cá e a cauda ficou em chamas por um tempo, ela não conseguiu controlar as coisas direito e me fez saltar antes de tentar pousar. Não vi onde ela pousou. Mas você me mostrou as fotos que tirou do local, então, já sei que ela *caiu* de avião. Mesmo assim, você não pode jogar a culpa na pilota quando o avião é atingido por artilharia antiaérea.

## APOIO BRITÂNICO AO ANTISSEMITISMO

A queda do Puss Moth ocorreu no domingo. Beryl voltou ao trabalho em Ladderal no dia seguinte. Meu coração dói e sangra de uma inveja tão sombria e dolorosa que manchei metade desta página com lágrimas antes de me dar conta de que estava chorando, só de pensar na vida longa de Beryl, carregando os caminhões e criando filhos ranhosos com algum cervejeiro nos subúrbios de Manchester. É claro que isso foi em 1938 e eles têm sido bombardeados, então talvez Beryl e seus filhos já tenham morrido e, nesse caso, minhas lágrimas de inveja são muito egoístas. Lamento muito pelo papel. A srta. E. está lendo por sobre meu ombro enquanto escrevo e diz que não preciso interromper a minha história com mais pedidos de desculpas.

Durante a semana seguinte, Maddie conseguiu descobrir a história da pilota por meio de um monte de recortes de jornal que juntou com a ferocidade de Lady Macbeth.[4] A pilota se chamava Dympna Wythenshawe (lembro-me do nome por ser tão bobo). Era a filha mais nova e mimada de sir Sei-Lá-Quem Wythenshawe. Na sexta-feira, houve uma onda de indignação no jornal vespertino porque, assim que a pilota recebeu alta do hospital, começou a dar passeios em seu outro avião (um Dragon Rapide — como sou inteligente), enquanto o Puss Moth estava no conserto. Maddie ficou sentada no chão do barracão do avô, ao lado da amada Silent Superb, que precisava de manutenção constante para continuar em bom estado para as saídas de fim de semana, e lutou com o jornal. Havia páginas e mais páginas sombrias a respeito da crescente possibilidade de uma guerra entre o Japão e a China, e a crescente possibilidade de uma guerra na Europa. A queda do Puss Moth em um pasto em Highdown Rise era notícia da semana anterior, e não havia fotos do avião na sexta-feira, só uma foto da pilota sorridente, parecendo feliz e animada e muito, muito mais bonita do que aquele fascista idiota, Oswald Mosley, cujo rosto sério fulminava Maddie no alto da página. Ela cobriu a foto com a caneca de chocolate quente e pensou na forma mais rápida de chegar ao campo de pouso de Catton Park. Era longe, mas o dia seguinte era sábado.

Maddie se arrependeu na manhã seguinte por não ter prestado mais atenção à reportagem sobre Oswald Mosley. Ele estava lá, em Stockport, para fazer um discurso na frente da igreja St. Mary, no início da feira de sábado, e seus seguidores fascistas e idiotas estavam em marcha para encontrá-lo, começando na prefeitura e terminando na igreja, provocando um caos no trânsito de veículos e pedestres. Àquela altura, tinham diminuído um pouco o tom antissemita, e aquele comício era, acredite você ou não, em nome da paz; uma tentativa de convencer a todos que seria uma boa ideia manter a cordialidade com os idiotas dos alemães fascistas. Os seguidores de Mosley não podiam mais usar as camisas

---

4. Personagem da tragédia *Macbeth*, publicada em 1623, pelo dramaturgo inglês William Shakespeare (1564-1616). [N. E.]

negras simbólicas e de mau gosto — havia agora uma lei sobre a marcha política de uniformes, principalmente para impedir que os seguidores de Mosley fizessem arruaças como as que organizaram nas marchas pelos bairros judeus em Londres. Mas estavam marchando para aclamar Mosley mesmo assim. Havia uma multidão feliz dos que o amavam e uma raivosa dos que o odiavam. Havia mulheres carregando seus cestos para fazer as compras na feira de sábado. Havia policiais também. Havia animais — alguns policiais estavam a cavalo e havia um rebanho de ovelhas sendo desviado, também a caminho do mercado, e uma carroça de leite puxada por cavalos presa no meio das ovelhas. Havia cachorros. Talvez houvesse gatos, coelhos, galinhas e patos também.

Maddie não conseguiu atravessar a rua Stockport (não sei se é esse mesmo o nome da rua. Talvez seja porque é a rua principal de entrada para quem vem do sul. Mas é melhor não confiar em nenhuma das minhas direções). Maddie ficou esperando antes de entrar no meio da multidão, à procura de uma brecha para passar. Depois de vinte minutos, começou a ficar irritada. Havia pessoas a empurrando por trás agora também. Tentou virar a moto, segurando-a pelo guidão, quando esbarrou em alguém.

— Ai! Olhe por onde anda com essa moto!

— Desculpe! — Maddie olhou para cima.

Eram imbecis dos Camisas Negras, que seguiam para o comício mesmo correndo o risco de serem presos por estarem uniformizados. Usavam o cabelo penteado com goma para trás, como se fossem pilotos. Eles olharam para Maddie da cabeça aos pés, alegres e certos de que seria uma presa fácil.

— Moto linda!

— Pernas lindas!

Um deles deu uma risada anasalada.

— Linda…

Ele usou uma palavra horrorosa e ofensiva, e me recuso a escrevê-la aqui porque acho que vocês nem vão saber o que significa em inglês e com certeza não conheço a correspondente em francês nem em alemão. O imbecil a usou para cutucar a onça com vara curta e funcionou. Maddie voltou a empurrar a moto e bateu nele de novo, que agarrou o guidão com as mãos grandes.

Maddie se manteve firme. Os dois lutaram um pouco pela moto. O rapaz se recusava a soltar e os amigos começaram a rir.

— Por que uma garota como você precisa de um brinquedo potente como esse? Onde a conseguiu?

— Na loja de motos. Onde mais poderia ser?

— Na Brodatt's — disse um deles.

Era a única loja naquela região da cidade.

— E vende motos para judeus também.

— Talvez essa moto seja de um judeu.

Talvez você não saiba disso, mas Manchester e seus subúrbios esfumaçados têm uma população bastante grande de judeus, e ninguém se importa com isso. Bem, claramente apenas alguns fascistas idiotas, mas acho que você entendeu o que quero dizer. Eles vieram da Rússia, da Polônia, e depois da Romênia, da Áustria e de toda a Europa Oriental durante o século xix. A loja de motocicletas em questão era do avô de Maddie havia mais de trinta anos. Ele tinha se saído muito bem com ela, bem o suficiente para sustentar a avó elegante e uma casa antiga e grande nos arredores da cidade, e pagar um jardineiro e uma criada para cuidar da casa. De qualquer modo, quando aquele bando começou a lançar veneno contra a loja do avô, Maddie foi imprudente e começou a discutir:

— Vocês só conseguem concluir uma linha de raciocínio quando estão juntos? Ou conseguem pensar sozinhos se tiverem um pouco de tempo primeiro?

Eles empurraram a moto e Maddie caiu junto a ela. Porque intimidar os mais fracos é o que idiotas fascistas mais gostam de fazer.

Mas seguiu-se uma onda de indignação de outras pessoas na rua movimentada, e a pequena gangue deu risada e foi embora. Maddie ainda conseguia ouvir aquela risada anasalada do rapaz mesmo depois que viraram as costas e se perderam na multidão.

Um grupo maior de pessoas do que o que a tinha atacado se aproximou para ajudá-la: um trabalhador, uma garota empurrando um carrinho de bebê e uma criança, e duas mulheres carregando cestos de compras. Eles não brigaram nem interferiram, mas ajudaram Maddie a se levantar e tiraram o pó de suas roupas, e o trabalhador passou a mão pelo para-choque da Silent Superb.

— Você se machucou, senhorita?

— Moto linda! — exclamou o garotinho.

— Fique quieto — admoestou a mãe ao perceber que foi exatamente o que o camisa negra que derrubou Maddie tinha dito.

— É uma boa moto — disse o homem.

— Está ficando velha — respondeu Maddie, com modéstia, mas feliz.

— Malditos vândalos.

— Eles querem ver esses joelhos, querida — avisou uma das senhoras com um cesto.

Maddie começou a pensar sobre aviões: *Esperem só para ver, seus fascistas idiotas. Vou conseguir um brinquedo ainda mais potente que essa moto.*

A fé de Maddie na humanidade foi restaurada, ela se afastou da multidão e pegou as ruas secundárias de paralelepípedos de Stockport. Não havia ninguém ali, além de garotos jogando futebol na rua gritando e implicando com as irmãs mais velhas, com lenço no cabelo para limpar os tapetes e lavar as escadas da entrada conforme as mães faziam a feira. Juro que vou chorar de inveja se continuar pensando nelas, com bombardeios ou não.

*Fräulein* Engel está lendo por sobre o meu ombro de novo e pediu para eu parar de escrever "fascistas idiotas" porque ela acha que *Hauptsturmführer* Von Linden não vai gostar nada disso. Acho que ela tem um pouco de medo do capitão Von Linden (e quem pode culpá-la?) e acho que *Scharführer* Thibaut também tem medo dele.

## LOCALIZAÇÃO DOS CAMPOS DE POUSO BRITÂNICOS

Não consigo acreditar que você precisa que eu diga que o campo de pouso de Catton Park fica em Ilsmere Port, porque, nos últimos dez anos pelo menos, esse foi o campo de pouso mais movimentado no norte da Inglaterra. Eles até constroem aviões no local e, antes da guerra, tinham um elegante clube de voo civil. Isso sem mencionar que já foram a base da Força Aérea Real.[5] Os bombardeiros do esquadrão local da RAF decolam e aterrissam lá desde 1936. Seu palpite sobre o que estão fazendo com aquele campo de pouso agora é tão bom quanto o meu, talvez até bem melhor (não duvido de que esteja cercado por balões de barragem e artilharia antiaérea). Quando Maddie estacionou a moto lá, naquela manhã de sábado, ficou parada por um instante olhando, boba (palavra dela), para tudo: primeiro para o estacionamento, que abrigava a maior coleção de carros caros que ela já tinha visto em um só lugar, e depois para o céu, que tinha a maior coleção de aviões. Ela se apoiou na cerca para observar. Depois de alguns minutos, percebeu que a maioria dos aviões parecia seguir algum tipo de padrão, alternando-se para pousar e decolar novamente. Meia hora depois, ainda estava observando e conseguiu perceber que um dos pilotos era novato e que seu avião parecia sempre dar seis quicadas de dois metros depois de tocar o solo pela primeira vez até pousar de modo adequado, e outro estava praticando manobras acrobáticas incríveis e insanas, e outro ainda estava levando pessoas para voar — uma volta ao redor do aeródromo, um voo de cinco minutos, pouso, pagamento de dois xelins e entrega dos óculos de proteção para o próximo cliente, por favor.

Era um lugar muito impressionante naquele momento de paz inquietante em que os pilotos militares e civis se revezavam para usar a pista, mas Maddie estava determinada e seguiu as indicações para ir ao clube de voo. Encontrou por acaso a pessoa que procurava — foi fácil, na verdade, porque Dympna Wythenshawe era a única pilota ociosa na pista, descansando sozinha em uma longa fileira de cadeiras alinhadas na frente do clube dos pilotos. Maddie não a reconheceu de imediato. Ela não se parecia em nada com a foto glamorosa do jornal nem com a moça inconscien-

---

5. No original: Royal Air Force (RAF). [N. E.]

te que Maddie tinha deixado naquele domingo passado. Dympna também não reconheceu Maddie, mas indagou com jovialidade:

— Quer dar uma volta?

Ela tinha o sotaque elegante dos ricos e privilegiados. Parecido com o meu, mas sem o toque escocês. Talvez não tão privilegiado quanto o meu, porém mais rico. De qualquer forma, Maddie se sentiu imediatamente como uma criada.

— Estou procurando Dympna Wythenshawe — disse Maddie. — Só queria saber como está passando depois... depois da semana passada.

— Ela está bem. — A criatura elegante abriu um sorriso agradável.

— Fui eu que a encontrei — revelou Maddie.

— Ela está totalmente recuperada — disse Dympna, estendendo a mão branca e imaculada que com certeza nunca trocara um filtro de óleo na vida (fique você sabendo que as minhas mãos branquinhas *já trocaram*, mas só sob rígida supervisão). — Está totalmente recuperada. E eu sou Dympna.

Maddie trocou um aperto de mão com ela.

— Por que não se senta? — ofereceu Dympna (imagine que ela sou eu, criada em um castelo e educada em um colégio interno na Suíça, só um pouquinho mais alta e sem o nariz escorrendo o tempo todo). Ela fez um gesto para as cadeiras vazias no deque. — Tem muito lugar.

Estava vestida como se fosse para um safári, mas sem perder o glamour. Dava aula particular e fazia passeios também. Era a única pilota do campo de pouso e certamente a única mulher instrutora.

— Quando meu querido Puss Moth estiver consertado, vou levá-la para dar uma volta — ofereceu ela a Maddie, que era bem calculista e perguntou se podia ver o avião.

Ele havia sido desmontado, as peças foram trazidas de Highdown Rise, e então uma equipe de rapazes e homens usando macacões engordurados trabalhava para remontá-lo em uma das oficinas da longa fila de galpões enormes. O Puss Moth era uma máquina adorável (esta é Maddie falando; ela é um pouco maluca) que tinha apenas METADE DA POTÊNCIA da moto de Maddie. Estavam retirando o mato preso com escovas de arame. As mil partes reluzentes estavam sobre uma lona. Maddie soube na hora que tinha ido ao lugar certo.

— Ah, posso ficar olhando? — pediu ela.

E Dympna, que embora nunca sujasse as mãos, sabia o nome de cada cilindro ou válvula que estava no chão, deixou Maddie pintar o tecido novo (que cobria a fuselagem que ela tinha pisado) usando uma graxa de plástico chamada "impermeabilizante", que tinha cheiro de cebola em conserva. Depois de uma hora, Maddie ainda estava lá fazendo perguntas sobre cada uma das partes do avião, para que serviam ou como se chamavam, e os mecânicos deram a ela uma escova de aço e a deixaram ajudar.

Maddie disse que, depois disso, sempre se sentiu muito segura para voar no Puss Moth de Dympna, porque tinha ajudado a montar o motor com as próprias mãos.

— Quando você vai voltar? — perguntou Dympna, enquanto tomavam chá, quatro horas depois.

— É longe demais para eu vir visitar com muita frequência — confessou Maddie com tristeza. — Moro em Stockport e ajudo meu avô no escritório durante a semana, meu pagamento vai todo para combustível, mas não tenho como vir todos os fins de semana.

— Pois você é a garota mais sortuda do mundo — disse Dympna. — Assim que o Puss Moth puder voar de novo, vou levar meus dois aviões para um novo campo de pouso em Oakway. Fica perto de Ladderal Mill, onde a sua amiga Beryl trabalha. Haverá uma grande festa de gala em Oakway no próximo sábado para a inauguração oficial do aeródromo. Vou pegá-la e você pode assistir toda a diversão no estande dos pilotos. Beryl pode vir também.

Agora já são dois campos de pouso que localizei para você.

Estou ficando um pouco tonta porque ninguém me deu nada para comer nem beber desde ontem, e já estou escrevendo há nove horas. Então, vou me arriscar a jogar esse lápis na mesa e começar a uivar.

*Ormaie 9.XI.43 JB-S*

Esta caneta não funciona. Desculpe pelas manchas de tinta. Isso é um teste ou uma punição? Quero meu lápis de volta.

*[Observação para ss-Hauptsturmführer*

*Amadeus von Linden, traduzido do alemão]*

A oficial de voo inglesa está dizendo a verdade. Acho que a tinta que lhe foi dada era velha demais ou grossa demais para uso e secava rapidamente na ponta da caneta. Diluímos a tinta e estou testando agora para confirmar se é adequada para escrita.

*Heil* Hitler!
ss-*Scharführer* Etienne Thibaut

Seu traidor ignorante *filho da mãe*, ss-*Scharführer* Etienne Thibaut, EU SOU ESCOCESA!

A dupla de comediantes o Gordo e o Magro, quero dizer o sargento subalterno Thibaut e a guarda-feminina-de-serviço Engel, riram muito às minhas custas com a tinta de qualidade inferior que Thibaut encontrou para eu usar. Mas o maldito precisava mesmo diluir com *querosene*? Ele ficou irritado quando comecei a reclamar da tinta e pareceu não acreditar quando eu disse que a caneta estava entupida, então fiquei *angustiada de verdade* quando ele saiu e voltou com um litro de querosene. Eu soube o que era assim que ele entrou na sala com a lata, e a srta. E. precisou jogar uma jarra de água no meu rosto para acalmar meu ataque de pânico. Agora ela está sentada à mesa na minha frente, acendendo e reacendendo o cigarro e jogando os fósforos na minha direção para me deixar sobressaltada, mas rindo ao fazê-lo.

Ela ficou ansiosa na noite passada por achar que ontem não forneci fatos suficientes para me transformar em um Judas adequado. Mais uma vez, acredito que estivesse preocupada com a reação de Von Linden, já que é a responsável por traduzir tudo que escrevo para ele. Acontece que ele afirmou querer uma "visão interessante da situação na Grã-Bretanha no longo prazo" e uma "perspectiva individual curiosa" (testando um pouco meu alemão enquanto conversávamos sobre o assunto). Além disso, acho que Linden espera que eu dedure sr. Gordo e sra. Magro. Ele não confia em Thibaut por ser francês, e não confia em Engel por ser mulher. Devo receber água durante o dia conforme escrevo (para beber e para evitar outro ataque de pânico) *e* um cobertor. Por um cobertor na minha fria cela, *ss-Hauptsturmführer* Amadeus von Linden, eu denunciaria sem remorso ou hesitação até o meu heroico ancestral William Wallace, Guardião da Escócia.

Sei que os outros prisioneiros me desprezam. Thibaut me levou para... Não sei como se fala quando você me obriga a assistir, é uma *instrução*? Isso tudo para me lembrar de como eu tenho sorte, talvez? Depois do meu ataque ontem no caminho de volta para a cela, quando parei de escrever antes de ter permissão para comer, *Scharführer* Thibaut me obrigou a parar e assistir enquanto Jacques era interrogado de novo. (Não sei qual é o nome dele de verdade; *Jacques* é como os franceses se chamam em *Um conto de duas cidades*,[6] e o nome me pareceu adequado.) Aquele rapaz me *odeia*. Não faz a menor diferença que eu também esteja amarrada e presa à minha própria cadeira com uma corda de piano ou algo assim, e que eu me engasgue com meus soluços por causa dele e desvie o olhar o tempo todo, a não ser quando Thibaut

---

6. Obra do autor inglês Charles Dickens (1812-1870), publicada em 1859. [N. E.]

segura meu rosto para me impedir. Jacques sabe, todos sabem, na verdade, que estou colaborando, que sou a única covarde entre eles. Ninguém entregou nenhuma linha de código — quem dirá ONZE CONJUNTOS —, isso sem mencionar uma confissão escrita. Ele cospe na minha direção quando é arrastado de volta à cela.

— Sua escocesinha de merda.

O xingamento soa tão bonito em francês: *p'tit morceau de merde écossaise*. Em um único golpe, coloquei um fim à forte Velha Aliança[7] de setecentos anos entre a França e a Escócia.

Há outra Jacques, uma garota que assovia o hino patriótico "Scotland the Brave" sempre que cruzamos uma com a outra (minha cela é a antessala da suíte que usam para os interrogatórios), ou algum outro hino de batalha associado à minha herança cultural. Ela também cospe. Todos me detestam. Não é o mesmo tipo de ódio que sentem por Thibaut, o vira-casaca traidor, que é compatriota deles e está trabalhando para o inimigo. Eu sou uma inimiga também, deveria ser um deles. Mas não mereço nem esse tipo de desprezo. Sou apenas uma escocesinha de merda.

Você não acha que eles ficam mais fortes quando têm alguém para desprezar em conjunto? Eles me olham chorando pelos cantos e pensam: "*Mon Dieu*. Não permita jamais que eu seja como *ela*".

## A GUARDA AÉREA CIVIL (ALGUNS DADOS)

Esse título parece terrivelmente oficial. Já me sinto melhor. Como uma verdadeira Judas.

Suponha que você fosse a garota em Stockport em 1938, criada por avós amorosos e indulgentes e totalmente obcecada por motores. Suponha que você decidisse que queria aprender a voar: voar *de verdade*. Você queria pilotar aviões.

Um curso de três anos no Treinamento de Serviço Aéreo custaria mais de mil libras. Não sei quanto o avô de Maddie ga-

---

7. Tratados estabelecidos entre Escócia e França contra a Inglaterra, em 1295. [N. E.]

nhava por ano naquela época. Ele se saía muito bem com a loja de motocicletas, como eu já disse; não tão bem durante a Depressão, mas, mesmo assim, pelos padrões da época, qualquer um consideraria que ele tinha uma boa vida. De qualquer forma, teria lhe custado mais de um ano de ganhos para pagar doze meses de aulas de voo para Maddie. Ela conseguiu o primeiro voo de graça, uma excursão de uma hora no Puss Moth consertado de Dympna em um fim de tarde glorioso e ensolarado de verão, e viu os Peninos lá de cima pela primeira vez. Beryl pôde acompanhá-la no passeio, já que também tinha participado do resgate da pilota, mas ela teve de ficar bem no fundo do avião e não conseguiu ver as coisas tão bem enquanto vomitava na bolsa. Agradeceu Dympna, mas nunca mais voou.

E é claro que foi um passeio, não uma aula. Maddie não tinha condições de pagar pelas aulas. Entretanto, ela ia até o campo de pouso de Oakway sozinha. Oakway acabou sendo mais uma paixão de Maddie — quero brinquedos maiores, desejou ela e, *pronto!*, uma semana depois lá estava Oakway. Era uma viagem de apenas quinze minutos de moto da casa dela até o campo de pouso, que de tão novo os mecânicos ficaram satisfeitos de ter um par extra de mãos competentes por lá. Maddie saiu todos os sábados daquele verão para consertar motores, impermeabilizar o tecido das asas e fazer amizades. Então, em outubro, sua persistência de repente compensou. Foi quando nós começamos a Guarda Aérea Civil.

Quando digo *nós*, estou me referindo à Grã-Bretanha. Praticamente todos os clubes de voo no reino entraram e milhares de pessoas se inscreveram — treino de voo gratuito! —, entre os quais só puderam escolher um décimo dos inscritos. E apenas uma em vinte pessoas era mulher. Mas Maddie teve sorte de novo, porque todos os engenheiros, mecânicos e instrutores em Oakway a conheciam e gostavam dela, o que a fez receber muitas recomendações por ser rápida, comprometida e por saber tudo sobre níveis de óleo. Ela não era muito melhor do que qualquer outro piloto de treino em Oakway com a Guarda Aérea Civil, mas também não era a pior. Ela fez o primeiro voo solo na primeira semana do ano novo, entre os flocos de neve.

Contudo, pense só na data. Maddie começou a voar no fim de outubro de 1938... Hitler (você há de notar que pensei melhor nos termos riquíssimos para descrever o *Führer* e que os risquei com cuidado) invadiu a Polônia em 1º de setembro de 1939, e a Grã-Bretanha declarou guerra à Alemanha dois dias depois. Maddie passou na prova prática para tirar a licença "A", a mais básica para pilotos, seis meses antes de todos os aviões civis permanecerem em solo durante agosto. Depois disso, a maioria dos aviões foi tomada para serviço governamental. Os dois aviões de Dympna foram requisitados pelo Ministério da Aeronáutica para serviços de comunicação e ela ficou louca da vida com isso.

Dias antes da declaração de guerra da Grã-Bretanha contra a Alemanha, Maddie voou sozinha até o outro lado da Inglaterra, observando os montes Peninos e evitando os balões de barragem — tais quais baluartes de prata protegendo os céus em volta de Newcastle. Ela seguiu pela costa norte até Bamburgo e Lindisfarne. Conheço muito bem aquela faixa do Mar do Norte porque o trem de Edimburgo para Londres faz uma parada lá, eu vivia indo e voltando quando estudava. Então, conforme meu colégio fechou, um pouco antes da guerra, em vez de terminar os estudos em outro lugar, fui para a universidade um pouco repentinamente por um semestre, e pegava o trem para lá também, me sentindo muito adulta.

A costa da Nortúmbria é a extensão mais linda de toda a viagem. O sol se põe bem tarde no norte da Inglaterra em agosto, e Maddie, com seu avião de asas de tecido, sobrevoou as longas praias de Lindisfarne e via focas lá embaixo. Sobrevoou os castelos no alto de grandes penhascos de Lindisfarne e Bamburgo de norte a sul, passou pelas ruínas do monastério do século XII e todos os campos que se estendiam em tons de amarelo e verde em direção aos montes Cheviot da Escócia. Maddie voou de volta seguindo a Muralha de Adriano, com seus mais de dois mil anos de idade e cem quilômetros de extensão, até Carlisle e, então, para o sul pelas colinas de Lakeland, ao longo do lago Windermere. As montanhas altivas se elevavam em volta dela, e as águas dos poetas brilhavam lá embaixo nos vales das lembranças — o abrigo de narcisos dourados e cenários do livro infantil *Swallows and Amazons*[8] e das aventuras de Pedro Coelho.[9] Ela voltou para casa sobrevoando Blackstone Edge, acima da velha estrada romana, para evitar a névoa de fumaça que cobria Manchester, e pousou em Oakway, chorando de angústia e amor — amor pela ilha que era seu lar e que tinha visto inteira e frágil lá de cima durante aquela tarde, atravessando-a de costa a costa, prendendo a respiração ao observar pela lente de vidro sob o sol de verão. Tudo prestes a ser engolido nas noites de chamas e blecautes. Maddie pousou em Oakway antes do pôr do sol, desligou o motor e permaneceu sentada na cabine conforme as lágrimas escorriam pelo rosto.

Mais do que qualquer coisa, acho que Maddie foi para a guerra em nome das focas de Lindisfarne.

Finalmente saiu do Puss Moth de Dympna. O sol de fim de tarde iluminava os outros aviões no hangar que Dympna usava, brinquedos caros prestes a oferecer o melhor serviço (em menos de um ano, aquele mesmo Puss Moth, pilotado por outra pessoa, faria o transporte de carga para a diligente Força Expedicionária Britânica, na França). Maddie fez todas as verificações costumeiras depois de um voo e, então, executava de novo as que fazia antes de um voo. Dympna a encontrou lá, meia hora depois, ainda sem ter guardado o avião, terminando de limpar o vidro dianteiro sob a luz dourada do sol que se punha.

— Você não precisa fazer isso.

---

8. Livro infantil do autor inglês Arthur Ransome (1884-1967), publicado em 1930. [N. E.]

9. Obra infantil da escritora e ilustradora inglesa Beatrix Potter (1866-1943), publicada em 1902. [N. E.]

— Alguém precisa. Eu não vou poder mais voar, não é? Não depois de amanhã. Esta é a única coisa que vou poder fazer: verificar o óleo e tirar insetos do vidro.

Dympna fumava tranquilamente sob a luz do sol de fim de tarde, ao observar Maddie por um tempo. Então, disse:

— Haverá trabalho de pilotagem para mulheres na guerra. Pode esperar. Eles vão precisar de todos os pilotos que conseguirem para lutar na RAF. Serão rapazes com menos treino do que você tem agora, Maddie. E isso deixará a cargo dos homens mais velhos e das mulheres a entrega das aeronaves, o envio de mensagens e taxiar pilotos. Esse vai ser o nosso trabalho.

— Você acha?

— Estão formando uma unidade de pilotos civis para ajudar no Esforço de Guerra. O ATA, o serviço Auxiliar de Transporte Aéreo, vai contar com homens e mulheres. Vai acontecer logo. Meu nome está na lista. Pauline Gower é a chefe da seção de mulheres. — Pauline era pilota e amiga de Dympna. Foi ela que a incentivou a abrir uma empresa de passeios de avião. — Você ainda não tem as qualificações, mas não vou me esquecer de você, Maddie. Assim que abrirem os treinamentos para mulheres de novo, vou enviar um telegrama. Você vai ser a primeira da lista.

Maddie limpou o vidro e esfregou os olhos também, sofrendo muito para responder.

— E assim que você acabar de se escravizar, vou preparar a melhor xícara de chá dos pilotos de Oakway e amanhã de manhã vou levá-la até o posto de recrutamento da WAAF mais próximo.

A WAAF é a Women's Auxiliary Air Force,[10] que ajuda a RAF. As mulheres não *pilotam* na WAAF, mas, do jeito que as coisas estão, uma mulher pode fazer quase tudo que um homem faz em relação a voo e a batalhas: elétrica, técnica, montagem, operar balões de barragem, dirigir, cozinhar, cortar cabelo... Você deve estar achando que a nossa Maddie tentaria um emprego como mecânica, não é? Mas, no início da guerra, ainda não havia tais

---

10. Tradução: Força Aérea Auxiliar Feminina. [N. E.]

funções para mulheres. Não importava que Maddie tivesse bem mais experiência do que muitos homens; não havia lugar para ela. Mas ela já tinha aprendido Código Morse e um pouco de transmissão de rádio como parte do treinamento para a licença "A" de piloto. O Ministério da Aeronáutica estava em pânico em agosto de 1939, à procura de mulheres capazes de operar o rádio quando se deram conta de quantos homens precisariam servir como pilotos. Maddie se alistou na WAAF e acabou virando operadora de rádio.

## ALGUMAS OCUPAÇÕES DA WAAF

Era como estar na escola. Não sei se Maddie pensou a mesma coisa; ela não frequentou um internato suíço, na verdade estudou em Manchester no colégio e com certeza nunca pensou em ir para a universidade. Mesmo na escola, Maddie voltava para casa todos os dias e nunca precisou dividir um quarto com mais vinte garotas ou dormir em um colchão feito com três fardos de palha, como as almofadas de um sofá. Nós os chamávamos de "biscoitos". Estávamos sempre cansadas demais para nos importar; eu cortaria minha mão esquerda para ter um desses aqui. Aquele meticuloso kit de inspeção que nos obrigavam a fazer quando precisávamos expor todos os nossos pertences em uma ordem aleatória, mas específica, sobre o cobertor dobrado, como um quebra-cabeça, e se alguma coisa estivesse um milímetro fora do lugar, perdíamos ponto — aquilo era exatamente como estar na escola. Também toda a gíria, os treinos de "parada militar", as refeições tediosas e os uniformes, embora o grupo de Maddie não tenha recebido uniformes logo no início. Todas usavam cardigãs azuis como as bandeirantes (as bandeirantes não usavam o azul da Força Aérea, mas vocês entenderam o que eu quero dizer).

Maddie começou no posto em Oakway, uma posição muito conveniente e perto de casa. Era o fim de 1939 e início de 1940. A Guerra Falsa. Não tinha muita coisa acontecendo.

Pelo menos na Grã-Bretanha. Estávamos roendo as unhas e treinando.

Esperando.

## TELEFONISTA

— Você! Garota de cardigã azul!

Cinco garotas com seus fones afastaram o olhar da mesa telefônica e apontaram para si mesmas perguntando "eu?".

— Sim, você! Aviadora Brodatt! O que está fazendo aqui? Você é uma operadora de rádio licenciada!

Maddie apontou para o fone e para a linha que estava prestes a conectar.

— Tire essa coisa e me responda.

Maddie olhou para a mesa telefônica e conectou tranquilamente o cabo. Pressionou as teclas adequadas e falou com voz clara no fone:

— O capitão do grupo vai falar com o senhor agora. Pode prosseguir.

Ela tirou o fone e se virou para o imbecil que esperava uma resposta. Era o principal instrutor de voos do esquadrão da RAF em Oakway, o homem que aplicara o teste de piloto de Maddie quase um ano antes.

— Sinto muito, senhor, mas este é o posto que me deram.

(Avisei que era como estar de volta à escola.)

— Posto! Você não está nem usando uniforme!

Cinco zelosas aviadoras de Primeira Classe ajeitaram seus cardigãs azuis da Força Aérea.

— Não nos deram um uniforme completo, senhor.

— Posto! — repetiu o oficial. — Você vai começar na sala de rádio amanhã, aviadora Brodatt. O operador-assistente está gripado. — Ele pegou o fone no console e o colocou com cuidado na cabeça enorme. — Transfira-me para a unidade de administração da WAAF — ordenou ele. — Quero falar com a chefe da sua seção.

Maddie pressionou as teclas, conectou os cabos, e o homem lhe deu suas novas ordens de posto direto do telefone dela.

## OPERADORA DE RÁDIO

— Novato para base, novato para base. — Era uma ligação de um avião de treinamento. — Posição incerta. Sobrevoando uma massa triangular de água a leste do corredor.

— Base para novato — respondeu Maddie. — É um lago ou um reservatório?

— Como é?

— Lago ou reservatório? A massa triangular de água.

Depois de um breve silêncio, Maddie insistiu:

— Um reservatório tem uma barragem em um dos lados.

— Novato para base. Afirmativo. É um reservatório.

— É o Ladyswell? Balões de barragem de Manchester às dez horas e os de Macclesfield às oito horas?

— Novato para base. Afirmativo. Posição localizada. Sobrevoando o reservatório Ladyswell para voltar a Oakway.

Maddie suspirou.

— Base para novato. Ligue quando estiver se aproximando.

— Câmbio, desligo.

Maddie meneou a cabeça, praguejando baixinho:

— Meu pai do céu! Visibilidade ilimitada! Visibilidade ilimitada exceto pela imensa cidade a noroeste! E estou falando da imensa cidade cercada por balões de barragem prateados cheios de hidrogênio, tão grandes quanto um ônibus a três mil pés! Como é possível que ele vá para *Berlim* se não consegue nem encontrar *Manchester*?

Seguiu-se um silêncio na sala de rádio. Então, o oficial-chefe de rádio disse gentilmente:

— Aviadora Brodatt, você ainda está transmitindo.

— Brodatt, pode parar.

Maddie e todos os demais tinham recebido ordens de ir para casa. Ou voltar para as barracas ou para o alojamento, seja lá onde fosse, para um descanso. Era um dia de clima tão terrível que os postes da rua teriam sido acesos não fosse o temor de serem vistos por aeronaves inimigas — não que uma aeronave inimiga pudesse voar em um tempo tão ruim. Maddie e as outras garotas da WAAF de seu alojamento ainda não tinham recebido uniformes, mas, como era inverno, tinham recebido um sobretudo da RAF, sobretudos masculinos. Quentinhos e impermeáveis, mas ridículos. Era como usar uma tenda. Maddie ajeitou seu casaco nos lados quando o oficial a chamou, empertigando-se na esperança de parecer mais esperta do que se sentia. Ela parou para que ele a alcançasse, esperando na passarela de madeira porque tinha tanta água que, se você pisasse em uma poça, o sapato afundaria completamente.

— Foi você que orientou os rapazes em treinamento no bombardeiro Wellington hoje mais cedo? — perguntou o oficial.

Maddie engoliu em seco. Ela tinha jogado o protocolo de rádio pela janela ao guiar aqueles pilotos, dando ordens por um período de dez minutos em nuvens baixas, rezando para que seguissem as instruções sem questionar e para não estar os guiando em direção aos cabos de aço dos balões de barragem, todos armados com explosivos para derrubar aeronaves inimigas. Então ela reconheceu o oficial: era um dos líderes de esquadrão.

— Sim, senhor — admitiu ela com voz rouca e queixo erguido. O ar estava tão úmido que fazia seu cabelo grudar na testa. Aguardou com sofrimento que ele a enviasse para a corte marcial.

— Aqueles rapazes devem a vida a você — declarou ele para Maddie. — Ninguém ali voa por instrumentos e também estavam sem um mapa. Não devíamos ter permitido a decolagem esta manhã.

— Obrigada, senhor — ofegou Maddie.

— Os pilotos não param de elogiá-la, e comecei a me perguntar: você tem alguma ideia de como é a pista de pouso e decolagem vista de cima?

Maddie deu um sorriso fraco.

— Tenho uma licença "A" de piloto. Ainda válida. Claro que não piloto desde agosto.

— Ah, agora entendi!

O líder de esquadrão da RAF começou a caminhar com Maddie até a cantina que ficava perto do campo de pouso. Ela tinha que andar rápido para acompanhar as passadas dele.

— Você tirou a licença aqui em Oakway? Guarda Aérea Civil?

— Sim, senhor.

— Grau de instrutor?

— Não, senhor. Mas já pilotei à noite.

— Isso é bem incomum! Já usou a linha de neblina, certo?

Ele estava se referindo às lâmpadas a gás que se estendiam ao longo das laterais da pista para que os pilotos pudessem aterrissar com visibilidade baixa.

— Duas ou três vezes, senhor. Não foram muitas.

— Então, você *já* viu uma pista de pouso lá de cima. E no escuro, também! Bem...

Maddie esperou. Ela não fazia a mínima ideia do que o homem ia dizer em seguida.

— Se você vai orientar alguém, é melhor saber bem como é a vista frontal da cabine de um bombardeiro Wellington na configuração de aterrissagem. Quer voar em um Wellington?

— Com certeza, senhor! Muito obrigada!

(Viu? — exatamente como estar de volta à escola.)


## ACOMPANHANTE

Esse não é um cargo da WAAF, mas é como chamam quando alguém participa de um voo sem ter a intenção de contribuir para o sucesso da missão. Talvez Maddie fosse mais uma motorista no banco de trás do que uma acompanhante.

— Acho que você não redefiniu o giroscópio direcional.

— Ele disse para você seguir 270. Você virou para o leste.

— Tenham cuidado, rapazes, aeronave rumo ao norte posicionada às três horas, mil pés abaixo.

Certa vez, o trem de pouso elétrico falhou e ela precisou compensar sua presença ao usar a bomba manual para que não caíssem. Outra vez, deixaram que manejasse a torre de artilharia. Ela adorou, era como ser um peixinho dourado sozinho no céu vazio.

Uma vez, tiveram que tirá-la do avião no colo depois de uma aterrissagem, porque ela tremia tanto que não conseguiu sair sozinha.

Os passeios de Maddie no Wellington não eram exatamente clandestinos, mas também não eram exatamente lícitos. Ela estava entre as s.o.b. — *Souls On Board*, almas a bordo — quando os rapazes decolavam, mas com certeza não tinha autorização de estar lá persuadindo a tripulação de novatos enquanto eles faziam voos baixos sobre os pântanos. Então, várias pessoas preocupadas, de folga ou de plantão, saíram correndo dos escritórios e das tendas de chá, femininas e masculinas, sem casaco e com o rosto pálido, quando viram os companheiros da RAF carregando Maddie nos braços pela pista.

Uma amiga da WAAF chamada Joan e líder do esquadrão chegou primeiro.

— Mas o que houve? O que aconteceu? Ela está ferida?

Maddie não estava ferida. Ela já estava brigando com o tripulante do Wellington que a carregava, pedindo que a soltasse.

— Me solte! Todo mundo vai ver. E as meninas vão me lembrar para sempre...

— *O que aconteceu?*

Maddie se esforçou para ficar de pé sozinha, parada e trêmula na pista.

— Atiraram na gente — contou ela, desviando o olhar e sentindo o rosto queimar de vergonha por ter ficado tão nervosa.

— *Atiraram?!* — berrou o líder do esquadrão.

Era primavera de 1940, a guerra ainda estava concentrada na Europa. Foi antes do maio desastroso quando os Aliados fugiram, retirando-se para as praias da França antes do cerco que foi a Batalha da Grã-Bretanha, antes que as explosões e as chamas enchessem as noites de blitz.[11] Na primavera de 1940, nossos céus estavam em alerta, armados e inquietos, mas ainda eram seguros.

— Sim, *atiraram* em nós! — respondeu o piloto do Wellington, furioso. Também estava pálido como um fantasma. — Aqueles idiotas que estão operando a artilharia antiaérea nos balões de barragem em Cattercup. Fomos alvos dos *nossos próprios* artilheiros! Quem é o imbecil que os treina? Malditos idiotas com um gatilho na mão! Desperdiçando munição e assustando todo mundo! Qualquer criança consegue perceber a diferença entre um charuto voador e um lápis voador!

(Nós apelidamos os nossos Wellingtons de "charutos voadores" e chamamos os seus Dorniers asquerosos de "lápis voadores". Divirta-se traduzindo isso, srta. E.)

O piloto tinha ficado tão assustado quanto Maddie, mas não estava tremendo.

Joan abraçou Maddie pelos ombros de forma acolhedora e a aconselhou baixinho que não desse atenção à linguagem do piloto. Mas Maddie soltou uma risada forçada e incerta.

— Eu nem estava na torre de artilharia — murmurou ela. — Graças a Deus, *eu* não vou voar para a Europa.

## DEPARTAMENTO DE SINAIS

— O tenente de voo Mottram tem lhe feito muitos elogios — declarou a chefe da seção de Maddie na WAAF. — Disse que você tem a visão mais aguçada de Oakway. — A chefe revirou os olhos. — Deve ser um pouco de exagero, mas ele contou que, durante os voos, você é sempre a primeira a detectar a aproximação de outra aeronave. O que acha de receber mais treinamento?

— Em quê?

---

11. Tradução do alemão: Relâmpago. A blitz foi uma campanha de bombardeamentos pela Alemanha, contra o Reino Unido, entre 7 de setembro de 1940 e 10 de maio de 1941. [N. E.]

A chefe da seção deu uma tossida discreta.

— Isso ainda é confidencial. Na verdade, é uma decisão muito confidencial. Caso aceite, vou enviá-la para o curso.

— Eu aceito — respondeu Maddie.

---

Para esclarecer um comentário que alguém fez um pouco mais cedo, confesso que estou inventando os nomes e os cargos. Vocês acham mesmo que me lembro do nome e do cargo de todo mundo que trabalhou com Maddie? Ou de todos os aviões que ela pilotou? Acho que as coisas ficam mais interessantes assim.

Isso é tudo de útil que consigo escrever hoje, embora eu possa continuar escrevendo sobre nada se eu achasse que isso evitaria as próximas horas de interrogatório: Engel lutando para entender a minha letra e Von Linden vendo problemas em tudo que eu disse. Mas não tem jeito... melhor não adiar. Tenho um cobertor esperando por mim quando acabar, espero, e talvez um prato morno de *kailkenny à la guerre* — ou seja, purê de batata e repolho, sem muita batata nem repolho. Ainda não estou com escorbuto, graças ao suprimento francês infinito de repolho na prisão. Viva...

*Ormaie 10.XI.43 JB-S*

RAF WAAF RDF Y
S.O.B. S.O.E.
Oficial assistente de divisão/Oficial de voo
op/r
ofi/mp
*m'aidez, m'aidez, mayday*

## DEFESA COSTEIRA

Na verdade, tenho até medo de escrever isto.

Nem sei por que acho que isso é importante. A Batalha da Grã-Bretanha já acabou. A invasão de Hitler, a Operação Leão-Marinho, fracassou há três anos. E logo ele estará lutando uma guerra desesperada em dois fronts, com os americanos que nos apoiam e com os russos que estão fechando o cerco a Berlim ao leste, além da resistência organizada em todos os países ao meio. Não consigo acreditar que os conselheiros dele ainda não saibam o que acontecia nas cabanas improvisadas de ferro e concreto ao longo da costa sudeste da Inglaterra no verão de 1940 — de forma geral, na verdade.

Só que eu não quero entrar para a história como a pessoa que entregou todos os detalhes.

RDF é Range and Direction Finding.[12] Mesmo acrônimo para Radio Direction Finding,[13] justamente para confundir o inimigo,

---

12. Tradução: Localização de Alcance e Direcionamento. [N. E.]

13. Tradução: Localização de Direcionamento de Rádio. [N. E.]

mas não são exatamente a mesma coisa. Como você bem sabe... bem... eles chamam isso de *Radar* agora, uma palavra americana, um acrônimo para *RA*dio *D*etection *A*nd *R*anging,[14] o que acho que não é mais fácil de lembrar. No verão de 1940, era uma coisa tão nova que ninguém sabia o que era, e tão secreta que...

*Por tudo que é mais sagrado...* Não consigo fazer isso.

---

Passei meia hora em uma discussão irritante com *Fräulein* Engel por causa da ponta da caneta, que juro não ter entortado de propósito da primeira vez. É verdade que isso evitou o trabalho por um bom tempo, mas não ajudou muito quando aquela bruxa usou meus dentes para consertar a caneta, sendo que eu poderia muito bem ter feito isso usando a mesa. Também é verdade que foi muita burrice da minha parte entortar a ponta de novo, de propósito, no instante que ela me devolveu. Então, ela precisou me mostrar VÁRIAS VEZES como eram as coisas na época dela de escola, quando a enfermeira usava uma caneta para furar os alunos no exame de sangue.

Não sei por que entortei a porcaria da ponta de novo. É tão fácil irritar a srta. Engel. Ela sempre ganha, mas só porque minhas pernas estão amarradas na cadeira.

Bem, e também porque, no fim de cada discussão, ela faz o favor de lembrar o trato que fiz com um certo oficial da Gestapo, e eu desmorono.

— *Hauptsturmführer* Von Linden é um homem muito ocupado, como você bem sabe, e não vai gostar nada de ser interrompido. Mas já me deram ordens de chamá-lo quando necessário. Você recebeu caneta e papel porque ele considerou sua disposição em cooperar e, caso não escreva a confissão como combinado, ele não terá outra escolha a não ser voltar ao interrogatório.

CALE A BOCA, ANNA ENGEL! EU SEI DISSO.

---

14. Tradução: Detecção e Distanciometria por Rádio. [N. E.]

Faço qualquer coisa: tudo que ela precisa fazer é mencionar o nome dele e me lembro; faço qualquer coisa, *qualquer coisa mesmo*, só para evitar que ele me interrogue de novo.

Então. Range and Direction Finding. Defesa costeira. Será que ganho minhas trinta moedas de prata? Não, apenas mais alguns papéis de carta do hotel. Tem um toque macio para escrever.

## DEFESA COSTEIRA, VERSÃO COMPLETA

Nós vimos a aproximação — alguém viu a aproximação. Estávamos um pouco à frente de vocês, que nem perceberam. Não notaram o quanto nosso sistema RDF estava pronto ou como éramos rápidos ao treinar pessoas para que o usassem ou até onde conseguíamos ver com ele. Vocês nem perceberam como a construção dos nossos próprios aviões estava adiantada. É verdade que tínhamos menos homens, mas, com o RDF, vimos a aproximação de vocês — vimos os enxames de aviões da Luftwaffe mesmo enquanto decolavam das bases da França Ocupada, descobrimos a quantos pés estavam voando, vimos quantos iam participar do ataque. E isso nos deu tempo para organizar as tropas. Nós podíamos encontrá-los no ar, fazê-los retroceder, evitar que pousassem, distraí-los até que ficassem sem combustível e dessem meia-volta até o próximo ataque. Nossa ilha cercada, sozinha na fronteira com a Europa.

Maddie jurou pela vida dos filhos ainda não nascidos que manteria o segredo. É uma coisa tão secreta que nem determinam um cargo para as pessoas que trabalham com radar; a pessoa passa a ser um *oficial de missões especiais*.[15] Oficial/Missões Especiais, ofi/mp para facilitar, como op/r é para Operador de Rádio[16] e Y para rádio. Ofi/mp, acho que talvez essa seja a informação mais útil e incriminadora que já entreguei. Agora você sabe.

---

15. No original: Special Duties Clerk (clk/sd). [N. E.]

16. No original: Wireless Operator (w/op). [N. E.]

Maddie passou seis semanas no treinamento de radar. Recebeu também uma ótima promoção e se tornou oficial. Foi enviada para a Base Aérea de Maidsend da RAF, uma base operacional para um esquadrão de Spitfire, nosso novo avião de caça. A base não ficava muito longe de Cantuária e era bem perto da costa de Kent. Foi o mais longe que ela já tinha ficado de casa. Maddie não foi colocada para trabalhar diretamente em uma tela de radar em uma das estações de radiogoniometria, embora Maidsend contasse com uma; ela ainda estava na sala de comunicações por rádio. Durante o fogo e a fúria do verão de 1940, Maddie permaneceu em uma torre de ferro e concreto, recebendo orientações por telefone. As outras garotas da RDF faziam o trabalho de reconhecimento nas telas de vidro com luzes verdes piscantes e enviavam telegramas ou telefonavam para a central de operações; quando a central identificava o avião que se aproximava para ela, Maddie respondia às ligações ar-terra enquanto a aeronave voltava para casa capengando. Ou, às vezes, comemorando durante a volta, em triunfo, ou sendo entregues ao depósito de manutenção em Swi

SWINLEY   SWINLEY

Em *Swinley*. Thibaut me obrigou a escrever o nome completo. Estou tão envergonhada de mim mesma. Quero vomitar de novo.

Engel diz com impaciência que não preciso me preocupar com o nome da oficina. Houve diversas tentativas de bombardeá-la e isso não é bem um segredo. Engel tem certeza de que *Hauptsturmführer* vai se interessar mais pela minha descrição da rede de radares. Ela agora está com raiva de T. por ter me interrompido.

Eu os odeio. Odeio os dois. Odeio todo mundo.

EU OS ODEIO.


## DEFESA COSTEIRA, DROGA.

Idiota chorona.

Então. Então, na tela da RDF, cada pontinho verde indicava uma aeronave, uma ou duas se movendo pela tela. Poderia ser um dos nossos. Dava para ver a batalha crescendo com os pontos se multiplicando — mais aeronaves se juntando às primeiras conforme a luz pulsante varria a tela. Eles se juntavam e alguns apagavam, como faíscas virando cinzas. E cada pontinho verde que se apagava era uma vida perdida, um homem, no caso de um caça; uma tripulação inteira no de um bombardeiro. *Fora! Apaga-te, candeia transitória!* (Isso é uma citação de *Macbeth.* Dizem que ele também foi um dos meus supostos ancestrais, e de fato ele foi o centro das atenções nas terras da minha família algumas vezes. De acordo com todas as fontes escocesas contemporâneas, Macbeth não era o bandido traidor criado por Shakespeare. Será que a história vai se lembrar de mim pela minha MBE,[17] a minha Ordem do Império Britânico por "lealdade", ou por minha cooperação com a Gestapo? Não quero pensar nisso. Imagino que possam revogar o título de membro da ordem quando você deixa de ser leal.)

Se eles tivessem rádio, Maddie podia falar com os aviões dos oficiais de missões especiais que apareciam nas telas. Ela dizia para os pilotos mais ou menos o que costumava dizer lá em Oakway, só que ela não tinha um reconhecimento tão bom da área de Kent. Ela passava orientações para a aeronave em movimento, além de informações sobre velocidade do vento e se havia ou não buracos na pista naquele dia (às vezes sofríamos ataques repentinos). Ou dizia para outros aviões que dessem prioridade a um que tinha perdido os flaps das asas, ou então que o piloto de outro tinha sido atingido por estilhaços no ombro ou qualquer coisa do tipo.

Maddie estava acompanhando a chegada dos atrasados depois de uma tarde de batalha que não envolveu o esquadrão de Maidsend. Ela quase caiu da cadeira quando ouviu um chamado desesperado na sua frequência:

— Mayday... Mayday...

---

17. No original: Member of the Most Excellent Order of the British Empire. A ordem foi instituída em 1917, durante a Primeira Guerra Mundial, a fim de premiar pessoas pelos seus esforços de guerra. [N. E.]

Reconheceu a palavra em inglês. Ou talvez fosse *"M'aidez"* em francês. Socorro! O restante da transmissão era em alemão.

Era a voz de um garoto, jovem e amedrontado. Ele interrompia cada ligação com um soluço. Maddie engoliu em seco — não fazia ideia de onde os gritos de socorro vinham e fez a chamada:

— Ouçam isso! Ouçam!

Ligou seu fone ao alto-falante da Tannoy para que todos ouvissem e pegou o telefone.

— Aqui é Brodatt, a oficial assistente de divisão na torre. Posso falar com Jenny na seção das Missões Especiais? Tudo bem, pode ser a Tessa. Há alguém com a tela funcionando? Preciso de uma identificação em uma chamada de rádio...

Todo mundo ficou em volta do telefone, lendo as anotações de Maddie sobre seu ombro enquanto ela escrevia as informações de radiogoniometria. Houve um arfar coletivo quando entenderam as anotações.

— Está vindo direto para Maidsend!

— E se for um bombardeiro?

— *E se ainda estiver carregado?*

— E se for um trote?

— Ele falaria em inglês se fosse um trote!

— Tem alguém aqui que fala alemão?! — berrou o comandante da sala de rádio.

Silêncio.

— Meu Deus! Brodatt, continue no telefone. Davenport, vá correndo até a estação de radiotelegrafia. Talvez alguém de lá possa ajudar. Preciso de alguém que fale alemão! *Agora!*

Maddie ficou ouvindo com o coração na garganta, enquanto segurava o fone em uma das mãos e o telefone com a outra, à espera de que a garota acompanhando a tela da RDF lhe passasse novas informações.

— Shhh — avisou o oficial de rádio, debruçando-se sobre o ombro de Maddie e segurando o telefone para que ela usasse a mão direita para fazer as anotações. — Não diga nada... Não deixe que ele saiba quem está ouvindo...

A porta da sala de rádio se abriu e o subordinado Davenport estava de volta com uma das operadoras logo atrás. Maddie levantou o olhar.

A garota estava imaculada — nem um fio fora do lugar, o cabelo louro e comprido preso em um coque perfeito e de acordo com os regulamentos de estar cinco centímetros acima do colarinho do uniforme. Maddie a reconheceu da cantina e das raras ocasiões sociais. "Queenie", era como as pessoas a chamavam, embora ela não fosse a Abelha-Rainha oficial da WAAF (é assim que chamamos a oficial administrativa sênior na base), nem esse era o seu nome. Maddie não sabia o nome dela. Queenie tinha ganhado certa reputação por ser rápida e determinada; era atrevida com oficiais superiores e sempre se safava, mas ela jamais sairia de um prédio durante um ataque aéreo até se certificar de que todos já tivessem saído. Com um parentesco distante com a família real, ela tinha a própria posição social, mais privilégios do que experiência, e era uma oficial de voo; mas dizia-se que ela trabalhava tão diligentemente em seu aparelho de radiotelegrafia como qualquer vendedora que aprendeu tudo sozinha. Era bonita, pequena e se movia com leveza, e sempre que havia um baile no esquadrão em alguma noite de sábado, era ela que os pilotos queriam tirar para dançar.

— Passe seu fone para cá, Brodatt — disse o oficial de rádio.

Maddie desenrolou os fones de ouvido e o microfone e os passou para a bonita radiotelegrafista de cabelos louros, que ajustou os fones na cabeça.

Depois de alguns segundos, Queenie disse:

— Ele diz que está sobrevoando o Canal da Mancha. E está procurando por Calais.

— Mas Tessa diz que ele está se aproximando da costa em Whitstable!

— Ele está a bordo de um bombardeiro Heinkel, a tripulação foi morta, ele perdeu um dos motores e quer pousar em Calais.

Todo mundo ficou olhando para a operadora.

— Tem certeza de que estamos falando da mesma aeronave? — perguntou o oficial de rádio em tom de dúvida.

— Tessa — disse Maddie pelo telefone. — O avião alemão poderia estar sobrevoando o Canal da Mancha?

Nesse momento todos prenderam a respiração, à espera de que a voz de Tessa respondesse, enquanto estava sentada em algum lugar abaixo dos penhascos de calcário, olhando para os pontos verdes na sua tela. A resposta apareceu nas letras rabiscada por Maddie: *Ident. hostil, trilha 187, 25 km de Maidsend, altitude estimada 8,5 mil pés.*

— Por que diabos ele acha que está sobrevoando o Canal da Mancha?

— Ah! — Maddie exclamou quando entendeu e fez um gesto para o enorme mapa do sudeste da Inglaterra, noroeste da França e os Países Baixos, que cobria a parede atrás do seu rádio. — Vejam aqui... Ele está vindo de Suffolk. Estava bombardeando as bases costeiras de lá. Cruzou a foz do Tâmisa no ponto mais amplo e agora acha que cruzou o *Canal*! Ele está seguindo direto para Kent e acha que está na França!

O oficial-chefe de rádio deu uma ordem à operadora:

— Responda a ele.

— Você tem que me informar o protocolo, senhor.

— Brodatt, passe o protocolo correto para ela.

Maddie engoliu em seco. Não havia tempo para hesitar. Ela perguntou:

— Que avião ele está pilotando? Que tipo de aeronave? Um bombardeiro?

A operadora de rádio disse o nome em alemão primeiro, e todos olharam sem entender.

— He-111? — traduziu ela, hesitante.

— Heinkel He-111... Alguma outra identificação?

— Um Heinkel He-111. Ele não disse mais nada.

— Repita o tipo de aeronave dele. Heinkel He-111. Esse é um chamado aberto. Pressione este botão antes de falar; segure-o enquanto fala, caso contrário ele não vai ouvir. Depois, precisa soltar ou ele não vai conseguir responder.

O oficial-chefe de rádio esclareceu:

— Heinkel He-111, aqui é Calais-Marck. Diga a ele que somos Calais-Marck.

Maddie ouviu a operadora fazer a primeira chamada de rádio, em alemão, com a voz calma e firme como se sempre tivesse dado instruções de rádio para bombardeiros da Luftwaffe. A resposta do rapaz da Luftwaffe chegou em tom de gratidão e ele parecia quase chorar de alívio.

Queenie se voltou para Maddie.

— Ele quer as coordenadas de pouso.

— Diga isso primeiro... — Maddie escreveu números e distâncias em um bloco. — Diga primeiro a identificação dele, depois a sua. Heinkel He-111, aqui é Calais. Então, pista de aterrissagem, velocidade do vento, visibilidade... — Maddie escrevia rapidamente.

Queenie olhou para as abreviações codificadas e começou a falar calmamente no fone, dando ordens em alemão em tom confiante e calmo.

Ela fez uma pausa no meio e bateu com a unha bem-feita e pintada no roteiro que Maddie lhe passara. Perguntou só com os lábios: *P27*?

— Pista vinte e sete — respondeu Maddie baixinho. — Diga "Autorização imediata, pista 27". Diga para ele lançar no mar qualquer bomba que ainda tenha, para que elas não explodam na aterrissagem.

A sala de rádio ficou no mais absoluto silêncio, todos hipnotizados pelas instruções precisas e incompreensíveis que a elegante operadora de rádio estava dando com a autoridade relaxada de uma diretora de escola, e o tom angustiado e igualmente incompreensível das respostas ofegantes do garoto no avião arruinado; além das direções e protocolos que Maddie rabiscava no pequeno bloco de anotações.

— Aí vem ele! — exclamou o oficial-chefe de rádio, e todos, exceto Maddie e Queenie, que ainda estavam presas pelo fone e pelo telefone, foram correndo para a janela em busca de assistir ao bombardeiro Heinkel surgir nos céus.

— Quando receber o aviso de aproximação final, passe para ele a velocidade do vento — orientou Maddie, escrevendo com pressa. — Oito nós de oeste para sudoeste, com rajadas de doze.

— Avise que os bombeiros estão a caminho para encontrá-lo — disse o oficial de rádio. Ele bateu no ombro de outros operadores de rádio. — Mande os carros para lá e uma ambulância.

A silhueta preta distante foi aumentando de tamanho. Agora conseguiam ouvir o engasgo e o rangido do único motor em funcionamento.

— Meu Deus, ele nem desceu o trem de aterrissagem — comentou o jovem oficial de voo chamado Davenport. — Vai ser uma aterrissagem desastrosa.

Mas não foi. O Heinkel pousou suavemente, de maneira que apenas a fuselagem tocou o solo, levantando uma chuva de grama e terra, até parar na frente da torre de controle, enquanto a sirene dos bombeiros e da ambulância disparavam ao encontro deles.

Todo mundo que estava na janela seguiu para a escada e saiu para a pista de pouso. Maddie colocou os fones de volta. Os outros dois operadores de rádio estavam de pé na janela. Maddie tentou ouvir o que acontecia, mas só conseguiu ouvir as sirenes. Como estava longe da janela, só pôde ver o céu e a bandeira no fim da pista de aterrissagem, mas nada abaixo. Um tênue fio de fumaça preta se elevava pela janela.

Lá fora, na beirada da pista, Queenie, ou seja lá qual era o nome dela, observava as ruínas do bombardeiro da Luftwaffe.

Caído sobre a própria fuselagem, mais parecia uma imensa baleia de metal emitindo fumaça em vez de água. A operadora de rádio conseguia ver, pelo vidro de plástico estilhaçado da cabine, o jovem piloto tentando desesperadamente tirar o capacete ensanguentado do corpo do navegador de voo. Observou um enxame de montadores e a aproximação da equipe de bombeiros para tirar o piloto e a tripulação sem vida do avião. Ela viu o alívio sincero na expressão do rosto do piloto se transformar em surpresa e apreensão à medida que era cercado por pessoas de uniforme azul e as listras e crachás da RAF.

O oficial-chefe de rádio ao lado dela estalou a língua e falou baixo:

— Coitado. Ele não vai voltar para casa como um herói! Não deve ter o menor senso de direção.

Ele pousou a mão de leve no ombro da operadora de rádio que falava alemão.

— Se não se importar — disse ele em tom de quem se desculpa —, acho que vamos precisar da sua ajuda para interrogá-lo.

---

Maddie estava encerrando o turno quando os homens da ambulância enfim terminaram de atender o piloto alemão e o levaram até o escritório situado no térreo da torre de controle. Ela conseguiu dar uma olhada rápida no jovem confuso tomando goles cuidadosos em uma caneca fumegante enquanto um servente lhe acendia um cigarro. Tinham lhe dado um cobertor; ainda era agosto, mas os dentes dele rangiam de frio. A bonita operadora de rádio, com cabelo louro imaculado, estava sentada na ponta de uma cadeira do outro lado da sala, desviando educadamente o olhar do inimigo destruído e surpreso. Parecia tão calma e equilibrada quanto estivera ao pegar o fone de Maddie na sala de comunicações; contudo, Maddie percebeu que ela estava perfurando o encosto da cadeira com a ponta da unha bem-feita do indicador.

*Eu não conseguiria ter feito o que ela acabou de fazer*, pensou Maddie. *Não teríamos feito essa captura, não fosse por ela. Mesmo que eu falasse alemão, eu jamais teria conseguido* fingir *daquela forma, apenas improvisando, sem treinamento nem nada. Não sei se eu conseguiria fazer o que ela terá de fazer agora. Graças a Deus eu não falo alemão.*

---

Naquela noite, Maidsend sofreu outro ataque-surpresa. Não tinha nada a ver com o bombardeiro Heinkel capturado; era só um ataque aéreo normal, a Luftwaffe se esforçando ao máximo para tentar destruir as defesas britânicas. O alojamento dos oficiais da RAF foi destruído (não havia ninguém lá na hora), e deixaram grandes crateras nas pistas de pouso e decolagem. As oficiais da WAAF estavam alojadas na casa dos guardas, na extremidade do terreno da propriedade na qual o campo de pouso fora construído, e Maddie e suas colegas dormiam tão profundamente que não ouviram as sirenes. Só acordaram depois da primeira explosão. Tiveram de sair correndo pelo matagal, só de pijama e capacete, carregando máscaras de gás e cartões de identificação. Não havia luz no caminho a não ser pelo fogo cruzado e pelas chamas explosivas — não havia luz nos postes, nenhuma nesga de iluminação saindo pelas portas ou janelas, nem mesmo o brilho da ponta de um cigarro. Era como estar no inferno, nada além de sombras, chamas altas, fogo e estrelas no céu.

Maddie tinha pegado um guarda-chuva. Máscara de gás, capacete, cupons de alimentação e um guarda-chuva. Estava chovendo fogo dos céus e ela o enfrentou com uma sombrinha. Ninguém percebeu que ela estava levando aquilo, é claro, até ela tentar passar pela porta do abrigo antiaéreo.

— Feche... feche isso logo... *deixe* aí fora!

— Eu não vou deixar! — exclamou Maddie, conseguindo entrar com o guarda-chuva. A garota atrás dela a empurrou e as da frente agarraram seu braço e puxaram; então estavam todas lá, tremendo no subsolo escuro com a porta fechada.

Duas delas tinham tido o bom senso de trazer cigarros. As garotas distribuíram entre as outras com parcimônia. Não havia nenhum homem ali — eles ficavam alojados a quase um quilômetro de distância, do outro lado do campo de pouso, e usavam um abrigo diferente, pelo menos os que não estavam entrando em aeronaves para contra-atacar. A garota com os fósforos encontrou uma vela e elas se acomodaram para esperar o ataque passar.

— Pegue o baralho, querida. Vamos jogar uma partida de buraco.

— Buraco! Não seja boba! Vamos jogar pôquer. Vamos apostar cigarros. Pelo amor de Deus, Brodatt, solte essa sombrinha. Você é doida?

— Não — respondeu Maddie com muita calma.

Estavam todas agachadas no chão sujo em volta das cartas e das pontas brilhantes dos cigarros. Era um ambiente aconchegante de um jeito talvez infernal. Havia alguma aeronave voando baixo e bombardeando a pista com uma metralhadora. E mesmo enterradas no subsolo e a quase um quilômetro de distância, as paredes do abrigo estremeceram.

— Ainda bem que meu turno não é agora!

— Que pena dos coitados que estão trabalhando agora.

— Posso dividir o guarda-chuva com você?

Maddie ergueu o olhar. Agachada ao seu lado, sob a luz bruxuleante da vela e de um lampião a óleo, estava a pequena operadora de rádio que falava alemão. Ela era o epítome de perfeição feminina e heroísmo até mesmo usando o pijama masculino da WAAF que ia contra o regulamento, o cabelo solto cobrindo um dos ombros. Todas as outras garotas tinham perdido os grampos de cabelo, mas os de Queenie estavam guardados ordenadamente no bolso do pijama e só voltariam para o cabelo quando estivesse de volta à própria cama. Com os dedos de unhas bem cuidadas, ela ofereceu um cigarro para Maddie.

— Gostaria de ter trazido uma sombrinha — disse ela com aquele tom agradável e educado dos colégios de Oxbridge. — Que ideia maravilhosa! Uma ilusão portátil de abrigo e segurança. Tem lugar para duas?

Maddie aceitou o cigarro, mas não fez nenhum outro movimento. Ela sabia que a caprichosa Queenie era dada a arroubos de loucura, como roubar uísque de malte na bagunça dos oficiais da RAF, e Maddie tinha certeza de que qualquer pessoa corajosa o suficiente para personificar uma operadora de rádio inimiga de uma hora para outra era completamente capaz de debochar de alguém que começava a chorar sempre que ouvia um tiro. Em um campo de pouso militar. Em uma guerra.

Mas Queenie não parecia estar debochando de Maddie — ao contrário, na verdade. Maddie chegou um pouco para o lado e abriu espaço para outro corpo embaixo do guarda-chuva.

— Que maravilha! — exclamou Queenie animada. — É como ser uma tartaruga. Eles deveriam fazer algumas sombrinhas de aço. Deixe-me segurar...

Ela retirou gentilmente da mão trêmula de Maddie e ficou segurando o ridículo guarda-chuva que cobria a cabeça das duas dentro do bunker. Maddie deu uma tragada no cigarro e o devolveu. Depois de alternar entre roer as unhas e fumar até sobrar uma tirinha de papel e cinzas, as mãos pararam de tremer. Maddie agradeceu com a voz rouca:

— Muito obrigada.

— Sem problemas — respondeu Queenie. — Por que você não joga essa rodada? Eu cubro você.

— O que você era na vida civil antes... — perguntou Maddie em tom casual. — Uma atriz?

A pequena operadora de rádio caiu na gargalhada, mas continuou segurando o guarda-chuva com firmeza sobre a cabeça de Maddie.

— Não, eu só gosto de faz de conta — disse ela. — Faço a mesma coisa com os nossos rapazes, sabe? Flertar é um jogo. Sou bem chata, na verdade. Se não estivéssemos em guerra, eu estaria na universidade. Ainda nem terminei meu primeiro ano. Comecei um ano antes, mas um semestre atrasada.

— Estudando o quê?

— Alemão, é claro. Eles falavam alemão... bem, uma estranha variação da língua... na vila onde era o meu internato na Suíça. E gostei.

Maddie riu.

— Você foi mágica esta tarde. Brilhante de verdade.

— Eu não teria conseguido sem você me orientando sobre o que dizer. *Você* também foi brilhante. Você estava *bem ao meu lado* quando precisei, nenhuma palavra ou chamada fora do lugar. Você tomou todas as decisões. Tudo que precisei fazer foi prestar

atenção, e isso é o que faço o dia todo como radiotelegrafista...
presto atenção e fico ouvindo. Nunca preciso *fazer* nada. E tudo
que precisei fazer esta tarde foi ler o roteiro que você me deu.

— Mas você precisou traduzir! — exclamou Maddie.

— Nós fizemos aquilo juntas — disse a amiga.

---

As pessoas são complicadas. Existem muito mais coisas em todo
mundo do que conseguimos perceber. Você vê uma pessoa na escola todos os dias, ou no trabalho, ou na cantina, e compartilha um
cigarro ou um café com essa pessoa, comenta sobre o tempo ou sobre o ataque aéreo da noite anterior. Mas não fala sobre a pior coisa
que já disse para sua mãe nem como você fingiu ser David Balfour,
o herói de *Raptado*,[18] por um ano inteiro, quando tinha treze anos,
ou o que imagina fazendo com o piloto que parece Leslie Howard[19]
se estivesse sozinha no abrigo dele depois de um baile.

Ninguém dormiu na noite daquele ataque aéreo, nem na
seguinte. Tivemos praticamente que pavimentar de novo a pista naquela manhã. Não tínhamos nem o conhecimento, nem as
ferramentas nem o material, e não éramos uma equipe de construção; mas sem uma pista, a Base Aérea de Maidsend ficaria
indefesa. E a Grã-Bretanha também, se considerarmos a situação
geral. Então nós consertamos a pista.

Todos tiveram de participar, inclusive o prisioneiro alemão
— acho que ele estava bastante apreensivo em relação ao seu destino como prisioneiro de guerra e ficou tão feliz de passar o dia
sem camisa jogando um monte de terra junto a outros vinte pilotos quanto se tivesse sido enviado para algum internato oficial
desconhecido que o esperava no interior. Lembro que tivemos
de baixar a cabeça e fazer um minuto de silêncio pelos falecidos

---

18. Obra do autor escocês Robert Louis Stevenson (1850-1894), publicada em
1886. [N. E.]

19. Ator britânico que interpretou Ashley Wikes no clássico do cinema ...*E o vento
levou*, de 1939. [N. E.]

companheiros de voo dele antes de voltarmos ao trabalho. Não sei o que aconteceu com o prisioneiro depois disso.

Na cantina, Queenie dormia com a cabeça apoiada na mesa. Devia ter arrumado o cabelo primeiro antes de entrar, depois de duas horas de catar pedras na pista, mas tinha caído no sono antes mesmo de tirar a colher de sua xícara de chá. Maddie se sentou em frente a ela com duas xícaras de chá fresco e um bolinho com glacê. Não sei de onde veio o glacê. Alguém deve ter guardado açúcar para o caso de haver um ataque direto ao campo de pouso e todo mundo precisar se animar. Maddie ficou aliviada ao ver a imperturbável operadora de rádio baixar a guarda. Ela empurrou a xícara de chá até bem próximo do rosto para que o calor a acordasse.

Elas apoiaram as cabeças nas mãos e ficaram se olhando.

— Você tem medo de *alguma coisa*? — perguntou Maddie.

— De um monte de coisas!

— Diga uma.

— Posso dizer dez.

— Pode começar.

Queenie olhou para as mãos.

— Quebrar as unhas — respondeu em tom de crítica. Depois de duas horas fazendo reparos na pista de entulhos e metais retorcidos, a manicure dela precisava de retoques.

— Estou falando sério — retorquiu Maddie, baixinho.

— Tá legal, então. Tenho medo de escuro.

— Não acredito em você.

— É verdade — disse Queenie. — Agora é a sua vez.

— Do frio — respondeu Maddie.

Queenie tomou um gole de chá.

— De dormir durante o trabalho.

— Eu também. — Maddie deu uma risada. — E de bombas caindo.

— Fácil demais.

— Tá legal. — Foi a vez de Maddie ficar na defensiva. Ela afastou um cacho escuro do colarinho; o cabelo era quase curto o suficiente para ser considerado de acordo com o regulamento, e curto demais para prender. — Bombas caindo na casa dos meus avós.

Queenie assentiu, concordando.

— Bombas atingindo meu irmão favorito. Jamie é o mais novo e mais próximo da minha idade. Ele é piloto.

— Não ter uma habilidade útil — disse Maddie. — Não quero precisar me casar rápido só para não ter que trabalhar na Ladderal Mill.

— Você está brincando!

— Quando a guerra terminar, eu *ainda* não vou ter uma habilidade. Aposto que não haverá essa necessidade louca por operadoras de rádio quando tudo acabar.

— E acha que isso está perto de acontecer?

— Quanto mais demorar — disse Maddie devagar, ao cortar o bolinho de glacê ao meio com uma faca —, mais velha vou ficar.

Queenie deu uma risada alegre.

— Ficar velha! — exclamou Queenie. — Morro de medo da velhice.

Maddie sorriu e lhe entregou metade do bolinho.

— Eu também. Mas é um pouco parecido com ter medo de morrer. Não temos muito o que fazer com relação a isso.

— Quantos medos eu já disse?

— Quatro, sem contar a unha. Ainda faltam seis.

— Tudo bem.

Queenie cortou a metade do seu bolinho em seis pedaços iguais e os colocou em volta do pires. E começou a mergulhar um por um no chá e ia nomeando um medo antes de comer.

— Número cinco: o porteiro do Newbery College. Blimey é um babaca. Eu era um ano mais nova que as meninas do primeiro ano e eu teria medo mesmo se ele não me odiasse. Era porque eu lia em alemão e ele tinha certeza de que o meu professor era espião! Faltam cinco, não é? Número seis, altura. Morro de medo de altura. Isso porque meus irmãos mais velhos me amarraram na calha do telhado do nosso castelo quando eu tinha cinco anos e se esqueceram de mim a tarde toda. Os cinco levaram uma sova por causa disso. Sete, fantasmas. Na verdade, um fantasma, não sete, um fantasma específico. Mas não preciso me preocupar com isso aqui. O fantasma deve ser o motivo de eu ter medo de escuro também.

Queenie tomou chá depois de cada uma dessas confissões improváveis. Maddie ficou olhando para ela cada vez mais maravilhada. Ambas ainda estavam uma diante da outra com o queixo apoiado nas mãos e os cotovelos na mesa. Não parecia que estivesse inventando aquilo, mas sim levando sua lista peculiar muito a sério.

— Oito: ser pega roubando uvas na estufa da horta. Isso também era motivo para uma sova. Claro que sou velha demais para roubar uvas *e também* para apanhar. Nove: matar alguém. Por acidente ou de propósito. Será que salvei a vida daquele jovem alemão ontem ou a destruí? Você faz isso também... Fala para os pilotos onde encontrá-los. Você é responsável. Você pensa nisso?

Maddie não respondeu. Ela pensava nisso.

— Talvez fique mais fácil depois da primeira vez. Número dez: tenho medo de me perder.

Queenie afastou o olhar do bolinho "de me perder" e encarou Maddie.

— Agora entendo por que você está tão cética e inclinada a não acreditar em nada que eu diga. E talvez eu não tenha *tanto* medo assim de fantasma. Mas *morro* de medo de me perder. *Odeio* ter que encontrar os caminhos aqui no campo de pouso. Todos os abrigos Nissen parecem iguais. Meu Deus, tem quarenta abrigos aqui! E todas as pistas e hangares parecem mudar de lugar. Tento usar os aviões como ponto de referência, mas eles também mudam de lugar.

Maddie riu.

— Senti pena do coitado do piloto ontem — revelou Maddie. — Sei que não deveria. Mas já vi tantos dos nossos rapazes se confundirem também durante o primeiro voo sobre os Peninos. Parece que não deveria ser possível confundir a Inglaterra com a França.

Mas quem sabe o que passa pela cabeça de uma pessoa quando todos os seus colegas explodiram e você está pilotando um avião danificado? Talvez fosse o primeiro voo dele para a Inglaterra. Senti muita pena.

— Eu também — disse Queenie com voz suave ao terminar o chá como se virasse uma dose de uísque.

— Foi muito ruim interrogá-lo?

Queenie a olhou de esguelha, enigmática.

— "Conversas descuidadas custam vidas." Fiz um juramento para nunca falar sobre isso.

— Ah! — Maddie ficou vermelha. — Claro. Desculpe.

A operadora de rádio se empertigou, olhou para as unhas arruinadas, encolheu os ombros e levou a mão ao cabelo para ver se estava tudo em ordem. Então, se levantou, espreguiçou-se e bocejou.

— Obrigada por dividir seu bolinho comigo — agradeceu ela com um sorriso.

— Obrigada por me contar seus medos!

— Você ainda me deve alguns.

A sirene de ataque aéreo disparou.

*Ormaie 11.XI.43 JB-S*

## NÃO É PARTE DA HISTÓRIA

Preciso registrar o interrogatório da noite de ontem porque foi engraçado demais. Engel bateu meu maço rabiscado de papéis de carta do hotel, completamente frustrada e disse para Von Linden:

— Ela deve receber ordens de descrever a reunião entre ela e Brodatt. A descrição das operações iniciais com radar não passa de besteira irrelevante.

Von Linden emitiu um som com um arfar suave, como se quisesse assoprar uma vela. Engel e eu ficamos olhando-o como se, de repente, tivessem surgido chifres na cabeça dele. (Foi uma risada sem abrir um sorriso — acho que a cara de Von Linden é feita de gesso —, mas com certeza ele riu.)

— *Fräulein* Engel, você nunca estudou literatura — disse ele. — A oficial de voos inglesa estudou a arte do romance. Ela está fazendo uso do suspense e do presságio.

Céus! Engel ficou o encarando. Eu, é claro, aproveitei a oportunidade para me intrometer com todo meu orgulho de cidadã das terras de William Wallace:

— Não sou *inglesa*, seu alemão idiota, sou ESCOCESA!

Engel cumpriu diligentemente seu papel de me esbofetear para que eu me calasse e disse:

— Ela não está escrevendo um romance. Está fazendo um relatório.

— Mas ela emprega conceitos e técnicas literários aplicados na escrita de um romance. E a reunião à qual você se refere já aconteceu. Você a leu nos últimos quinze minutos.

Engel começou a voltar as páginas freneticamente, na tentativa de encontrar alguma coisa.

— Você não a reconheceu nas páginas? — insistiu Von Linden. — Ah, talvez não; ela se valoriza com um nível de competência e bravura que você nunca viu aqui. É a jovem chamada Queenie, a operadora de rádio que desceu a aeronave da Luftwaffe. Nossa agente e prisioneira inglesa...

— *Escocesa!*

Bofetada.

— Nossa *prisioneira* ainda não elaborou o próprio papel como operadora de rádio no campo de pouso Maidsend.

Ah, ele é bom. Eu jamais imaginaria, nem em um milhão de anos, que o *Hauptsturmführer* Amadeus von Linden da ss é um "estudioso de literatura". Nem em um milhão de anos.

Ele quis saber, então, por que escolhi escrever sobre mim mesma na terceira pessoa. Na verdade, eu nem tinha notado que fizera isso até ele perguntar.

A resposta simples é porque estou contando a história a partir do ponto de vista da Maddie, e seria estranho apresentar um ponto de vista de outro personagem a essa altura. É muito mais fácil escrever sobre mim na terceira pessoa do que se eu tentasse escrever a história do meu próprio ponto de vista. Assim posso evitar meus pensamentos e sentimentos. É uma forma superficial de escrever sobre mim. Não preciso me levar a sério... ou talvez apenas tão a sério quanto Maddie me leva.

Von Linden, porém, retrucou que nem mesmo usei o meu próprio nome, e isso confundiu Engel.

Suponho que a verdadeira resposta para isso é que eu não sou mais a Queenie. Sinto uma vontade imensa de *socar a cara do meu antigo eu* quando me lembro dela, sempre sincera e hipócrita e heroica de forma tão extravagante. Tenho certeza de que as outras pessoas sentiam a mesma vontade.

Eu sou outra pessoa agora.

Mas eles me *chamavam* de Queenie. Todo mundo tinha um apelido idiota (como estar na escola, lembra?). Algumas vezes me chamavam de escocesinha, mas Queenie era mais frequente. Isso porque Maria, Rainha da Escócia,[20] é mais uma entre meus ilustres ancestrais. Ela não teve uma morte bonita. Nenhum deles teve.

Meus papéis de carta vão terminar hoje. Eles acabaram de me dar um bloco de receituário médico judaico para usar até que encontrem algo melhor. Eu nem sabia que essas coisas existiam. Os formulários têm o nome do médico, Benjamin Zylberberg, no topo da página, e uma estrela amarela com um aviso carimbado na parte inferior, alertando que esse médico judeu só tem autorização legal para receitar medicamentos para outros judeus. Suponho que ele não pratique mais Medicina (suponho que ele tenha sido enviado para quebrar pedras em algum campo de concentração), e é por isso que seu receituário médico caiu nas mãos da Gestapo.

---

20. Maria Stuart (1542-1587) foi rainha da Escócia no século XVI. Seu reinado foi marcado por conflitos e, em 1586, foi condenada à morte por decapitação. [N. E.]

# RECEITUÁRIO MÉDICO!

| | |
|---|---|
| Nome: Anna Engel<br>Endereço: *Fräulein* Engel é a forma de tratamento adequada. Às vezes uso "guarda--feminina-de-serviço ao *Mein Führer*, SENHOR!" só para irritar. | Data: De namoro? Acho que ela nunca teve namorado. Será que tem um pretendente? Marido? Ela não usa joias. (V.L. usa um sinete com uma pequena safira.) |

Diagnóstico: Precisa de uma boa trepada. Pode escolher nos seguintes grupos:

       Guerrilha antifranquista
       Gestapo
       *Résistance*
       Exército alemão
       Milícia francesa
       Civis

| | |
|---|---|
| Medicamento:<br><br>Dr. Sigmund Freud. (Não o dr. Zylberberg, mas, mesmo assim, bastante judeu.) | Aplicação:<br><br>Toda noite, 4 ou 5 *fois* |

Fiz um mais legal para ela também.

| | |
|---|---|
| Nome: *Anna Engel*<br>Endereço: | Data: *Ainda procurando namorado* |

**Diagnóstico:**

- √ *1 cigarro em uma cigarreira de marfim.*
- √ *1 garrafa grande de champanhe (uma garrafa normal talvez não seja suficiente para ela se soltar).*
- √ *Vestido Chanel. VERMELHO é a cor da Engel.*
- √ *Uma mesa no Hôtel Ritz Paris, se os nazistas saírem de lá um dia. Por que eles gostam tanto de arruinar hotéis tão bons?*

| | |
|---|---|
| Medicamento: | Aplicação:<br>*Conforme necessário* *fois* |

Eu planejava receitar uma noite de folga, mas quando imaginei esse cenário, pensei em Mata Hari[21] em uma missão. Será que Engel seria mais feliz como uma espiã, glamorosa e fatal? Não consigo imaginá-la em outro papel que não seja "oficial bestial e meticulosa". Além disso, não posso apenas afirmar que o resultado sombrio de uma missão *malsucedida* de uma agente especial tenha algo a acrescentar sobre o assunto.

Eu ia escrever prescrições para William Wallace e Maria, Rainha da Escócia, e para Adolf Hitler também, mas não consigo pensar em nada inteligente o suficiente para compensar as broncas pelo desperdício de papel.

Café estaria no topo da lista da minha própria prescrição. E depois aspirina. Estou com febre. Não deve ser tétano, pois nos vacinaram, mas pode ser sepse. Acho que aqueles alfinetes não estavam lá muito limpos. Teve um que deixei passar depois que arranquei os outros e o lugar está bem dolorido agora (também estou preocupada com algumas das queimaduras, que esquentam quando meu pulso roça na mesa ao escrever). Talvez eu tenha uma morte tranquila por envenenamento sanguíneo e evite o tratamento com querosene.

Não há nenhuma forma eficiente de suicídio usando alfinetes de costura (não chamaria contrair gangrena de "forma eficiente de suicídio") — pensei nisso por um longo tempo, considerando que eles deixavam os alfinetes onde enfiaram, mas simplesmente não é possível. É muito útil para abrir fechaduras. Adorei as lições de arrombamento durante o meu treino. Só não gostei muito do péssimo resultado de quando tentei colocá-las em uso — fui muito boa para abrir a fechadura, mas não me dei tão bem na hora de sair do prédio. <u>Nossas celas são só quartos de hotel, mas somos vigiados como se fôssemos da realeza. E também tem os cachorros.</u> Depois do episódio com os alfinetes, eles se certificaram de

---

21. Mata Hari (1876-1917) foi o pseudônimo da dançarina e agente secreta holandesa Margaretha Gertruida Zelle. Após a Primeira Guerra Mundial, ela foi condenada à pena de morte por suas atividades de espionagem. [N. E.]

que eu não seria capaz de andar se conseguisse fugir — não sei onde desenvolveram a habilidade de incapacitar alguém sem quebrar as pernas da pessoa. Escola Nazista de Ataque e Agressão? Assim como todo o restante, não eram danos permanentes, tudo que resta essa semana são os hematomas, e passaram a me examinar cuidadosamente em busca de pedaços soltos de metal. Ontem fui pega tentando esconder a ponta de uma caneta no meu cabelo (ainda não tinha um plano de como ia usá-la, mas nunca se sabe).

Ah... eu quase sempre me esqueço de que não estou escrevendo isso para mim mesma e agora é tarde demais para riscá-lo. A malévola Engel sempre tira tudo de perto de mim e soa o alarme se me vê tentando pegar qualquer coisa. Ontem, tentei arrancar a ponta da página e comê-la, mas ela conseguiu pegar primeiro. (Foi quando percebi que tinha me distraído e mencionado a fábrica de Swinley. Às vezes é revigorante lutar contra ela, que tem a vantagem da liberdade, mas sou muito mais criativa. Além disso, estou disposta a usar meus dentes, e ela tem melindres em relação a isso.)

Mas onde eu estava mesmo? *Hauptsturmführer* Von Linden levou tudo que escrevi ontem. A culpa é toda sua, seu alemão frio, idiota e sem alma, se eu começar a me repetir.

A srta. Engel me lembrou. "A sirene de ataque aéreo disparou." Garota esperta, está prestando atenção.

Ela me obriga a lhe entregar cada página para ler assim que termino de escrever. Nós nos divertimos com as receitas médicas. Será que vou me meter em confusão se eu mencionar que *ela mesma* queimou algumas para se livrar das receitas dessa vez? Isso vai lhe ensinar a não mexer comigo, guarda-feminina-de--serviço Engel!

Já me meti em confusão sem saber quando mencionei os cigarros. Ela não tem permissão para fumar quando está em serviço. Parece que Adolf Hitler tem uma vendeta contra tabaco, que acredita ser uma coisa imunda e nojenta, e sua polícia militar e seus assistentes não podem fumar durante o trabalho. Creio que a regra não seja aplicada de maneira muito rígida, a não ser quando o local é dirigido por uma marionete obsessiva como Amadeus von Linden. Que vergonha, na verdade, já que um cigarro aceso é um acessório tão conveniente quando seu trabalho é extrair informações de agentes inimigos.

Como os crimes de Engel são bem insignificantes, eles não vão se livrar dela porque sua combinação de talentos seria bem difícil de substituir (bem parecidos com os meus). Mas suas afrontas podem ser classificadas consistentemente como "insubordinação".

## ARTILHEIRO ANTIAÉREO

A sirene de ataque aéreo disparou. Todos olharam para cima com um misto de medo e exaustão, como se fosse possível enxergar através do teto de papelão da cantina. Então, todo mundo começou a se levantar das cadeiras dobráveis de madeira emprestadas do salão da igreja para enfrentar a batalha seguinte.

Maddie se levantou, olhando para a nova amiga de pé perto da mesa que tinham acabado de abandonar, enquanto as pessoas à volta delas entravam em ação. Sentia como se estivessem no olho de uma tempestade tropical. O ponto fixo de um mundo em movimento.

— Venha! — gritou Queenie, exatamente com a Rainha Vermelha em *Alice através do espelho*,[22] e agarrou o braço de Maddie, puxando-a para fora. — O seu turno começa às treze horas. Quanto tempo você tem? — Ela olhou para o relógio. — Uma hora? Um cochilo rápido no abrigo antes de precisarem de você na sala de rádio. Que pena você não ter trazido a sombrinha. Venha, eu a acompanho.

Os pilotos já estavam correndo para os Spitfires, e Maddie tentou se concentrar no problema prático de qual seria a melhor maneira de decolar com apenas metade da pista consertada — taxiar seria o mais difícil, já que não conseguiria ver os buracos

---

22. Obra do autor inglês Lewis Carroll (1832-1898), publicada em 1871. É a continuação do célebre livro infantil *Alice no País das Maravilhas* (1865). [N. E.]

na superfície além do nariz dos pequenos caças. Tentou não pensar em como seria atravessar o campo de pouso correndo até a sala de rádio dali a uma hora, sob um ataque.

Mas foi o que ela fez. Porque era o que tinha de ser feito. É incrível o que fazemos quando é o que tem de ser feito. Depois de pouco menos de uma hora, para poderem se desviar das bombas que caíam, as duas garotas saíram de novo para o terreno esburacado que a Base Aérea de Maidsend tinha se tornado.

Queenie guiou Maddie na caminhada rápida enquanto ambas dobravam o corpo praticamente abraçando a lateral dos prédios e correndo em zigue-zague pelos espaços abertos. Elas tinham ouvido falar de como os aviões da Luftwaffe metralhavam pessoas que estavam nas ruas só para se divertirem e, bem naquele momento, havia dois ou três caças alemães com metralhadoras, voando baixo como vespas com o sol refletindo nas asas e abrindo buracos em janelas e nas aeronaves estacionadas.

— Aqui, aqui! Ei, vocês duas, venham ajudar aqui.

Durante alguns segundos, ao lidar de maneira muito determinada com o próprio inferno particular do medo racional ou irracional, Maddie nem notou quando Queenie mudou de direção enquanto seguiam para o pedido de ajuda. Então, Maddie retomou o senso por um minuto e percebeu que Queenie a estava levando para a plataforma de artilharia antiaérea.

Ou o que tinha sobrado dela. A maior parte da barreira protetora de concreto e sacos de areia que a cercavam tinha explodido pelos ares, levando consigo dois artilheiros do exército que lutavam com bravura para tentar manter a pista intocada, com o intuito de o esquadrão de Spitfire ter uma pista para aterrissar depois da batalha. Um dos artilheiros mortos era tranquilamente mais jovem que Maddie. Um terceiro homem ainda estava de pé e parecia um açougueiro sem avental, encharcado de sangue dos pés à cabeça. Ele se virou, exausto, e disse:

— Obrigado pela ajuda. Estou acabado.

Ele então se sentou na plataforma arruinada e fechou os olhos. Maddie se encolheu logo ao lado, cobrindo a cabeça com os braços, conforme ouvia o som terrível das metralhadoras cortando o ar, respirando fundo e sentindo o cheiro pesado de sangue no ar. Queenie a esbofeteou.

— Acorde, garota! — ordenou ela. — Não vou aceitar isso. Sou sua oficial superior lhe dando ordens agora. Levante-se agora, Brodatt. Se está com medo, faça *alguma coisa*. Veja se consegue fazer esta arma funcionar. Ande logo!

— Você precisa carregar o projétil primeiro — sussurrou o artilheiro, apontando. — O primeiro-ministro não gosta de garotas atirando.

— Problema do primeiro-ministro! — exclamou a oficial superior. — Carregue a arma, Brodatt.

Maddie, mesmo que seguisse as ordens de forma mecânica e de acordo com o treino, reagiu positivamente ao tom autoritário e se aproximou da arma.

— Essa magrela nunca vai conseguir levantar o projétil — disse o artilheiro com voz fraca. — Pesa mais de treze quilos, com certeza.

Maddie não estava nem ouvindo, mas sim agindo. Depois de um minuto pensando de modo racional e com uma força que depois não conseguiu explicar, carregou o projétil.

Queenie trabalhava freneticamente no artilheiro caído, tentando tampar os buracos no peito e na barriga do soldado. Maddie não ficou olhando. Depois de um tempo, Queenie segurou os ombros dela e mostrou como mirar.

— Você precisa antecipar. É como atirar em pássaros. Precisa atirar um pouco à frente de onde estão agora para acertar onde vão estar depois...

— E você já atirou em muitos pássaros, não é? — perguntou Maddie, ofegante, a raiva e o medo deixando-a agressiva com relação aos talentos aparentemente ilimitados da outra garota.

— Nasci no meio de uma charneca de perdizes no primeiro dia da temporada de caça! Aprendi a atirar antes de aprender a ler! Mas isto aqui é só um pouquinho maior do que uma espingarda de ar comprimido, e não sei como funciona, então precisamos fazer isso juntas. Assim como ontem, está bem? —

Ela ofegou de repente e perguntou ansiosa: — Aquele avião é um dos nossos?

— Você não consegue diferenciar?

— Na verdade, não.

Maddie se acalmou.

— É um Messerschmitt 109.

— Então é melhor você derrubá-lo! Mire aqui... Agora espere até que volte. Ele não sabe que esta estação ainda está funcionando... Só espere.

Maddie esperou. Queenie estava certa: fazer alguma coisa e se concentrar afastava o medo.

— Agora!

A explosão as deixou cegas por um momento. Não viram o que aconteceu. Maddie praguejou depois que o avião não caiu em uma bola de fogo antes de fazer pelo menos mais duas incursões sobre a pista. No entanto, ninguém mais reivindicou ter derrubado aquele Me 109 (ah, veja só quantos tipos de aeronave eu conheço no final das contas!), e Deus sabe que os pilotos do caça eram um bando bem competitivo com os números. Então, aquele abate (imagino que a Luftwaffe também se refira a "abate" quando alguém derruba um avião como se fosse um cervo) entrou para a conta de duas oficiais da WAAF que não estavam em serviço e trabalharam juntas em uma estação de artilharia sem homens.

— Acho que não foi nosso tiro que fez isso — disse Maddie para a amiga, com o rosto branco como um lençol, conforme a fumaça preta e oleosa subia do campo de nabos onde o avião havia caído. — Deve ter sido um dos nossos aviões, atirando do ar. E, se *foi* essa arma, não foi você.

Já era ruim o suficiente a suspeita de Maddie de que Queenie só estava ao seu lado naquele momento porque precisara desistir de salvar o rapaz de cuja arma elas haviam se apossado. Mas também havia um piloto naquela bola de fogo, um jovem vivo que não havia tido muito mais treinamento do que a própria Maddie.

— Fique aqui — disse Queenie. — Consegue carregar outro projétil? Vou procurar alguém que saiba o que está fazendo para assumir... Já devem estar precisando de você na torre...

Queenie fez uma pausa.

— Onde fica o abrigo antiaéreo nordeste a partir daqui? — perguntou, ansiosa. — Eu fico muito desorientada com toda essa fumaça.

Maddie apontou.

— Siga em frente pelo mato. É bem fácil, desde que tenha coragem o suficiente... Como encontrar a Terra do Nunca: "Na segunda à direita e depois sempre em frente até ao amanhecer".

— E quanto a você? É corajosa o suficiente?

— Vou ficar bem agora que tenho alguma coisa para fazer...

As duas se abaixaram instintivamente ao ouvirem uma explosão do outro lado da pista. Queenie abraçou Maddie pela cintura e lhe deu um beijo no rosto.

— "Beije-me, Hardy!" Essas não foram as últimas palavras de Nelson na Batalha de Trafalgar?[23] Não chore. Ainda estamos vivas e formamos uma equipe *sensacional*.

Ela levou a mão ao cabelo, que estava a cinco centímetros do colarinho, de acordo com o regulamento, enxugou as próprias lágrimas, limpou do rosto a graxa, o pó de concreto e o sangue do artilheiro com as costas das mãos e saiu correndo, como a Rainha Vermelha.

---

Descobrir sua melhor amiga é como se apaixonar.

---

— Coloque a capa de chuva — disse Maddie. — Vou ensinar você a navegar.

Queenie caiu na risada.

---

23.   Batalha naval ocorrida em 1805 entre a França e a Espanha contra o Reino Unido. O almirante Nelson (1758-1805), comandante das forças britânicas, ficou conhecido pela capacidade de inspirar seus homens e pelas estratégias navais inovadoras. [N. E.]

— Impossível!

— Não é impossível! Temos dois pilotos aqui que conseguiram escapar da Polônia depois da invasão. Eles chegaram sem mapa, sem *comida* e sem falar outro idioma que não o polonês. Eles podem explicar tudinho se você perguntar... Mas é um pouco difícil entender o inglês deles. De qualquer forma, se dois prisioneiros fugitivos conseguiram encontrar o caminho pela Europa e se tornaram pilotos da RAF, você também...

— Você *conversa* com os pilotos? — interrompeu Queenie, toda interessada.

— Existem outras coisas que você pode fazer com eles além de dançar.

— Sim, mas *conversar*?! Que falta de imaginação!

— Alguns deles não dançam, sabe? Então, a gente conversa. Aquele filho do vigário não dança. Também é difícil que ele fale... Mas todos gostam de conversar sobre mapas, ou sobre a falta deles. Vamos lá, você não precisa de um mapa. Temos o dia todo. Desde que a gente não vá muito além de uns oito quilômetros para que eu possa voltar rapidinho se o tempo melhorar. Mas *veja* só... — Maddie fez um gesto para a janela. O céu estava desabando com uma chuva torrencial e vento forte.

— É como lá em casa — constatou Queenie, feliz. — Não há uma boa neblina escocesa na Suíça.

Maddie deu uma risada. Queenie adorava citar nomes e detalhes da educação privilegiada sem a menor demonstração de humildade ou constrangimento (mas, depois de um tempo, Maddie percebeu que ela só fazia isso com pessoas de quem gostava ou a quem detestava — aqueles que não se importavam e aqueles com quem ela não se importava —; com todas as outras pessoas entre esses extremos ela costumava ser cuidadosa para não as ofender).

— Consegui duas bicicletas — disse Maddie. — O mecânico me emprestou. A chuva não atrapalha o trabalho deles.

— E aonde nós vamos?

— Ao Green Man, o pub aos pés das montanhas de St. Catherine's Bay. É a última chance antes que ele feche as portas na semana que vem. O dono está cansado de ser alvo de tiros. E nem são tiros dos alemães, veja só, são dos nossos rapazes treinando no letreiro do pub na entrada de cascalhos; é a última coisa que fazem antes de voltar para casa depois de uma batalha... Fazem isso para dar sorte!

— Aposto que fazem isso pra se livrar da munição que não usaram.

— Bem, é um ponto de referência e você vai ser a navegadora. Encontre a costa e siga para o sul. É bem fácil! Pode usar minha bússola. Se *não* conseguir encontrar o caminho, receio que só terá feijões frios direto da lata para jantar...

— Isso não é justo! Meu turno começa às onze horas da noite!

Maddie revirou os olhos.

— Minha nossa! Isso nos deixa apenas com quinze horas para uma volta de bicicleta de oito quilômetros! Mas vai me dar a chance de contar todos os meus medos.

Maddie estava com o sobretudo masculino e o amarrou nas canelas para não enrolar nas correntes da bicicleta.

— Espero que você tenha um abridor de latas — anunciou Queenie em tom sombrio, arrumando o próprio sobretudo. — E uma colher.

Era incrível como o interior encharcado de Kent era pacífico depois de pedalarem por apenas dez minutos saindo da Base Aérea de Maidsend. Era verdade que às vezes passavam por uma plataforma de concreto ou alguma torre de observação, mas, na maior parte do tempo, estavam apenas passeando pelos campos ondulantes, rochosos e verdejantes com plantações de nabo, batata e quilômetros e quilômetros de pomares.

— Você devia ter trazido a sombrinha — disse Queenie.

— Estou guardando para o próximo ataque aéreo.

Elas chegaram a uma bifurcação. Não havia nenhuma placa; ou tinham sido retiradas ou pintadas para confundir o inimigo para o caso da Operação Leão-Marinho ter sido bem-sucedida e o exército alemão ter tomado a região.

— Não faço *ideia* de onde estamos — choramingou Queenie.

A bicicleta do mecânico era tão grande que ela não conseguia se sentar e precisava ficar de pé nos pedais. Parecia sempre prestes a cair ou ser devorada pelo enorme sobretudo. A expressão era tal qual a de um gato molhado, enraivecido e confuso.

— Use a bússola. Continue seguindo para o leste até encontrar o mar. — Em uma onda de inspiração, Maddie falou: — Finja que é uma *espiã alemã*. Você chegou aqui de paraquedas e precisa encontrar o seu contato em um conhecido pub de traficantes perto do mar, e se alguém te pegar...

Sob o capuz de plástico que pingava, daquele tipo barato que você recebe em uma caixa de papelão com uma flor, Queenie lançou um olhar estranho a Maddie, um misto de desafio, coragem e empolgação. Mas também *compreensão*. Ela se inclinou sobre o guidão e partiu pedalando a toda velocidade.

No alto de uma pequena elevação, Queenie saltou da bicicleta tão rápido quanto um cervo subindo o vale, e já escalava uma árvore antes que Maddie percebesse o que ela estava fazendo.

— Desça já daí, sua idiota! Você vai ficar encharcada! E está *de uniforme!*

— *Von hier aus kann ich das Meer sehen* — afirmou Queenie, ou seja, "Consigo ver o mar daqui", em alemão. (Ah, como eu sou tonta. É claro que é.)

— Cale a boca! Sua lunática! — Maddie a repreendeu com raiva. — O que você está *fazendo?*

— *Ich bin eine Agentin der Nazis*[24] — argumentou Queenie. — *Zum Meer geht es da lang.*[25]

— *A gente vai acabar levando um tiro!*

Queenie parou para pensar. Mirou o céu cinzento, o longo pomar de maçãs e a estrada vazia. Deu de ombros e respondeu em inglês:

— Acho que não.

---

24. Tradução livre: "Eu sou uma agente dos nazistas". [N. E.]

25. Tradução livre: "O mar é por ali". [N. E.]

— "Conversas descuidadas custam vidas." — citou Maddie.

Queenie caiu na risada, riu tanto que foi escorregando de um dos galhos mais altos para um mais baixo e rasgou o casaco ao descer da árvore.

— Agora só fique quieta, Maddie Brodatt. Você me disse para ser uma espiã nazista, então é o que estou fazendo. Não vou permitir que você leve um tiro.

(Eu gostaria mesmo de voltar no tempo e dar um chute na minha própria boca.)

Posso dizer que a rota que tomamos para St. Catherine's Bay foi *criativa*. Envolveu Queenie descer da bicicleta em cada bifurcação — cada qual encharcada, açoitada pelo vento e sem nenhuma indicação do caminho — e subir em um muro, um portão ou uma árvore com o sobretudo antes de começar a seguir o caminho de novo com desvios rápidos das poças.

— Sabe do que tenho medo? — gritou Maddie a plenos pulmões, com a chuva e o vento do leste chicoteando seu rosto enquanto pedalava com toda a energia para acompanhar a operadora de rádio. — De feijões enlatados! Faltam quinze minutos para as duas horas da tarde. O pub vai estar fechado quando chegarmos lá!

— Você disse que só vai fechar na semana que vem.

— Durante a tarde, sua tonta sem cérebro! Eles fecham até a hora de servir o jantar!

— Acho que você está sendo injusta ao me culpar — reclamou Queenie. — É o seu jogo. Só estou seguindo as regras.

— Outra coisa de que tenho medo — retrucou Maddie.

— Isso não conta. Nem as latas de feijões. Qual é o seu maior medo? O que te dá mais medo do que tudo?

— A corte marcial — respondeu Maddie de forma direta.

Queenie ficou em silêncio, o que não lhe era nada peculiar. E assim ficou por um tempo, mesmo ao subir em uma árvore para outra análise da área adjacente. Por fim, perguntou:

— Por quê?

Maddie demorou para responder, mas Queenie não precisou lembrá-la do que estavam falando.

— Eu vivo *fazendo* coisas. Tomo decisões sem pensar. Caramba! Usei uma arma de artilharia antiaérea sem autorização quando os aviões Messerschmitt 109 sobrevoavam em círculos.

— Mas os aviões Messerschmitt 109 eram exatamente o motivo de você estar atirando — contrapôs Queenie. — Eu lhe dei a autorização. Sou uma oficial de voo.

— Você não é a *minha* oficial de voo e não tem autoridade em relação à artilharia antiaérea.

— Do que mais você tem medo? — perguntou Queenie.

— Ah... coisas do tipo orientar aquele piloto alemão no outro dia. Eu já tinha feito aquilo, mas em inglês. — Ela contou para Queenie sobre como orientou os pilotos do Wellington na primeira vez. — Ninguém tinha me autorizado também. Não tive problemas, mas devia ter tido. Foi burrice. Por que faço isso?

— Caridade?

— Eu poderia ter causado a morte deles.

— Você *tem* de correr esse tipo de risco. Estamos em guerra. Eles poderiam ter se confundido e pousado pegando fogo sem você, mas, com sua ajuda, voltaram em segurança.

Queenie fez uma pausa antes de perguntar:

— Por que você é *tão boa* nisso?

— Em quê?

— Navegação aérea.

— Eu sou pilota — respondeu Maddie, em um tom tão direto, nem orgulhoso nem defensivo, apenas "eu sou pilota".

Queenie ficou ultrajada.

— Você me disse que não tinha nenhuma *habilidade*, mentirosa!

— E não tenho mesmo. Sou só uma pilota civil. Não piloto há um ano. E não tenho o grau de instrutora. Tenho bastante horas de voo, talvez mais do que a maioria dos nossos pilotos de Spitfires. Já fiz até voo noturno. Mas não estou colocando em prática. Quando eles expandirem o serviço Auxiliar de Transporte Aéreo, vou me candidatar... se a WAAF permitir. Terei de fazer um curso. Não há nenhum treinamento de voo para mulheres no momento.

Queenie pareceu ter que processar tudo aquilo por um tempo ao considerar as implicações do que tinha acabado de ouvir: Maddie Brodatt, com o sotaque impolido do sul de Manchester e a abordagem eficiente de mecânica de motocicletas para solução de problemas, era uma pilota — com mais experiência prática do que a maioria dos jovens pilotos do Esquadrão da Base Aérea de Maidsend, que eram privados diariamente do sono para se lançarem em direção ao fogo e à morte contra a Luftwaffe.

— Você está quieta demais — disse Maddie.

— *Ich habe einen Platten* — anunciou Queenie.

— Fale em inglês, sua doida!

Queenie parou a bicicleta e desceu.

— Acho que o pneu furou. Está murcho.

Maddie soltou um suspiro pesado. Apoiou a bicicleta e se abaixou ao lado de uma poça para olhar. O pneu dianteiro de Queenie estava mesmo murcho. O furo devia ter acabado de acontecer, pois Maddie ainda conseguia ouvir o sibilar do ar no tubo interno.

— Acho melhor a gente voltar — afirmou. — Se continuarmos, vai ficar longe demais para voltarmos andando. Eu não trouxe ferramentas.

— Ah, mulher sem fé — disse Queenie apontando para a entrada de uma fazenda a uns vinte metros de distância. — Esse é o meu plano para conseguir uma refeição antes de encontrar o meu contato. — Ela farejou o ar, elevando o nariz para o céu. — Há uma casa de fazenda a menos de cem metros daqui e sinto cheiro de ensopado e torta de frutas…

Ela pegou o guidão da bicicleta avariada e seguiu pela alameda de entrada com passos determinados. Garotas do Exército Terrestre[26] capinavam entre os repolhos no campo vizinho — elas também não tinham folga por causa da chuva. Tinham

---

26. No original: Land Army. Refere-se ao Women's Land Army, iniciado durante a Primeira Guerra Mundial. O objetivo era delegar às mulheres o trabalho no campo, uma vez que os homens estavam na guerra. [N. E.]

amarrado sacos plásticos nas pernas e usavam na cabeça lonas com um buraco para servirem de proteção contra a chuva. Em comparação, Maddie e a espiã nazista disfarçada estavam bem equipadas com o sobretudo masculino do uniforme da RAF.

Ouviram o som de latidos furiosos conforme se aproximavam. Maddie olhou em volta, ansiosa.

— "Cão que ladra não morde." — soltou Queenie. — Além disso, eles devem estar presos para não atrapalhar as garotas do Exército Terrestre. O sinal está no lugar?

— Que sinal?

— Um vaso de sorveira-brava na janela. Se não tiver nenhum vaso, não serei bem-vinda.

Maddie caiu na risada.

— Você é *doida*!

— Tem algum vaso?

Maddie era mais alta do que a companheira. Ficou na ponta do pé para enxergar por sobre o muro do celeiro e ficou boquiaberta.

— *Tem!* — afirmou ela, virando-se de queixo caído para Queenie. — Como...?

Queenie encostou a bicicleta no muro parecendo cheia de si.

— Dá para ver as árvores por cima do muro do jardim. Elas foram podadas. É tudo muito bonito e caprichado, mas ela terá de arrancar os gerânios para plantar batatas para o Esforço de Guerra. Então, se tiver alguma coisa bonita para decorar a cozinha, como um vaso de sorveira-brava, ela provavelmente vai usá-lo, *além disso...* — Queenie arrumou o cabelo sob o capuz de chuva. — ... ela é o tipo de pessoa que vai nos dar comida.

Ela bateu corajosamente na porta da cozinha da fazenda de uma pessoa desconhecida.

— Desculpe incomodar, senhora... — O sotaque elegante e educado de repente se transformou em uma fala escocesa arrastada. — A gente tá vindo da Base Aérea de Maidsend e o pneu da bicicleta furou. Eu queria saber...

— Ah, não é incômodo nenhum, querida! — disse a fazendeira. — Estou hospedando duas garotas do Exército Terrestre aqui e tenho certeza de que temos as ferramentas para consertar seu pneu. Mavis e Grace estão no campo agora, mas se aguardarem um momento, vou até o barracão... Ah, minha nossa, é melhor entrarem e se aquecerem primeiro.

Queenie tirou, como em um passe de mágica, um maço de cigarros do bolso do sobretudo. Maddie percebeu de repente que o suprimento infinito de cigarros era acumulado com zelo — percebeu que raramente via a amiga fumando, mas que Queenie usava cigarros como presente ou pagamento a fim de substituir dinheiro — para usar como gorjetas e fichas de pôquer, e agora por remendos para o pneu e o almoço.

Maddie só se lembrava de ter visto Queenie fumar uma vez um cigarro que não tinha acendido para outra pessoa... só uma vez, quando aguardava para interrogar o piloto alemão.

Queenie ofereceu os cigarros.

— Ah, minha nossa, não. Isso é *muito*!

— Pode aceitar, por favor, pra dividir com as garotas. Um presente pra agradecer. Mas será que pode emprestar o fogão pra gente esquentar o feijão?

A mulher do fazendeiro deu uma risada animada.

— Estão obrigando as oficiais da WAAF a sair como ciganas e pagarem para esquentar a comida com cigarros? Sobrou torta de carne e bolo de maçã do jantar de ontem e podem comer isso! Só um minuto enquanto pego o remendo para o pneu...

Elas logo estavam se servindo de uma comida quente bem melhor do que qualquer coisa que comeram em Maidsend nos últimos três meses, incluindo o novo glacê que colocavam nos bolos. A única inconveniência foi que precisaram comer de pé, já que havia muita movimentação pela cozinha e as cadeiras tinham sido retiradas para não atrapalhar a passagem dos empregados, das garotas do Exército Terrestre e dos cachorros (não havia crianças; tinham sido retiradas, levadas para longe da linha de frente da Batalha da Grã-Bretanha).

— Você ainda me deve quatro medos — disse Queenie.

Maddie pensou. Tinha pensado na maioria dos medos que Queenie dividira com ela: fantasma, escuro, levar uma surra por ser travessa, o porteiro da escola. Eram medos quase infantis, facilmente descritos. Dava para superar, rir ou ignorar os medos.

— Cachorros — disse ela, de repente, lembrando-se dos latidos quando entraram. — E de não usar o uniforme do jeito certo... Meu cabelo está sempre comprido demais e você não pode ajustar o casaco, então, ele está sempre grande demais. E tenho medo de os sulistas rirem do meu sotaque.

— Com certeza — concordou Queenie. Aquele não devia ser um problema compartilhado, com seu sotaque elegante com vogais bem pronunciadas. Mas, como escocesa, ela conseguia entender o medo de desconfiança despertado pelo sotaque suave do sul. — Você só tem mais um medo. É melhor caprichar.

Maddie buscou bem no fundo e falou com honestidade, hesitando um pouco diante da simplicidade e da franqueza da confissão:

— Tenho medo de decepcionar as pessoas.

A amiga não revirou os olhos nem riu. Ela ouviu, enquanto misturava o creme nas maçãs assadas. Não fitou Maddie.

— Não fazer meu trabalho direito — elaborou mais. — Não conseguir atender às expectativas.

— É um pouco como meu medo de matar alguém — disse Queenie. — Mas menos específico.

— Poderia incluir matar alguém — retrucou Maddie.

— Poderia. — Queenie estava séria agora. — A não ser que esteja fazendo um favor ao matar a pessoa. Então, você a decepcionaria se não a matasse. Se você *não* conseguisse fazer isso. Meu tio-avô teve um câncer horrível na garganta e foi para os Estados Unidos duas vezes para tirar o tumor, que continuava voltando, até, por fim, ele pedir para a esposa matá-lo, e foi o que ela fez. Ela não foi acusada de nada... O caso foi registrado como tiro acidental, acredite ou não, mas ela era irmã da minha avó, e todos sabíamos a verdade.

— Que coisa *horrível* — exclamou Maddie, com sinceridade. — Que coisa terrível para ela! Mas... sim. Você teria de viver com esse ato de egoísmo depois se não conseguisse fazer. Sim, morro de medo disso.

A mulher do fazendeiro voltou com o remendo e um balde para encher de água a fim de localizarem o furo. Maddie logo fechou as cortinas que protegiam sua alma leve e vulnerável e foi consertar o pneu. Queenie ficou na cozinha raspando os últimos resquícios do creme morno com uma colher de metal.

Meia hora depois, enquanto empurravam as bicicletas pela entrada enlameada da fazenda, Queenie comentou:

— Que Deus nos ajude se os alemães aparecerem por aqui com sotaque escocês. Pedi que ela desenhasse um mapa e *acho* que agora consigo encontrar o pub.

— Aqui está seu grampo de cabelo — falou Maddie, entregando o prendedor fino e prateado. — Talvez seja melhor não deixar pistas da próxima vez que sabotar os pneus de alguém.

Queenie soltou uma gargalhada alegre e contagiante.

— Você me *pegou*! Enfiei muito fundo e não consegui tirar sem que você percebesse. Não fique com raiva! Isso faz parte do *jogo*.

— Você é muito boa nisso — afirmou Maddie com seriedade.

— Você conseguiu um bom prato de comida, não foi? Vamos lá, o pub vai estar aberto quando chegarmos e não poderemos ficar muito tempo... Meu turno começa às onze e quero tirar um cochilo. Mas você merece uma dose de uísque antes. Por minha conta.

— Tenho certeza de que não é isso que espiãs nazistas bebem.

— É o que esta aqui bebe.

Ainda chovia quando elas desceram pela ladeira íngreme e tortuosa do desfiladeiro que levava até St. Catherine's Bay. A estrada estava escorregadia, o que as fez seguirem com cuidado, apertando os freios. Havia dois soldados miseráveis e molhados nas casamatas, que acenaram e gritaram quando as garotas passaram em disparada com as bicicletas, os freios rangendo por causa da descida íngreme. O Green Man estava aberto. Sentado perto da janela frontal havia o magro e cansado líder do esquadrão da RAF em Maidsend, acompanhado por um civil míope elegante em seu terno de tweed. Todos os outros clientes estavam no bar.

Queenie seguiu direto para a lareira de carvão e se ajoelhou, esfregando as mãos.

Creighton, o líder do esquadrão, cumprimentou-as de um jeito que não tinham como ignorar:

— Que coincidência! Juntem-se a nós, garotas!

Ele se levantou, inclinou ligeiramente a cabeça e indicou as cadeiras. Queenie, confortável e acostumada com esse tipo de atenção de oficiais superiores, se levantou e permitiu que tirassem seu casaco. Maddie ficou para trás.

— Esta jovem tão pequena e encharcada — disse o líder do esquadrão para o civil — é justamente a heroína que mencionei mais cedo. A que fala alemão. Esta outra é Brodatt, a oficial assistente de divisão, que atendeu ao chamado e guiou a aeronave até o solo. Venham, garotas, juntem-se a nós!

— A oficial assistente de divisão Brodatt é uma pilota — revelou Queenie.

— Pilota?

— Não no momento — respondeu Maddie, enrubescendo e se contorcendo de constrangimento. — Eu gostaria de me alistar ao ATA, o Auxiliar de Transporte Aéreo, quando permitirem a entrada de mulheres. Tenho uma licença civil. Minha instrutora entrou em janeiro deste ano.

— Que coisa extraordinária — disse o senhor de óculos.

Ele observou Maddie através de lentes muito grossas. Era mais velho que o líder do esquadrão, devendo ter idade suficiente para ser recusado se quisesse se alistar. Queenie trocou um aperto de mãos com ele e disse em tom grave:

— O senhor deve ser o meu contato?

Ele ergueu as sobrancelhas até sumirem na linha do cabelo.

— Devo ser?

Maddie interveio rapidamente:

— Não dê atenção, ela é doidinha e está envolvida nesse jogo idiota desde hoje cedo...

Todos se sentaram.

— A sugestão do jogo foi dela — revelou Queenie. — O jogo idiota.

— Sim, *foi* minha sugestão, mas só sugeri isso porque ela não consegue encontrar o caminho para lugar nenhum, então, falei que ela deveria fingir ser uma...

— "*Conversas descuidadas custam vidas.*" — interrompeu Queenie.

— ... uma espiã. — Maddie omitiu os adjetivos problemáticos. — Fizemos de conta que ela caiu aqui de paraquedas e precisava encontrar o caminho para o pub.

— Não é um jogo qualquer — exclamou o cavalheiro com terno de tweed e óculos grossos. — Não é um jogo *qualquer*, mas o Grande Jogo! Vocês já leram *Kim*?[27] Gostam de Kipling?

— Ah, não sei, seu malandro, eu nunca joguei esse jogo — respondeu Queenie em tom de brincadeira. O civil soltou uma risada de prazer. — Sim, Kipling, sim, *Kim*, quando eu era pequena. Prefiro Orwell agora.

— Você fez faculdade?

Eles descobriram que Queenie e a mulher do cavalheiro de óculos frequentaram a mesma universidade, embora com vinte anos de diferença, e começaram a trocar algumas citações em alemão. Eram obviamente produto do mesmo tipo de educação erudita, bem-nascida e excêntrica.

— Qual é o seu veneno? — perguntou alegremente a Queenie o civil com predileção por Kipling. — A água da vida?[28] Será que estou detectando um ligeiro sotaque escocês? Você fala outro idioma além do alemão?

— Só café agora, meu turno começa mais tarde. Sim, é claro que você notou meu sotaque escocês. *Et oui, je suis courante en français aussi.*[29] Minha avó e minha babá são de Ormaie, perto de

---

27. Obra do autor inglês Rudyard Kipling (1865-1936), publicada em 1901. [N. E.]

28. No original: *water of life*. Referência à expressão irlandesa *uisce beatha*, usada para denominar uísque. [N. E.]

29. Tradução livre: "E, claro, também sou fluente em francês". [N. E.]

Poitiers. E consigo fazer uma ótima paródia do dórico e das gírias dos latoeiros de Aberdeen, mas os nativos não se deixam enganar.

— Dórico e as gírias dos latoeiros de Aberdeen! — O pobre homem riu tanto que precisou tirar os óculos e limpá-los com um lenço de seda de bolinhas. Ele os colocou no rosto e olhou para Queenie. As lentes faziam os olhos verde-azulados ficarem tão grandes que chegavam a impressionar. — E *como* foi que a senhorita conseguiu encontrar o caminho até aqui, minha agente inimiga?

— Essa história é de Maddie — respondeu a agente inimiga com generosidade. — E estou devendo uma dose de uísque para ela.

Então, Maddie contou, para a audiência interessada, como ela bancara a Watson para a amiga serelepe Sherlock Holmes; contou sobre o pneu sabotado na entrada de uma fazenda bem guarnecida e as suposições sobre os cachorros, a comida e as flores.

— Além disso — disse Maddie com um floreio triunfante —, a fazendeira desenhou um *mapa*.

A suposta agente inimiga lançou um olhar sério para Maddie. O líder do esquadrão Creighton estendeu a mão de forma autoritária.

— Eu o queimei — disse Queenie em voz baixa. — Eu o joguei na lareira logo que entrei. E não vou contar qual foi a fazenda. Então, nem adianta perguntar.

— Eu não teria muitos problemas para deduzir — disse o civil de pouca visão —, com base na descrição da sua amiga.

— Eu sou uma oficial. — A voz de Queenie estava baixa e séria. — E lhe dei uma advertência séria depois que ela fez isso e duvido que precise de outra. Mas também nunca menti para ela, que talvez tivesse ficado mais desconfiada se eu tivesse mentido. Seria errado punir qualquer pessoa, além de mim, é claro.

— Eu jamais sonharia em fazer isso. Fico surpreso com a iniciativa. — O homem olhou para Creighton, que continuava em silêncio. — Creio que a sugestão anterior realmente foi acertada — continuou ele antes de citar de forma bastante aleatória o que Maddie imaginou ser uma frase de Kipling: — "Apenas uma vez a cada mil anos um cavalo nasce tão preparado para o nosso jogo como este nosso potro."[30]

— Pois tenha em mente — disse Creighton em tom sombrio, olhando por sobre os dedos cruzados fixamente para os olhos aumentados do seu interlocutor — que essas duas trabalham muito bem juntas.

ofi/mp & op/r

O maldito oficial maquiavélico da Inteligência Inglesa brincando de ser Deus.

Eu nunca soube seu nome. Creighton o apresentou com algum codinome que ele às vezes usa. Na minha entrevista ele se identificou com um número porque era assim que os espiões do Império Britânico faziam na obra *Kim* (embora não façamos isso; nos disseram no treinamento que números são perigosos demais).

Eu gostava dele — não me leve a mal —, lindos olhos atrás dos óculos horrorosos, muito flexível e forte por baixo do terno de tweed. Foi *maravilhoso* flertar, com todas as brincadeiras literárias afiadas, como Beatrice e Benedick em *Muito barulho por nada*.[31] Uma batalha de inteligências e um teste também. Mas ele *estava* brincando de ser Deus. Notei o que ele fazia. Percebi e não me importei. Era uma emoção tão grande ser um dos arcanjos, os vingadores, fazer parte dos poucos escolhidos.

Von Linden tem mais ou menos a mesma idade que o oficial de inteligência que me recrutou. Será que Von Linden também tem uma mulher que frequentou a universidade? (Ele usa aliança.) Será que ela foi para a universidade com o meu professor de alemão?

A simples e incrível loucura delirante de uma possibilidade tão corriqueira faz com que eu queira apoiar a cabeça nesta mesa fria e começar a chorar.

Está *tudo tão errado*.

E não tenho mais papel.

---

30. Citação de *Kim*, de Rudyard Kipling. [N. E.]

31. Peça de comédia de William Shakespeare publicada em 1623. [N. E.]

*Ormaie 16.XI.43 JB-S*

Ah, Maddie.

Estou perdida. Perdi o fio da meada. Mergulhei nos detalhes, como se fossem cobertores de lã ou álcool, para escapar completamente e voltar à época repleta de desafios do início da nossa amizade. Formamos uma equipe *sensacional*.

Eu tinha tanta certeza de que ela pousaria em segurança.

Já faz quatro dias desde a última vez que escrevi, e existe um motivo bem simples para isso: não há mais papel. Desconfiei quando não vieram me buscar no primeiro dia e passei a manhã toda dormindo — como se fosse um dia de folga. O cobertor mudou a minha vida. Ao fim do segundo dia, eu estava ficando com muita fome e um pouco farta de ficar sentada na mais absoluta escuridão. E, então, houve aquelas fotos. Eles já tinham me mostrado a cabine traseira destruída do Lysander de Maddie, mas essas eram novas e ampliadas, incluindo a cabine do piloto.

Ah, Maddie.

Maddie.

Aquele foi o último momento de paz do meu dia de folga. Além disso, recomeçaram a interrogar a francesa. Eu estava deitada com o nariz pressionado no vão abaixo da porta — é o único lugar onde consigo um pouco de luz e eu estava aos prantos quando reconheci os pés dela conforme a arrastavam (ela tem pés bem bonitos e está sempre descalça).

De qualquer forma, eu não teria conseguido dormir bem depois de ver aquelas fotos, mas já disse que meu quarto é ao lado do cômodo usado para interrogatórios etc. e tal? Você teria de ser surdo para dormir durante um desses interrogatórios, mesmo se estivesse em um colchão de penas.

Na manhã seguinte, um trio de soldados me acorrentou — *acorrentou!* — e me levou até um porão, onde eu tinha certeza de que seria dissecada. Não, na verdade era uma cozinha — literalmente a *cozinha* deste hotel profanado, que é onde preparam a nossa deliciosa sopa cinzenta de repolho (eles não assam pão aqui; quando recebemos pão são pontas mofadas que vieram de algum outro lugar). Parece que a faxineira que lavava as panelas, varria toda a serragem do chão e a substituía por uma serragem menos mofada, carregava a lenha e o carvão, esvaziava os baldes de dejetos dos prisioneiros e os jogava fora, descascava as batatas para os oficiais da Gestapo (gosto de imaginar que ela não lavava a mão entre esses dois trabalhos) etc. foi mandada embora. Para ser mais exata, ela foi presa e enviada a uma prisão — não aqui, obviamente — por ter roubado dois repolhos. De qualquer forma, ontem e anteontem, eles precisavam de alguém para realizar essas tarefas tão desafiadoras enquanto procuravam outra trabalhadora para substituí-la. Quem melhor para fazer isso do que uma oficial de voos das Operações Especiais? As correntes são para me lembrar de que sou uma prisioneira, não uma empregada. Principalmente para o cozinheiro e seus ajudantes, creio eu. Mas o cozinheiro era um imbecil imundo e nojento que não notaria isso mesmo que eu estivesse presa ao próprio *Führer*, desde que ele pudesse passar a mão no meu peito.

E... *permiti que fizesse isso*. Por comida, você deve imaginar, mas não! (Embora o velho bode *tenha* me deixado generosamente raspar os restos quando todos terminaram de descascar as batatas. Não tive de descascar nada, pois tiveram o bom senso de não me dar uma faca.) Como uma viciada em ópio, estou disposta a fazer qualquer coisa para ter mais papel.

O porão do Château de Bordeaux é um lugar muito estranho. Assustador, na verdade. Há alguns cômodos (com freezers e fornos a gás) que provavelmente usam para experimentos horrendos, mas a maioria dessas adegas estão vazias porque não são seguras e geralmente são escuras demais para qualquer atividade produtiva. Todo o equipamento de bufê do hotel ainda está aqui — grandes potes de café, panelas de cobre do tamanho de banheiras, latas de leite (vazias), garrafas de vinho e potes de geleia vazios empilhados por todos os lados, e até mesmo uma fileira de aventais empoeirados ainda pendurados no corredor. Existem vários elevadores de serviço, elevadores para transportar as bandejas lá para cima, além de elevadores de carga para trazer engradados e outras coisas da rua principal. Foi durante a exploração de um dos menores (com a intenção de tentar fugir se eu conseguisse me espremer dentro dele) que descobri o papel — pilhas e mais pilhas de cartões de receita não usados, enfiados no elevador para tirá-los do caminho.

Pensei em Sara Crewe, de *A princesinha*,[32] fingindo ser uma prisioneira na Bastilha para conseguir suportar o trabalho como criada de cozinha. E, sabe... simplesmente não consegui. Do que adianta fingir que estou na Bastilha? Passei os últimos dois dias *acorrentada*, no subsolo, trabalhando para um monstro. Ariadne no labirinto do Minotauro?[33] (Gostaria de ter pensado nisso antes.) Mas estou cansada demais trabalhando como uma escrava para fingir qualquer coisa.

Então... consegui levar os cartões de receita comigo em troca de ser apalpada, mas consegui limitar o ataque, sugerindo que eu era o brinquedinho pessoal de Von Linden e que *Hauptsturmführer* não gostaria que o cozinheiro me sujasse.

Oh, Senhor! Como alguém pode escolher entre um inquisidor da Gestapo e o cozinheiro da prisão?

É claro que eu não tinha permissão de levar o papel para o meu quarto (para o caso de eu trançá-lo até formar uma corda

---

32. Obra infantil da autora inglesa Frances Hodgson Burnett (1849-1924), publicada em 1905. [N. E.]

33. Ariadne é uma figura da mitologia grega conhecida por ter ajudado Teseu a enfrentar o Minotauro e a escapar do seu labirinto utilizando um fio de lã. [N. E.]

com a qual eu poderia me enforcar, suponho), então tive de esperar por um tempo na grande antessala externa enquanto Von Linden estava ocupado com outra pessoa. Veja-me encolhida em um canto com os punhos e pernas acorrentados, segurando um monte de cartões de receita em branco e tentando não notar o que estavam fazendo nos dedos das mãos e dos pés de Jacques com pedaços de metal quente e alicates.

Depois de uma hora exaustiva desse melodrama, V. L. fez uma pausa e veio conversar comigo. Usei o meu melhor tom aristocrata, repleto de desdém gélido, para dizer o quanto o Terceiro Reich deve ser insignificante se nem ao menos é capaz de fornecer papel para informantes traidoras como eu, e ainda mencionei como o imbecil da cozinha e seus ajudantes estão se sentindo muito desmoralizados com a forma como a guerra está indo (a Itália já caiu, cidades e fábricas alemãs destruídas, todo mundo espera uma invasão dos Aliados ainda este ano — e esse é o motivo de sr. Jacques e eu estarmos aqui, pegos na tentativa de apressar a dita invasão).

Von Linden queria saber se eu tinha lido *Na pior em Paris e Londres*, de Orwell.[34]

Gostaria de não o ter gratificado *de novo* ao ficar boquiaberta. Ah! Acho que deixei escapar que gosto de Orwell. No que eu estava pensando?

Então, tivemos uma discussão genial sobre o socialismo orwelliano. Ele (V. L.) desaprova (obviamente, já que Orwell passou cinco meses lutando contra os fascistas idiotas na Espanha em 1937), e eu (que nem sempre concordo com Orwell, mas por motivos diferentes) disse que não achava que minha experiência como ajudante de cozinha se *igualava* à de Orwell, se era isso que V. L. estava querendo dizer, embora nós talvez tenhamos acabado trabalhando em porões de hotel franceses parecidos por pagamentos semelhantes (o de Orwell era um pouco superior ao meu, pois,

---

34. Obra autobiográfica do autor inglês George Orwell (1903-1950), publicada em 1933. [N. E.]

se não me falha a memória, ele recebeu um pagamento de duas garrafas de vinho além de algumas cascas cruas de batata). Por fim, Von Linden se apossou dos meus cartões de receita, minhas correntes foram removidas e fui atirada de volta à minha cela.

Foi uma noite muito surreal.

Sonhei que eu estava de volta ao início, e começavam meu interrogatório de novo, um efeito colateral de ter visto o trabalho deles em outra pessoa. A *antecipação* do que vão fazer com você é tão debilitante em sonho quanto na iminência de acontecer de verdade.

Naquela semana de interrogatório — depois que me deixaram morrendo de fome no escuro por quase um mês, quando enfim decidiram se dedicar à tarefa mais delicada de arrancar informações de mim —, Von Linden não olhou para mim nem uma vez. Ele andava de um lado para o outro, me lembro bem, mas era como se estivesse fazendo uma conta muito complexa na cabeça. Havia assistentes usando luvas prontos para lidar com a bagunça. Ele nunca lhes *dizia* o que fazer; suponho que tenha apontado com a cabeça ou com o dedo. Era como se transformar em um projeto técnico. O horror e a humilhação não estavam no fato de ser despida de tudo e feita em pedaços aos poucos, mas no fato de ninguém se importar. Eles não estavam fazendo aquilo por diversão, não estavam fazendo por prazer, desejo ou vingança; não estavam me intimidando, não do jeito que Engel faz; não estavam zangados comigo. Os jovens soldados de Von Linden estavam apenas fazendo seu trabalho, de modo tão indiferente e preciso quanto se estivessem usando um aparelho de radiotelegrafia, com Von Linden fazendo o trabalho como engenheiro-chefe, orientando-os de forma imparcial, testando e cortando o suprimento de energia.

Só que um aparelho de radiotelegrafia não treme e chora e xinga e implora por água e vomita e limpa o nariz no cabelo quando seus cabos passam por curtos-circuitos, são cortados e queimados e embolados. Ele só fica ali parado sendo um aparelho de radiotelegrafia, sem se importar se você o deixa amarrado em uma cadeira por três dias, sentado sobre os próprios fluidos com uma grade de ferro amarrada contra as costas para que não possa se recostar.

Von Linden não foi *mais* humano ao me perguntar sobre Orwell ontem à noite do que quando estava me questionando sobre os malditos códigos, duas semanas atrás. Eu ainda não sou nada mais que um aparelho de radiotelegrafia para ele. Mas agora sou um aparelho *especial*, um que ele gosta de ajustar no tempo livre — que ele pode secretamente sintonizar na BBC.

Bem, passaram-se quatro dias, três deles mental e/ou fisicamente exaustivos e perdi o fio da meada. Não tenho mais meus receituários médicos para consultar nem Engel para me lembrar onde parei. Suponho que ela deva ter outras obrigações além de mim, e talvez até tenha um dia de folga de vez em quando. O abominável Thibaut está aqui hoje com outro homem, por isso estou escrevendo como um demônio, qualquer besteira que venha à cabeça, só para não chamar a atenção. Odeio Thibaut. Medo não é exatamente o que sinto em relação a ele, não do jeito que tenho medo do cozinheiro ou do *Hauptsturmführer*, mas, *por tudo que há de mais sagrado*, desprezo Thibaut — e desconfio que a recíproca seja verdadeira —, afinal, nós dois somos vira-casacas. Acho que ele é mais cruel que Von Linden, gosta mais do que faz, mas não tem a genialidade nem o comprometimento de V. L. Desde que eu esteja escrevendo, Thibaut me deixa em paz. Eu só queria que ele não amarrasse as cordas tão apertado.

Eu me esqueci de onde tinha de ir e também estou um pouco em pânico em relação ao tempo. Já é o nono dia desde que comecei, e V. L. disse que eu tinha duas semanas. Não sei se isso inclui os quatro dias perdidos ou não, mas, nesse ritmo, não vou conseguir chegar à conclusão (acho que todos sabemos que eu nunca mais vou colocar os olhos naquela lista idiota de novo).

Vou implorar por mais uma semana, em alemão, esta noite. O humor dele fica nos níveis de civilidade quando as pessoas são formais e educadas. Tenho certeza de que parte do motivo de ser tratada como uma lunática tão perigosa, além do fato de ter mordido o policial quando fui presa, é usar uma linguagem tão horrível e demonstrar um temperamento igualmente terrível. Tiveram um outro oficial britânico aqui uma vez, um soldado da aeronáutica, um camarada *muito bem-educado e articulado*, e embora ele fosse sempre vigiado, tinha permissão de caminhar pelo hotel com as mãos soltas. (Aposto que ele não tinha minha reputação de escapista amadora. E não consigo mesmo controlar meu temperamento terrível.)

Não, no fim das contas, *vou* olhar a lista de novo. Talvez me dê uma ideia de onde voltar para a história. Além disso, Thibaut e seu amigo vão ter de correr para encontrá-la, o que será divertido.

## AERONAVES ALEATÓRIAS

Puss Moth, Tiger Moth, Fox Moth
Lysander, Wellington, Spitfire
Heinkel He 111, Messerschmitt 109
AVRO ANSON!

## TÁXI AÉREO COM O ATA

Como pude me esquecer do Anson!

Não sei como vocês conseguem manter a Luftwaffe abastecida com aviões utilizáveis. O Auxiliar de Transporte Aéreo é como conseguimos para a RAF, transportando aeronaves e taxiando pilotos. Um suprimento estável e constante de aviões quebrados conduzidos para oficinas, aviões novos entregues da fábrica para uma base operacional — tudo isso usando pilotos civis, sem instrumentos, sem rádio nem armas. Toda a navegação feita com base em árvores, rios, trilhos de trem e as longas e retas cicatrizes das antigas estradas romanas. Pegando carona a fim de voltar à base para a próxima missão.

Dympna Wythenshawe (lembra-se dela?) era uma dessas pilotas de transporte. Em uma tarde tempestuosa de outono, quando os dias frenéticos da Batalha da Grã-Bretanha tinham ficado para trás e se transformado nas noites explosivas das blitz de Londres, Dympna pousou na RAF em Maidsend com um bimotor de transporte, entregando três pilotos que voariam com Spitfires para conserto. (Três rapazes. Eles não deixavam moças pilotar caças, nem mesmo os quebrados. Isso só aconteceu um pouco mais adiante na guerra. Não muito depois.) Dympna foi até a cantina para tomar uma xícara de alguma coisa quente e lá estava Maddie.

Depois de abraços, risos e exclamações (Dympna sabia que Maddie estava nesse posto, mas Maddie não estava esperando a amiga) e de tomarem o café da base (extrato de chicória e água quente, *eca*), Dympna disse:

— Venha pilotar o Anson.

— Como disse?

— Você pode assumir o assento do piloto. Quero ver se ainda lembra como se pilota.

— Mas nunca pilotei um Anson.

— Você pilotou o meu Rapide dezenas de vezes. Esse também é um bimotor, então não é tão diferente assim. Só é… um pouco maior. E muito mais potente. E é um monoplano, com trem de pouso retrátil…

Maddie caiu na gargalhada, sem acreditar.

— Não é tão diferente assim!

— Mas eu cuido do trem de pouso. É difícil de levantar e baixar porque precisa ser feito manualmente, 150 giros…

— Já fiz isso em um Wellington — respondeu Maddie, cheia de si.

— Muito bem! — exclamou Dympna. — Não se preocupe, então. Venha comigo, tenho de fazer uma parada na RAF de Branston para deixar outro piloto de transporte.

Ela olhou para a cantina com expressão de aprovação.

— É tão *bom* aterrissar em um campo de pouso onde você pode comer torrada quente com manteiga. Muitos campos de pouso são estritamente Apenas Para Homens, reservando uma salinha fria para as mulheres, que costuma sempre estar vazia. Que Deus ajude se você não conseguir decolar antes do blecaute... Já tive que passar a noite na traseira de um Fox Moth uma vez. Quase morri congelada.

Maddie afastou o olhar, sentindo lágrimas de inveja ao pensar em uma noite fria no fundo de um Fox Moth. Não tocava nos controles de um avião desde antes do início da guerra. Ela nunca tinha pilotado uma aeronave tão grande e complexa como um Avro Anson.

Queenie se aproximou delas, carregando sua própria xícara de óleo de motor fumegante. Dympna se levantou.

— Tenho de ir antes que escureça — disse ela em tom casual. — Venha comigo, Maddie. Eu deixo você aqui na volta. É só um voo de vinte minutos para ir e vinte minutos para voltar. Decolar, estabilizar e nivelar...

— "Segunda à direita e depois sempre em frente até ao amanhecer." — disse Queenie. — Olá! Você deve ser Dympna Wythenshawe.

— E você deve ser a artilheira improvisada de Maidsend!

Queenie curvou um pouco a cabeça.

— Sou artilheira apenas às terças pela manhã. Agora estou trabalhando na destruição de bombas. Está vendo? — Ela mostrou a meia fatia de torrada seca. — Já acabou a manteiga.

— Vou levar sua amiga Maddie para uma aula de voo — disse Dympna. — Vai ser uma hora fora da base. Tem lugar para mais uma, se você tiver tempo.

Maddie não viu vacilo nem palidez na pele alva. Mas Queenie disse com voz calma enquanto colocava a xícara na mesa:

— Não, acho que não. — Então, ela repetiu todas as objeções da própria Maddie: — Ela nunca pilotou esse tipo de avião. Ela mesma disse. E só como civil. — Ela ainda informou exatamente o tempo que tinha se passado desde que Maddie pilotara um avião, um fato conhecido: — Um ano. Mais de um ano.

Todos esses motivos martelavam na cabeça de Maddie. Sua mente foi tomada por uma sucessão de pensamentos: *Eu não de-*

*veria deixar a base, não sei o que estou fazendo, provavelmente é ilegal, eu poderia ser mandada para a corte marcial por causa disso etc.* Mas agora ela sabia o que precisava fazer. Depois de lembrar quanto tempo fazia desde que pilotara um avião, Maddie tomou sua decisão. Já tinha se passado tempo demais.

— Agora — disse Maddie. — Agora eu uso o azul da Força Aérea e, neste ano mesmo, atiraram no avião que eu estava e eu mesma atirei em um avião inimigo ou algo assim. E Dympna é a minha instrutora, eu sou uma pilota e *você*...

Queenie precisava de um pouco de estímulo. Ainda estava de pé e continuava segurando a torrada intocada.

— Você vai fazer de conta — disse Maddie, inspirada. — Vai fazer de conta que é Jamie. Seu irmão favorito, aquele com quem você se preocupa. Ele está em uma missão de treinamento. Você é metido e cheio de si. Já voou solo em um Tiger Moth, e agora está indo como acompanhante e tudo que precisa fazer é baixar e levantar o trem de pouso, deixando a instrutora livre para se concentrar na pilota em treinamento... — Maddie parou de falar de repente. — Você não tem medo de altura de verdade, tem?

— Um Wallace ou um Stuart tem medo de *alguma coisa*?

Maddie achou que era como ter uma chavinha de cobre na cabeça, como um interruptor de luz na parede e, quando o pressiona, você se transforma imediatamente em outra pessoa. A postura de Queenie ficou diferente, os pés ligeiramente afastados e enterrados no chão, os ombros empertigados para trás. Talvez mais como um sargento de treinamento do que o irmão mais velho e formado em Eton, mas certamente mais masculina do que qualquer oficial de voo da WAAF. Ela colocou o quepe azul em um ângulo horrível.

— Estava mais do que na hora de colocar alguns kilts na RAF — comentou ela, virando a barra da saia do seu uniforme com desdém.

Maddie ficou em silêncio, agradecendo mentalmente por Adolf Hitler ter lhe dado uma camaleoa doidinha como amiga, e mandou Queenie para a pista de decolagem, seguindo Dympna.

O céu estava baixo, cinzento e úmido.

— Você vai receber uma hora de treino no seu livro de registros, P1 sob treinamento — disse Dympna para Maddie por sobre o ombro enquanto seguia para o Anson. — Taxiar, decolar e voar direto para a RAF de Branston. Vou orientá-la em relação ao pouso lá e você pode tentar fazer sozinha quando voltarmos para Maidsend.

Quando chegaram, havia um rapaz (um de verdade) admirando a aeronave e conversando com dois membros da tripulação terrestre. Era o outro passageiro de Dympna, o outro piloto de transporte que ela tinha de levar. Ele olhou para Dympna enquanto se aproximavam e deu uma risada antes de exclamar com seu sotaque americano:

— Veja só o que temos aqui! Três inglesinhas lindas para me acompanhar no voo.

— Ianque idiota! — praguejou a jovem pilota de bombardeiro com seu kilt azul. — Eu sou *escocesa*!

---

Maddie entrou primeiro. Engatilhou pela fuselagem (ex-aeronave de passageiros civis, tomada pela RAF como o Puss Moth de Dympna) e se acomodou no assento da esquerda, o assento destinado ao piloto. Ficou surpresa ao ver tantos controles amigáveis e familiares que conhecia e reconhecia: conta-rotações, indicador de velocidade do ar, altímetro — e quando segurou os controles do avião e sentiu os ailerons e o elevador respondendo de maneira confiável ao seu comando, achou por um momento que ia chorar de verdade. Então, olhou para trás e viu seus passageiros subindo. Dympna deslizou o corpo elegante no assento da direita, ao lado de Maddie, que se recompôs. Como que em sua homenagem, uma tempestade rápida salpicou as vidraças da cabine com grandes gotas de chuva por cerca de dez segundos. Então, o aguaceiro parou de repente, como o jorro de uma metralhadora.

*Por que uma garota como você precisa de um brinquedo potente como esse?*

Maddie soltou uma gargalhada e disse para Dympna:

— Repasse comigo as verificações.

— Qual é a graça?

— Este é o maior brinquedo que já pilotei.

— Nós logo vamos conseguir alguns ainda maiores — assegurou Dympna.

Maddie se sentia como no último dia de aula, como se estivesse no início das férias de verão.

— Dois tanques, cada um em uma asa — disse Dympna. — Dois medidores de pressão de óleo, duas alavancas de aceleração, mas só um controle de mistura... Coloque-o na posição neutra para a inicialização. A equipe de solo cuida das bombas de escorva... — (Estou inventando isso. Você entendeu.)

Maddie já tinha taxiado nesse campo de pouso tão conhecido e ganhado velocidade tantas vezes na pista esburacada em sua mente que parecia já ter feito isso antes; ou parecia estar sonhando agora. O Anson decolou no ar com uma lufada de vento. Maddie lutou um pouco com a aeronave, alinhando o nariz e sentindo a velocidade aumentar enquanto Dympna fazia o recolhimento laborioso do trem de pouso diminuindo a resistência. As asas subiram e desceram, oscilando com o vento, como uma lancha cortando as ondas. Era um verdadeiro deleite pilotar um avião de asas baixas, com uma visão livre e infinita do céu — ou, no caso daquele voo, uma nuvem baixa.

— Ei, escocesinha! — ordenou Dympna, gritando para ser ouvida por sobre o som dos motores. — Pare de chiar e me ajude.

A escocesa assustada avançou na direção da cabine, mantendo-se agachada no assoalho da aeronave e evitando olhar para fora. Maddie lançou um olhar por sobre o ombro; percebeu que sua amiga estava lutando com valentia contra um demônio ou outro.

— Se está com medo, *faça alguma coisa!* — gritou Maddie, não sem ironia.

A escocesa, pálida e determinada, abaixou-se ao lado do assento do piloto e segurou a manivela do trem de pouso.

— O meu verdadeiro medo — a escocesinha ofegou, começando a girar a manivela — não é de altura. — Mais um giro. — Mas de vomitar.

— Fazer alguma coisa deve ajudar — gritou o ianque lá de trás, aproveitando a vista diante de si por motivos diferentes dos delas.

— Olhar para o horizonte ajuda — disse Maddie, com o próprio olhar focado no local distante onde a terra cinzenta e maltratada se encontrava com a nuvem cinza e tempestuosa.

Conversar não era uma possibilidade. A maior parte de Maddie estava concentrada em pilotar o Anson na forte turbulência. Mas um cantinho da sua mente se entristecia pelo primeiro voo da amiga não ter sido feito em um fim de tarde limpo de verão com a luz dourada brilhando sobre os Peninos verdejantes.

Maddie aterrissou o Anson com um solavanco, e Dympna não tentou ajudar, deixando Maddie fazer tudo sozinha. O ianque comentou que foi um pouso pesado, mas disse isso como um elogio. Depois, a escocesa ficou tremendo na pista com os dentes cerrados enquanto a aeronave era reabastecida e a equipe terrestre de Branston conversava com os pilotos de transporte. Maddie ficou perto, mas não o suficiente para que pudessem se tocar — nada tão infantil. Mas oferecendo um silêncio empático.

Deixaram o piloto de transporte ianque para trás, e a tripulação do Anson voltou para Maidsend. Alguns raios de sol esparsos brilhavam baixo no horizonte, passando pelas nuvens pesadas a oeste, e Maddie, desesperada para oferecer uma experiência melhor para sua sofrida passageira, conseguiu voar um pouco mais alto, onde o vento continuava forte, mas não tão tempestuoso. (Pilotos de transporte não têm autorização para voar acima de cinco mil pés. Engel terá de fazer a conversão para o sistema métrico — sinto muito por isso.)

*Droga de vento cruzado*, Maddie xingou para si mesma conforme se arrastavam de volta para casa.

— Ainda está enjoada? — gritou Dympna para a infeliz escocesa. — Venha se sentar na frente.

A escocesa, em um estado de fraqueza, era facilmente intimidada (como você bem sabe). Dympna saiu do assento dianteiro e ela se sentou.

Maddie olhou para a amiga, sorriu e pegou a mão bem cuidada que agarrava o assento do copiloto. Ela puxou a mão até os controles de voo.

— Segure aqui! — gritou ela. — Está vendo como estamos voando inclinadas para o sol? Isso acontece porque estamos com vento cruzado, então temos de voar na perpendicular. Como se estivéssemos velejando. Você aponta o avião para o lado. Entendeu?

A escocesinha assentiu, pálida, com o maxilar contraído e os olhos brilhando.

— Está vendo? — Maddie ergueu as duas mãos. — Você está no controle. Está pilotando o avião. A Escocesa Voadora!

A Escocesa Voadora deu mais um gritinho.

— Não agarre, basta segurar com leveza… Isso, muito bem.

Elas trocaram sorrisos radiantes por um momento antes de voltar a olhar para o céu.

— Dympna! — exclamou Maddie. — Olhe, olhe para o *sol*!

Estava verde.

Juro por Deus: o contorno do sol poente, tudo o que conseguiam enxergar dele, tinha ficado verde. Estava no meio da névoa densa e baixa e uma nuvem mais alta e escura; e, ao longo da borda superior da névoa, havia esse losango brilhante de um tom flamejante de verde, como uma garrafa de licor de Chartreuse diante da luz.

— Meu Deus… — Dympna sussurrou mais alguma coisa, mas ninguém ouviu.

Ela pousou a mão no ombro das garotas e apertou com força.

— Pilote o avião, Maddie — ordenou ela com voz rouca, um lembrete da instrutora.

— Estou pilotando.

Maddie continuou pilotando, mas também olhou para o contorno verde do sol, açoitado pelo vento, por um longo e glorioso meio minuto. Trinta segundos foi o quanto durou, a luz verde do sol passando pela nuvem no horizonte. Então a luz se apagou por trás da névoa de novo e as três pilotas ficaram cegas no brilho obscuro de uma tarde chuvosa de outono.

— O que foi aquilo? Dympna, o que era? Um teste? Uma nova bomba? O que...

A mão de Dympna relaxou no ombro delas.

— Chama-se brilho verde — disse ela. — É só uma miragem, um fenômeno de luz. Não tem nada a ver com a guerra. — Ela ofegou de alegria. — Ah, meu pai viu uma vez quando estava acampando em Kilimanjaro alguns anos atrás. Ao trabalho agora, escocesinha; você tem que baixar o trem de pouso. E eu preciso do assento de instrutor para me certificar de que Brodatt aterrisse com segurança.

---

Já em terra, Dympna deixou as duas novatas e decolou de novo, sem pisar novamente em Maidsend, com pressa para voltar à própria base antes que escurecesse demais ou o tempo fechasse (os pilotos do ATA podem autorizar os próprios voos).

Queenie, que tinha voltado a ser ela mesma, segurou a mão de Maddie e a apertou com força. Atravessaram todo o campo de pouso assim. Maddie fechou os olhos e voou de novo na pálida luz verde e etérea. Sabia que nunca ia se esquecer daquilo.

---

Desculpe. Isso não tem absolutamente nada a ver com táxi aéreo.

Mas foi aquele voo que colocou Maddie no ATA. Ela foi liberada pela WAAF, não transferida — o que era um procedimento raro na época, embora tenham começado a fazê-lo com mais frequência posteriormente na guerra. O procedimento era raro porque o ATA é uma organização civil, e a WAAF, militar. Mas Maddie estava na lista de espera do ATA desde o início, e ter Dympna ao seu lado lhe dava vantagem em relação a outras candidatas que talvez fossem tão qualificadas quanto ela. As mulheres na lista de espera eram todas muito mais qualificadas do que os homens, porque os homens qualificados não precisavam esperar. Além disso, o voo noturno de Maddie e os pousos com neblina a tornavam um pouco especial (*noite e neblina, brrrr*, mesmo em uma frase inocente em inglês, eu estremeço). Os rapazes com a experiência dela pilotavam bombardeiros agora. O ATA precisava dela.

Eles pilotavam sem auxílio de rádio nem instrumentos de navegação. Tinham mapas, mas não tinham permissão para marcar os balões nem as pistas de pouso para o caso de perderem os mapas e eles caírem na mão de vocês. Maddie fez um treinamento quando entrou, no início de 1941, e teve uma instrutora que lhe disse:

— Você não precisa de mapa. É só voar nessa direção pelo tempo de fumar dois cigarros. Depois vire e voe na próxima direção pelo tempo de um cigarro.

Dá para pilotar sem usar as mãos e acender um cigarro no meio do voo de forma bem fácil se a aeronave estiver programada direitinho — LDC, Localização de Direcionamento por Cigarro.

Mais ou menos na mesma época que Maddie entrou para o ATA, sua amiga e operadora de rádio foi transferida para o SOE, Serviço de Operações Especiais. Maddie não sabia disso. Elas trocaram algumas cartas depois que Maddie deixou Maidsend e, de repente, as cartas de Queenie começaram a chegar de um endereço desconhecido e cheio de marcas pretas de censura, como se tivessem vindo de um soldado no norte da África. E, então, Queenie pediu que escrevesse para a casa dela, que tinha o endereço simples de forma impressionante (e palindrômica!), de Craig Castle, Castle Craig (Aberdeenshire). Mas Queenie não estava em casa. Aquilo era só para fins de encaminhamento. Então, as duas não se viram durante aquele ano, exceto:

1) Quando Queenie apareceu inesperadamente durante uma folga na blitz de Manchester e elas passaram três dias tempestuosos e chuvosos queimando combustível do mercado clandestino para subir e descer os Peninos na moto Silent Superb de Maddie.

2) Quando um dos Dez Medos de Queenie se materializou e seu irmão favorito, Jamie, o piloto de bombardeiro (o verdadeiro Jamie) e sua tripulação foram atingidos. Jamie passou uma noite boiando no Mar do Norte e precisou amputar quatro dedos das mãos e todos os dedos dos pés por causa do congelamento. Maddie foi visitá-lo quando ele estava no hospital. Na verdade, ela nunca o tinha visto, e talvez não fosse o melhor momento para conhecê-lo, mas Queenie mandou um telegrama para Maddie — o segundo que ela recebeu na vida — pedindo que ela fosse visitá-lo, e Maddie foi. Talvez não tenha sido o melhor momento para se encontrar com Queenie também.

3) Quando Queenie foi enviada ao treinamento de paraquedas em Oakway. E elas não tinham permissão para conversar.

Esta deveria ser uma seção separada: "Saltos de Paraquedas do SOE". Mas ainda não cheguei a essa parte, e Von Linden acabou de chegar e eu mesma terei de traduzir tudo que escrevi hoje, já que Engel não está aqui.

---

Estou sozinha. Ah, meu Deus. Tentei desatar os nós de Thibaut, mas não consigo alcançar com as duas mãos. Eu estava traduzindo o que escrevi hoje para Von Linden, com o cotovelo apoiado na mesa e a cabeça nas mãos, sem me atrever a olhar para ele. Eu já tinha lhe pedido mais tempo, e ele disse que pensaria no caso depois que ouvisse o material de hoje. E sei que não lhe dei nenhuma informação hoje. Nada além dos eventos das duas últimas semanas, os quais ele já sabe, e o brilho verde. Meu Deus. Depois que passei pela parte que o cozinheiro me apalpa — *tão* constrangedor, mas se eu pulasse e V. L. descobrisse depois, eu pagaria com sangue —, ele se aproximou e ficou ao meu lado. Tive que olhar. Quando fiz isso, ele pegou o meu cabelo e o afastou da minha nuca por um momento.

Ele nunca sorri nem franze a testa nem *nada*. Senti meu rosto pegar fogo. Ah, por que senti a necessidade de colocar aquele sarcasmo sujo e grosseiro sobre a escolha entre o cozinheiro e o inquisidor? Eu não sabia o que ele estava pensando. Ele esfregou meu cabelo com gentileza entre os dedos.

Então, ele disse uma palavra. Que era praticamente a mesma em inglês, francês e alemão: *querosene*.

E me deixou ali sozinha com a porta fechada.

Gostaria de escrever algo heroico e inspirador antes de atearem fogo em mim, mas sou idiota demais e estou com medo demais para pensar em qualquer outra coisa. Não consigo nem pensar na provocação memorável de alguém para repetir. Eu me pergunto o que William Wallace disse quando foi amarrado nos cavalos que o esquartejaram. Tudo em que consigo pensar é em Nelson dizendo: "Beije-me, Hardy".

*Ormaie 17.XI.43 JB-S*

Eles LAVARAM O MEU CABELO. O querosene era para isso. QUEI-
MAR PIOLHOS. Agora estou fedendo a explosivo, mas estou livre
das lêndeas.

Logo depois que *Hauptsturmführer* me deixou ontem à noite, houve um ataque aéreo, e todos se entulharam nos abrigos,
como sempre. Fiquei sentada chorando e esperando por duas
horas, assim como fiz algumas vezes durante aquela semana de
interrogatórios, implorando a Deus e à RAF por um tiro que eles
NUNCA ME DERAM. Depois que tudo acabou, ninguém voltou por
mais uma hora. TRÊS HORAS sem ninguém para me dizer o que
estava acontecendo. Imagino que V. L. tenha tido a esperança
de que, em pânico, eu acabaria escrevendo algo mais produtivo
como último recurso, só que me esforcei tanto para tentar soltar
minhas pernas amarradas na cadeira que ela acabou caindo. Nem
preciso dizer que era impossível escrever qualquer coisa naquele
estado (e nem mesmo considerei pedir ajuda). Por fim, algumas
pessoas chegaram e me viram fazendo uma ótima imitação de
tartaruga com o casco para baixo.

Amarrada à cadeira, eu tinha conseguido me arrastar até a
porta e me preparar para a armadilha que fez dois guardas caírem de cabeça ao tropeçarem em mim quando entraram. A esta
altura, Von Linden deveria realmente me conhecer bem o suficiente para saber que não vou enfrentar minha execução sem
lutar. Ou algo que ao menos lembre dignidade.

Assim que fui levantada e me carregaram até a mesa de novo,
Von Linden entrou e colocou um único comprimido branco diante

de mim. Assim como Alice, fiquei desconfiada. Eu ainda achava que estava prestes a ser executada, sabe?

— Cianeto? — perguntei com olhos marejados. Seria um jeito muito humano de ir.

Mas acabou que não era um comprimido suicida, e sim uma aspirina.

Assim como Engel, ele presta atenção.

Ele me deu mais uma semana. Mas dobrou minha carga de trabalho. Fizemos um trato. Outro. Eu acreditava de verdade que não restava mais nada na minha alma para vender, mas consegui outra troca. Tem uma locutora de rádio que faz propaganda nazista em inglês para os ianques — ela trabalha em Paris para um serviço de transmissão de Berlim e não para de insistir que a Gestapo de Ormaie lhe conceda uma entrevista. Ela quer dar para a audiência americana no campo de batalha uma perspectiva açucarada da França Ocupada: mostrar como as prisioneiras são bem tratadas, como é idiota e perigoso que os Aliados obriguem garotas inocentes, como eu, a fazer um trabalho sujo como o meu, blá-blá-blá. Apesar das credenciais de rádio reluzentes do Terceiro Reich, a Gestapo de Ormaie está relutante para responder, mas Von Linden acredita que ele pode *me usar* para causar uma boa impressão. "Eu não estaria aqui se não fosse pela falta de humanidade do meu próprio governo", vou dizer por ele. "Em comparação, vocês estão vendo como os alemães tratam bem os agentes capturados? Estão vendo como estou trabalhando como tradutora para me ocupar de forma neutra ao esperar julgamento?" (Que piada! Eles não vão me dar um julgamento.)

(Depois da minha segunda tentativa de fuga, enquanto esperava Von Linden aparecer para decretar minha punição, alguns dos seus subordinados idiotas revelaram um monte de segredos administrativos na minha frente, sem saber que falo alemão. Agora sei muito mais sobre os planos deles para mim do que deveria. Estou na repugnante categoria chamada *Nacht und Nebel*, Noite e Neblina, e isso permite que eles façam qualquer coisa com pessoas que desconfiem ser "um perigo para a segurança".

Em seguida, fazem com que a pessoa desapareça — literalmente. Essas pessoas não são executadas aqui, e sim enviadas a algum lugar sem deixar vestígios, a fim de mergulharem na "noite e neblina". Ai, meu Deus... Eu sou uma prisioneira da noite e neblina. É uma coisa tão secreta que eles nem escrevem, só usam as iniciais "NN". Se este manuscrito sobreviver depois que eu me for, eles provavelmente vão cobrir com tarjas pretas tudo que acabei de escrever. Não é uma coisa muito *Nacht und Nebel* conceder entrevistas para transmissão de rádio, mas os agentes da Gestapo são oportunistas mesmo. Eles sempre podem me picar em pedacinhos e depois enterrar tudo no porão.)

Se eu cooperar com a propagandista, posso ter mais tempo. Se eu disser a verdade nua e crua, não. Talvez eles também façam a radialista americana desaparecer, e vou ter de carregar isso na consciência.

A aspirina e o querosene são parte da Operação Cinderela, um programa desenvolvido para me transformar de uma rata de prisão mentalmente instável, febril e infestada de piolhos em uma oficial de voo detida, calma e confiante, adequada para ser apresentada a uma jornalista de rádio. Para dar credibilidade à nossa história, recebi um trabalho de tradução das anotações do próprio *Hauptsturmführer* Von Linden, do ano passado aqui, com nomes (quando ele sabe) e datas e, *ugh*, alguns *métodos* usados, além da informação obtida. Ah, *mein Hauptsturmführer, você é um alemão imbecil*. Uma cópia precisa estar em alemão para o c. o. (ele tem um comandante oficial!) e outra em francês para algum objetivo oficial. Estou fazendo a cópia em francês, a em alemão ficou a cargo de *Fräulein* Engel (ela voltou hoje). Estamos trabalhando juntas usando todos os meus cartões de receita. Ambas estamos irritadas com isso.

O trabalho é ao mesmo tempo horrível e incrivelmente entediante. E tão *informativo* que me faz querer arrancar os olhos do homem com meu lápis. Estou sendo obrigada a ver um pequeno canto metódico da mente de Von Linden, nada de pessoal, apenas *como ele trabalha*. E também como ele é muito bom nisso — a não ser, é claro, que ele tenha inventado tudo para me intimidar. Não acho que ele seja criativo o suficiente para isso — pelo menos não igual a como uso a minha imaginação, não para fingir algo, não para inventar uma coleção falsa de meia dúzia de cadernos encapados em pele de bezerro repletos de trágicos retratos em miniatura de 150 espiões condenados e combatentes da Resistência.

Mas ele é criativo a seu próprio modo científico — um técnico, um engenheiro, um analista. (Eu adoraria saber quais são suas credenciais de civil.) As técnicas de persuasão são feitas para o indivíduo à medida que ele começa a compreender as características de cada um. Naquelas três semanas que passei morrendo de fome no escuro, à espera de que algo acontecesse — ele deve ter me observado como uma águia, avaliando meus silêncios, meus rompantes, minhas diversas tentativas mais ou menos bem-sucedidas de fugir pela janela com grades, pelo duto de aquecimento, pela ventilação, abrindo a fechadura, estrangulando ou castrando diversos guardas etc. Observando como eu me acovardava, chorava e implorava assim que os gritos começavam no quarto ao lado. Observando como eu sempre tentava prender o cabelo quando alguém abria a porta para me ver (nem todo mundo é interrogado usando apenas as horríveis roupas íntimas — esse é um tormento especial reservado para os recatados e os vaidosos. Eu estou no último grupo).

É reconfortante descobrir que, no final das contas, não sou a única Judas que foi internada atrás das paredes profanadas deste hotel. Imagino que Von Linden teria sido demitido se seu índice de sucesso fosse tão ínfimo. E agora desconfio também que estou sendo exposta aos mais teimosos com o objetivo de me desmoralizar, talvez, com o efeito duplo de os humilhar nos momentos mais vulneráveis com uma audiência constrangedora e compassiva.

Ainda sou bastante apresentável. Eles sempre pegaram mais leve nas minhas mãos e no meu rosto, então, quando estou vestida, você jamais me olharia e imaginaria que passei por sessões recentes de tortura envolvendo perfurações e queimaduras — colocaram o aparelho de radiotelegrafia parcialmente desmontado em um estojo macio e agradável. Talvez essa tenha sido a intenção de V. L. o tempo todo: me usar como seu pequeno exercício de propaganda. E é claro — *estou disposta a jogar.* Como ele sabia? Como ele sabia, desde o início, mesmo antes de eu lhe dizer? Que estou *sempre* disposta a jogar, que sou viciada no Grande Jogo?

Ah, *mein Hauptsturmführer*, seu alemão imbecil e perverso, sou grata pelo edredom que você me deu para substituir o cobertor nojento. Mesmo que seja apenas parte do esquema temporário para minha reabilitação, é uma alegria. Metade do enchimento já saiu e ele fede a um porão cheio de mofo; mesmo assim, é um *edredom! Um edredom de seda!* Com o bordado "C d B", então deve ser parte do espólio da vida antiga deste prédio como o <u>Château de Bordeaux</u>. Às vezes me pergunto o que aconteceu com todos os móveis do hotel. Alguém deve ter tido um trabalhão para esvaziar todos os quartos, tirar armários, camas e penteadeiras e pregar tábuas nas persianas das janelas. O que fizeram com tudo — tapetes, cortinas, abajures, lâmpadas? Com certeza meu quartinho não tem nenhum charme gaulês para recomendar, exceto o piso de parquete, que não consigo ver na maior parte do tempo (<u>assim como acontece com todos os quartos de prisioneiros, minha janela está fechada com tábuas e pregos</u>) e é muito frio e duro para se dormir.

É melhor voltar ao trabalho — mesmo que eu tenha comprado uma semana extra, agora só tenho metade do tempo para escrever. Além disso, meu dia está mais longo também.

Estou ficando cansada.

Eu sei, eu sei. Serviço de Operações Especiais. Escreva...

## PILOTA DE TRANSPORTE DE AERONAVES

Maddie voltou para Oakway. Havia uma filial de transporte de aeronaves do ATA lá e o campo de pouso também havia se tornado o maior centro de treinamento de salto de paraquedas da Grã-Bretanha. Como pilota do ATA, Maddie foi rebaixada de posto e passou a ser civil novamente, mas pôde voltar a morar em casa *e* ganhou um subsídio para o combustível da moto, assim poderia ir e voltar ao campo de pouso. *Além disso*, ela poderia negociar um bilhete de vale-transporte por uma barra de chocolate ao leite Cadbury.

Maddie enfim estava sendo ela mesma. Não importava que o céu tivesse mudado — tornando-se um lugar cheio de obstáculos, de cabos de balões, de restrições e de aeronaves militares e, geralmente, um mau tempo. Mas Maddie estava no seu elemento, e seu elemento era o ar.

Eles fazem você efetuar algumas acrobacias que nunca serão usadas, observam suas decolagens e aterrissagens e, pronto, você está qualificada para pilotar uma aeronave de Classe 3 (motores duplos leves) e todos os de Classe 2 (monomotores pesados) sem ter visto a maioria deles. Maddie disse que deveriam fazer trinta voos de treinamento de longa distância para decorar o país até serem capazes de voar sem olhar um mapa, mas ela foi liberada no décimo segundo porque estava demorando muito para haver um clima bom e queriam que ela começasse logo a trabalhar. A cada semana, um piloto do ATA morre. Eles não são atingidos pelo fogo inimigo. Pilotam sem rádio nem equipamentos de navegação, e com condições climáticas tão ruins que os pilotos de bombardeiro e de caças consideram "impossível de pilotar" durante elas.

Então, logo no primeiro dia de trabalho, Maddie entra em um barracão do ATA em Oakway que os pilotos chamam debochadamente de "Sala da Bagunça".

— Temos um Lysander aqui com seu nome escrito — diz sua nova agente de Operações, apontando para um quadro-negro com uma lista de aeronaves que precisam ser transportadas.

— Sério *mesmo*?

Todos riem da cara dela, mas não de maneira cruel.

— Você nunca pilotou um, não é? — pergunta o holandês, um ex-piloto da KLM que conhece o norte da Inglaterra quase tão bem quanto Maddie, tendo pilotado aviões de passageiros em Oakway desde a inauguração do campo de pouso.

— Bem — diz a agente —, Tom e Dick vão levar os Whitleys até Newcastle. E Harry vai levar o Hurricane. Isso deixa o serviço de táxi do Anson e do Lysander para as damas. E Jane ficou com o Anson.

— E para onde o Lysander vai?

— Elmtree, para o conserto. O leme horizontal do avião está com defeito. Dá para pilotar, mas você terá de manter a coluna de controle voltada para a frente.

— Pode deixar comigo — afirma Maddie.

## UM TRABALHO NÃO MUITO SEGURO

Antes de Maddie partir, eles lhe apresentaram um relatório completo de navegação, já que uma aeronave com defeito significava que ela não poderia esperar pilotar com as mãos livres, ou seja, não teria como procurar informações em mapas durante o voo. Ela ficou sentada por uma hora estudando o manual do piloto (as anotações detalhadas entregues a pilotos operacionais que só voarão em um tipo de aeronave). Então, ficou em pânico com a possibilidade de perder as condições climáticas para o voo. Seria agora ou nunca.

A equipe de solo estava perplexa com a ideia de uma garota pilotar um Lysander avariado.

— Ela não vai ter força suficiente. Com o leme horizontal ajustado para subida, uma moça não será capaz de segurar o manche com a força necessária para pousar. Não sei se alguém conseguiria fazer isso.

— Alguém pousou aqui — comentou Maddie. Ela já tinha recebido o memorando para o trabalho e queria partir enquanto ainda conseguiria ver os Peninos. — Veja bem, só vou colocar no neutro antes de entrar. Fácil, fácil…

Gentilmente, ela empurrou o leme para a posição neutra, deu um passo para trás e limpou as mãos na calça (azul-marinho, com uma camisa azul da Força Aérea e agasalho e quepe também azul-marinho).

Os mecânicos ainda estavam de cenho franzido, mas pararam de negar com a cabeça.

— Vai ser difícil de pilotar — afirmou Maddie. — Vou fazer a decolagem e o pouso com suavidade, de forma longa e rasa. Vou entrar rápido, 148 quilômetros por hora, e os flaps automáticos vão continuar levantados. Não está ventando muito. Deve ficar tudo bem.

Por fim, um dos rapazes assentiu devagar e com relutância.

— Vai ficar, moça — disse ele. — Estou vendo que sim.

Aquele primeiro voo de Maddie para o ATA foi difícil. Não assustador, apenas trabalhoso. Foi difícil no início, olhar além dos soquetes de mira e placas de fixação de câmera e fileiras e mais fileiras de botões seletores de bombas que ela não estava carregando, uma chave para Código Morse para um rádio que não estava conectado etc.

*Pilote o avião, Maddie.*

Os seis mostradores conhecidos e amigáveis do painel de instrumentos de voo sorriram para ela atrás da coluna de controle. Um dos membros da equipe de solo se mostrou ansioso para se certificar de que ela sabia onde encontrar a alavanca do trem de pouso forçado.

O tempo cooperou, mas o Lysander lutou contra ela por quase duas horas. Ao tentar pousar em Elmtree, ela calculou mal o tamanho da pista de que precisaria. Com as mãos e os punhos doendo por causa da força necessária para empurrar o manche e pousar, Maddie precisou arremeter e fazer mais duas tentativas antes de acertar. Por fim, pousou em segurança.

*Pareço até uma autoridade no assunto! Deve ser o efeito da aspirina. Imagine se você tivesse me dado benzedrina. (E ainda anseio por café.)*

Maddie, também ansiando por café, seguiu para a cantina da oficina a fim de conseguir um sanduíche e encontrou o piloto de transporte que tinha chegado antes dela — alto, com rosto quadrado, cabelo castanho-escuro mais curto do que o de Maddie, usando um uniforme de calça azul-marinho e paletó com duas listras douradas de primeiro-oficial. Por um momento, Maddie ficou confusa, achando que, assim como Queenie, ela estava vendo fantasmas.

— *Lyons!* — exclamou Maddie.

O piloto olhou, franziu a testa e perguntou, hesitante:

— Brodatt?

Então, Maddie percebeu que não era o filho do pároco, que costumava pilotar em Maidsend antes de ser atingido e queimado vivo sobre South Downs no mês de setembro, mas alguém que claramente devia ser a irmã gêmea dele. Ou a irmã normal, de qualquer maneira. Elas ficaram se olhando, surpresas, por um momento. Nunca tinham se visto antes.

A outra garota se adiantou e perguntou:

— Mas como você sabe o meu nome?

— Você é igualzinha ao seu irmão! Eu era da waaf em Maidsend com ele. Conversávamos sobre mapas, já que ele não dançava!

— Era o Kim — disse a garota com um sorriso.

— Eu gostava dele. Sinto muito.

— Meu nome é Theo. — Ela estendeu a mão para Maddie. — Estou no grupo feminino de transporte em Stratfield.

— E como você sabe o *meu* nome? — perguntou Maddie.

— Está escrito no quadro de trabalho na sala de rádio — disse a primeira-oficial Lyons. — Somos as únicas pilotas do ata aqui hoje. Eles costumam mandar as garotas nos Lysanders porque os rapazes querem mais velocidade. Pegue um sanduíche. Você parece precisar de um.

— Eu nunca tinha pilotado um Lysander — revelou Maddie. — E bem que gostaria de nunca mais pilotar. Este aí quase me matou.

— Ah, você trouxe o avião com o leme horizontal avariado! Que injusto o seu primeiro voo ser em um Lizzie quebrado. Você precisa de outro voo *imediatamente*, pilotando um que funcione.

Maddie aceitou metade do sanduíche — de carne enlatada como sempre.

— Bem, acho que sim — respondeu ela. — Tenho que pegar um daqui para levar para a base normal esta tarde. Não é prioridade máxima, mas tem uma daquelas fichas "S", de sigilo e relatório necessários. É o meu primeiro dia de trabalho.

— Que sorte a sua, isso é para as Missões Especiais da RAF!

— Missões Especiais da RAF?

— Sei tanto quanto você. Eles estão incorporados na base normal da RAF para a qual você está indo, mas, depois de pousar lá duas ou três vezes, você começa a entender... Uma pequena frota de Lysanders camuflados em preto e verde-escuro, todos equipados com tanques de combustível de longo alcance e a pista coberta com lâmpadas elétricas. Aterrissagens noturnas em pistas curtas...

Ela deixou as palavras pairarem: França, Bélgica, agentes da Resistência, refugiados, equipamentos sem fio e explosivos levados para a Europa ocupada pelos nazistas... As pessoas não se atreviam a falar sobre aquilo. Simplesmente não se atreviam.

— É bem divertido pousar um Lizzie na pista de treinamento, com a pista simulada de sinalização disposta, pequenas bandeiras amarelas e a chance de bancar um piloto de Missões Especiais. Lysanders são os magos dos pousos em pistas curtas. Você conseguiria pousar até no quintal da sua avó.

Maddie não conseguia acreditar naquilo depois de mal ter conseguido pousar o seu primeiro Lizzie usando cada centímetro disponível da pista.

Theo partiu a casca do sanduíche em três e organizou as migalhas formando um L invertido para imitar as tochas brilhando em uma campina francesa escura.

— É isso que você precisa fazer... — Ela olhou rapidamente por sobre o ombro para se certificar de que não havia ninguém ouvindo. — Eles sempre ficam um pouco chocados quando uma garota sai da cabine depois.

— Ficaram um pouco chocados quando entrei hoje cedo!

— Como é seu conhecimento de navegação? Você não pode marcar essa pista de pouso no mapa. Estude um pouco antes de ir embora para conseguir se localizar.

— Consigo me virar — afirmou Maddie com confiança e sinceridade, já que, mais cedo naquele dia, havia feito exatamente aquilo.

— Vai ser divertido — repetiu Theo com animação para encorajá-la. — Você não poderia ter um treinamento melhor mesmo se tivesse feito um curso! Pilotar um avião avariado por duas horas e depois pousar um consertado em dezoito metros no mesmo dia, nós poderíamos muito bem ser *operacionais*.

Bem, esse campo de pouso, o campo de pouso de Missões Especiais, é o mesmo do qual Maddie e eu decolamos seis semanas atrás. Os pilotos que o usam são chamados de Moon Squadron, ou "Esquadrão da Lua" — voam ao luar e somente pelo luar. A localização do campo é um dos segredos mais bem guardados e dou graças a *Deus* por não saber o nome nem fazer a mínima ideia de onde fica. Não sei mesmo; embora eu tenha estado lá pelo menos cinco vezes, sempre saía da minha base, que ficava perto de Oxford, para chegar lá quando já tivesse escurecido, às vezes, passando por outro campo de pouso, e nem sei qual direção tomávamos para chegar lá. Eles faziam isso de propósito.

Os aviões de Missões Especiais precisavam de muita manutenção, já que costumavam ser pilotados com muita velocidade, batendo o trem de pouso no escuro com força demais nas aterrissagens e, com frequência, eram atingidos por artilharia antiaérea no caminho de volta. Maddie fez aqueles voos muitas vezes, levando aeronaves avariadas ou consertadas de e para campos de pouso maiores que as cercavam e as escondiam. Mais recentemente, ela trabalhou como pilota de táxi aéreo levando passageiros muito especiais: cerca de dez pilotos abalados ou com tendências suicidas ficaram na base e se familiarizaram com as aterrissagens em ponto-morto cada vez mais precisas e experientes de Maddie. E, aos poucos, eles começaram a reconhecer quando ela era a pilota, antes mesmo de sair do avião.

Meu tempo acabou de novo — droga. Eu estava me divertindo.

*Ormaie 18.XI.43 JB-S*

Engel acha que estou traduzindo as observações horríveis de Von Linden, mas, sorrateiramente, estou colocando alguns dos cartões de receita entre os meus porque estou mais adiantada do que ela.

Ela consegue ser uma fonte perfeita de informações quando está de bom humor. Justamente por ter ficado de conversa-fiada comigo o trabalho dela atrasou, mas eu estava focada. Ela diz que, se eu tiver sorte, serei mandada para um lugar chamado Ravensbrück quando terminarem comigo aqui. É um campo de concentração só para mulheres, um campo de trabalho e prisão. Talvez a faxineira que roubou os repolhos tenha sido mandada para lá. Basicamente é uma sentença de morte — meio que deixam você morrer de fome até não conseguir mais trabalhar e, quando está fraca demais para retirar entulhos para o conserto das estradas que nossos bombardeiros Aliados explodiram, eles enforcam você. (Tenho muito jeito para lidar com escombros, considerando minha experiência prévia com a pista de Maidsend.) Caso não trabalhe quebrando pedras, pode incinerar os corpos das colegas enforcadas.

Se eu *não* tiver sorte — em outras palavras, se eu não produzir um relatório satisfatório no tempo que me foi dado —, serei mandada para um lugar chamado Natzweiler-Struthof. Trata-se de um campo de concentração menor e mais especializado, o ponto de desaparecimento dos prisioneiros *Nacht und Nebel*, que são, na maioria, homens. Houve ocasiões em que mulheres foram mandadas para lá como espécimes vivos para experimentos médicos. Não sou homem, mas sou designada como *Nacht und Nebel*. *Meu Deus.*

Se eu tiver *muita* sorte — ou seja, se eu for inteligente —, conseguirei levar um tiro. Aqui, logo. Engel não me disse isso; fui eu que pensei aqui com os meus botões. Já perdi a esperança de que a RAF vai explodir este lugar pelos ares.

Quero atualizar a minha lista de "Dez coisas de que tenho medo".

1) Frio. (Substituí o medo de escuro pelo medo de Maddie de sentir frio. Não me importo mais com o escuro, principalmente se estiver tudo em silêncio. Às vezes fica chato.)

2) Dormir enquanto estou trabalhando.

3) Bombas atingindo meu irmão favorito.

4) Querosene. A palavra por si só é suficiente para me deixar com a perna bamba, o que todo mundo já sabe e usa para provocar esse efeito.

5) *ss-Hauptsturmführer* Amadeus von Linden. Ele, na verdade, deveria estar no topo da lista (morro de medo desse homem), mas eu estava seguindo a ordem da lista anterior e ele substituiu o porteiro da escola.

6) Perder o meu pulôver. Suponho que isso possa se encaixar na categoria de medo de frio. Mas é algo com que me preocupo de forma separada.

7) Ser enviada para Natzweiler-Struthof.

8) Ser mandada de volta para a Inglaterra e ter de fazer um relatório sobre "Tudo Que Fiz na França".

9) Não conseguir acabar de contar a minha história.

10) E de conseguir acabá-la também.

Não tenho mais medo de ficar velha. Na verdade, não consigo acreditar que já disse uma coisa tão idiota assim. Uma coisa tão infantil. Tão ofensiva e *arrogante*.

Mas, principalmente tão, tão idiota. Eu gostaria muito de ter a chance de envelhecer.

Todo mundo está muito animado com a visita da radialista americana. Minha entrevista será conduzida no gabinete de Von Linden, ou escritório, seja lá o que for. Fui levada lá hoje mais cedo para ser avisada de antemão e para que não caísse desmaiada de espanto ao ver o local pela primeira vez na frente da entrevistadora (vou fingir que *todas* as minhas "entrevistas" aconteceram sob o lustre de vidro veneziano no canto aconchegante com painéis de madeira. Fingirei que me sento diante da linda mesa de marchetaria do século XVIII todas as tardes. Fingirei que peço ajuda à *cacatua de estimação* na gaiola de bambu para me dar dicas de algumas palavras de alemão quando eu gaguejar).

(Talvez não. A cacatua ajudante pode parecer forçado demais.)

Não estou escrevendo lá agora — estou no armário de vassouras vazio, como de costume, empurrada contra a mesa de aço com os tornozelos amarrados à cadeira, observada de perto por ss-*Scharführer* Thibaut e por seu companheiro cujo nome não me disseram.

Vou escrever sobre a Escócia. Nunca estive lá com Maddie, mas é como se eu já tivesse ido.

Não sei qual avião ela estava pilotando na noite que ficou presa em Deeside, perto de Aberdeen. Ela não voava apenas com Lysanders e também não fez muitos serviços de táxi aéreo naquele primeiro ano, então, provavelmente não era um Anson. Digamos que tenha sido um Spitfire, só para nos divertirmos — o avião mais glamoroso e adorado entre todos os caças, adorado até mesmo pelos pilotos da Luftwaffe, que deixariam que lhe arrancassem com um alicate os dentes de trás se isso garantisse pilotar durante uma hora um Spitfire. Digamos que era fim de novembro de 1941, Maddie estava entregando um desses em um campo de pouso escocês, de onde o avião seria levado para defender os navios do Mar do Norte ou talvez para tirar fotos dos campos de pouso ocupados pela Luftwaffe na Noruega.

Nossos aviões de reconhecimento são pintados com uma camuflagem em tons de salmão e malva, a fim de combinarem com as nuvens. Digamos, então, que Maddie pilotava um Spitfire cor-de-rosa, mas não pairando no céu azul profundo como os pilotos de caça. Ela voava com cautela, margeando a costa, sobrevoando os lagos e os amplos vales da Escócia porque as nuvens estavam baixas. Estava voando a uma altitude de mil metros acima do nível do mar, mas entre Tay e Dee, as montanhas Cairngorm se elevam a uma altura maior. Maddie estava sozinha no avião, cuidadosa e feliz, voando baixo sobre as Terras Altas salpicada de neve, naquelas lindas asas cônicas, ensurdecida pelo motor Merlin, navegando por estimativa.

Os vales estavam cobertos de gelo e nevoeiro, que parecia formar travesseiros nos recortes das colinas; os picos das montanhas distantes brilhavam em tons deslumbrantes cor-de-rosa e branco sob os raios de sol que não tocavam as asas do Spitfire. A névoa costeira do Mar do Norte se aproximava. Estava tão frio que o ar úmido se cristalizou dentro da capota de plexiglas, fazendo com que nevasse dentro da cabine.

Maddie pousou em Deeside pouco antes do pôr do sol. Mas não era o pôr do sol, era um crepúsculo cinzento meio azulado, e ela teria de passar a noite em uma cama triste e desarrumada no quarto de hóspedes do alojamento dos oficiais ou poderia tentar encontrar uma casa de hóspedes em Aberdeen. Ou teria de passar metade da noite em um trem sem aquecimento nem luz e talvez chegar a Manchester às duas da manhã. Sem querer enfrentar a solidão da acomodação espartana do campo de pouso nem o rosto cinzento e duro de alguma senhoria de Aberdeen que não aceitaria seus cupons de racionamento por uma refeição noturna, Maddie optou por pegar o trem.

Ela chegou à estação de Deeside. Não havia mapas com a rota dos trens nas paredes, mas uma placa bem no estilo do País das Maravilhas dizendo: "Se você sabe onde está, por favor, informe aos outros". Não havia luz na sala de espera porque ela poderia aparecer quando abrissem a porta. O bilheteiro contava com uma luminária de banqueiro queimando atrás de sua pequena cela.

Maddie se empertigou um pouco. As garotas do ATA tinham recebido um pouco de boa publicidade nos jornais e tinham de demonstrar certos padrões de asseio. Mas ela descobriu que as pessoas nem sempre reconheciam o uniforme azul-marinho com asas douradas de piloto do ATA, ou sequer notavam, e a Escócia era um país tão estrangeiro para Maddie quanto a França.

— Tem algum trem para sair? — perguntou ela.

— Tem, sim, senhora — afirmou o bilheteiro, de forma tão misteriosa quanto os pôsteres da plataforma.

— Quando?

— Daqui a dez minutos. Ah, sim, daqui a dez minutos.

— Indo para Aberdeen?

— Ah, não, não para Aber*deen*. O próximo trem vai para Castle Craig.

Para facilitar as coisas, estou traduzindo a fala do bilheteiro do dórico de Aberdeen. Maddie, não sendo fluente em dórico, não tinha certeza se tinha entendido direito.

— *Craig Castle*?

— Castle Craig — repetiu o funcionário da ferrovia de forma lacônica. — Um bilhete de ida para Castle Craig, senhorita?

— Não… Não! — respondeu Maddie com sensatez. Então, em um ato de pura loucura, sem dúvida, pela solidão, pela fome e pela fatiga, acrescentou: — Não só de ida. Preciso voltar. Um bilhete de ida e de volta de terceira classe para Castle Craig.

Meia hora depois: *Ah, mas* o que *foi que eu fiz!*, pensou Maddie enquanto o velho trem de dois vagões gelados sacudia e se arrastava por plataformas anônimas e escuras como breu, levando-a cada vez mais para o sopé assombrado das Terras Altas da Escócia.

A cabine do vagão era iluminada por uma luz fraca e azulada no teto. Não havia aquecimento. Não havia outro passageiro na cabine de Maddie.

— Quando é o próximo trem de volta? — perguntou ela ao cobrador.

— O último sai daqui a duas horas.

— Tem outro antes?

— O *último* sai daqui a duas horas — repetiu ele, sem ajudar muito.

(Alguns de nós ainda não perdoaram os ingleses pela Batalha de Culloden, a última batalha travada em solo britânico em 1746. Imagine o que vamos dizer sobre Adolf Hitler daqui a duzentos anos.)

Maddie desceu do trem em Castle Craig. Não tinha nenhuma bagagem além da máscara de gás e da valise de voo, contendo uma saia para usar quando não estava pilotando, mas que não tinha tido a chance de trocar, os mapas e manuais de piloto e a régua de cálculo circular para determinar a velocidade do vento. Além de uma escova de dentes e a última barrinha de chocolate de cinquenta gramas. Ela se lembrou de como quase chorou de inveja ao ouvir a descrição de Dympna quando teve de passar a noite no fundo de um Fox Moth, quase congelada de frio. Maddie se perguntou se congelaria de frio antes do trem do qual tinha acabado de descer finalmente voltasse para Deeside dali a duas horas.

Acho que aqui devo lembrar que minha família já se estabeleceu há muito tempo nos altos escalões da aristocracia britânica. Maddie, como você há de se lembrar, é a neta de um imigrante que trabalha no comércio. Nós jamais teríamos nos conhecido na época de paz. Nunca *mesmo*, a não ser que talvez eu tivesse decidido comprar uma motocicleta em Stockport — talvez Maddie fosse me atender. Mas se ela não tivesse sido uma operadora de rádio tão boa e sido promovida tão rápido, também não é provável que tivéssemos nos tornado amigas, mesmo durante a guerra, porque oficiais britânicos não se misturam com as patentes inferiores.

(Não acredito nem por um instante — que não teríamos virado amigas de algum jeito — que uma bomba não detonada não explodiria e nos despedaçaria na mesma cratera, ou que o próprio Deus viesse e batesse nossas cabeças em um brilho verde do sol. Mas não seria muito *provável*.)

De qualquer forma, os temores crescentes de Maddie naquela viagem de trem mal planejada se baseavam principalmente em sua certeza de que *não poderia* apenas bater na porta do castelo de um Laird e pedir abrigo nem uma xícara de chá enquanto aguardava o trem para voltar. Ela era apenas Maddie Brodatt e não uma descendente de Maria, Rainha da Escócia, ou de Macbeth.

Mas ela não tinha levado a guerra em conta. Ouvi muita gente boa dizer que ela está balanceando o sistema de classes britânico. *Balancear* talvez seja uma palavra forte demais, mas com certeza está misturando um pouco mais as coisas.

Maddie foi a única passageira que desceu em Castle Craig e, depois de hesitar na plataforma por cinco minutos, o chefe da estação saiu para cumprimentá-la:

— Você é colega do jovem Jamie, lá no Casarão, não é?

Por um instante, Maddie ficou surpresa demais para responder.

— Ele vai ficar muito feliz por ter companhia, pode ter certeza. Sozinho no castelo com os garotos de Glasgow.

— Sozinho? — perguntou Maddie.

— Sim, a Lady do castelo foi passar três dias em Aberdeen para ajudar no Serviço Voluntário de Mulheres, encaixotando meias e cigarros para enviar aos nossos soldados lutando no deserto. O jovem Jamie está sozinho com os garotos. A Lady abrigou oito, os últimos da fila… Ninguém quis ficar com eles, crianças choronas e imundas, piolhentas e ranhentas. Os pais estão trabalhando nos navios e jogando bombas dia e noite, as crianças nunca saíram de casa na vida. A Lady disse que criou seis filhos, sendo cinco garotos. Cuidar de oito garotos de outra mãe não seria muito diferente. Mas ela viajou e deixou o jovem Jamie sozinho para fazer o chá para todos com aquelas mãos mutiladas…

O coração de Maddie se alegrou com a ideia de ajudar Jamie a preparar chá para oito garotos que foram evacuados de Glasgow.

— Dá para ir andando para lá?

— Claro, fica a pouco menos de um quilômetro pela estrada principal até o portão, depois um quilômetro e meio até a porta.

Maddie agradeceu, e ele levantou o quepe para ela.

— Como você sabia que sou colega de Jamie? — perguntou ela.

— As botas — respondeu o chefe da estação. — Todos vocês, pilotos da RAF, usam o mesmo tipo de bota. O jovem Jamie nunca tira as dele. Eu bem que gostaria de ter um par.

Maddie seguiu pelo caminho escuro e açoitado pelo vento até Craig Castle, sentindo um riso de alegria, alívio e antecipação.

*Eu sou um dos pilotos da RAF!*, pensou, e soltou uma risada na escuridão.

Craig Castle é um castelo pequeno — quer dizer, quando comparado aos castelos de Edimburgo ou de Stirling; ou Balmoral, a residência do rei no verão; ou Glamis, onde a família da rainha mora. Ainda assim, é um castelo adequado, contendo partes com mais de seiscentos anos, com seu próprio poço para o caso de um cerco, e porões que podem ser usados como calabouços ou adega de vinho, e quatro enormes escadas em espiral, de forma que nem todos os aposentos de cada andar se conectam. Há um aposento atrás de uma parede lacrada (está faltando uma janela lá fora, e uma chaminé extra, então sabemos que havia um aposento lá). Também há sala de armas, sala de troféus e até uma sala de bilhar e uma para fumar, duas bibliotecas, diversas salas de descanso e de visita etc. No momento, a maioria está coberta por lençóis porque todo mundo está trabalhando na guerra, incluindo os empregados.

Quando Maddie chegou, parecia não haver ninguém — por causa do blecaute, é claro —, mas ela bateu a aldrava com força na porta e um dos garotos de Glasgow, bem sujo, com uma mancha de ovo no canto da boca até a orelha esquerda, abriu a porta. Estava carregando uma vela em um castiçal de latão.

— *Jack-be-nimble* — disse Maddie.[35]

— Meu nome é *Jock* — retrucou o garoto.

— Interrompi o seu chá?

Jock respondeu em uma mistura animada de sílabas do dialeto de Glasgow. Ele poderia muito bem estar falando alemão, porque Maddie não entendeu absolutamente nada.

Ele queria tocar as asas douradas. Precisou apontar para que ela conseguisse entender.

Ela deixou.

— Mas pode entrar — disse ele com firmeza, radiante, como se ela tivesse passado em algum tipo de teste.

Ele fechou a pesada porta de ferro e carvalho, e Maddie o seguiu pelo labirinto onde eu nasci.

Chegaram à cozinha do porão — com quatro pias e três fornos e fogões para preparar refeições para até cinquenta hóspedes, e uma mesa de madeira grande o suficiente para acomodar todos os empregados, se houvesse algum. Em volta da mesa estavam sete crianças — bem novinhos, com idade para a escola primária, Jock sendo o mais velho, com uns doze anos —, todos usando botas com tachas na sola, calças curtas (para economizar tecido) e pulôveres escolares remendados em estado variado de sujeira, todos com o rosto sujo de ovo, todos comendo palitos de torrada em um ritmo alarmante. Diante do grande fogão preto no estilo vitoriano, mexendo um caldeirão borbulhante, estava o honorável filho caçula do falecido Laird de Craig Castle — parecendo uma versão moderna de um herói das Terras Altas com o kilt desbotado de tecido xadrez do clã Stewart, meias três-quartos tricotadas à mão e um suéter de lã de aviador da RAF tricotado em máquina. As botas eram idênticas às de Maddie.

— Três minutos, quem quer? — anunciou ele, erguendo uma extraordinária ampulheta dourada e exibindo um ovo cozido com um par de pinças para açúcar feita em prata.

---

35. Famosa música infantil inglesa. Tradução livre: Jack seja ágil/ Jack seja rápido/ Jack pule sobre/ o candelabro. [N. E.]

As mãos mutiladas, com apenas dois dedos e o polegar em cada uma, eram hábeis e rápidas. Ele farejou o ar.

— Ei, Tam, vire a torrada antes que queime! — gritou ele, que depois se virou e viu Maddie.

Ela não o teria reconhecido como Jamie — naquela noite, ele era a imagem da boa saúde, com rosto corado e nada como o inválido pálido e triste, com as costas curvadas e coberto de curativos em uma cadeira em Bath. Mas não duvidou que ele fosse mesmo o irmão da sua melhor amiga. O mesmo cabelo liso claro, a mesma compleição pequena e leve, os mesmos traços encantadores com um ligeiro brilho de insensatez nos olhos.

Ele bateu continência. O efeito foi incrível. Todos os sete garotos (e Jock) se juntaram a ele com elegância, levantando em um pulo e arrastando as cadeiras para trás.

— Segunda-oficial Brodatt do Auxiliar de Transporte Aéreo — apresentou ele.

Os garotos começaram a enunciar seus nomes como uma fileira de cadetes: Hamish, Angus, Mungo, Rabbie, Tam, Wullie, Ross e Jock.

— Os Irregulares de Craig Castle[36] — disse Jamie. — Você gostaria de se juntar a nós para comer ovo cozido, segunda-oficial Brodatt?

Maddie só tinha direito a um ovo por semana, o qual costumava doar para a avó preparar bolos ou para a fritada de domingo de manhã, e ela geralmente não conseguia ir.

— Tem galinhas por todos os cantos aqui — explicou Hamish quando ela se sentou com os garotos. — Podemos comer todos os ovos que encontrar.

— Isso os mantém ocupados — explicou Jamie.

Maddie cortou a parte de cima do seu ovo com a colher. A gema quente e amarela brilhante era como o sol atravessando uma nuvem, o primeiro narciso na neve, um soberano dourado

---

36. Referência aos "Irregulares de Baker Street", personagens do autor inglês Arthur Conan Doyle (1859-1930). [N. E.]

envolvido em um lenço de seda branca. Ela mergulhou a colher e lambeu.

— Vocês, meninos — começou ela devagar, olhando para os rostinhos sujos —, foram evacuados e trazidos para um castelo mágico.

— É verdade, senhorita — concordou Jock, esquecendo-se de que ela era uma oficial.

Ele começou a falar com ela no dialeto de Glasgow.

— Fale mais *devagar* — ordenou Jamie.

Jock começou a falar mais alto, mas Maddie conseguiu entender alguma coisa.

— Tem um fantasma que se senta no alto da escada da torre. A gente sente muito frio se passa por ele sem querer.

— Eu já *vi* o fantasma — declarou Angus, com orgulho.

— Ah, não viu nada — provocou Wullie, com ar de profundo deboche. — E dorme com um ursinho de pelúcia. Não tem fantasma nenhum.

Eles entraram em uma discussão incompreensível sobre o fantasma. Jamie se sentou em frente à Maddie e ambos estavam radiantes.

— Sinto que sou minoria absoluta — comentou Maddie.

— Eu também — concordou Jamie.

Ele estava mais ou menos vivendo na cozinha e na menor das duas bibliotecas. Os Irregulares de Craig Castle ficavam a maior parte do tempo do lado de fora. Eles dormiam nas camas ancestrais de dossel, três em cada uma. Os garotos gostavam de estar juntos, como ficavam quando estavam na própria casa, e isso economizava lençóis, deixando Ross e Jock para dividirem uma cama (Ross era o irmão caçula de Jock). Jamie os mandou se limpar e escovar os dentes no estilo militar (ou escolar) nas quatro pias da cozinha, dois garotos por pia, muito eficiente. Depois, os fez literalmente marchar para a cama e acomodou Maddie na biblioteca que servia como seu covil, e voltou vinte minutos depois carregando um bule de prata com café quente.

— É café de verdade — anunciou ele. — Da Jamaica. Minha mãe o guarda para ocasiões especiais, mas está começando a perder o sabor. — Ele se sentou em uma das poltronas de couro rachado na frente da lareira, com um suspiro. — Como foi que você chegou aqui, Maddie Brodatt?

— "Segunda à direita e depois sempre em frente até ao amanhecer" — respondeu ela na hora, se sentindo na Terra do Nunca.

— Nossa, é tão óbvio assim que eu sou Peter Pan?

Maddie riu.

— Os Garotos Perdidos entregaram você.

Jamie olhou para as mãos.

— Minha mãe mantém abertas as janelas de todos os quartos quando estamos fora. Exatamente como a sra. Darling, só para caso de voltarmos voando para casa quando ela não está esperando. — Ele serviu uma xícara de café para Maddie. — Minha janela está fechada agora. Não estou voando no momento.

Ele não falou com amargura.

Maddie fez a pergunta que gostaria de ter feito quando o conheceu e não teve coragem:

— Como conseguiu salvar as mãos?

— Enfiei os dedos na boca — respondeu Jamie sem titubear. — Eu ia trocando de mão a cada trinta segundos mais ou menos. Não dava para enfiar mais de três dedos de uma vez, então me concentrei nos que precisava mais. Meus irmãos e minha irmãzinha começaram a me chamar de "Jacaré que Não Tem Dedo do Pé", um poema muito bobo de Edward Lear. — Ele tomou um gole de café. — Ter alguma coisa em que me concentrar talvez tenha salvado mais do que apenas minhas mãos. Meu navegador, que caiu comigo, desistiu uma hora depois de estarmos na água. Simplesmente desistiu. Não queria pensar nisso.

— Você vai voltar?

Ele hesitou um pouco, mas, quando respondeu, foi com determinação, como se tivesse um quebra-cabeça para resolver.

— Meu médico diz que talvez eles não me aceitem em uma tripulação de bombardeiro. Mas... tem um camarada de um braço só pilotando no ATA, não é? Acho que talvez me aceitem. Um piloto velho e esfarrapado, não é o que dizem?

— Não sobre mim — retrucou Maddie. — Sou uma das "pilotas sempre aterrorizadas".

Jamie riu.

— Você, aterrorizada! Duvido muito.

— Não gosto de armas — falou Maddie. — Qualquer dia desses vão atirar em mim no ar, me fazer pegar fogo e vou cair por estar apavorada demais para pilotar.

Jamie não riu.

— Deve ser horrível — disse Maddie baixinho. — Você já pilotou... desde o acidente?

Ele negou com a cabeça.

— Mas consigo.

Pelo que tinha visto dele naquela noite, achou que provavelmente ele conseguiria.

— Quantas horas você tem?

— Centenas — respondeu ele. — Mais da metade em voos noturnos. Principalmente em Blenheims... Era o avião que eu sempre pilotava quando estava operacional.

— Em que avião treinou? — Quis saber Maddie.

— Ansons. Mas comecei com Lysanders.

Ele a observava com intensidade por sobre a borda da xícara, como se ela conduzisse uma entrevista de emprego e ele a esperasse dizer que havia sido aprovado. É claro que aquilo não lhe dizia respeito e ela não tinha autoridade. Mas ela já tinha aterrissado Lysanders várias vezes no campo de pouso de Missões Especiais da RAF, chegando inclusive a passar a noite em uma cabana particular, coberta de heras, do Esquadrão da Lua em uma pequena floresta ao lado do campo de pouso normal (não tinham outro lugar para Maddie, que foi cuidadosamente separada de outros visitantes). Ela tinha ideia das dificuldades com as quais aquele esquadrão peculiar se deparava para encontrar e manter pilotos. Centenas de horas de voo noturno necessárias, francês fluente e, embora só pudessem aceitar voluntários, tratava-se de uma operação tão secreta que não tinham autorização para recrutar ninguém.

Maddie tem uma regra sobre passar favores adiante, que ela chama de Princípio da Carona para Campos de Pouso. É bem simples. Se alguém precisa chegar a um campo de pouso e você puder deixá-lo lá, seja com o Anson, com a moto, a cavalo ou da forma que puder, você sempre deve levá-lo. Porque um dia você vai precisar de uma carona para algum campo de pouso também. Outra pessoa terá de levar você, então, o favor é passado adiante, em vez de ser retribuído.

Agora, conversando com Jamie, Maddie se lembrou de todas as coisas que Dympna Wythenshawe fez ou disse em nome de Maddie, as coisas que não custaram nada para Dympna, mas mudaram a vida de Maddie, que tinha ciência quanto a nunca ter como retribuir aquilo; mas agora, de acordo com o Princípio da Carona para Campos de Pouso, Maddie teria a chance de passar adiante um favor que poderia mudar a vida de alguém.

— Você deveria perguntar ao seu c. o. sobre voos das Missões Especiais — disse ela para Jamie. — Acho que você tem uma boa chance de conseguir uma vaga.

— Missões Especiais? — perguntou Jamie, exatamente como Maddie repetira para Theo Lyons alguns meses antes.

— São pilotos de missões secretas — explicou ela. — Apenas operações em pistas curtas e pousos noturnos. Lysanders e, às vezes, Hudsons. Não é um esquadrão grande. Seja voluntário das Missões Especiais da RAF e, se precisar de uma referência, peça para falar com…

O nome que ela deu para Jamie foi o codinome do oficial da inteligência que me recrutou.

Talvez essa tenha sido a coisa mais ousada que ela já tinha feito. Maddie só podia imaginar o que ele era. Mas se lembrou do nome — na verdade, do nome que ele usou quando comprou uma dose de uísque para ela no Green Man — e ela o vira *mais de uma vez* no campo de pouso secreto (e ele se achava tão esperto também). Muitos civis estranhos chegavam e partiam daquele campo de pouso, mas Maddie não via muitos e, quando reconheceu um que *já* vira, aquilo ficou gravado na sua mente como a mais peculiar coincidência.

(Maldito oficial maquiavélico da Inteligência Inglesa brincando de ser Deus.)

Jamie repetiu o nome em voz alta, a fim de decorar, e se inclinou em direção a Maddie para observá-la mais de perto, à luz do fogo que brilhava na lareira da biblioteca.

— Em que buraco você consegue *esse* tipo de informação?

— "Conversas descuidadas custam vidas" — respondeu Maddie com seriedade, e o Jacaré que Não Tem Dedo do Pé riu porque aquilo era bem o que sua irmãzinha diria. Ou melhor, a irmã caçula. (Estou me referindo a mim.)

Como eu adoraria ter passado aquela noite inteira na biblioteca de Craig Castle com eles. Mais tarde, Maddie foi para o meu quarto e dormiu na minha cama (minha mãe sempre deixa nossas camas arrumadas, só para prevenir). Estava frio com a janela aberta, mas, assim como minha mãe e a sra. Darling, Maddie deixou a janela aberta exatamente como a encontrou, só para o caso de ser necessário. Gostaria de poder me dar ao luxo de escrever sobre o meu quarto, mas preciso terminar mais cedo hoje para que Von Linden me instrua para a entrevista de rádio amanhã. De qualquer modo, meu quarto lá em casa em Craig Castle, Castle Craig, não tem nada a ver com a guerra.

Essa maldita de entrevista de rádio. Cheia de mentiras e mais mentiras e malditas mentiras.

*Ormaie 20.XI.43 JB-S*

Eu deveria usar esse tempo para fazer minhas próprias anotações quanto à entrevista de rádio de ontem — como um tipo de proteção para caso a transmissão não corresponda às lembranças de V. L. Eu iria escrever sobre isso de qualquer modo, mas, POR TUDO QUE HÁ DE MAIS SAGRADO, QUANDO É QUE VOU TERMINAR MINHA GRANDE DISSERTAÇÃO DE TRAIÇÃO?

Eles se esforçaram mesmo para me deixar apresentável, como se eu fosse uma debutante que seria apresentada ao rei da Inglaterra de novo. Foi decidido (não por mim) que meu amado pulôver faz com que eu pareça pálida e magra demais, além disso, ele está um pouco puído, então lavaram e passaram minha blusa e devolveram temporariamente o meu lenço cinza de seda. Fiquei espantada por terem guardado — acho que deve ser parte do meu arquivo e ainda estão procurando algum código secreto escondido no tecido delicado.

Deixaram que eu prendesse o cabelo, mas fizeram um rebuliço porque ninguém confia em mim o suficiente para me dar grampos de cabelo. No fim, permitiram que eu usasse TOCOS DE LÁPIS. MEU DEUS, eles são tão mesquinhos. Também tive autorização para me pentear sozinha porque A) Engel não conseguiu, e B) ela não conseguia esconder os tocos de lápis tão bem quanto eu. E mesmo depois de molhar a ponta dos meus dedos no querosene por uma hora (quem diria que querosene tinha tantos usos?), não conseguiram tirar as manchas de tinta debaixo da minha unha. Mas acho que isso acaba dando mais credibilidade à história da estenografia. Além disso, como minhas mãos ficaram fedendo à querosene, eles me deixaram tomar banho com uma barrinha cremosa de um estranho sabonete americano que *boiava* na bacia quando você o soltava. De onde uma coisa *dessas* veio? (Além da resposta óbvia, "Estados Unidos".) Parecia um sabonete de hotel, mas a embalagem estava em inglês e não poderia ser deste hotel.

*C d M, le Château des Mystères*

Engel fez as minhas unhas. Não me deixaram fazer por medo de eu apunhalar alguém com a lixa. Ela foi o mais bruta possível sem me cortar (mas conseguiu me fazer chorar), mas as unhas estão perfeitas. Tenho certeza de que ela tem um senso de moda escondido sob a aparência de empregada teutônica que usa para a Gestapo.

Eles me acomodaram diante de uma mesa de marchetaria com documentos falsos e inúteis para trabalhar — encontrar as melhores conexões entre a ferrovia francesa e os horários dos ônibus e listá-los em alemão. Quando trouxeram a repórter, me levantei com um sorriso artificial e atravessei o tapete persa antigo para cumprimentá-la, sentindo-me exatamente como se eu estivesse fazendo o papel de secretário na noite de estreia de *Álibi*, de Agatha Christie.[37]

— Georgia Penn — apresentou-se a entrevistadora, estendendo a mão.

Ela é uns trinta centímetros mais alta que eu, anda mancando e precisa do auxílio de uma bengala. Deve ter a idade de Von Linden, é grande, fala alto e é amigável — bem, ela é realmente *americana*. Trabalhou na Espanha durante a Guerra Civil como correspondente estrangeira e foi muito maltratada pelos republicanos, daí sua tendência pró-fascismo. Costuma trabalhar em Paris e apresenta um programa de rádio chamado "Não há um lugar como a nossa casa", cheio de músicas, receitas de tortas e dicas desencorajadoras para rapazes em navios de guer-

---

37. A peça *Álibi* é baseada no romance *O assassinato de Roger Ackroyd* (1926), da escritora inglesa Agatha Christie (1890-1976). [N. E.]

ra no Mediterrâneo, dizendo que sua garota provavelmente está traindo você nos Estados Unidos. Ao que tudo indica, os ianques escutam *qualquer coisa* se incluir música decente. A BBC é séria demais para eles.

Apertei a mão daquela traidora e disse, friamente, *en français pour que l'Hauptsturmführer*, que não fala inglês, *puisse nous comprendre*.[38]

— Temo não poder informar meu nome.

Ela olhou para Von Linden, que estava respeitosamente ao seu lado.

— *Pourquoi?* — indagou. Era ainda mais alta que ele, e seu francês tinha o mesmo tom fanhoso nas vogais que seu inglês. — Por que não posso saber o nome dela?

Ela me olhou de cima a baixo da sua incrível altura. Ajeitei meu lenço e fiz a pose casual de um santo atingido por várias flechas, as mãos cruzadas nas costas, um pé virado para fora, o outro com o joelho ligeiramente dobrado e a cabeça inclinada para o lado.

— É para minha proteção — respondi. — Não quero que meu nome seja divulgado.

Que BESTEIRA. Suponho que eu *poderia* ter dito: "Eu vou sumir na Noite e Neblina...". Não sei se ela entenderia. Eu nem podia dizer a qual área das forças armadas sirvo.

Von Linden puxou uma cadeira para mim também, ao lado da srta. Penn, afastada da mesa na qual eu estava trabalhando. Engel ficou pairando por ali, obediente. A srta. Penn ofereceu um cigarro a Von Linden, que recusou com desdém.

— Você se importa? — perguntou ela e, quando ele deu de ombros educadamente, pegou um e ofereceu outro para mim. Aposto que Engel queria um.

Respondi:

— *Merci mille fois*.[39]

---

38. Tradução livre: "Em francês, de modo que o *Hauptsturmführer* possa nos compreender". [N. E.]

39. Tradução livre: "Muito obrigada". [N. E.]

Ele não disse *nada*. O *mein Hauptsturmführer*! Como você é *covarde*!

Ela acendeu os cigarros e anunciou com seu francês rápido e direto:

— Não quero perder meu tempo ouvindo propaganda. É o meu trabalho e sei o que estou fazendo. Vou ser bem franca... Quero ouvir a verdade. *Je cherche la verité.*

— Seu sotaque é terrível — respondi, também em francês.

— Será que poderia repetir em inglês?

Ela repetiu, sem se sentir insultada, muito séria, através de uma nuvem de fumaça:

— Estou em busca da verdade, *verity.*

Ainda bem que Von Linden permitiu que eu aceitasse aquele cigarro, caso contrário não sei como teria conseguido esconder que todos ali estávamos lidando com as MALDITAS MENTIRAS dela.

— Verdade — respondi, por fim, em inglês.

— Verdade — concordou ela.

Engel veio correndo para me oferecer um pires (já que não há cinzeiros). Fumei o cigarro inteiro até o fim, em cinco ou seis longas tragadas, preparando-me para responder.

— *Verity*, verdade — repeti as palavras dela, soprando até a última molécula de nicotina e de oxigênio dentro de mim. Ofeguei e declarei: — "A verdade é filha do tempo, não da autoridade."[40] — E: — "Sobretudo: sê a ti próprio fiel."[41] — Gaguejei um pouco, confesso. — *Verity*, verdade! Eu sou o espírito da verdade. — Soltei uma risada tão descontrolada que o próprio *Hauptsturmführer* precisou pigarrear para que eu me controlasse. — Eu sou o espírito da verdade — repeti. — *Je suis l'ésprit de verité.*

No meio da névoa de tabaco, Georgia Penn foi muito gentil ao me oferecer o que restava do cigarro dela.

---

40. Citação do filósofo inglês Francis Bacon (1561-1626), da obra *Novum Organum ou verdadeiras indicações acerca da interpretação da natureza*, publicada em 1620. [N. E.]

41. Citação de Shakespeare, da obra *Hamlet*. [N. E.]

— Bem, graças aos céus por isso — disse ela em tom maternal.

— Então, posso confiar que vai me dar respostas honestas... — Ela olhou para Von Linden. — Você sabe como chamam este lugar?

Levantei as sobrancelhas e dei de ombros.

— *Le Château des Bourreaux* — disse ela.

Dei uma risada alta demais de novo, cruzei as pernas e olhei para a parte interna dos pulsos.

(É um trocadilho, veja só: *Château de Bordeaux, Château des Bourreaux*, Castelo de Bordeaux, Castelo dos Carrascos.)

— Não, eu não tinha ouvido falar nisso — respondi.

E não tinha mesmo — talvez por estar tão isolada na maior parte do tempo. Isso mostra como ando distraída por não ter pensado nisso sozinha.

— Bem, como pode ver, ainda estou inteira — continuei.

Ela me analisou com afinco por um segundo — apenas um segundo. Alisei a saia sobre o joelho. Então, ela ficou toda profissional, pegou um caderno e uma caneta, enquanto um subalterno pálido da Gestapo que parecia ter uns doze anos serviu conhaque (CONHAQUE!) para nós três (nós TRÊS — V. L., G. P. e EU — não para Engel), de uma garrafa de cristal em copos grandes como minha cabeça.

Àquela altura, eu já estava tão desconfiada de todo mundo na sala que eu nem me lembrava mais do que deveria dizer. *Álibi, Álibi*, era tudo no que conseguia pensar. Isso é diferente, não sei o que está acontecendo, ele quer me pegar desprevenida, é um novo truque. A sala deve estar grampeada, por que acenderam a lareira e não o candelabro, e o que a cacatua falante tem a ver com tudo?

Espere um pouco! Espere um pouco! O que mais eles querem arrancar de mim? ESTOU INFORMANDO PARA A GESTAPO TUDO QUE SEI. Estou fazendo isso há semanas. Controle-se, garota, você é uma Wallace e uma Stuart!

*Naquele ponto*, apaguei o cigarro na palma da minha mão de propósito. Ninguém notou.

Que se dane a verdade, disse para mim mesma, decidida. *Quero outra semana*. Quero minha semana e vou consegui-la.

Perguntei se poderíamos falar em inglês na entrevista; parecia mais natural conversar com uma americana em inglês e, com Engel lá para traduzir, *Hauptsturmführer* não se importou. Então, agora estava nas minhas mãos, de verdade, fazer um bom show.

Ele não queria que eu contasse à repórter sobre os códigos que lhe informei — com certeza não sobre as... hum... circunstâncias *estressantes* que me fizeram dizer tudo... — nem que onze aparelhos de rádio no Lysander de Maddie tinham sido destruídos pelo fogo quando ela caiu. (Eles me mostraram as fotos durante o interrogatório. As ampliações da cabine do piloto vieram depois. Acho que já as mencionei aqui, mas não vou descrevê-las.) Não consigo entender bem a lógica do que eu podia ou não dizer para a radialista americana, já que, se ela realmente quisesse, poderia descobrir com facilidade perguntando a qualquer um em Ormaie sobre os aparelhos de rádio destruídos, mas talvez ninguém tenha contado ainda para a Inteligência Britânica, e a Gestapo ainda está jogando o jogo do rádio — *das Funkspiel* —, tentando usar as frequências e os códigos que comprometi em um dos diversos aparelhos de rádio que conseguiram antes.

(Acho que eu *devia* ter escrito sobre as fotos, só que era impossível — literalmente impossível —, pois foi naqueles dias que fiquei sem papel. Mas também não vou escrever agora.)

Contei que eu era operadora de rádio, que pousei aqui de paraquedas usando roupas civis para não chamar atenção, que fui capturada por cometer um erro cultural — conversamos um pouco sobre as dificuldades de ser estrangeira e tentar se adaptar à vida francesa. Engel assentiu com veemência, não enquanto estava me escutando, mas enquanto repetia as palavras para Von Linden.

Ah, como a guerra é estranha, *mirabile dictu*[42] — o aparelhinho de radiotelegrafia escocês, ou melhor, a radiotelegrafista escocesa, ainda curando os pequenos curtos-circuitos, escondidos e desagradáveis, que sofreu durante o cruel e desumano interrogatório —, mesmo assim, ela consegue manter o rosto sério

---

42. Locução em latim que significa "que coisa maravilhosa de se dizer". [N. E.]

ao se sentar sob o candelabro veneziano com a americana Penn e os alemães Engel e Von Linden, compartilhando um copo de conhaque e reclamando dos franceses!

Mas isso causou a impressão certa — encontrar algo em que todos concordassem.

Penn então comentou que Engel deve ter aprendido inglês no meio-oeste dos Estados Unidos, o que deixou o restante de nós sem fala por um longo momento. Engel então confessou que passou um ano como estudante na Universidade de Chicago (onde ela estava estudando para ser QUÍMICA. Acho que nunca conheci NINGUÉM na vida com tanto talento desperdiçado). Penn tentou fazê-la participar do jogo "Você conhece?", mas a única pessoa que tinham em comum era Henry Ford, que Engel conhecera em um jantar beneficente. Os contatos americanos de Engel eram todos muito respeitavelmente pró-Alemanha; os de Penn, um pouco menos. Elas não moraram em Chicago na mesma época — Penn já morava na Europa desde o início dos anos 1930.

*Fräulein Anna Engel, M d M — Mädchen des Mystères*[43]

Nós olhamos para os horários de ônibus que traduzi e admiramos a caneta-tinteiro Montblanc de V. L., a qual usei. Penn me perguntou se estava preocupada com o meu "julgamento".

— É uma formalidade. — Não consegui evitar ser brutal quanto a isso. — Serei morta com um tiro. — Não foi ela que pediu honestidade? — Eu sou uma enviada militar capturada em território inimigo tentando fingir que era uma civil. Sou considerada espiã. A Convenção de Genebra não me protege.

Ela ficou em silêncio por um instante.

— Estamos em guerra — acrescentei para que se lembrasse.

— Sim. — Ela fez algumas anotações no seu bloco. — Muito bem. Você é corajosa.

Que *BOBAGEM*!

— Você pode falar pelos outros prisioneiros daqui?

---

43. Tradução livre: "Menina dos Mistérios". [N. E.]

— Não nos vemos muito. — Tenho de escapar dessa. — E não nos falamos também. — Mas eu os *vejo*, com frequência. — Você vai fazer o tour?

Ela assentiu.

— Parece tudo muito bom. Lençóis limpos em todos os quartos. Um pouco espartano.

— Bem aquecido também — falei, irritada. — Aqui costumava ser um hotel. Então, não temos masmorras, propriamente ditas, umidade e *ninguém* sofrendo com artrite.

Devem ter mostrado a ela os quartos que usam para os criados — talvez até tenham colocado alguns prisioneiros falsos. A Gestapo usa o térreo e dois mezaninos para a própria acomodação e os escritórios, tudo com excelente manutenção. Os prisioneiros de verdade são mantidos nos últimos três andares. É mais difícil de fugir quando se está a mais de dez metros de altura do chão.

Penn pareceu satisfeita. Ela deu um sorrisinho na direção de Von Linden.

— *Ich danke Ihnen...* muito obrigada — disse, em tom muito sério e formal e, depois, continuou em francês afirmando como era grata pela oportunidade única e incomum. Imagino que ela vá entrevistá-lo também, mas longe de mim.

Ela se aproximou e disse em tom confidencial:

— Você precisa de alguma coisa? Posso mandar algo? Paninhos?

Respondi que havia parado.

Bem — eu tinha parado mesmo — e eles não iam permitir de qualquer forma. Não é? Não sei. De acordo com a Convenção de Genebra, é permitido enviar coisas úteis a prisioneiros de guerra — cigarros, escovas de dentes, bolos de frutas com serrinha de metais dentro. Mas, como eu tinha acabado de mencionar, a Convenção de Genebra não se aplica a mim. *Nacht und Nebel, noite e neblina. Brrr.* Para Georgia Penn, eu não tenho nome. Para quem ela enviaria o pacote?

Ela perguntou:

— Você não está...?

Foi uma conversa extraordinária se você parar para pensar... Nós duas conversando em código. Não um código militar nem de inteligência ou da resistência, mas um código feminino.

Ela perguntou:

— Você não foi...?

Tenho certeza de que Engel conseguiu preencher as lacunas:

— Posso mandar paninhos (higiênicos)?

— Não, obrigada, eu parei (de menstruar).

— Você não está (grávida)? Você não foi (estuprada)?

Estuprada. O que ela ia fazer se eu tivesse sido?

De qualquer forma, tecnicamente, não fui estuprada.

Não, apenas parei.

Não menstruei desde que deixei a Inglaterra. Acho que meu corpo simplesmente parou de funcionar naquelas três primeiras semanas e só desempenha as funções mais básicas agora. Ele sabe muito bem que nunca mais vai ser necessário para objetivos reprodutivos. Sou um aparelho de radiotelegrafia.

Penn deu de ombros, assentindo, com a boca retorcida de forma cética e as sobrancelhas erguidas. Seu comportamento era o que você imaginaria ver na esposa de um fazendeiro pioneiro.

— Bem, você não parece muito saudável — comentou ela.

Pareço uma pessoa que acabou de sair de um sanatório e estou prestes a perder uma longa batalha contra a tuberculose. Fome e privação de sono deixam marcas visíveis, SEUS IDIOTAS.

— Não pego sol há umas seis semanas — falei. — Mas o tempo às vezes também é assim lá de onde eu venho.

— Bem, com certeza é bom — disse ela devagar. — É muito bom ver que tratam os prisioneiros tão bem aqui.

De repente, em um movimento único, ela colocou todo o seu conhaque — intocado, o copo inteiro — no meu copo.

Virei tudo como um marujo beberrão antes que alguém pudesse me impedir e passei o restante da tarde vomitando.

Sabe o que ele fez ontem à noite? (Estou me referindo a Von Linden.) Ele veio e ficou parado na porta da minha cela depois que terminou o trabalho e perguntou se eu tinha lido Goethe. Ele tem pensado muito na ideia de que eu posso "comprar" tempo em troca de pedacinhos da minha alma, e queria saber se eu gostava de *Fausto*.[44] Nada como um debate literário misterioso com o mestre tirano enquanto você conta o tempo que vai levar até a sua execução.

Quando ele saiu, falei:

— *Je vous souhaite une bonne nuit*. — "Desejo-lhe uma boa noite"… não porque eu realmente desejasse isso para ele, mas porque é isso que o oficial alemão diz para os anfitriões franceses com sua resistência passiva todas as noites no livro *Le Silence de la Mer*;[45] aquele tratado de rebeldia gaulesa e o espírito literário da Resistência Francesa. Ganhei um exemplar de uma francesa com quem treinei logo depois de ela ter sido trazida de volta do campo, no fim do ano passado. Imaginei que talvez Von Linden tivesse lido também, já que ele faz o estilo "Conheça o seu inimigo" (além disso, ele é um ótimo leitor). Mas pareceu não reconhecer a citação.

Engel me contou o que ele fazia antes da Guerra. Ele era reitor de uma escola elegante para garotos em Berlim.

Um *diretor escolar!*

E também que ele tem uma filha.

Ela está em segurança na Suíça, na Suíça neutra, onde os bombardeiros Aliados não salpicam o céu noturno. Posso dizer com certeza que ela não está na *minha* escola, pois ela fechou pouco antes do início da Guerra, quando a maioria dos alunos ingleses e franceses foi retirada. Esse foi o motivo de eu ter entrado um pouco antes na faculdade.

---

44. Poema trágico alemão escrito por Johann Wolfgang von Goethe (1749-1832). A primeira parte foi publicada em 1808 e a segunda, em 1832. [N. E.]

45. Obra do autor francês Jean Bruller (1902-1991), publicada em 1942 sob o pseudônimo "Vercors", no período de ocupação nazista em Paris. [N. E.]

*Von Linden tem uma filha só um pouco mais nova que eu.* Percebo por que ele tem uma abordagem tão clinicamente distante do trabalho.

Mesmo assim, não sei se ele tem alma. Qualquer alemão imbecil com seus países baixos intactos pode fazer uma filha. E existem vários professores e diretores de escola bem sádicos por aí.

Ai, meu Deus, por que vivo fazendo isso... de novo e de novo? EU TENHO O CÉREBRO DE UMA GALINHA IDIOTA. ELE VÊ TUDO QUE ESCREVO.

*Ormaie 21.XI.43 JB-S*

Engel, que Deus a abençoe, pulou os últimos poucos parágrafos que escrevi ontem quando estava traduzindo para Von Linden à noite. Acho que foi uma questão de autopreservação da parte dela e não bondade para comigo. Alguém um dia há de descobrir que ela é fofoqueira, embora esteja ficando esperta em relação às minhas tentativas de lhe causar problemas. (Outro dia mesmo, comentou com Von Linden que sei muito bem como fazer conversões métricas e só finjo ignorância para atormentá-la. Mas é verdade que ela é melhor nisso do que eu.)

Além da minha semana extra, ganhei um suprimento extra de papel. Partituras musicais, decerto espólios espúrios de guerra do Château des Bourreaux — diversas músicas populares da última década e algumas obras de compositores franceses, feitas para flauta e piano. O verso das partes para flauta está em branco, então tenho abundância de papel de novo. Estava ficando um pouco preocupada com aqueles cartões de receita. Ainda os usamos para outros trabalhos.

## FORMALIDADES ADMINISTRATIVAS DA GUERRA

Estou resumindo agora. Não consigo escrever rápido o suficiente.

Maddie estava sendo treinada pelo SOE muito antes de ter consciência disso. Mais ou menos na mesma época, Jamie começou a pilotar de novo em algum lugar no sul da Inglaterra. De volta a Manchester, Maddie foi colocada em um curso de voos noturnos e agarrou a chance com unhas e dentes. Estava tão acostumada a ser a única garota, já que não havia mais do que duas mulheres no grupo de transporte do ATA de Manchester, que nem lhe ocorreu que poderia estar acontecendo algo incomum ali.

Todos os outros alunos no curso eram pilotos de bombardeiro ou navegadores. Os de transporte não fazem voos noturnos, de forma geral. Na verdade, *Maddie* não pilotava à noite havia um tempo, desde que tinha registrado as horas de treino, e teve dificuldades porque usava tão pouco o que aprendia. Desde 1940, mantivemos o horário de verão e, no verão mesmo, o tempo de claridade fica ainda maior, o que significa que durante um mês inteiro não escurece até praticamente meia-noite. Maddie não poderia ter usado o treinamento de voo noturno no verão de 1942 a não ser que pilotasse de madrugada, então, não pensou no assunto. Estava ocupada demais — treze dias fazendo transporte e dois dias de folga, em todo tipo de condição climática, e havia tantas formalidades administrativas sem sentido e outras bobagens que um treinamento de voo noturno não era algo que chamasse a atenção.

Ela também teve treinamento de paraquedas — uma outra habilidade aleatória e aparentemente sem sentido. Maddie não recebeu o treinamento de *paraquedista*, mas aprendeu a pilotar o avião do qual as pessoas iam saltar. Usavam bombardeiros Whitley para o treino de saltos de paraquedas, um tipo de avião que Maddie ainda não tinha pilotado, e decolavam do campo de pouso que era o posto-base — nada daquilo lhe parecia estranho até pedirem que ela acompanhasse um voo como segundo piloto, quando eu faria meu primeiro salto de um avião sobre os montes baixos de Cheshire (àquela altura, eu não tinha outra opção a não ser riscar "altura" da lista de medos). Maddie não esperava ver a *mim* e estava atenta demais para considerar aquilo mais que uma mera coincidência. Ela me reconheceu na hora que subimos a bordo — apesar de meu cabelo estar preso para trás de forma bem diferente com um laço de fita, como uma competidora de equitação (caso contrário ele não caberia nos capacetes minúsculos que fazem você parecer que enfiou a cabeça em um bolo de Natal). Maddie sabia que era melhor não demonstrar surpresa nem reconhecimento. Tinha sido informada sobre qual grupo era aquele — ou pelo menos qual grupo *não* era —, seis pessoas, sendo duas mulheres, que fariam um salto de paraquedas pela primeira vez.

Também não tínhamos autorização para conversar com os pilotos. Fiz três saltos naquela semana — as mulheres fazem um a menos do que os homens, ALÉM DISSO, eles nos obrigam a saltar primeiro. Não sei se é porque nos consideram mais espertas do que os homens, ou mais corajosas, ou mais flexíveis, ou apenas que temos menos chance de sobreviver e, dessa forma, não valemos o combustível extra e o preparo do paraquedas. De qualquer forma, Maddie me viu duas vezes no ar e não pôde nem dizer "oi".

Mas pude vê-la pilotando.

Sabe, eu a invejava. Invejava a simplicidade do trabalho, a limpeza espiritual daquilo — *pilote o avião, Maddie*. Isso era tudo que ela precisava fazer. Não havia culpa, dilema moral, discussões nem angústias — perigo, com certeza, mas ela sempre sabia exatamente o que estava enfrentando. E eu invejava que ela tivesse escolhido o próprio trabalho e estivesse fazendo o que queria. Acho que eu não fazia a menor ideia do que eu "queria", então fui *escolhida*, não *escolhi*. Existe glória e honra em ser escolhida. Mas não há muito espaço para o livre-arbítrio.

Treze dias pilotando e dois dias de folga. Sem nunca saber onde faria a próxima refeição ou passaria a noite. Não havia vida social — mas sim momentos, e então a alegria inesperada e imprevista da solidão — sozinha no céu de cruzeiro, seguindo em frente e constante a mais de mil metros de altitude sobre os montes Cheviot ou Fens ou Marches, ou inclinando as asas para saudar um grupo de Spitfires.

Com um assistente servindo de copiloto (ela tinha cem horas a mais de voo do que ele), ela entregou um Hudson para as Missões Especiais da RAF. É necessário levar um piloto-assistente ao transladar um Hudson. O Esquadrão da Lua os utiliza para o transporte de paraquedistas, já que são maiores que os Lizzies e não são adequados para pousos em pistas curtas. Às vezes, quando precisavam pegar muitos passageiros, era necessário pousar. Maddie já tinha pilotado outros bombardeiros bimotores (como o Whitley), mas nunca um Hudson, e ela deu uma quicada com a cauda quando pousou. Depois disso, passou um longo tempo examinando o trem de pouso traseiro e procurando avarias com três outros membros da equipe de solo (que decidiram não haver nada de errado com o equipamento). Quando ela e o copiloto enfim retornaram ao Centro de Operações para que assinassem os registros de voo, o operador de rádio disse educadamente para Maddie:

— Sua presença está sendo requisitada na sala de interrogatório no Chalé por alguns minutos, se não se importar. Eles estão mandando um motorista. É melhor que o copiloto aguarde aí.

Isso aconteceu porque o Chalé é um lugar que fica fora dos limites para muita gente, até mesmo para as pessoas que chegam ao grande campo de pouso a negócios legítimos. Mas, é claro, a própria Maddie já tinha estado lá.

Ela engoliu um suspiro angustiado. Corte marcial? Não, tinha sido apenas um pouso mais acidentado; o copiloto a apoiou lealmente quando estavam conversando com a equipe de solo, e o Ministro da Aeronáutica teria *rido* dela se tentasse registrar um relatório de acidente. Ela enfrentaria a corte marcial por fazê-los perder tempo. *Ah*, pensou ela, *o que eu fiz desta vez?*

A garota esperta e charmosa da enfermaria de primeiros socorros da unidade Yeomanry, que serve de motorista para o Esquadrão da Lua, não fez perguntas a Maddie. Ela é treinada para não fazer perguntas a passageiros.

Nenhum aposento do Chalé é mais sério e assustador que a sala de interrogatório (eu sei disso). Costumava ser uma lavanderia (uns duzentos anos atrás), eu acho, com paredes de ladrilho, um grande ralo no meio do piso e apenas um aquecedor para dar conta da sala. Esperando por Maddie naquela toca de leões estava nosso querido amigo e oficial da Inteligência Inglesa com seu pseudônimo. Imagino que vocês queiram descobrir o pseudônimo, mas é inútil — poderia ser qualquer coisa agora. Ele não o usava mais quando entrevistou Jamie no início de 1942, e com certeza não estava mais usando quando pressionou Maddie na lavanderia.

Os óculos eram inconfundíveis, Maddie o reconheceu na hora e ficou tão desconfiada que permaneceu parada na porta. Ele estava encostado casualmente na mesa velha de madeira, que é a única mobília da sala, flexionando as mãos diante do aquecedor elétrico.

— Segunda-oficial Brodatt!

O homem é charmoso.

— É cruel surpreendê-la assim. Mas não é possível conseguir esses encontros com antecedência, entende?

Maddie arregalou os olhos, sentindo-se como a Chapeuzinho Vermelho encarando o lobo na cama da vovozinha. *Que olhos enormes você tem!*

— Entre — convidou ele. — Sente-se aqui.

Havia uma cadeira — duas cadeiras — colocadas diante do aquecedor. Maddie percebeu que o ambiente tinha sido arrumado para parecer o mais informal e aconchegante possível, considerando a salinha fria. Ela engoliu em seco, sentou-se e encontrou a presença de espírito para enfim perguntar:

— Estou com problemas?

Ele não riu. Sentou-se ao lado dela, apoiando-se nos joelhos com uma linha de preocupação cortando a testa. Respondeu de forma direta:

— Não. Não mesmo. Tenho um trabalho para você.

Maddie se encolheu.

— Só se estiver disposta.

— Não estou… — Ela respirou fundo. — Não consigo fazer esse tipo de trabalho.

Ele riu dessa vez, uma risada curta, baixa e cheia de empatia.

— Claro que consegue. É um trabalho de táxi aéreo. Sem nenhuma intriga.

Ela ficou olhando para ele com os lábios contraídos e expressão cética.

— Isso não vai mudar nada para você — disse ele. — Nenhuma missão especial ao Continente.

A sombra de um sorriso apareceu no rosto de Maddie.

— Você precisará fazer alguns pousos noturnos e estar disponível sempre que for necessário. Não haverá notificações prévias para esses voos.

— E para *o que* são esses voos? — Maddie indagou.

— Algumas pessoas precisam de um transporte particular eficiente e rápido... uma viagem quando e conforme for necessário, ida e volta em uma noite, nada de problemas com racionamento de combustível, limite de velocidade nas estradas do país ou os estranhos horários de trem. Nenhum risco de ser reconhecido na plataforma de alguma estação ou pela janela de um carro quando estiver parado no semáforo. Isso faz sentido?

Maddie assentiu.

— Você é uma pilota consistente, uma navegadora exímia, sempre atenta e excepcionalmente discreta. Existem muitos homens e mulheres com mais qualificação que você, mas acho que nenhum é tão adequado quanto você para o serviço de táxi aéreo particular. Você se lembrou do meu nome. Conhece o nosso trabalho aqui e não falou nada para ninguém, a não ser quando nos enviou um recruta. Se aceitar os trabalhos, eles serão delegados da maneira mais direta possível através dos serviços de transporte do ATA. Fichas "S", de sigilo e relatório necessários. Você não terá qualquer informação sobre os homens e as mulheres que transportará. Você já conhece a maioria dos campos de pouso.

Era muito difícil resistir. Ou talvez Maddie apenas não conseguisse deixar passar uma oportunidade de pilotar.

— Aceito — respondeu com tom decidido. — Eu aceito.

— Diga para seu piloto-assistente que você esqueceu os cupons de roupas aqui no último voo e que guardamos para você...

Ele procurou papéis em uma pasta de documentos, esticou o braço para ver o que era e o guardou de volta com um suspiro, ajeitando os óculos pesados.

— Estou ficando velho — desculpou-se ele. — A visão média também está indo embora! Aqui está.

Ele mexeu na pasta de novo e pegou os *cupons de roupas de Maddie*, que sentiu o estômago revirar. Ela nunca descobriu como ele os conseguiu.

Ele os entregou para ela.

— Explique para o seu colega que nós a chamamos aqui para entregar os cupons e passar um sermão sobre tomar mais cuidado com seus documentos pessoais.

— Bem, com certeza vou ter muito mais cuidado com eles depois disso — afirmou ela com veemência.

---

Meu Deus, que confusão. Preciso dar um tempo agora até conseguir parar de chorar ou vai ficar tudo borrado e ilegível.

desculpe desculpe desculpe

*Ormaie 22.XI.43 JB-S*

## FICHAS "S" (SIGILOSAS) DO ATA

No início, as coisas foram bem como ele disse — e pouco mudou na vida de Maddie. Durante seis semanas, nada aconteceu. Então, duas vezes por semana ela recebia fichas marcadas com "S" e o seu codinome muito especial — só um alerta para que soubesse que estava "operacional". Mas a única maneira que o trabalho se diferenciava mesmo de um táxi aéreo comum era que as pessoas transportadas evidentemente não eram pilotos.

Depois disso, havia voos especiais que chegavam de maneira regular, mas não frequente. A cada seis semanas, mais ou menos. Eram voos bem chatos até. Para o trabalho de táxi aéreo, Maddie voltou a pilotar pequenos aviões de treinamento e aeronaves ex-civis, Tiger Moths de cabine aberta e um ou dois Puss Moths. Exceto pelo ocasional pouso noturno, não havia muita coisa que Maddie achasse desafiadora naqueles voos.

Houve um voo com Lysander que foi memorável porque o passageiro viajou com dois guardas. Nessa aeronave, há uma divisória blindada que separa o piloto dos passageiros — é possível mandar bilhetes, café ou beijos por uma pequena abertura do tamanho de uma folha de papel, e que pode ser fechada para que ninguém atire através dela. Não que atirar no piloto vá fazer você chegar mais rápido ao destino, a não ser que queira cair, já que é impossível assumir os controles do Lysander.

Maddie estava protegidamente separada do suposto assassino, se é que era realmente um assassino. Ela nunca teve certeza se aquele passageiro tinha sido levado como prisioneiro ou se a escolta fosse por estar em perigo. De qualquer forma, deve ter sido um voo muito cheio, com três homens na cabine de passageiros de um Lysander.

Então, por fim, chegou a minha vez.

Maddie foi interrompida enquanto tomava um chocolate quente antes de dormir, bem aconchegante, em casa com os avós em Stockport. Sua agente de Operações ligou e lhe pediu que voasse a um campo de pouso naquela noite, pegasse um passageiro e o levasse para outro lugar, tudo o mais rápido possível. Informariam para onde precisaria ir quando chegasse a Oakway, mas não pelo telefone.

Isso foi em setembro, há um ano, em uma noite linda e gloriosa de céu limpo e sem vento, uma das melhores condições climáticas que Maddie já vira para um voo. Praticamente não precisou pilotar o Puss Moth, além de guiá-lo para o sul ao longo das montanhas escuras. Uma grande lua crescente surgia no céu quando chegou ao aeroporto para pegar o passageiro, e Maddie pousou pouco antes da decolagem do esquadrão local. Ela taxiou até o barracão de Operações enquanto os Lancasters novinhos em folha partiam. O discreto Puss Moth estremeceu com o vento do rastro dos aviões, como uma galinha no meio de um bando de garças — cada um com o triplo de extensão da asa e quatro vezes mais potência nos motores, pesados com o combustível da noite e uma carga de explosivos, partindo para espalhar a destruição vingativa entre fábricas e pátios ferroviários de Essen. Maddie taxiou o pequeno avião até a área em frente ao barracão de Operações e deixou os motores ligados, aguardando. Haviam lhe dito para não desligar.

Os Lancasters passaram rugindo. Maddie assistiu com o nariz contra o vidro da cabine e, por um segundo, não notou a porta do passageiro sendo aberta. A equipe de solo, com gorros baixos e rostos ocultos pelas sombras das asas, ajudou o passageiro a entrar e a apertar o cinto de segurança. Não havia nenhuma bagagem além da máscara de gás necessária na mochila e, como sempre, não informaram à pilota o nome do passageiro. Ela viu a silhueta do quepe pontudo da WAAF e conseguiu perceber que a pessoa estava extremamente tensa, tensa de animação, mas nunca ocorreu a Maddie que poderia conhecer o passageiro. Assim como os motoristas do SOE, ela tinha recebido instruções para não fazer perguntas. Sobre o som dos motores, ela gritou as instruções de saída de emergência e a localização da caixa de primeiros socorros.

Quando já estavam no ar, Maddie não tentou iniciar nenhuma conversa — nunca fazia isso com os passageiros especiais. Também não comentou como a paisagem preta e, às vezes, prateada, abaixo era maravilhosa, porque sabia que parte do motivo de aquela pessoa seguir de avião para o destino à noite era justamente não saber para onde estava sendo levada. O passageiro arfou quando Maddie, em um movimento bem profissional, pegou a pistola sinalizadora na lateral do banco.

— Não se preocupe — explicou a pilota. — É só o sinalizador! Não tenho rádio. Os fogos avisam que estamos aqui, caso não ouçam o zunido e não acendam as luzes para nós.

Entretanto, não foi preciso usar o sinalizador porque, depois de circular por um ou dois minutos, a pista se iluminou, e Maddie acendeu as luzes de pouso também.

Foi uma aterrissagem suave. Mas foi só quando a aeronave parou completamente e Maddie desligou os motores que o passageiro a surpreendeu com um beijo no rosto.

— Obrigada. Você é maravilhosa!

A equipe de solo já tinha aberto a porta do passageiro.

— Você devia ter dito que era você! — exclamou Maddie, conforme a amiga pegava as coisas para desaparecer na noite.

— Não queria surpreendê-la durante o voo! — Queenie ajeitou o cabelo e, com um dos seus saltos de gazela, pulou do avião para a pista de concreto. — Não estou acostumada a voar e nunca precisei ir a nenhum lugar à noite. Desculpe!

Ela se inclinou novamente para a cabine por um momento; Maddie conseguiu ver várias figuras se aproximando e conversando lá atrás. Eram quase duas horas da manhã.

— Deseje-me sorte — implorou Queenie. — É a minha primeira missão.

— Boa sorte!

— Te vejo quando terminar. Você vai me levar para casa.

Queenie desapareceu na pista, cercada por assistentes.

Maddie foi encaminhada para o quartinho de hóspedes no Chalé, que lhe era cada vez mais familiar. Era estranho não saber o que estava acontecendo. Depois de um tempo, adormeceu e foi acordada de súbito pelo retorno dos Lysanders operacionais daquela noite, voltando da França com seus espólios de aviadores americanos abatidos, ministros franceses perseguidos, uma caixa de champanhe e dezesseis frascos de Chanel nº 5.

Maddie jamais saberia sobre o perfume se todos não estivessem extraordinariamente bêbados logo de manhã, talvez por terem tomado champanhe no café (como Maddie tinha um voo marcado para depois do amanhecer, achou prudente não aceitar a bebida). Queenie estava orgulhosa como uma gata e animada com o sucesso. Parecia ter acabado de ganhar uma medalha de ouro nas Olimpíadas. O líder do esquadrão deu um frasco do perfume para cada mulher no campo de pouso, incluindo uma entregadora que apareceu de bicicleta com um cesto contendo três dúzias de ovos e seis garrafas de leite para o café da manhã de Boas-Vindas à Liberdade.

Liberdade, ah, a liberdade. Mesmo com o racionamento, o blecaute, as bombas, as regras e a vida diária tão insípida e tediosa na maior parte do tempo — uma vez que você cruza o Canal da Mancha, está livre. Como é simples e incrível que, ao mesmo tempo, ninguém na França viva sem medo e sem desconfiança. Não me refiro ao medo óbvio da morte cruel, mas ao medo insidioso e desmoralizante da traição, da deslealdade, da crueldade de ser silenciado, de não poder confiar no próprio vizinho nem na entregadora de ovos. A menos de 35 quilômetros de Dover. O que você prefere ter: um suprimento ilimitado de Chanel nº 5 ou a liberdade?

Pergunta idiota, na verdade.

Cheguei ao ponto aqui no qual é inevitável ter de falar um pouco mais de mim *antes* de Ormaie. E não quero fazer isso.

Só quero continuar voando ao luar. Sonhei que voava com Maddie, nos cinco minutos, no ínfimo período, que as coisas se acalmaram no quarto ao lado e consegui dormir de verdade. No sonho, a lua estava cheia e era verde, um verde brilhante, e eu ficava pensando: *Estamos sob os holofotes!* Mas é claro que os holofotes são brancos, não verdes — e era uma cor artificial e não cítrica. Era como a garrafa de licor Chartreuse na luz, como o brilho verde, e fiquei me perguntando como escapei. Eu não conseguia me lembrar de como tinha conseguido fugir de Ormaie. Mas não importava; eu estava a caminho de casa no Puss Moth de Maddie, estava segura com Maddie ao meu lado, pilotando com segurança, o céu estava calmo e tranquilo com uma linda lua verde.

Nossa, estou cansada. Acabei metendo os pés pelas mãos de novo e já me arrependi. Sou colocada para trabalhar sempre que estão sem gente para me vigiar. Não sei se isso é bom ou ruim, já que não me importo com o suprimento infinito de papel, mas também perdi a sopa de repolho desta noite e não dormi muito nas duas últimas noites. (Gostaria que DESISTISSEM daquela pobre francesa. Ela *nunca* vai revelar *nada* para eles.)

O que aconteceu foi que, quando me trouxeram para cá hoje de manhã, a pobre *Fräulein* Engel estava à mesa, de costas para a porta, ocupada numerando meus muitos cartões de receita, e lhe dei um susto ao gritar com voz profunda e autoritária de comando e disciplina:

— *Achtung, Anna Engel! Heil Hitler!*[46]

Ela ficou de pé e logo fez a saudação com tanta rapidez que deve ter deslocado o ombro. Nunca a vi tão pálida. Ela se recuperou quase de imediato e me deu um soco que me derrubou. Quando do Thibaut me levantou, ela me bateu de novo, só pelo prazer. Ai,

---

46. Tradução livre: "Perigo, Anna Engel! Salve, Hitler!". [N. E.]

ai, meu maxilar está dolorido. Imagino que não estejam planejando outra entrevista falsa.

Nunca consigo decidir se valeu a pena. Foi um momento bem engraçado, mas tudo que consegui dessa vez foi uma briga inesperada entre Engel e Thibaut.

Já os chamei de o Gordo e o Magro? Acho que eu deveria ter dito Romeu e Julieta, pois isso é um flerte entre subordinados à la Gestapo:

Ela: Ah, você é tão forte e másculo, *m'sieur* Thibaut. Esses nós que você dá são tão firmes.

Ele: Isso não é nada. Olhe, posso apertá-los tanto que é impossível desfazê-los. Pode tentar.

Ela: Hum, é verdade. Eu não consigo! Ah, aperte mais!

Ele: *Chérie*, seu desejo é uma ordem.

Mas os nós que ele está amarrando com tanta força e charme masculino são nos meus tornozelos, não nos dela.

Ela: Vou chamá-lo amanhã para fazer isso para mim de novo.

Ele: Você deve cruzar as cordas, assim, e amarrar atrás...

Eu: *Ai! Ai!*

Ela: Cale a boca e escreva, sua escocesa escandalosa de merda.

Bem, não, ela não usou exatamente essas palavras, mas dá para ter uma ideia.

Tem algo acontecendo. Eles aceleraram as coisas — não apenas comigo. Estão sendo *implacáveis* com os prisioneiros da Resistência. Talvez seja uma inspeção? Uma visita do misterioso chefe de Von Linden, o odioso *ss-Sturmbannführer* Ferber? (Eu o imagino com chifres e uma cauda bifurcada.) Talvez esteja investigando o trabalho de V. L. aqui; isso explicaria por que pediu para colocar todas aquelas anotações em ordem. Está tentando parecer eficiente.

Em desespero, procuro organizar meus pensamentos em uma ordem narrativa. Estou tão, tão cansada (será que devo ser melodramática em relação a isso?) e quase "desmaiando de fome" — na verdade, não sei se é de fome que vou desmaiar, mas *estou* muito cansada e tonta (não me deram mais aspirinas depois do episódio com o conhaque). Talvez Engel tenha causado uma concussão. Vou fazer algumas listas para tentar chegar ao próximo trecho.

*Voos com Maddie*

|  | *Data* | *Partida* | *Destino* | *Volta* |
|---|---|---|---|---|
| (noite) | Set. 42 | Campo de pouso de Buscot, Oxford | ? Missões Especiais | Buscot (dia seguinte) |
|  | Set. | Buscot | Branston | Buscot |
|  | Out. | Buscot | ? (nordeste) | Newcastle, depois trem para Oxford |
|  | Out. | " | Ipswich | trem para Oxford |
|  | Nov. 42 | " | ? (nordeste) | o mesmo |
| (noite) | Jan. 43 | " | ? (Mis. Esp.) | Buscot |
|  | Jan. | Oakway | Glasgow | Newcastle, depois trem para Manchester |
|  | Jan. | Oakway | Glasgow | trem para Oxford |

O clima em Glasgow estava tão horrível naquele dia que ninguém conseguiu decolar e todos ficaram presos. Peguei o trem de volta, mas Maddie teve de esperar uma trégua das nuvens. A merda de Glasgow *ainda* não tinha acabado comigo, então tive que voltar em:

| Fev. 43 | Oakway | Glasgow | Quem se importa? |
|---|---|---|---|

Mar. — 5 voos, diversos, todos na região sul da Inglaterra, 2 de noite

Abr. ...

Nossa...

## MISSÕES ESPECIAIS DA RAF, TRAVESSIA OPERACIONAL DO PAÍS

Eu também andava de trem para fazer meu trabalho e era mais frequente do que pegar avião. E Maddie transportava outras pessoas além de mim, as quais, muito provavelmente, não estavam fazendo o mesmo trabalho que eu. Mas os voos que listei são os que *contam*. Quinze voos em seis meses. Maddie levava a confidencialidade mais a sério do que eu — eu nunca tinha certeza do quanto ela sabia. (Na verdade, ela não sabia muito. Só levava as coisas muito a sério. Afinal, ela começou como uma Oficial/Missões Especiais.)

Naquela noite do último abril, tivemos de voltar para Aquele Campo de Pouso, o secreto, o que o Esquadrão da Lua usa para mandar aviões à França. O posto de Jamie era lá agora, Maddie estava na lista dos que sabiam e já havia um tempo — as pessoas confiavam nela, a aceitavam e, na verdade, a convidavam para jantar. Entretanto, nada de jantar para a pobre Queenie, que imediatamente era levada embora pelo bando usual (o meu comitê de recepção consistia em apenas três pessoas, incluindo meu admirador, o sargento da polícia da RAF, que se passa por guarda de segurança, e o chefe de frituras de salsicha no Chalé, mas parece um bando quando todo mundo é maior que você e não se sabe para onde está sendo levada). Queenie tinha uma pequena valise de viagem e a deixava com Maddie, que, por experiência, sabia que não veria a amiga até a manhã seguinte. Maddie foi jantar com os pilotos.

Não era uma coisa que ela costumava fazer, sabe? — uma vez a cada temporada, talvez — e foi especial porque Jamie estava lá. Na verdade, ele estava prestes a sair em uma missão de entrega e coleta naquela noite, uma "operação dupla de Lysanders", como chamavam: dois pilotos em dois aviões para a mesma pista. Havia um terceiro avião decolando com eles, aproveitando a luz do luar, mas, tecnicamente, não operacional — um novo membro do esquadrão fazendo o primeiro voo de treinamento para a França.

Ele se separaria dos outros sobre o Canal da Mancha, seguiria até a França sozinho por um tempo, depois voltaria sem pousar.

Esse jovem — vamos chamá-lo de Miguel (em homenagem ao filho mais novo da família Darling, de *Peter Pan*!) — estava muito nervoso em relação às suas habilidades de navegação. Assim como Jamie, antes ele tinha servido como piloto de bombardeiro e sempre contara com a presença de um navegador ao lado, dizendo para onde deveria ir. Além disso, fazia apenas um mês que pilotara um Lysander pela primeira vez. Os colegas estavam sendo compreensivos, já que todos haviam passado por aquilo. Maddie não estava.

— Mas você já está treinando em Lizzies tem *um mês*! — exclamou ela em tom de deboche. — Minha nossa, precisa de mais *quanto* tempo? Os instrumentos são os mesmos caso esteja pilotando um bombardeiro de mergulho Barracuda ou um velho Tiger Moth, e o trem de pouso é automático! Fácil, fácil!

Todos a fitaram com expressão séria.

— Então vá você voar até a França — disse Miguel.

— Pois eu bem que iria se me deixassem — respondeu a pilota, em tom de inveja (sem se lembrar da artilharia antiaérea e dos caças noturnos).

— Já sei o que fazer — disse Jamie, o Jacaré que Não Tem Dedo do Pé, arrastando as vogais para acentuar ainda mais o sotaque escocês. — Leve a mocinha com você.

Maddie sentiu como se um raio tivesse caído em cima dela, que olhou para Jamie e viu o ligeiro brilho de insensatez cintilando nos olhos dele. Ela sabia que deveria ficar quieta: ou Jamie iria convencer o piloto a levá-la ou ela não poderia ir.

Os outros riram e discutiram um pouco. O agente do soe que seria transportado naquela noite desaprovava. Os pilotos do Esquadrão da Lua, por necessidade um bando de lunáticos eufóricos, apresentaram a proposta para o líder, que ficou claramente dividido, mas apenas porque Miguel deveria fazer um voo solo naquela noite.

— Ela não vai poder ajudá-lo a pilotar o avião na cabine traseira do Lysander, não é?

— Ela pode lhe dizer o que fazer. Dar as direções se ele sair de curso.

Jamie empurrou o prato vazio e se recostou na cadeira, colocando as mãos atrás da cabeça, e deu um assovio baixo.

— Uau! *Você* está sugerindo que ela é uma pilota melhor do que o *nosso* Miguel?

Todos olharam para Maddie, sentada em silêncio com seu uniforme de civil, parecendo muito séria e oficial com as asas e listras douradas (ela já era primeira-oficial àquela altura). A única pessoa para cujos olhos ela se atrevia a olhar era o agente que seria transportado naquela noite. Ele meneava a cabeça de maneira desaprovadora e derrotada, como se dissesse: "*Se vão fazer mesmo isso, meus lábios estão selados*".

— Não tenho dúvidas de que ela é uma pilota melhor — declarou o líder do esquadrão.

— Nesse caso, por que diabos ela está transportando os velhos Tiger Moths quebrados? Ligue para o maldito oficial maquiavélico da Inteligência Inglesa e peça permissão — sugeriu Jamie.

Miguel então sugeriu, muito animado:

— Não conte isso como minha travessia operacional do país. Preciso do treino.

— Se não é um voo operacional, não preciso ligar para a Inteligência — falou o líder do esquadrão. — Assumo toda a responsabilidade.

Maddie ganhou. Mal podia acreditar na própria sorte.

— Não quero que isso saia *desta* sala — declarou o líder do esquadrão, e todos olharam para ele com expressão neutra, encolhendo os ombros em sinal de inocência e indiferença. Maddie foi caminhando ao lado do agente do soe quando ele subiu a bordo da aeronave que o esperava. A equipe de solo lançou olhares engraçados para ela.

— Miguel está precisando de ajuda com a navegação de novo? — perguntou um deles com gentileza conforme a ajudava a subir na escada para a traseira do avião.

Por dentro, Maddie achava que Miguel era sortudo como um menino com o rosto todo sujo de geleia, segurando um mapa cuidadosamente marcado com todas as informações de artilharia antiaérea e pontos de navegação no trajeto de ida e volta até o meio da França.

Sentada atrás, ela não tinha um mapa, mas tinha uma visão absolutamente fantástica dos lados e da traseira, uma vista que não costumava ter nem o prazer de usufruir. Havia um trabalho também: manter os olhos atentos para caças noturnos. Não demorou muito para os vilarejos escuros do sul da Inglaterra ficarem para trás e chegarem à costa. A grande lua dourada fazia as luzes azuis na ponta das asas dos Lysanders à frente mal serem diferenciadas das estrelas — elas balançavam e piscavam, entrando e saindo do campo de visão de Maddie, mas ela sabia onde estavam. O rio, a pedreira, a foz na noite clara — todos eram pontos de referência que ela conhecia bem. Então, a delicadeza cintilante do Canal da Mancha, um infinito tecido brilhante em tons de azul e prata. Maddie conseguia ver a silhueta escura de um comboio de navios logo abaixo e se perguntou quanto tempo a Luftwaffe demoraria para detectar a presença deles.

— Ei, Miguel — chamou Maddie pelo intercomunicador. — Você não deve segui-los até a França! Deve mudar de curso aqui e seguir mais para o sul sozinho, não é?

Ela o ouviu praguejar lá na frente antes de se recompor e redefinir o curso. Então, ela ouviu o agradecimento humilde:

— Obrigado, colega.

*Obrigado, colega*, Maddie estava cheia de orgulho e felicidade. *Eu sou um deles*, pensou. Estou a caminho da França. Eu poderia muito bem ser uma pilota *operacional*.

No fundo, no fundo, ela tinha dois medos assustadores e mesquinhos: 1) que alguém atirasse neles e 2) ser mandada para a corte marcial. Mas ela sabia que a rota de Miguel tinha sido planejada com cuidado para evitar a artilharia antiaérea e os campos de pouso, e que o momento de maior perigo tinha sido quando passaram pelo comboio de navios. Se chegassem sãos e salvos, não haveria a menor necessidade da corte marcial. Se *não* chegassem em segurança, bem, então a corte marcial não seria o maior dos problemas.

Agora estava sobrevoando os picos brancos e fantasmagóricos do leste da Normandia. Na ponta da asa a bombordo, as curvas do Sena brilhavam como um grande novelo de malha, prateado e se desenrolando. Maddie ofegou diante da beleza do rio e, de repente, se viu derramando lágrimas inocentes, não apenas por sua ilha cercada, mas por toda a Europa. Como tudo tinha chegado àquele ponto tão terrível?

Não havia luz na França; estava em blecaute tanto quanto a Grã-Bretanha. As lâmpadas de toda a Europa tinham se apagado.

— *O que é aquilo?* — perguntou ela pelo intercomunicador.

Miguel viu ao mesmo tempo e se desviou rapidamente. Ele começou a contornar, um pouquinho inclinado demais no início, mas depois de maneira mais equilibrada. Abaixo deles, um retângulo de luz branca e forte se acendeu como um parque de diversões apavorante, profanando uma paisagem completamente escura.

— É onde o último ponto de localização deveria estar! — gritou Miguel.

— Bela localização, hein? É um campo de pouso? Está operando completamente, se for isso!

— Não — respondeu o piloto, de modo lento, conforme dava mais uma volta a fim de observar. — Não, acho que é um campo de prisioneiros. Olhe… As luzes estão em volta de uma cerca. Para pegar qualquer um que tente fugir.

— Você está no lugar certo? — perguntou Maddie, em dúvida.

— Por que você mesma não me diz? — replicou ele, mas com confiança, enfiando o mapa com anotações pela abertura e uma lanterninha de bolso. — Mantenha isso coberto — instruiu. — Supostamente há um campo de pouso a 32 quilômetros ao leste e eu estava tentando me manter bem longe. Não preciso mesmo de uma escolta.

Maddie estudou o mapa sob a proteção o casaco. Até onde ela podia ver, Miguel estava certo. A cerca iluminada da prisão era perto de uma ponte ferroviária sobre um rio, que deveria ser o ponto do qual tinham de voltar. Maddie apagou a lanterna e olhou pela janela, com a visão noturna prejudicada pela luminosidade ao ter tentado ver o mapa. Mas conseguiu perceber que já tinham manobrado para retornar.

— Você não precisava da minha ajuda, no fim das contas — afirmou ela, devolvendo a lanterna e o mapa.

— Eu teria brincado de "meu mestre mandou" e seguido Jamie até Paris, se você não tivesse me lembrado de retornar.

— Ele não está indo para Paris, não é?

Miguel respondeu em tom de inveja:

— Ele não vai bombardear a Torre Eiffel, e sim pegar um casal de agentes parisienses. Ele terá de pousar bem longe da cidade. — Ele acrescentou, então, com voz mais sóbria: — Ainda bem que você veio comigo. A prisão me deixou nervoso. Tive certeza de que estava no lugar certo, e então...

— E você estava mesmo — reforçou Maddie.

— Ainda bem que você veio — repetiu.

Ele disse uma terceira vez quando pousaram em segurança na Inglaterra, duas horas depois. O aliviado líder do esquadrão sorriu e assentiu com tolerância ao cumprimentá-los:

— Acharam o caminho direitinho?

— Foi moleza, a não ser pela parte de o ponto de referência ser uma grande prisão muito bem protegida!

O líder do esquadrão deu uma risada.

— Muito bem, você encontrou *mesmo* o caminho. Isso é sempre uma surpresa na primeira vez. Mas prova que você fez o caminho certo. Ou teve ajuda?

— Ele encontrou sozinho — afirmou Maddie com sinceridade. — Nem sei como agradecer por ter me deixado ir junto.

— Abril em Paris, não?

— Quase tão bom quanto.

Maddie sonhava com Paris, prisioneira, inacessível, remota.

— Não este ano, quem sabe no próximo?

Miguel foi dormir assoviando. Maddie foi até o Chalé escuro com a música que ele assoviava na cabeça. Depois de um tempo, percebeu que era "The Last Time I Saw Paris".[47]

## INTERROGATÓRIO

Eram quase quatro da manhã quando, repleta de alegria, Maddie entrou no quarto que dividia com Queenie. Verificou se as persianas estavam fechadas e acendeu uma vela, sem querer atrapalhar o sono da amiga com a luz. Mas a cama de Queenie estava vazia e arrumada, com a colcha esticada perfeitamente. A pequena valise de viagem de Queenie estava intocada aos pés da cama, onde Maddie a deixara mais cedo. Seja lá o que Queenie tinha de fazer, ainda estava fazendo.

Maddie vestiu o pijama e puxou o cobertor até o queixo; a cabeça nas nuvens, repleta de luar e da luz prateada do Sena. Não dormiu.

Queenie chegou às cinco e meia da manhã. Não pensou se poderia acordar Maddie nem verificou se as persianas estavam fechadas, apenas apertou o interruptor de luz, colocou a valise sobre uma cômoda vazia e tirou de lá o pijama regulamentar da WAAF e uma escova de cabelo. Sentou-se diante do espelho e ficou encarando o próprio reflexo.

Maddie ficou olhando também.

Queenie estava diferente, com o cabelo preso como sempre, mas não no coque francês que era sua marca registrada e que usava quando Maddie a deixara na noite anterior. O cabelo estava todo puxado para trás, bem esticado e preso em um coque apertado na nuca. Não era um penteado bonito. Fazia com que parecesse mais comum, e o rosto com maquiagem clara também não ajudava muito. Havia uma dureza nos lábios contraídos que Maddie nunca tinha visto antes.

---

47. Trilha sonora do musical *Se você fosse sincera* (*Lady Be Good*), de 1941. [N. E.]

Maddie ficou observando. Queenie soltou a escova e tirou a túnica azul da WAAF bem devagar. Depois de um tempo, Maddie percebeu que a amiga estava sendo cuidadosa, não lenta, se movendo devagar como se sentisse muita dor ao alongar os ombros. Ela tirou a blusa.

Um dos braços estava marcado por hematomas, avermelhados e arroxeados, marcas óbvias de mãos grandes que a seguraram com força e não a soltaram. O pescoço e os ombros igualmente traziam marcas feias. Alguém tinha tentado enforcá-la horas antes.

Ela tocou o pescoço com cuidado e o alongou, examinando os danos no pequeno espelho da cômoda. O quarto não estava muito quente e, depois de um ou dois minutos, Queenie suspirou e vestiu a camisa de algodão do pijama masculino, mexendo-se bem devagar. Em seguida se levantou, sem tanto cuidado dessa vez, e soltou todos os grampos que prendiam o penteado rígido. Com um movimento brusco, retirou o batom bege com as costas da mão. De repente, começou a se parecer mais com ela mesma, só um pouco desarrumada, como se tivesse tirado uma máscara. Ao virar-se, percebeu que Maddie a observava.

— Oi — cumprimentou Queenie com um sorriso torto. — Eu não queria acordá-la.

— Não acordou. — Maddie esperou. Sabia muito bem que não devia perguntar o que tinha acontecido.

— Você viu?

Maddie assentiu.

— Não *dói* — falou Queenie com firmeza. — Não muito. Só que foi... um trabalho difícil esta noite. Precisei de um pouco mais de improviso do que de costume, arriscar um pouco mais...

Ela começou a procurar cigarros na túnica. Maddie observou em silêncio. Queenie se sentou na beirada da cama de Maddie e acendeu um cigarro com as mãos um pouco trêmulas.

— Adivinhe para onde fui com os rapazes ontem à noite — disse Maddie.

— Ao pub?

— À França.

Queenie se virou para olhar a amiga, e viu o céu e a lua ainda iluminando os olhos de Maddie.

— *França!*

Maddie abraçou os joelhos, ainda ébria com a sensação de magia e medo daquele voo clandestino.

— Você não devia ter me dito isso — declarou Queenie.

— Verdade — concordou. — Eu nem devia ter ido. Mas a gente nem chegou a pousar.

Queenie assentiu e ficou olhando para o cigarro. Maddie nunca tinha visto a amiga tão quieta e nervosa.

— Sabe o que você estava parecendo logo que entrou? — perguntou Maddie. — Com o cabelo todo puxado para trás como uma governanta vitoriana, você parecia...

— ... *Eine Agentin der Nazis* — completou Queenie, puxando uma longa e trêmula tragada do cigarro.

— O quê? Ah, sim. Uma espiã alemã. Pelo menos a ideia que as pessoas têm de uma espiã alemã: bonita e intimidante.

— Acho que sou um pouco baixinha para o ideal ariano — retrucou Queenie, observando-se de forma crítica. Esticou o pescoço de novo, tocou os hematomas dos braços e levou o cigarro aos lábios mais uma vez, com um pouco mais de firmeza agora.

Maddie não perguntou o que tinha acontecido. Nunca era indiscreta. Nunca brincava com os peixinhos na superfície se havia grandes salmões nadando no fundo.

Maddie perguntou baixinho:

— O que você faz *de verdade*?

— "Conversas descuidadas custam vidas" — retrucou Queenie.

— Eu não vou falar nada — disse Maddie. — *O que você faz?*

— Falo alemão. *Ich bin eine...*

— *Seja sensata* — pediu Maddie. — Você traduz... o quê? Para quem você traduz?

Queenie se virou para a amiga de novo, estreitando o olhar como um rato assustado.

— Você é intérprete de prisioneiros de guerra? Trabalha para a Inteligência? Traduz os interrogatórios?

Queenie se escondeu atrás da nuvem de fumaça do cigarro.

— Não sou tradutora — respondeu Queenie por fim.

— Mas você disse...

— Não. — Queenie também estava falando baixo. — Foi você que disse isso. Eu disse que falo alemão. Mas não sou intérprete. Sou uma interrogadora.

---

É *ridículo* que você mesmo não tenha adivinhado a natureza do meu trabalho na Inteligência, Amadeus von Linden. Assim como você, sou uma operadora de rádio.

Assim com você, sou *muito boa nisso.*

Nossos métodos são diferentes.

"No trabalho", por assim dizer, me chamo Eva Seiler. Esse era o nome que usavam durante todo meu treinamento — éramos obrigadas a viver e respirar nossos alter egos, e me acostumei com eles — Seiler era o nome da minha escola e era fácil lembrar. Tínhamos de disciplinar as pessoas que me chamavam de escocesinha por acidente. Em inglês, consigo fingir um sotaque de Orkney melhor do que um sotaque alemão, então usávamos isso quando eu estava em operação — obscuramente difícil de identificar.

Naquele primeiro dia — naquele primeiro trabalho, o primeiro de verdade — lembra-se de como todos estavam felizes na manhã seguinte quando distribuíram o champanhe e o perfume no Chalé? Eu tinha capturado um agente duplo. Um agente nazista fingindo ser um entregador da Resistência Francesa. Desconfiaram dele e me levaram até lá quando o trouxeram para a Inglaterra — eu o peguei desprevenido, quando já estava quase sem forças e a onda da adrenalina diminuindo (ele tinha tido uma noite difícil sendo tirado da França; todos tiveram). Era um mulherengo conhecido; não teve coragem de admitir que não me reconhecia quando me atirei nos braços dele naquela salinha fria de interrogatório, rindo e chorando e exclamando em alemão. A sala estava grampeada e ouviram tudo o que dissemos.

Nem sempre era fácil assim, mas pavimentei meu caminho. Na maioria das vezes, esses homens todos estavam tão desesperados ou confusos quando eu aparecia com meu alemão com sotaque suíço neutro e uma lista de verificação oficial tão reconfortante, que quase sempre cooperavam com gratidão, isso quando não estavam totalmente enfeitiçados. Mas não naquela noite, não naquela noite do último abril, quando Maddie fez um voo para a França. O homem que interroguei naquela noite não acreditou em mim. Ele me acusou de traição. Traição contra a pátria — o que eu estava fazendo trabalhando para os inimigos ingleses? Ele me chamou de colaboradora, traidora e prostituta inglesa imunda.

Sabe, o grande erro daquele camarada foi me chamar de INGLESA. Isso tornou a minha fúria ainda mais convincente. Uma prostituta — talvez eu considerasse isso em caso de desespero; imunda, nem preciso dizer nada; mas seja como for, NÃO SOU INGLESA.

— Você que fracassou com a pátria, *você* que foi capturado! — rosnei. — E é *você* que vai enfrentar um julgamento quando voltar para Stuttgart. — Eu tinha reconhecido o sotaque dele, uma coincidência e um ataque direto. — Eu só estou fazendo o meu trabalho como intermediadora e intérprete de Berlim. — Ah, sim, eu disse isso. — E como se ATREVE a me chamar de INGLESA?!

Foi a essa altura que ele se jogou em cima de mim — nós não costumamos amarrar esses homens — e me prendeu embaixo do braço com uma força de ferro.

— Peça ajuda — ordenou ele.

Eu poderia ter escapado. Fui treinada para me defender de um ataque igual àquele, como acho que provei durante a briga de rua quando fui presa.

— Por quê? — perguntei em tom de desprezo.

— Peça ajuda. Deixe que seus chefes ingleses venham te ajudar ou vou quebrar o seu pescoço.

— Chamar os ingleses para me ajudar *seria* uma colaboração — ofeguei friamente. — Não preciso dos ingleses para *nada*. Pode continuar e quebre meu pescoço.

Eles estavam assistindo, sabe? — tem uma janelinha escondida na cozinha pela qual podem observar — e se eu tivesse pedido ajuda ou parecesse não estar no mais absoluto controle, eles *teriam* entrado para me ajudar. Mas perceberam o que eu estava fazendo, caminhando em uma corda bamba, e ficaram lá roendo as unhas e observando conforme me deixavam ganhar sozinha a batalha.

E ganhei. Tudo acabou pouco depois, quando ele caiu em lágrimas no chão, agarrando minha perna e implorando meu perdão.

— Conte-me sua missão — ordenei. — Passe todos os seus contatos e vou filtrar o que contarei para os ingleses. Conte-me tudo e você terá confessado para sua compatriota, sem ter dado nada ao inimigo. — (Não tenho a menor vergonha.) — Conte-me e talvez eu o perdoe por ter ameaçado me matar.

O comportamento dele foi extremamente constrangedor e cheguei a lhe dar um beijo na cabeça como agradecimento quando ele terminou. Homem infeliz e desagradável.

Então, *pedi* ajuda. Mas com desdém e repúdio, não com medo.

*Que apresentação maravilhosa, querida. Nossa, você tem nervos de aço, não é? Que show maravilhoso. Alto nível.*

Não deixei que percebessem o quanto ele tinha me machucado, e nem pensaram em verificar. Foram meus nervos de aço daquela noite que me trouxeram à França seis semanas atrás.

Eu me esqueci de pentear o cabelo do jeito de sempre quando troco de roupa — não uso meu uniforme da WAAF para os interrogatórios. O cabelo foi um pequeno erro. Eles levaram os nervos de aço em conta, mas não o pequeno erro. Não notaram que ele tinha me machucado e não notaram que cometo pequenos deslizes de vez em quando.

Mas Maddie notou as duas coisas.

— Venha se esquentar — falou ela.

Queenie apagou o cigarro e a luz. Não foi para a própria cama, porém; deitou-se ao lado de Maddie, que a abraçou com cuidado, porque a amiga tremia dos pés à cabeça agora. Antes ela não estava.

— Não é um trabalho bom — sussurrou Queenie. — Não é como o seu... Um trabalho sem culpa.

— Meu trabalho não é desvinculado da culpa — contradisse Maddie. — Cada bombardeiro que entrego entra em operação e mata pessoas. Civis. Pessoas como minha avó e meu avô. Crianças. Só porque não sou eu que atiro, não significa que eu não seja responsável. Eu levo você para os lugares.

— A bomba loura — disse Queenie, rindo da própria piada. E, então, começou a chorar.

Maddie abraçou a amiga, imaginando que a soltaria quando ela parasse, mas ela chorou por tanto tempo que Maddie adormeceu primeiro. Então, nunca a soltou.

*my heart is sair, I darena tell*
*my heart is sair for somebody*
*O, I could wake a winter's night*
*a' for the sake o' somebody*

*ye pow'rs that smile on virtuous love*
*O sweetly smile on somebody*
*frae ilka danger keep her free,*
*and send me safe my somebody*[48]

---

48. "For The Sake O' Somebody" é um poema do escritor escocês Robert Burns (1759-1796), publicado em 1794. Tradução livre: Meu coração está doendo, não ouso dizer/ Meu coração está doendo por alguém/ Oh, eu poderia acordar uma noite de inverno/ pelo amor de alguém// Os poderes que sorriem com o amor virtuoso/ Oh, sorria docemente para alguém/ Livre-o do perigo/ e me traga em segurança esse alguém. [N. E.]

*We two ha'e paddl'd in the burn*
*frae morning sun till dine;*
*but seas between us broad ha'e roar'd*
*sin' auld lang syne*

*for auld lang syne, my friend*
*for auld lang syne*
*we'll tak' a cup o' kindness yet*
*for auld lang syne*[49]

Ai, Deus, estou *tão cansada*. Eles me mantiveram aqui a noite toda. É a terceira noite que não durmo. Ou então durmo muito pouco. Não reconheço nenhum dos guardas comigo. Thibaut e Engel estão nos seus quartos, e Von Linden está ocupado atormentando a pobre garota francesa.

Gosto de escrever sobre Maddie. Gosto de me lembrar. Gosto de construir a história, me concentrando e criando, juntando todas as lembranças. Mas estou tão cansada. Não consigo criar mais nada esta noite. Sempre que pareço parar, me espreguiçar, estender a mão para pegar mais uma folha de papel ou esfregar os olhos, esse *imbecil* que está me observando encosta a brasa do cigarro na minha nuca. Só estou escrevendo isto porque assim ele para de me queimar. Ele não sabe ler em inglês (nem em escocês) e, desde que eu continue cobrindo todas as páginas com versos de "Tam o'Shanter",[50] ele não vai me machucar. Não consigo manter isso para sempre, mas sei muitos poemas de Robert Burns de cor.

Burns, ha-ha, Burns[51] para ele não me queimar.

---

49. "Auld Lang Syne" é um poema do escritor escocês Robert Burns, publicado em 1788. Tradução livre: Remamos na escuridão/ do amanhecer ao anoitecer;/ Mas os mares entre nós rugem/ Desde os bons e velhos tempos// Desde os bons e velhos tempos, meu amigo/ Desde os bons e velhos tempos/ Vamos tomar um gole da boa vontade/ Pelos bons e velhos tempos. [N. E.]

50. "Tam o'Shanter" é um poema narrativo de Robert Burns, publicado em 1790. [N. E.]

51. Em inglês, *burns* significa "queimadura". [N. E.]

*Behead me or hang me, that will never fear me...*
*I'LL BURN AUCHINDOON ere my life leave me*[52]

Queimando queimando queimando queimando
Ai, Deus, aquelas fotos.
queimando
Maddie.
Maddie

---

52. "The Burning of Auchindoon" é uma cantiga folclórica escocesa, sem autoria, inspirada no ataque ao Castelo de Auchindoun no século xv. Tradução livre: Decapite-me ou enforque-me, isso nunca vai me assustar... Vou queimar Auchindoon antes de a vida me levar. [N. E.]

*Ormaie 23.XI.43 JB-S*

O próprio Von Linden colocou um fim aos procedimentos de ontem à noite — chegou rápido como um membro da Carga da Brigada Ligeira[53] e juntou as páginas quando caí de cara na mesa em uma poça de tinta com os olhos fechados.

— Deus Todo-Poderoso, Weiser, você é idiota? Ela não escreve nada que valha a pena ler quando está nesse estado. Olhe... isso é um *verso*. Poemas folclóricos ingleses. Páginas e mais páginas.

O filisteu alemão embolou tudo que consegui me lembrar de "Tam o'Shanter" e jogou fora. Acho que talvez consiga entender mais inglês do que demonstra, se reconhece Burns como inglês.

— Queime essa porcaria. Tenho bobagens irrelevantes mais do que o suficiente, que ela escreve sem precisar do seu encorajamento! Dê água e a leve de volta para o quarto. E *livre-se deste cigarro imundo*. Vamos conversar sobre isso amanhã.

Essa foi a explosão mais emocional que já ouvi dele, mas acho que também está cansado demais.

Ah, sim, e ENGEL andou CHORANDO. Seus olhos estão muito vermelhos e ela não para de esfregar o nariz. Eu me pergunto o que poderia fazer a guarda-feminina-de-serviço *Fräulein* Engel chorar no trabalho.

---

53. Referência à cavalaria armada britânica liderada por James Brudenell (1797-1868). [N. E.]

# TREINAMENTO DE OPERAÇÕES ESPECIAIS

Depois da desastrosa entrevista no fim de abril (suponho que não tenha sido desastrosa para a Inteligência, mas teve um efeito devastador em Eva Seiler), a intérprete de comunicações de Berlim recebeu uma folga de uma semana para Pensar Sobre o Trabalho e se desejava ainda realizá-lo. Em outras palavras, Queenie teve a oportunidade de desistir de tudo de maneira graciosa. Passou a semana em Castle Craig com a mãe, a sofrida sra. Darling (querida, como era) — pobre sra. Darling, nunca tinha ideia do que nenhum dos seis filhos estava fazendo, se estavam vindo ou indo, e não ficou muito feliz ao ver as marcas pretas na pele delicada, céltica e branca da filha.

— Foram os piratas — esclareceu Queenie. — Fui amarrada ao mastro pelo Capitão Gancho.

— Quando essa maldita guerra acabar — disse a mãe —, quero saber *absolutamente tudo com riqueza de detalhes*.

— *Absolutamente tudo com riqueza de detalhes* do meu trabalho é protegido pela Lei de Confidencialidade Oficial, e serei condenada à prisão perpétua se lhe contar qualquer coisa — retrucou Queenie. — Então, pare de perguntar.

Ross, o refugiado mais jovem de Glasgow, ouviu a conversa — e foi bom que Queenie *não* tenha dado qualquer detalhe para a mãe (conversas descuidadas custam vidas etc.) —, mas a operadora de rádio bonita e de aparência oficial passou a ser adorada como uma deusa entre os Irregulares de Craig Castle depois disso, *afinal ela tinha sido prisioneira de piratas*.

(Amo aqueles meninos, amo de verdade, com piolho e tudo.)

Durante aquela semana, a elegante e bondosa babá francesa de Queenie e dama de companhia de sua mãe, em uma onda de compaixão maternal, começou a tricotar um pulôver para Queenie. Por causa da limitação de material devido ao racionamento, ela usou uma lã maravilhosa da cor do pôr do sol, que foi desmanchada por ela de um casaco feito pela modista mais cara de Ormaie em 1912. Menciono porque penso nisso como parte do final do jogo — como se minha pobre e amorosa babá fosse um tipo de madame Defarge,[54] tricotando a trama do meu destino inexorável nos pontos da peça de lã nobremente testada em campo. Não se parece em nada com um uniforme militar, mas foi usada em serviço ativo e tem manchas de sangue para provar. Além disso, é quentinha e está na moda — pelo menos carrega uma lembrança de moda. Ainda é quentinha.

No fim da semana de reflexão, decidi que, assim como meu dúbio ancestral Macbeth, eu já estava tão afundada no sangue falso que não havia muito sentido em voltar atrás; além disso, eu *adorava* ser Eva Seiler. Amava representar um papel e a encenação e toda a confidencialidade daquilo, e me gabava da minha própria importância. Às vezes, eu conseguia arrancar alguma informação muito útil dos "clientes". Localização dos campos de pouso. Tipos de aeronaves. Códigos. Coisas assim.

De qualquer modo, depois da entrevista de abril, todo mundo, inclusive Eva, decidiu que ela precisava mudar de cenário. Talvez algumas semanas no continente, onde poderia colocar em uso o sangue frio, o conhecimento linguístico e as habilidades de operadora de rádio, tão necessárias na França ocupada pelos nazistas.

Pareceu uma boa ideia na época.

Sabia que — você provavelmente *sabe* — em território inimigo a expectativa de vida de uma op/r, ou o/r[55] como dizem no soe, é de apenas seis semanas? Esse costuma ser o tempo necessário para que o equipamento de localização dos nazistas encontre um aparelho de rádio escondido. O restante de um circuito da Resistência, a teia de contatos e mensageiros, continua se esgueirando pelas sombras, remexendo explosivos e levando mensagens que não podem ser confiadas a um carteiro, movendo-se todos os dias, sem nunca se encontrar duas vezes no mesmo lugar. No centro da roda, parado e vulnerável, está o operador de rádio, no

---

54. Personagem do romance *Um conto de duas cidades*, de Charles Dickens. [N. E.]

55. No original: Wireless Telegraphist (W/T). [N. E.]

meio de uma pilha de equipamentos que é difícil de transportar e esconder, cercado por uma teia fixa de estática e código, enviando sinais elétricos barulhentos de rádio que atraem seus rastreadores como anúncios de neon.

Hoje faz seis semanas que pousei aqui. Suponho que seja uma vida longa para uma operadora de rádio, embora meu sucesso em permanecer viva por tanto tempo carregasse mais peso se eu realmente tivesse conseguido estabelecer uma comunicação de rádio antes de ser capturada. Agora, estou vivendo por um tempo emprestado. Não tenho muito mais o que contar.

Mesmo assim, *Fräulein* Engel talvez aprecie o fim da história com o voo operacional de Maddie para a França. Suponho que alguém *vai* enfrentar a corte marcial por causa disso. Só não sei quem.

O líder do esquadrão de Missões Especiais deveria me trazer. O Esquadrão da Lua estava sofrendo um pouco no fim de setembro — eles tinham tido um verão de fantástico sucesso, doze voos por mês, o dobro de agentes deixados e grandes quantidades de refugiados resgatados —, mas ferimentos e incidentes diminuíram o número de pilotos de Lysander para quatro naquele momento específico, e um deles estava tão doente por causa de gripe que mal conseguia ficar de pé (todos estavam exaustos). Acho que conseguem ver aonde isso vai chegar.

Para mim, a preparação levou meses — outro curso de paraquedas, depois um exercício elaborado de campo no qual eu tinha de me esgueirar por uma cidade de verdade (uma cidade desconhecida, me mandaram para Birmingham para isso), deixando mensagens codificadas para contatos com os quais nunca me encontrei e organizando a entrega de encomendas de mentira. O principal perigo é um policial notar as atividades suspeitas e prender você — nesse caso é bem difícil convencer as autoridades do seu próprio país de que você não está trabalhando para o inimigo.

Então, há os planos específicos para a própria missão: desmontar e montar todas as partes desses rádios dezenas de vezes; certificar-me de que minhas roupas não seriam rastreadas como inglesas, tirar a etiqueta de qualquer roupa íntima (veja por que meu pulôver é uma peça de vestuário perfeita — totalmente anônima e feita com material local). Aprender quilômetros e mais quilômetros de código — você sabe (bem demais até) que a chave dos códigos de radiotelegrafia são poemas, pois assim fica mais fácil de lembrar, e eu esperava mesmo que Von Linden fosse obrigar seus decifradores de código a tentar descobrir alguma mensagem em "Tam o'Shanter" só para eu rir da cara deles. Mas ele é mais inteligente do que eu.

Depois, precisei passar pelos tipos mais difíceis de exercícios para me certificar de que minha história estava crível. Tiveram grande dificuldade de simular um interrogatório. A maioria das pessoas estranha ser acordada no meio da noite e arrastada para um interrogatório, mas eu simplesmente *não conseguia* levar aquilo a sério. Eu conhecia a rotina muito bem. Depois de cinco minutos, começávamos a discutir sobre algum detalhe de protocolo ou qualquer coisa assim que me fazia morrer de rir. Em uma tentativa extrema, me vendaram e mantiveram uma arma carregada contra minha cabeça por seis horas — foi sinistro, exaustivo e fiquei um pouco emotiva no fim. (Todos nós ficamos. Não foi nada legal.) Mesmo assim, não cheguei a sentir *medo* de verdade. Você *sabe*... Sabe que no fim tudo vai dar certo. Havia muita gente envolvida porque precisavam manter a troca de guardas, e meu comandante se recusava a me dizer que tinha sido para protegê-los, sabe? Duas semanas depois, apresentei uma lista de suspeitos que acabou tendo noventa por cento de precisão. Eu apertava os olhos desconfiados para *todo mundo* durante alguns dias e, no decorrer da semana seguinte, todos os homens que estiveram presentes naquela noite compraram um drinque para mim. Foi mais difícil descobrir quem eram as mulheres, mas eu poderia ter aberto uma lojinha de artigos clandestinos com os chocolates e cigarros que me deram. A culpa é uma arma maravilhosa.

Então, mentalmente preparada, eu tinha de arrumar as malas — cigarros (para presentear e subornar), cupons para roupas (forjados e/ou roubados), cartões de racionamento, dois milhões de francos em notas pequenas (agora confiscados, eu realmente me sinto mal ao pensar nisso), pistola, bússola, cérebro. E, então, só esperar pela lua. Na verdade, eu era muito boa em ser convocada para entrar em ação sem nenhum aviso; já estava acostumada com isso (também era boa em decorar poesias) —, mas esse lance de esperar, esperar e esperar pela luz, cutucando as cutículas e observando a lua no céu, é desgastante. Você fica esperando ao lado do telefone a manhã inteira, pula de susto quando enfim toca; então, quando tudo acontece, tem muita névoa sobre o Canal ou o exército alemão deslocou uma guarda extra para a pista na qual você deveria pousar e você é abandonada de novo. Então, não resta nada a fazer a não ser perambular e se perguntar se suporta entrar em um cinema cheio de fumaça de cigarro e assistir *Coronel Blimp: vida e morte*[56] pela sexta vez e se vai ter problemas se fizer isso porque o primeiro-ministro desaprova o filme e você secretamente gosta de Anton Walbrook como o nobre oficial alemão e você tem quase certeza de que seu comandante sabe disso. Quando você decidiu "Dane-se o primeiro-ministro!" e está ansiosa por passar outra tarde sonhadora com Anton Walbrook, o telefone toca de novo e você está operacional.

*Estou com sapatos adequados?*, você se pergunta freneticamente. E onde *diabos* enfiei os meus dois milhões de francos?

## UM VOO IRREGULAR DE TRANSPORTE

Maddie, aquela sortuda, não precisava enfrentar nada disso. Maddie só pegava a colega de voos como sempre no barracão de Operações Oakway, sorria ao ver o "S" de sigilo e o destino "RAF Buscot" porque significava que ela poderia tomar uma xícara de chá com sua melhor amiga em algum momento nas próximas 24 horas, e cami-

---

56. Comédia dramática inglesa de 1943, dirigida e produzida por Powell e Pressburger. [N. E.]

nhava até o Puss Moth com a máscara de gás e a bolsa de viagem. *Era rotina*. Incrível pensar como aquele era um dia comum para ela, para início de conversa.

Ainda estava claro quando aterrissamos no campo de pouso de Missões Especiais da RAF. A lua nascia cedo, seis e meia da tarde mais ou menos e, por causa do horário de verão duplo, tivemos de esperar escurecer. Jamie — indicativo de chamada João — ia pilotar naquela noite, e Miguel também. Os indicativos de chamada são todos de *Peter Pan*, é claro. A aventura dessa noite em particular se chamava Operação Constelação Sirius, que parece adequada. "Segunda à direita e depois sempre em frente até ao amanhecer."

É horrível contar a história assim, não é? Como se não soubéssemos o fim? Como se pudesse haver outro fim. É como ver Romeu tomar o veneno. Sempre que você assiste, espera que a namorada vá acordar e impedi-lo. Todas as vezes você quer gritar: "Seu idiota, só *espere* um minuto", e ela abrirá os olhos! "Ei, você, você, garota, abra os olhos, acorde! *Não morra* desta vez!". Mas eles sempre morrem.

## OPERAÇÃO CONSTELAÇÃO SIRIUS

Eu me pergunto quantas pilhas de papel como a minha existem pela Europa, o único testemunho das vozes silenciadas, enterradas em arquivos, baús e caixas de papelão à medida que desaparecemos — enquanto desaparecemos na noite e neblina?

Presumindo que vocês não incinerem todos os registros da minha existência quando acabarem com tudo, o que eu adoraria capturar, prender aqui por toda a eternidade em âmbar, é como foi emocionante vir para cá. Eu, saltitante pela pista de concreto quando saí do Puss Moth, cortando o ar frio de outubro com cheiro de fumaça de folhas e exaustor de motores, pensando: *França, França! Ormaie de novo, finalmente!* Todos em Craig Castle choraram por Ormaie quando os alemães entraram marchando, três anos atrás — todos nós já tínhamos vindo até aqui antes, visitando *la famille de ma grandmère*[57] — agora os olmeiros foram todos cortados para lenha e barricadas, as fontes estão secas, exceto por uma que usam para dar água aos cavalos e apagar incêndios, o jardim de rosas em homenagem ao meu tio-avô na Place des Hirondelles foi retirado e a praça está cheia de veículos armados. Quando cheguei, havia uma fileira de mortos pendurados na varanda do Hôtel de Ville, a prefeitura. A perversidade do dia a dia é *indescritível*, e se isso é civilização, então, está além da capacidade do meu pequeno cérebro imaginar a perversidade de um lugar como Natzweiler-Struthof.

Sabe, falo alemão porque *amo* o idioma. Que bem um diploma em literatura alemã está fazendo por mim? Eu lia porque *amava. Deutschland, das Land der Dichter und Denker,* Alemanha, Terra de Poetas e Pensadores. E agora nunca chegarei a *ver* a Alemanha, a não ser que me enviem para Ravensbrück — nunca verei Berlim, Colônia, Dresden — nem a Floresta Negra, o Vale do Reno, o Danúbio azul. Odeio você, Adolf Hitler, seu monstro egoísta maldito, mantendo a Alemanha toda só para você. VOCÊ ESTRAGOU TUDO

Droga. Eu não queria ter me desviado assim. Quero me lembrar...

De como, depois do jantar, meu admirador, o policial-sargento-cozinheiro conseguiu café de verdade para todos. De como Jamie e Maddie se sentaram no tapete em frente à lareira da sala embaixo dos olhos vítreos de raposas e perdizes empalhadas sobre a cornija, o cabelo liso e louro de Jamie e os cachos pretos e desgrenhados de Maddie unidos de forma conspiratória sobre o mapa de Jamie, totalmente contra os regulamentos, discutindo a rota para Ormaie. De como todos nos reunimos em volta do rádio para ouvir o nosso próprio código anunciado na BBC — *"Tous les enfants, sauf un, grandissent"* — a mensagem aleatória nos informando que nosso comitê de recepção na França nos aguardava naquela noite. É a primeira frase de *Peter Pan*: "Todas as crianças

---

57. Tradução livre: "a família de minha avó". [N. E.]

crescem, menos uma". Espere os rapazes de sempre, com uma exceção — esta noite tem uma garota pequena com a gente.

De como todos nos sentamos tremendo de frio nas cadeiras do deque do jardim do Chalé, observando o sol se pôr.

De como todos nos sobressaltamos quando o telefone tocou.

Era a esposa do líder do esquadrão. Peter — não é o nome verdadeiro dele, Engel, sua tonta. Peter se encontrou com a esposa para almoçar, levou-a até a estação de trem e, depois de tê-la deixado lá, se envolveu em um acidente sério de carro, que quebrou metade das suas costelas e o deixou completamente inconsciente por toda a tarde. A esposa não ficou sabendo de nada porque estava sentada em um trem que teve um atraso de três horas depois de ser desviado para dar prioridade a um trem de soldados. De qualquer forma, Peter não pilotaria um avião para a França naquela noite.

Confesso que a ideia de encontrar um substituto foi minha.

Depois que o sargento desligou, seguiu-se muito falatório conforme todos demonstravam surpresa, preocupação e decepção. Durante a noite, reclamamos do atraso de Peter, mas nunca passou pela cabeça de *ninguém* que ele não apareceria com a devida antecedência para a decolagem. E agora já havia escurecido e o anúncio da BBC já tinha sido feito, os comitês de recepção na França estavam esperando, os Lysanders já estavam todos prontos com tanques de combustível cheios para voos de longa distância e as cabines traseiras cheias de armas e rádios. E agitada, com seus sapatos sem salto, cheia de café e nervosismo e códigos, estava Eva Seiler, a agente de contato e tradução de Berlim com Londres, que logo se insinuaria no submundo de língua alemã de Ormaie.

— A Maddie pode pilotar.

Ela tem *presença* de espírito, Eva Seiler ou quem quer que pensasse ser naquela noite, e as pessoas prestavam atenção a ela. Nem sempre concordam, mas ela certamente chama atenção.

Jamie riu. Jamie, doce Jamie — o adorável irmão da agente de contato, o Jacaré que Não Tem Dedos do Pé —, Jamie riu e disse com veemência:

— Não.

— Por que não?

— Porque... não! Isso vai contra os regulamentos e ela nem foi testada...

— Em pilotar um *Lysander*? — perguntou a agente em tom de deboche.

— Voos noturnos...

— Ela faz isso sem rádio nem mapa!

— Não piloto sem um mapa — interveio Maddie com prudências e sem mostrar o jogo. — É contra as regras.

— Bem, você não tem o destino nem os obstáculos marcados na maior parte das vezes, o que é praticamente a mesma coisa.

— Bem, ela nunca voou para a *França* à noite — argumentou Jamie e mordeu o lábio.

— Você a fez voar para a França — disse a irmã.

Jamie olhou para Maddie. Miguel, a agente de Operações Especiais que parecia uma deusa que estava lá para supervisionar as malas de Queenie, o sargento-policial da RAF e os outros agentes que iam viajar naquela noite, todos assistiam à discussão com interesse.

Jamie fez sua jogada.

— Não tem ninguém para autorizar o voo.

— Ligue para o maldito oficial maquiavélico da Inteligência Inglesa.

— Ele não tem a autoridade do Ministro da Aeronáutica.

A primeira-oficial Brodatt do ATA fez sua jogada por fim e o venceu com tranquilidade, dizendo:

— Se é um voo de transporte, eu mesma posso autorizar. Só preciso usar o telefone.

E ela ligou para o seu comandante a fim de informar que lhe solicitaram levar um dos passageiros usuais da área de Missões Especiais da RAF para um "Local não informado". E ele deu permissão para ir.

*Ormaie 24.XI.43 JB-S*

Agora ele sabe.

*Nacht und Nebel, noite e neblina.* Eva Seiler vai queimar no inferno. Ah... eu gostaria de saber se fiz a coisa certa. Mas não vejo como posso terminar a história e manter Eva em segredo. Prometi dar a ele todos os detalhes. E, no fim das contas, não consigo imaginar que informar a identidade dela vá mudar muito meu destino, seja ele qual for.

Como escrevi muito anteontem, *Hauptsturmführer* Von Linden demorou para ficar em dia com a tradução, e ele e Engel (ou alguém) devem ter continuado sem mim depois que fui trancada de novo na cela. Ainda não consegui me recuperar dos excessos daquele dia e estava apagada às três horas da manhã ou seja lá que horas ele entrou —, mas acordei assim que os cadeados e correntes da minha porta começaram a emitir a sequência de estalos, barulhos e cliques que soam como oficiais, e que, como sempre, me enchem de um misto de curiosidade, esperança louca e o mais puro terror quando destrancam a porta. Tenho dormido durante ataques noturnos com grande frequência, mas, quando minha porta é destrancada, fico em alerta de imediato.

Levanto-me. De nada adianta me encostar na parede, e parei de me preocupar com o meu cabelo. Mas a Wallace que existe dentro de mim quer encarar o inimigo de pé.

Era Von Linden, é claro — quase digo "como sempre", já que ele costuma vir aqui para conversar um pouco comigo sobre literatura alemã quando acaba o trabalho. Acho que é a única indulgência dele na sua rígida rotina — conversar sobre

*Parzival*[58] antes de dormir para clarear a mente de todo sangue que salpica as insígnias pretas no colarinho. Quando ele para diante da minha porta e pergunta a minha opinião sobre Hegel ou Schlegel, não me atrevo a dar menos do que minha total atenção (embora eu tenha sugerido que ele precisa considerar escritores modernos como Hesse e Mann mais a sério. Como aqueles alunos dele lá em Berlim adorariam *Narziß und Goldmund!*[59]).

Então, uma visita não é algo tão inesperado, só que a de ontem à noite não foi nada "habitual" — ele estava *elétrico*. A animação e a cor no seu rosto, as mãos cruzadas atrás das costas para que eu não as visse tremer (talvez também para que eu não notasse a aliança — sou muito boa nessas técnicas de evasão). Ele abriu tanto a porta que minha cela foi iluminada pelas lâmpadas da sala de interrogatório e ele perguntou em tom de descrença:

— *Eva Seiler*?

Tinha acabado de descobrir.

— Você está mentindo — acusou ele.

Por que diabos eu ia mentir sobre *isso*? Eu sou Eva Seiler. *Haha*, mas não de verdade.

Sabe, fiquei *pasma* por ele já ter ouvido falar de mim, por parecer saber quem Eva Seiler é. Aposto que foi o imbecil do Kurt Kiefer que deu com a língua nos dentes sobre ela, depois que voltou de Paris e ficou se gabando das conquistas. Avisei à Inteligência que ele não era esperto o suficiente para ser um agente duplo.

Acho que Eva *era* muito bem-sucedida em descobrir informações que os alemães preferiam que não tivessem vazado para os britânicos, e talvez até tenha se tornado um dos muitos espinhos que incomodavam o *Führer*. Mas não achei que Von Linden fosse saber de quem eu estava falando (talvez eu a tivesse mencionado antes, se soubesse). De qualquer forma, não perco a

---

58. Poema épico alemão atribuído ao poeta Wolfram von Eschenbach (1170-1220). [N. E.]

59. *Narciso e Goldmund* é um romance do escritor alemão Hermann Hesse (1877-1962), publicado em 1930. [N. E.]

oportunidade — é assim que trabalho. É nisso que sou *boa*. Dê-me uma pista, *uma pequena pista*, e vou improvisar. É o começo do fim para você, meu rapaz.

Puxei o cabelo para trás, afastando-o do rosto, do modo severo e rígido que eles costumavam prendê-lo e segurei com uma das mãos, empertiguei meus ombros e uni os calcanhares. Se não ficar perto demais de alguém que é mais alto que você, você ainda consegue olhar de cima para ele. Indaguei friamente em alemão:

— Que *motivo possível* eu teria para fingir ser a intérprete e ponto de contato de Berlim com Londres?

— Que prova você tem? Não tem documentos válidos — declarou ele sem fôlego. — Você foi capturada com os documentos de Margaret Brodatt, mas você não é Margaret Brodatt, então por que deveria ser Eva Seiler?

Acho que ele não sabia se estava falando *comigo* ou com *Eva* naquele ponto. (Ele também sofre de um pouco de privação de sono, por causa da natureza do seu trabalho.)

— Todos os documentos de Eva Seiler são falsificados — argumentei. — E não provariam nada.

Parei — contei até três — e me aproximei. Dois passos curtos, só para ele sentir o avanço, mas mantendo uma distância suficiente entre nós, um metro talvez, para que não tirasse proveito de sua altura. Então, outro passo, para permitir que ele tivesse a vantagem. Solto o cabelo e o encaro, despenteada e feminina, o olhar de corça cheio de vulnerabilidade. Pergunto em alemão, com uma voz de mágoa e dúvida, como se aquilo tivesse acabado de passar pela minha cabeça:

— Qual é o nome da sua filha?

— Isolda — respondeu ele suavemente, com a guarda baixa, e ficou *vermelho como um tomate*.

Eu o tinha agarrado pelo saco e ele sabia. Senti vontade de rir, sentindo-me eu mesma de novo.

— Não preciso de documentos! — exclamei. — Não preciso de prova! Não preciso de agulhas eletrificadas, gelo, ácido de bateria e ameaça de querosene. Tudo o que faço é perguntar, e você responde! Que prova mais perfeita do que essa palavrinha adorável que você acabou de dizer... *Isolda*? Eu sou uma operadora de rádio!

— Sente-se — ordenou ele.

— O que a Isolda pensa do seu trabalho de guerra? — questionei.

Ele deu um passo em direção a mim, usando sua altura.

— *Sente-se.*

Ele é intimidador, e estou tão cansada de ser punida pelos meus diversos pequenos atos desafiadores. Sentei-me obedientemente, tremendo, à espera de algum tipo de violência (não que ele já tenha encostado um dedo em mim). Puxei o edredom e o coloquei em volta do pescoço como uma ilusão de armadura.

— Isolda não sabe nada sobre o meu trabalho na guerra.

Então, de repente, ele cantou baixinho:

*Isolde noch*
*Im Reich der Sonne*
*Im Tagesschimmer*
*Noch Isolde...*
*Sie zu Sehen,*
*Welch Verlangen!*[60]

Isolda ainda no reino do sol, ainda na luz do dia cintilante, Isolda... como anseio vê-la!

(É Wagner, uma das árias da morte de Tristão. Não consigo me lembrar de tudo.)

Ele é um tenor de voz leve e anasalada — tão *bonita*. Dói mais do que ser esbofeteada, poder vislumbrar a ironia da vida dele. E da minha, da minha — DA MINHA — Isolda viva no reino do dia e do sol enquanto eu sufoco na Noite e Neblina, a *injustiça* disso, a injustiça aleatória disso *tudo*, de eu estar aqui e

---

60. Trecho da ópera alemã *Tristão e Isolda* composta por Richard Wagner (1813-1883) entre 1857-1859. [N. E.]

Isolda, na Suíça, e Engel não ser servida de conhaque, e Jamie perder os dedos. E Maddie, ah, adorável Maddie,

MADDIE

Cubro a cabeça com o edredom e começo a chorar aos pés dele. Então, ele para de forma abrupta. Ele se agacha e descobre minha cabeça com cuidado, sem me tocar.

— Eva Seiler — disse ele. — Você não precisaria ter passado por todo esse sofrimento se tivesse confessado antes.

— Mas eu não teria tido a oportunidade de escrever se tivesse feito isso. — Eu estava chorando. — Então, valeu a pena.

— Para mim também.

(Suponho que Eva Seiler deve ser um peixe grande! Ele achou que tinha pegado uma truta qualquer e acabou que tinha um salmão de dez quilos lutando para se soltar do anzol farpado. Talvez ele queira até uma promoção.)

— Você me redimiu. — Ele se empertigou, baixou a cabeça de forma cortês, quase uma saudação. Por fim, me deu boa-noite educadamente, em francês: — *Je vous souhaite une bonne nuit.*

E de novo minha resposta foi ficar olhando para ele boquiaberta.

Ele bateu a porta ao sair.

Ele leu Vercors — leu *Le Silence de la Mer, o silêncio do mar* —, o tratado da Resistência Francesa, *por recomendação minha*! Como mais...?

Ele pode ter problemas por isso. Ele me deixa perplexa. Acho que o sentimento é mútuo.

---

Dessa vez, sei onde eu estava, sei exatamente de onde parti. Sei exatamente onde estávamos. Onde Maddie estava.

Pela enésima vez, quatro pessoas diferentes verificaram os cupons de racionamento, paraquedas e documentos. Deram várias informações a Maddie, disseram quem ela traria na viagem de volta, verificaram os mapas e rotas, lhe deram um indicativo de chamada para usar no rádio até chegar à França ("Wendy", naturalmente). O sargento da polícia tentou lhe dar um revólver. Todos os pilotos do esquadrão levam uma arma quando pilotam até a França, disse ele, só para prevenir. Mas ela não aceitou.

— Não sou da RAF — retrucou Maddie. — Sou civil. É uma violação do tratado internacional armar civis.

Então, ele lhe deu uma *caneta* — chama-se Eterpen, uma coisa muito maravilhosa, nada de refis de tinta, e ela seca instantaneamente. Ele disse que encomendaram trinta mil delas para a RAF usar durante voos (para cálculos de navegação) e um oficial da RAF muito grato recentemente conseguiu contrabandear algumas da França e deu uma das amostras a Peter, que a deu para o sargento, que a deu para Maddie. O sargento lhe disse para dar a outra pessoa depois que concluísse a missão com sucesso. Ele gosta muito de nós duas.

Maddie ficou ridiculamente feliz com a caneta. (Não entendi muito bem na época por que aquilo a agradou tanto, o suprimento infinito de tinta de secagem rápida, mas entendo agora.) Também gostou da ideia de passá-la adiante como um presente depois de uma missão de sucesso — uma variação do Princípio da Carona para Campos de Pouso. Ela confessou para a passageira com um sussurro:

— Eu nem saberia o que fazer com um revólver.

Isso não é totalmente verdade, já que na segunda e terceira visitas ao Craig Castle, Jamie a levou para atirar e ela conseguiu abater não apenas um, mas dois faisões com a calibre .20 de Queenie. Mas Maddie era — é? Era, está bem, era. Maddie era o tipo de pessoa modesta.

— Pronta para praticar pousos? — perguntou Maddie em tom casual para a passageira, como se Ormaie fosse um destino tão comum quanto Oakway. — Acenderam as luzes de simulação na pista de treinamento. Não fiz tantos pousos com a pista iluminada à noite, então vamos dar um pulinho lá antes de zarparmos.

— Tudo bem — disse a passageira.

Era impossível para qualquer uma das duas não estar nada além de exultante — uma delas estava a caminho da França, e a outra estava pilotando. Tudo já estava no avião, menos Queenie — o sargento ofereceu-lhe a mão para subir a escada da cabine traseira.

— Espere, espere!

Ela se atirou nos braços de Maddie, que ficou muito surpresa. Por um momento, as duas permaneceram se abraçando, como se fossem sobreviventes de um naufrágio.

— Vamos! — exclamou Maddie. — *Vive la France!*

Uma invasão de duas Aliadas.

Maddie fez três pousos perfeitos na pista iluminada. Então, seu estômago começou a sinalizar que, se ela continuasse, perderia a lua, exatamente como às vezes ele a avisava sobre perder o tempo bom para sobrevoar os Peninos. Ela seguiu, então, para a França.

Os balões de barragem de Southampton flutuavam cintilantes ao luar como fantasmas de hipopótamos e elefantes. Maddie cruzou o Solent prateado e a ilha de Wight. Sobrevoou o Canal devastado pela guerra. O zunido do motor misturado com o som da passageira cantarolando "The Last Time I Saw Paris" pelo intercomunicador.

— Você está alegre demais — repreendeu Maddie em tom grave. — Você precisa levar as coisas a sério!

— Dizem que temos que sorrir *o tempo todo* — retrucou Queenie. — Está no livro de instruções do SOE. Pessoas sorrindo e cantarolando não parecem estar planejando um contra-ataque. Se você andar por aí com expressão preocupada, alguém vai começar a se perguntar com o que você está se preocupando.

Maddie não respondeu, e depois de meia hora pilotando sobre a eternidade escura, prateada e macia do Canal da Mancha, Queenie perguntou de repente:

— Com o que *você* está preocupada?

— Está nublado em Caen — respondeu Maddie. — E tem luzes nas nuvens.

— Como assim, *luzes*?

— Luzes piscando. Em tom de rosa. Podem ser raios. Podem ser tiros. Pode ser um esquadrão de bombardeiros em chamas. Vou mudar um pouco o curso e contorná-las.

Aquilo era uma travessura. Luzes nas nuvens, quem se importa? Vamos mudar de direção. Éramos *turistas*. A rota alternativa de Maddie sobre a costa da Normandia passava sobre Monte Saint-Michel, a cidadela insular gloriosa ao luar, lançando longas sombras da lua sobre a maré crescente em uma baía que cintilava como mercúrio derramado. Refletores varriam o céu noturno, mas não detectaram o Lysander cinzento. Maddie definiu um novo curso por Angers.

— Menos de uma hora nesse ritmo — avisou Maddie à passageira. — Você ainda está sorrindo?

— Como uma idiota.

Depois disso — por mais difícil que seja de acreditar —, tivemos um voo entediante por algum tempo. O interior da França não é tão impressionante sob o luar quanto o Canal da Mancha e, depois de muito tempo fitando o negrume indistinto, Queenie adormeceu confiante, encolhida entre caixas de papelão e fios enrolados no chão na cabine traseira com a cabeça descansando no paraquedas. Era um pouco como dormir na sala de máquinas de Ladderal Mill — barulhento demais, mas com um ritmo hipnotizante. Ela estava cansada de toda a agitação com a missão das últimas semanas e já passava da meia-noite.

Acordou quando seu corpo em repouso foi de repente atirado contra a traseira da fuselagem junto a todas as outras onze caixas. Não se feriu nem sentiu medo, mas ficou bem desorientada. Seu subconsciente reverberava o eco de uma batida forte, que foi o que a acordou, não o sacolejo. Uma luz alaranjada brilhava pelas janelas da cabine traseira. Quando percebeu que o Lysander caía em direção à terra em um mergulho ensurdecedor, o aumento da gravidade a fez apagar de novo. Quando acordou pela segunda vez, momentos depois, estava escuro e o motor ainda zunia de maneira confiante, e ela estava encolhida de forma desconfortável entre a carga espelhada.

— *Você está me ouvindo? Está tudo bem?* — soou a voz frenética de Maddie pelo interfone. — Ah, *droga*, lá vem outro... — E uma linda bola de fogo branco fez um arco gracioso por cima da capota de acrílico da cabine. Não fez barulho e iluminou lindamente o interior. *Holofotes, holofotes.* A visão noturna de Maddie foi logo destruída de novo.

— Pilote o avião, Maddie — murmurou para si mesma. — Pilote o avião.

Lembre-se dela três anos atrás, uma manteiga derretida e chorosa sob ataque. Pense nela agora, pilotando uma aeronave avariada através do fogo desconhecido na escuridão de uma zona de guerra. Sua melhor amiga, saindo do meio das caixas na traseira do avião, estremeceu de terror e amor. Ela sabia que Maddie a levaria para a segurança ou morreria tentando.

Maddie se esforçava com os controles como se estivessem vivos. Nos flashes fosfóricos breves, os punhos estavam brancos pela força. Ela ofegou de alívio quando sentiu a mãozinha da passageira agarrando o seu ombro pela abertura da proteção à prova de balas.

— O que está acontecendo? — perguntou Queenie.

— Maldita artilharia antiaérea em Angers. Fomos atingidas na cauda. Acho que foi artilharia antiaérea e não um caça noturno, ou já estaríamos mortas. Não temos a menor chance contra um Messerschmitt 110.

— Achei que estivéssemos caindo.

— Aquilo fui eu descendo para apagar o fogo — disse Maddie em tom sombrio. — Você precisa mergulhar o mais rápido que puder até o vento apagar o fogo. É como soprar uma vela. Mas o estabilizador horizontal se desconectou ou algo assim. É…

Ela cerrou os dentes.

— Estamos em curso. Ainda estamos inteiras. Perdemos um pouco de altura no mergulho, mas tudo que o maldito avião quer agora é subir, então, bem, isso não é um problema. Só que, se subirmos demais, os alemães talvez consigam nos ver no radar. Ainda dá para pilotar o avião, *e* nós fizemos o voo em um bom tempo e nem estamos atrasadas. Só que acho que você deve saber que vai ser… hum… um pouso bem desafiador. Então, você talvez tenha que saltar de paraquedas.

— E quanto a *você*?

— Bem, acho que também vou ter de fazer isso.

Maddie nunca tinha feito um salto de paraquedas na vida, mas já tinha *treinado* pousar aviões avariados mais vezes do que poderia contar — ela tinha mesmo pousado inúmeros aviões avariados — e as duas garotas sabiam que, se isso acontecesse mil vezes, Maddie morreria em todas as ocasiões com as mãos nos controles de voo em vez de em um salto às cegas na escuridão. Principalmente porque, como a maioria dos britânicos derrubados, ela só falava o francês mais básico ensinado nas escolas e não tinha nenhum documento forjado para enfrentar a França ocupada pelos nazistas.

— Acho que vou deixar você e tentar voltar para casa — disse Maddie em tom casual, palavras cheias de esperança ditas entredentes.

— Deixe-me ajudar! Diga-me o que fazer!

— Procure o local de pouso. Menos de meia hora daqui. Eles vão emitir luzes quando nos ouvirem... Código Morse para o Q. Longo-longo-curto-longo.

A mão não soltou o ombro da amiga.

— É melhor colocar logo o paraquedas — avisou Maddie à passageira. — E confira se tem todo o equipamento.

Seguiu-se um monte de batidas e xingamentos na cabine traseira. Depois de alguns minutos, Maddie perguntou em um misto de riso e medo:

— O que está *fazendo* aí atrás?

— Estou amarrando tudo. Sou responsável pela carga, mesmo que eu a veja ou não amanhã de manhã. Se arremetermos, não quero acabar enforcada por um monte de fios elétricos. E se eu tiver que saltar antes que você tente pousar, com certeza não quero que essas coisas caiam em cima de mim.

Maddie não disse nada. Estava observando o escuro e pilotando o avião. Queenie apertou o ombro da amiga de novo.

— Estamos nos aproximando — avisou Maddie por fim. A voz um pouco distorcida pela estática do interfone estava neutra. Não havia alívio nem medo no tom. — Descendo a duzentos metros agora, está bem? Procure os flashes.

Aqueles últimos quinze minutos foram os mais longos. Os braços de Maddie doíam e as mãos estavam dormentes. Era como segurar uma avalanche. Ela não tinha olhado o mapa na última meia hora e estava navegando usando a memória, a bússola e as estrelas.

— Aleluia! Estamos no lugar certo! — exclamou ela de repente. — Está vendo a confluência dos dois rios? Temos que pousar entre eles.

Ela estremeceu de animação. A mão reconfortadora no seu ombro se afastou de repente.

— Lá.

Queenie apontou. Era um mistério como conseguiu ver através de uma lacuna estreita do tamanho de uma folha de papel, mas ela viu o sinal, um pouco à esquerda delas. Flashes nítidos e brilhantes em uma série fixa de Q, de *queen*, longo-longo-curto-longo.

— Não é? — perguntou Queenie, ansiosa.

— Sim, sim!

As duas deram gritinhos espontâneos.

— Não posso soltar para responder! — Maddie ofegou. — Você tem uma lanterna elétrica?

— No meu estojo. Espere... Que letra é a resposta?

— L, de *love*. Ponto-traço-ponto-ponto, curto-longo-curto-curto. Você tem de fazer certinho ou eles não vão acender a pista para nós...

— É claro que vou fazer certo, bobinha — disse Queenie com carinho. — Consigo fazer Código Morse até dormindo. Lembra? Sou uma operadora de rádio.

*Ormaie 25.XI.43 JB-S*

*Hauptsturmführer* Von Linden diz que nunca conheceu uma pessoa instruída tão boca suja quanto eu. Sem dúvida foi uma ideia extraordinariamente idiota da minha parte mencionar o nome da filha dele durante a discussão de ontem à noite. Esta manhã soube que eles resolveram que lavariam a minha boca com carbólico — só que não SABÃO carbólico, como fazem na escola, mas com ÁCIDO carbólico — fenol —, que é a mesma substância que usam nas injeções letais em Natzweiler-Struthof (de acordo com Engel, minha fonte inesgotável de minúcias nazistas). Ela diluiu com álcool — usou luvas para fazer a mistura, já que é uma substância fortemente cáustica. Mas ela não se aproxima de mim porque sabe que vou resistir e a mistura vai se espalhar para todos os lados. Mesmo com os braços amarrados nas costas (o que não é o caso, obviamente), com certeza eu tentaria derramar o líquido para todos os lados. Minha esperança é que a solução se evapore se adiarmos isso por tempo suficiente e desconfio que ela esteja fazendo o mesmo.

A discussão começou por causa da pobre garota francesa (acho que ela é a única outra prisioneira além de mim), a quem insistem teimosamente em interrogar dia e noite durante toda a semana, e ela, tão teimosa quanto eles, se recusa a responder às perguntas. Ontem à noite, ela passou horas chorando alto, entre gritos de agonia genuína e sofrida — cheguei a *arrancar* tufos do meu cabelo (ele está frágil assim) na tentativa de aguentar os gritos. Em algum ponto no meio da noite não aguentei mais — ela aguentou, eu não.

Eu me levantei e comecei a gritar com todas as minhas forças (*en français pour que la résistante malheureuse puisse me comprendre*)[61]:

— MINTA! *Minta para eles*, sua vaca idiota! Diga *qualquer coisa*! Pare de ser a porra de uma mártir e MINTA!

E comecei a lutar loucamente contra a barra de ferro que substituiu a maçaneta de porcelana da porta (antes eu a tinha desaparafusado e jogado na cabeça de Thibaut), o que é inútil, porque é claro que a maçaneta e todas as ferragens são puramente decorativas e todos os parafusos e barras são fixados do lado de fora.

— MINTA! MINTA PARA ELES!

Ah, consegui um resultado que eu não esperava. Alguém se aproximou e abriu a porta de forma tão repentina que caí do outro lado; eles me pegaram e me levantaram enquanto eu piscava na luz forte, tentando não olhar para a pobre coitada.

E lá estava Von Linden, em roupas civis, frio e calmo como um lago recém-congelado, sentado em uma nuvem de fumaça acre como o próprio Lúcifer (ninguém fuma na presença dele — não sei nem quero saber o que estavam queimando). Ele não falou nada, fez apenas um aceno e me levaram até ele, me jogando de joelhos no chão.

Então:

— Você tem algum conselho para sua colega prisioneira? Não tenho certeza se ela sabe que você estava falando com ela. Diga de novo.

Nego com a cabeça, sem entender bem que merda ele espera *desta* vez.

— Vá até lá, olhe nos olhos dela e fale. Fale de maneira clara para que ela consiga ouvir.

Faço a minha parte. Sempre faço. É a minha fraqueza, o defeito na minha armadura.

Coloco meu rosto perto do dela, como se fôssemos cochichar. Tão perto que talvez parecesse íntimo, mas perto demais

---

61. Tradução livre: "em francês para que a infeliz combatente da resistência possa me entender". [N. E.]

para de fato olharmos uma para a outra. Engoli em seco e repeti de forma clara:

— Salve-se. Minta para eles.

Era ela que costumava assoviar "Scotland the Brave" logo que cheguei aqui. Ela não conseguiu assoviar ontem à noite — é incrível acreditarem que ela sequer ainda consiga falar, depois do que fizeram com sua boca. Mas ela tentou cuspir na minha cara assim mesmo.

— Parece que ela não achou seu conselho muito bom — disse Von Linden. — Repita de novo.

— *MINTA!* — berro.

Depois de um momento, ela conseguiu me responder, com voz rouca e baixa, carregando tanta dor, mas que todos conseguiram ouvir.

— Mentir para eles? — repetiu ela. — É isso que você faz?

Fiquei parada, presa na armadilha. Talvez uma armadilha que ele preparou para mim de propósito. Tudo ficou no mais absoluto silêncio por um longo tempo (talvez não tanto quanto pareceu para mim), e enfim Von Linden disse em tom desinteressado:

— Responda à pergunta.

Foi quando perdi o juízo.

— Seu *hipócrita filho de uma puta* — esbravejei de modo idiota entredentes para Von Linden (talvez ele nem saiba o que o xingamento significava em francês, mas mesmo assim não foi muito inteligente da minha parte). — Você nunca mente? O que diabos *você* faz? O que diz para a sua filha? Quando ela pergunta sobre o seu trabalho, que *verdade* a adorável Isolda recebe de *você*?

Ele ficou lívido como uma folha de papel. Mas manteve a calma.

— *Carbólico.*

Todos o olharam sem entender muito bem o que ele queria.

— *Ela tem a língua mais imunda do que qualquer outra mulher em toda a França. E sua boca precisa ficar limpa.*

Eu lutei. Eles me seguraram enquanto discutiam a dosagem correta, já que ele não tinha esclarecido se queria ou não me matar com o produto. A francesa fechou os olhos e descansou, aproveitando a mudança de foco para longe dela. Pegaram os frascos e as luvas — a sala ficou clínica de repente. A coisa verdadeiramente pavorosa era que ninguém parecia saber o que ele estava fazendo.

— Olhe para mim! — gritei. — *Olhe para mim*, Amadeus von Linden, seu hipócrita sádico, e *assista desta vez*! Você não está me interrogando agora, este não é o seu trabalho, não sou a agente inimiga vomitando códigos de radiotelegrafia! Não passo de uma escória escocesa xingando sua filha! Então, divirta-se e assista! Pense em Isolda! *Pense em Isolda e assista!*

Ele os fez parar.

*Não conseguiu assistir.*

Quase sufoquei de alívio enquanto ofegava.

— Amanhã — disse ele. — Depois que ela tiver comido. *Fräulein* Engel sabe como preparar o fenol.

— Covarde! *Covarde!* — esbravejei, soluçando em fúria histérica. — Faça *agora*! Faça *você mesmo*!

— Tire-a já daqui.

---

Como sempre, havia papel e lápis para mim esta manhã, além de um copo d'água junto ao fenol e ao álcool, e *Fräulein* Engel está batendo com as unhas com impaciência do outro lado da mesa, como ela sempre faz à espera que eu lhe dê algo para ler. Está esperando ansiosamente para ver o que escrevi esta manhã. Eu sei, já que não lhe foi explicado o que realmente *fiz* ontem à noite para receber uma punição tão violenta. Von Linden deve estar dormindo (ele pode ser inumano, mas não é super-humano). Ai, Deus. O que mais tem para escrever? O fim da história não é bastante óbvio? Quero terminar, mas odeio pensar nisso.

Srta. E. conseguiu um pouco de gelo para minha água. Já vai ter derretido quando acabarmos de lavar a boca mais suja da França, mas foi gentil da parte dela.

Estamos de volta ao céu, sobrevoando os campos e os rios ao norte de Ormaie sob a lua serena, mas não totalmente cheia em sua esplêndida altura prateada, em um avião que não pode pousar. A operadora de rádio envia o sinal correto para a equipe de solo e, menos de um minuto depois, o caminho de sinalizadores aparece. É perfeitamente familiar, três pontos brilhantes formando um L de cabeça para baixo, exatamente como a pista improvisada na qual Maddie fez o eficiente treino de pousos quatro horas antes na Inglaterra.

Maddie circulou uma vez o campo. Não sabia por quanto tempo os sinalizadores ficariam acesos e não queria perder a luz. Começou a descer no padrão oblongo de voo que tinha usado antes. Por sobre o ombro, pela abertura na divisão, a amiga observa o mostrador pouco iluminado no painel de instrumentos que sinalizava a altitude: não estavam descendo muito.

— Não *consigo* — ofegou Maddie. E o Lysander subiu rapidamente como um balão de hélio. Ela nem precisou acelerar. — Apenas não consigo! Você se lembra do que contei sobre o primeiro Lysander que pousei na vida, como o leme horizontal do avião estava quebrado e a equipe de solo achou que eu não teria força o suficiente para segurar o manche e preparar o pouso? Só que pude colocar o leme na posição neutra antes de entrar. Bem, não está neutra agora, está emperrada na posição de subida... Já faz uma *hora* que estou usando todas as minhas forças para evitar que a gente suba mais — e não tenho força para empurrar para a frente para que a gente possa pousar. Eu diminuo a potência, mas não faz muita diferença. Acho que se desligar os motores e tentar forçar essa coisa para baixo, ela *ainda* vai tentar subir. E depois vai cair em uma espiral e nos matar. Se eu pudesse parar os motores, mas é impossível fazer isso com um Lizzie.

Queenie não respondeu.

— Vou fazer a volta — resmungou Maddie. — Vou tentar mais uma vez, tentar uma descida mais rasa. Ainda tenho muito combustível e não quero bater e cair em chamas.

Elas subiram mais oitocentos metros enquanto Maddie explicava tudo isso. Ela flexionou os punhos e empurrou o manche para a frente de novo.

— Droga. Droga! *Duas vezes droga!* ("Duas vezes droga" é o pior xingamento que Maddie consegue fazer.)

Ela estava ficando cansada. Não conseguiu descer tanto quanto da primeira vez e sobrevoou o campo. Ela virou acentuadamente, sem perder altura, praguejou mais uma vez enquanto o avião tremia, os flaps automáticos batendo de forma alarmante conforme o avião tentava decidir a que velocidade estava voando.

— Talvez não seja impossível parar os motores! — Maddie ofegou. — Não quero fazer isso a uma altitude de duzentos metros, ou estamos *mortas*. Deixe-me pensar...

Queenie a deixou pensar, enquanto observava o altímetro. Estavam ganhando altitude de novo.

— Estou subindo de propósito agora — disse Maddie em tom sombrio. — Vou levá-la até mil metros. Não quero subir mais que isso ou nunca mais vou conseguir descer. Você vai poder saltar em segurança.

---

Aquele trio horrível de guardas veio me pegar para me levar a algum lugar — Engel está conversando com eles com voz de irritação em um tom baixo *demais* para eu ouvir, do outro lado da porta. Não estão usando luvas, então talvez não estejam aqui para administrar o fenol. Por favor, Deus. Ah, *por que* eu sou tão impulsiva e insensata? Seja lá o que for agora, temo não poder terminar tanto quanto te

Tenho mais quinze minutos.

A francesa espancada e eu somos levadas juntas pelos porões e saímos em um pequeno pátio de pedras, que deve ter servido antes como a lavanderia do hotel. Ela, orgulhosa e mancando, os lindos pés descalços desfigurados com feridas abertas e o rosto pálido inchado e repleto de hematomas, me ignora. Estávamos amarradas uma à outra, punho contra punho. Naquele pequeno espaço de pedra a céu aberto ergueram uma guilhotina. É a forma comum de executar espiãs em Berlim.

Tivemos de esperar conforme preparavam todos os detalhes: abrir o portão para a rua mais baixa para chocar & entreter os transeuntes, colocar a lâmina & as cordas em posição etc. Não sei como o mecanismo funciona. Ela foi usada recentemente, a lâmina ainda está suja de sangue. Ficamos paradas e amarradas em silêncio, e pensei: vão me obrigar a assistir. Eles vão matá-la primeiro e me obrigar a assistir. Depois vão me matar.

Eu sabia que ela sabia também, mas é claro que ela não podia me olhar nem falar comigo, embora as costas das nossas mãos estivessem se tocando.

Cinco minutos.

Eu disse a ela o meu nome. Ela não respondeu.

Eles cortam as cordas que nos unem. Eles a puxaram e eu assisti — não desviei o olhar do rosto dela. Era tudo que eu podia fazer.

Ela gritou para mim um pouco antes de a empurrarem para a posição e a colocarem de joelhos lá.

— Meu nome é Marie.

Não acredito que ainda estou viva; fui trazida de volta aqui para a mesma mesa e me obrigaram a pegar o lápis de novo. Só que é Von Linden que está diante de mim do outro lado da mesa, não E. nem T. Ele está me observando, como pedi que fizesse.

Quando esfrego os olhos, minhas mãos estão sujas com o sangue de Marie, ainda vermelho e vivo nos nós dos meus dedos. Perguntei a V. L. se eu poderia escrever isso antes de continuar o dia de trabalho. Ele disse que dedico muito tempo escrevendo sobre o que acontece aqui — um registro interessante, mas que não leva a lugar nenhum. Ele só me deu quinze minutos para isso — está cronometrando.

Tenho um minuto ainda. Gostaria de poder ter dito mais, ter feito justiça a ela, lhe dar alguma coisa mais significativa do que meu nome inútil.

Depois do fiasco de ontem à noite, acho que eles *só* a mataram para me obrigar a confessar que menti. A morte dela é minha culpa — um dos meus piores medos se concretizou.

Mas não menti.

Von Linden me diz agora:

— Pare.

---

Ele se reclina, observando-me friamente. O fenol ainda está ali do lado onde Engel o deixou, mas não acho que vão usá-lo. Eu disse para ele me observar e ele está me observando.

— Escreva, pequena Sherazade[62] — diz ele. É uma ordem. — Conte seus últimos minutos no ar. Termine a história.

O sangue de Marie mancha minhas mãos, figurativa e literalmente. Tenho de terminar agora.

---

62. Personagem de *As mil e uma noites,* conjunto de contos e histórias originárias do Oriente Médio e sul da Ásia. [N. E.]

— Fale para mim quando saltar — disse Queenie. — Fale quando estiver pronta.

— Vou dizer.

A mão no ombro de Maddie se manteve firme durante toda a subida. Maddie olhou para a pista com os sinalizadores lá embaixo, três pontos de luz acenando, dando as boas-vindas, chamando, e ela decidiu tentar pousar, mas não com a passageira, não com a vida de outras pessoas em suas mãos — não com qualquer outra pessoa se ela fracassasse.

— Tudo bem — disse Maddie. — Você vai ficar bem. Está ventando um pouco, então, mantenha os olhos nas luzes e tente pousar na pista de sinalizadores! Eles estão esperando por você. Você sabe como sair?

Queenie apertou o ombro de Maddie.

— Melhor sair logo — avisou a pilota. — Antes que a droga do avião suba ainda mais.

— Beije-me, Hardy — disse Queenie.

Maddie soltou uma mistura de riso com um soluço. Ela inclinou a cabeça para a mão fria no seu ombro e deu um beijo caloroso. Os dedos pequenos roçaram no rosto dela, apertaram seu ombro uma última vez, antes de voltar pela cabine.

Maddie ouviu a porta traseira deslizar. Sentiu a ligeira oscilação do equilíbrio da aeronave enquanto o peso mudava. E, então, estava voando sozinha.

*Ormaie 28.XI.43 JB-S*

Você sabia que Maria, Rainha da Escócia (cuja avó, por acaso, era francesa, como a minha; assim como a mãe dela) — Maria, Rainha da Escócia, tinha um cachorrinho, um skye terrier, que era totalmente devotado a ela. Momentos depois da decapitação de Maria, as pessoas viram a saia do vestido começar a se mexer e acharam que era o corpo sem cabeça tentando se levantar. Mas os movimentos eram do cachorrinho, que ela levou junto a si para o bloco de decapitação. Maria Stuart deveria ter enfrentado sua execução com graça e coragem (ela usou uma camisa vermelha, sugerindo ser uma mártir), mas acho que não conseguiria ter sido tão corajosa se não tivesse levado seu skye terrier junto, sentindo os pelos macios contra a carne trêmula.

Tive autorização para usar os últimos três dias para reler e revisar tudo que escrevi. Faz sentido e é quase uma história boa.

*Fräulein* Engel ficará decepcionada, porém, por não ter um fim adequado. Sinto muito. Ela também viu as fotos; então, não faz sentido tentar criar um fim desafiador e cheio de esperanças se a minha missão aqui é contar a verdade. Mas seja sincera com você mesma, Anna Engel, você não preferia que Maddie tivesse conseguido pousar o avião e chegasse arrebentando, como os ianques gostam de dizer, e tivesse conseguido voltar para a Inglaterra? Porque esse seria um final feliz, o final certo para a história de aventuras de duas garotas alegres.

Não consigo arrumar bem a pilha de papéis: folhas e mais folhas de tamanho e espessuras diferentes. Gostei da partitura de flauta que tive de usar para escrever no fim. Fui cuidadosa. É claro que tive de usar os dois lados e escrever sobre as notas musicais, mas tentei não forçar muito o lápis entre as notas porque talvez alguém queira tocá-la algum dia. Não Esther Lévi, compositora da música, cujo nome hebraico clássico está escrito com letra caprichada no topo de cada partitura; não sou idiota a ponto de achar que ela vai ver essa música de novo, seja lá quem ela for. Mas talvez outra pessoa. Quando os bombardeios pararem.

Quando a maré virar. E ela há de virar.

Uma coisa que notei ao ler esta história, que nem mesmo *Hauptsturmführer* Von Linden notou, foi que não escrevi meu próprio nome nenhuma vez nessas três semanas. Vocês todos sabem meu nome, mas não sabem, talvez, meu nome completo, e vou escrevê-lo aqui com toda a pretenciosa glória. Eu costumava escrever meu nome completo quando era bem pequena — e como você vai ver, era um grande feito para uma criancinha:

## Julia Lindsay MacKenzie Wallace Beaufort-Stuart

Esse é o nome que está escrito nos meus documentos verdadeiros, que não estão com vocês. Meu nome é um pouco desafiador para o *Führer* por si só, um nome muito mais heroico do que eu merecia, e ainda gosto de escrevê-lo, então, vou escrever de novo, do jeito que eu escrevia nos cartões de dança:

## Lady Julia Lindsay MacKenzie Wallace Beaufort-Stuart

Mas quase nunca penso em mim como Lady Julia. Penso em mim como Julie.

Não sou a escocesinha. Não sou Eva. Não sou Queenie. Respondi por cada um desses nomes, mas nunca me apresentei com nenhum deles. E como detestei ser a "oficial de voo Beaufort-Stuart" nessas últimas sete semanas! É assim que *Hauptsturmführer* Von Linden costuma me chamar, *tão* educado e formal:

— Oficial de voo Beaufort-Stuart, você cooperou muito bem hoje, então, se já bebeu o suficiente, vamos começar com o terceiro conjunto de códigos. Por favor, seja precisa, oficial de voo Beaufort-Stuart, ninguém quer enfiar este espeto em brasa no seu olho. Será que alguém pode lavar a calcinha imunda da oficial de voo Beaufort-Stuart antes de ela ser levada de volta ao quarto.

Então, mesmo que esse seja meu nome, também não penso em mim como oficial de voo Beaufort-Stuart, não mais do que Sherazade, o outro nome que ele me deu.

Eu sou Julie.

É assim que meus irmãos me chamam, que Maddie sempre me chamou e como eu me chamo. Foi esse o nome que eu disse para Marie.

Ah, meu Deus — se eu parar de escrever agora, eles vão levar todas as folhas com os cartões amarelados de receita, as folhas do bloco de receituário, o papel de carta timbrado do hotel Château de Bordeaux, as partituras de flauta, e, a mim, nada restará, a não ser esperar pelo julgamento de Von Linden. Maria Stuart tinha seu skye terrier — que conforto terei durante a minha execução? Que conforto qualquer um de nós terá — Marie, Maddie, a criada ladra de repolho, a garota da flauta, o médico judeu, sozinha na guilhotina ou no ar ou nos vagões sufocantes de transporte.

E por quê? *Por quê?*

Tudo que fiz foi comprar um pouco de tempo, tempo para escrever isto. Não contei a ninguém nada de realmente útil. Só contei uma história.

Mas contei toda a verdade. Não é irônico? Eles me mandaram para cá porque sou boa em mentir. Mas eu contei a verdade.

Até me lembrei de algumas últimas palavras eletrizantes que estou guardando para usar no fim. São de Edith Cavell, a enfermeira inglesa que conseguiu tirar duzentos soldados Aliados da Bélgica, na guerra de 1914-1918, que foi capturada e executada com um tiro por traição. Seu horrível monumento fica na praça Trafalgar e eu o vi, não bombardeado, mas protegido por sacos de areia, da última vez que estive em Londres ("The Last Time I Saw London"). Algumas das suas últimas palavras estão talhadas na base da estátua.

"Patriotismo não é o suficiente, não devo sentir raiva nem ódio por ninguém."

SEMPRE tem um pombo na cabeça dela, até mesmo por baixo dos sacos de areia, e acho que o único motivo de ela conseguir não sentir ódio por aqueles ratos voadores é porque já morreu há 25 anos e não sabe que estão ali.

Acho que suas últimas palavras foram na verdade "Fico satisfeita por morrer pelo meu país". Não posso dizer que acredito piamente no disparate santimonial. Beije-me, Hardy. A verdade é: gosto mais de "Beije-me, Hardy". São ótimas como últimas palavras. Nelson estava sendo *sincero* quando as disse. Edith Cavell estava se enganando. Nelson estava sendo sincero.

E eu também.

Acabei agora, então estou apenas aqui sentada escrevendo até não conseguir mais manter os olhos abertos ou alguém perceber o que estou fazendo e me tirar a caneta. Eu contei a verdade.

Eu contei a verdade. Eu contei a verdade. Eu contei a verdade. Eu contei a verdade. Eu contei a verdade. Eu contei a verdade. Eu contei a verdade. Eu contei a verdade. Eu contei a verdade. Eu contei a verdade. Eu contei a verdade. Eu contei a verdade. Eu contei a verdade. Eu contei a verdade. Eu contei a verdade. Eu contei a verdade. Eu contei a verdade. Eu contei a verdade. Eu contei a verdade. Eu contei a verdade. Eu contei a verdade. Eu contei a verdade. Eu contei a verdade. Eu contei a verdade. Eu contei

*O.HdV.A. 1872 B. Nº 4 CdB*

*[Bilhete para Amadeus von Linden de Nikolaus Ferber, traduzido do alemão]*

ss-*Sturmbannführer* N. J. Ferber
Ormaie **ss**

30 de novembro de 1943

ss-*Hauptsturmführer* Von Linden

Esta é a última vez que aviso que a oficial de voo Beaufort-Stuart é uma prisioneira designada da nn. Ela foi vista duas vezes sob sua custódia e serei obrigado a tomar medidas formais se isso acontecer de novo.

Recomendo que a envie para Natzweiler-Struthof como cobaia, com ordens de que seja executada por injeção letal depois de seis semanas caso sobreviva ao experimento.

Se demonstrar a essa mentirosa um átomo de compaixão, vou mandar executá-lo.

*Heil* Hitler!

## PARTE 2

## Kittyhawk

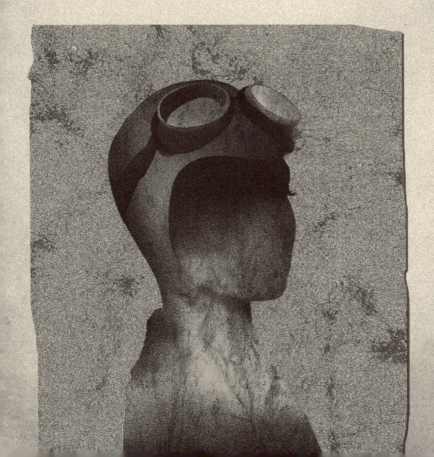

Estou com os documentos de identidade de Julie.

Estou com os documentos de identidade de Julie.

Estou com os documentos de identidade de Julie.

DROGA, DROGA, DUAS VEZES DROGA! QUE PORCARIA ESTOU COM OS DOCUMENTOS DE IDENTIDADE DE JULIE O QUE ELA VAI FAZER SEM A IDENTIDADE???

O que ela vai fazer?

Simplesmente não consigo pensar quando isso aconteceu. Julie verificou os próprios documentos, eu verifiquei os meus, o sargento Silvey verificou os nossos, a agente e diretora de Operações Especiais que estava tomando conta dela verificou, todos olharam. Qualquer um poderia tê-los trocado.

Droga. Duas vezes droga. Ela deve ter ficado com os meus.

Aqui não é um bom lugar para escrever coisas — vai arruinar meu Manual de Pilotagem do ATA e talvez eu não devesse registrar tudo, mas é a única coisa que tenho para ler ou escrever até que alguém do circuito da Resistência volte. Não acredito que não verifiquei antes. Já se passaram dois dias desde que chegamos aqui. Procurei várias vezes e estou com o meu Cartão de Autorização do ATA, mas a licença e o Cartão de Registro Nacional desapareceram e, no lugar, estão os cupons de racionamento de Julie e a *carte d'identité* falsificados — com uma fotografia que não se parece nada com ela, pois está com aquela cara assustadora e imparcial de espiã nazista. Katharina Habicht. Não consigo vê-la como uma Katharina, embora ela tenha tentado me obrigar a chamá-la de Käthe durante todo o verão — eu tinha acabado de me acostumar a pensar nela como Eva.

Não que meus próprios documentos ou ausência deles façam qualquer diferença porque EU NÃO DEVERIA ESTAR NA FRANÇA. Mas Julie, que deveria estar aqui, não TEM DOCUMENTOS. Eu estou com os seus DOCUMENTOS DE IDENTIDADE FALSIFICADOS.

Como... Como? Que nem quando a Inteligência pegou meus cupons de vestuário, mas aquilo foi feito de propósito. E jurei ser mais cuidadosa.

Não sei o que fazer.

Se me pegarem escrevendo isso, vou ter problemas, seja lá quem me capturar — alemães, franceses, britânicos. Até mesmo americanos. Eu não deveria escrever nada. CORTE MARCIAL. Mas não tem mais nada para fazer, e tenho a caneta mais maravilhosa do mundo — uma caneta Eterpen, com uma bolinha macia na ponta liberando uma tinta de secagem rápida. A tinta desliza por cima da bolinha. Dá para escrever com essa caneta mesmo voando, ela não borra e o suprimento de tinta dura por um ano. A RAF encomendou trinta mil unidades do jornalista húngaro exilado que a inventou, e tenho uma das amostras, um presente do sargento Silvey, que tem um fraco por pilotas e agentes duplas baixinhas e louras.

Sei que não deveria escrever, mas preciso fazer alguma coisa... qualquer coisa. O meu último voo de transporte está marcado com um "S", e isso significa que terei de fazer um relatório. Além disso, um Relatório de Acidente. *Ugh*. Vou ter que fazer isso de qualquer forma. Vou trabalhar nisso.

## OBSERVAÇÕES SOBRE O ACIDENTE

Aterrissagem forçada na pista Damask, perto de Ormaie, em 11 out. 1943 — Aeronave Lysander R 3892

Permissão de voo obtida com o comandante, seguida por quatro pousos noturnos bem-sucedidos, três na pista simulada com sinalizadores, imediatamente antes da partida. O voo sobre o Canal da Mancha ocorreu s/ incidentes, embora o curso planejado sobre Caen tenha sido desviado para evitar a artilharia antiaérea. A nova rota nos levou de Monte Saint-Michel a Angers, onde a aeronave foi atingida do solo e o estabilizador horizontal do avião foi atingido. Tomei medida para controlar o fogo, mas não consegui nivelar a aeronave porque perdi completamente o estabilizador horizontal, e a aeronave se manteve emperrada para decolagem, impedindo manobras para descida.

---

Agora que estou pensando nisso, o cabo de estabilizador horizontal deve ter se rompido durante a subida depois do mergulho — caso contrário eu não teria conseguido mergulhar.

Esse pensamento me deu arrepios, se deu.

---

Tudo bem. Onde estávamos? Emperradas na posição de decolagem e também sem alguns controles do manche. Níveis de pressão/temp. do motor & combustível aceitáveis, então continuei em direção ao destino, o qual (c/ ajuda da passageira) não tive dificuldades de localizar — embora, na chegada, tenha enfrentado grandes dificuldades de diminuir a altitude e estava preocupada com o pouso, então decidimos que a passageira deveria saltar da aeronave, uma vez que havia recebido treinamento adequado e teria mais chances de sobreviver a salto de paraquedas do que a um pouso forçado com meio tanque de combustível, mais de duzentos quilos de Explosivo 808 e pavio de detonação.

Já havia tentado duas voltas sobre a pista antes do salto da passageira e estava exausta por tentar manter a altitude por meia hora para queimar combustível antes de fazer uma última tentativa de pouso. Os sinalizadores da pista permaneceram acesos, então presumi e confiei que eu ainda era esperada — possivelmente minha passageira chegou em segurança e informou ao comitê de recepção sobre a avaria na aeronave. Manter a altitude do voo continuou sendo um desafio e eventualmente acabei tentando descer.

Ainda não sei como consegui fazer a maldita aeronave descer. Acho que por pura obstinação. O manche não permitia uma aproximação lateral e, mesmo em baixa velocidade com os flaps abaixados e sem força, a maldita coisa queria subir com o radome. Eu não podia soltar os controles para acender a luz de pouso, então desci no escuro, a cauda bateu primeiro, quicou e subiu de novo — gostaria de ter visto isso do solo —, arranquei todo o estabilizador horizontal e o pobre Lizzie parou com a fuselagem enterrada no solo macio bem no final da pista, perto da confluência dos dois rios, toda a aeronave apontando para o céu como uma pedra enorme. Isso me fez lembrar do acidente de Dympna com seu Puss Moth, lá em Highdown Rise, só que com o outro lado para cima. Só soube o que aconteceu depois, já que o manche me acertou na barriga, me deixando sem fôlego ao mesmo tempo que bati a cabeça na divisória blindada. Acordei deitada de costas na cabine, olhando para as estrelas e imaginando quanto tempo levaria para o impacto.

Não estou conseguindo escrever isso como um relatório de acidente — porcaria. Pelo menos estou escrevendo conforme me lembro.

Desliguei a ignição e o combustível antes de pousar, tal como diz o Manual do Piloto e Instruções Permanentes para pousos forçados, então tudo estava em silêncio, a não ser por alguns rangidos e estalos, mas nada mais. Em seguida, três homens do comitê de recepção, um deles inglês (um agente do SOE, o responsável por este circuito, codinome Paul), abriu a capota e me puxou para fora da cabine de cabeça para baixo. Nós quatro pulamos para o chão. Estas foram as minhas primeiras palavras em solo francês:

— Sinto muito, sinto muito, sinto muitíssimo!

Fiquei repetindo sem parar, pensando nos dois refugiados sem sorte que deveriam ser transportados de volta para a Inglaterra. E, para deixar tudo bem claro, acrescentei em francês:

— *Je suis désolée!*

Ah, que confusão.

Eles me ajudaram a me sentar e me limpar.

— Aqui está a nossa Verity — disse o organizador do SOE, em inglês.

— Eu não sou Verity!

Não era uma informação muito útil, mas foi o que consegui na hora.

Confusão, caos e uma arma apontada para minha cabeça. Sinto muito dizer que a arma foi demais para lidar logo depois do meu primeiro acidente digno de relatório em um avião que eu nem devia estar pilotando, e comecei a chorar.

— Não é a Verity? Então, quem diabos você é?

— Kittyhawk — respondi, soluçando. — Codinome Kittyhawk. Primeira-oficial do ATA.

— Kittyhawk! Meu Deus! — exclamou o agente inglês. — Foi você que me levou para a Missões Especiais da RAF na noite que me trouxeram para a França! — Paul deu explicações em francês para os colegas e se virou para mim: — Estávamos esperando Peter.

— Ele sofreu um acidente de carro esta tarde. Eu não deveria...

Ele cobriu minha boca com a mão grande e enlameada e ordenou:

— Não diga nada que possa comprometê-la.

Comecei a chorar de novo.

— O que aconteceu? — perguntou ele.

— Artilharia antiaérea em Angers. — Solucei. Aquela era a minha reação normal a armas e bombas, só que chegando uma hora e meia depois do habitual. — Atingiram a cauda e desconectaram o cabo do estabilizador horizontal e acho que um dos cabos do manche também. Tive de fazer um mergulho para apagar o fogo e a pobre Ju... Verity... desmaiou. Depois tive de usar todas as minhas forças para pilotar o avião no trecho final e eu não podia olhar o mapa...

Soluços, soluços e mais soluços. Que vergonha.

— *Vocês foram atingidas?*

Todos ficaram surpresos. Não por eu ter sido atingida, descobri depois, mas por ter conseguido não cair em chamas sobre Angers e entregar-lhes em segurança duzentos quilos de explosivo. Eles têm sido muito gentis depois disso. Eu não mereço. Só existe um motivo para eu não ter caído em chamas em Angers, e é o fato de saber que Julie estava comigo. Eu jamais teria a presença de espírito de apagar o fogo se não estivesse tentando salvar a vida dela.

— Temo que será necessário destruir o avião — disse Paul em seguida.

Não entendi bem o que ele queria dizer, já que considerei ter feito um ótimo trabalho em destruí-lo sozinha.

— Não poderemos mais usar esta pista — afirmou ele. — É uma pena. No entanto...

Eles atiraram em um sentinela alemão.

Eu não deveria estar escrevendo isto.

Não me importo. Vou queimar depois. Não consigo pensar direito a não ser que eu escreva.

Eles atiraram em um sentinela alemão. Ele estava passando de bicicleta na hora errada, no local errado, quando acendiam os sinalizadores da pista. Ele ficou parado observando e, como perceberam depois, fazendo anotações — quando o viram, ele tentou fugir pedalando o mais rápido que conseguiu, e não teriam como persegui-lo a pé, então o agente inglês atirou. Simples assim. Ficaram felizes por ainda conseguirem uma bicicleta, mas horrorizados por terem de se livrar de um corpo.

O Lizzie caído, com um piloto vivo, foi um presente dos deuses. Eles teriam de destruir o avião assim mesmo, para fazer parecer um acidente e não um pouso. Então, colocaram o sentinela alemão na cabine do piloto vestido com o meu uniforme do ATA, acredite ou não. Tiveram de cortar as costuras da calça para conseguir colocar no pobre rapaz e, mesmo assim, não conseguiram abotoar; ele era muito maior que eu. Tudo isso levou um tempo e não ajudei muito, sentada, em estado de choque na beirada da pista, usando apenas minhas roupas íntimas embaixo de um suéter e um sobretudo emprestados. Mitraillette, que me deu seu pulôver, devia estar congelando usando apenas a blusa fina sob o casaco. Também tiraram minhas botas — estou de coração partido em relação às botas. Mas, exceto por minha valise de viagem, todos os meus equipamentos de pilota britânica precisavam ser destruídos: capacete, paraquedas e todo o restante. Até mesmo a minha máscara de gás. Não vou sentir falta dela. Só servia para ocupar espaço, pendurada inutilmente no meu ombro, dentro de sua mochila, como um albatroz cáqui e sem asas, pelos últimos quatro anos. Acho que nunca a usei sem ser no treinamento.

Gostaria de ter feito aquele curso de datilografia agora — estenografia também viria a calhar. Consegui fazer isso caber em três páginas do meu Manual de Pilotagem na menor letrinha que consegui. Não é tão ruim se for impossível de ler.

Preparar o avião para explodir levou um bom tempo — e muita movimentação ao luar. Acho que são organizados, mas eu não sabia bem o que estava acontecendo e não conseguia ser útil nem necessária àquela altura. Eu também estava começando a sentir uma dor de cabeça horrível, além de toda a ansiedade com relação a Julie, perguntando-me por que apenas não ateavam fogo no avião e acabavam logo com aquilo. Acontece que havia muitos equipamentos dos quais queriam se livrar, além do corpo do sentinela: meia dúzia de equipamentos de radiotelegrafia que desmontaram para ter as peças, além de alguns obsoletos que ninguém mais queria. Enviaram alguém ao esconderijo para pegar, seguindo para lá em duas bicicletas e voltando com carrinhos de mão. O celeiro que usaram para esconder as coisas é o meu esconderijo agora. O dono da fazenda jogou um gramofone e uma máquina de escrever velhos em uma caixa de papelão, além de uma incubadora de pintinhos cheia de peças e cabos curtos demais para ligar a qualquer coisa e assim fez parecer que o avião estava carregado de equipamentos de radiotelegrafia! Mitraillette, a filha mais velha do fazendeiro, ficou muito feliz ao encher o avião com todo aquele lixo.

— *Onze radios!* — murmurava ela para si mesma em francês, rindo. — *Onze radios!*

Onze equipamentos de radiotelegrafia. É uma piada porque é muito improvável que enviássemos tantos de uma só vez. Cada equipamento é ligado ao seu operador, tendo distintos códigos, cristais e frequências.

Os alemães vão ficar confusos ao examinarem os destroços do avião.

Os duzentos quilos do Explosivo 808 foram carregados em uma carroça puxada por cavalo. Demorou um tempo para encontrarmos algumas caixas que caíram da fuselagem avariada e da porta da cabine traseira que Julie tinha deixado aberta, é claro. Ela fizera um ótimo trabalho ao amarrar a maior parte da carga. Tudo foi feito usando apenas a luz do luar, já que ninguém se atrevia a usar luzes — existe um toque de recolher e todos estavam cada vez mais nervosos —; consegui pousar depois da uma da manhã e levou mais de uma hora para organizar a destruição do Lizzie.

Não posso dizer que me sinto totalmente segura nas mãos da Resistência, mas com certeza eles são engenhosos. Assim que os velhos equipamentos de rádio e as outras tralhas que se passariam por rádio foram carregados, bem como o alemão morto, abriram os tanques de combustível — é claro que o avião estava quase na vertical e o combustível começou a derramar —, usaram um pouco do explosivo e pavio de denotação. Fácil, fácil. Parecia uma fogueira muito feliz.

Devia ser cerca de três da manhã quando fugimos da pista de pouso deixando para trás o Lysander de Peter em chamas. Tive de voltar em um dos carrinhos de mão, já que não tinha calça nem sapato. Eles me esconderam embaixo dos mesmos sacos usados para cobrir os rádios, e que fediam a cebola e a vacas. Então, me carregaram em escadas improvisadas para um espaço logo acima do palheiro do celeiro, que é onde estou agora. É um vão escondido na parte mais alta do telhado. Só consigo me sentar se estiver logo abaixo do vão. Ainda não comecei a me sentir claustrofóbica. Acho que é porque passei a maior parte da vida amarrada em espaços apertados. Tem lugar para me alongar se me deitar. Finjo que estou na traseira do Fox Moth — faz tanto frio quanto se estivesse em um. É muito estranho para me lavar e tudo mais, toda a água e os baldes sujos precisam ser levados para cima e para baixo com as escadas.

Não consigo pensar em mais nada para contar sobre o acidente. Recebi roupas, comida e abrigo de forma muito generosa, considerando que todos serão mortos se descobrirem a minha presença. Represento um grande risco: um perigo para mim mesma e para todos à minha volta, provavelmente a única pilota Aliada derrubada fora da Rússia. Vi os panfletos. Dez mil francos de recompensa para tripulação ou paraquedistas Aliados, "mais, se estiverem sob certas circunstâncias". "Certas circunstâncias" devem incluir uma mulher que pode dar à Luftwaffe a posição exata do Esquadrão da Lua da RAF.

Isso me aterroriza e, se eu nunca contar para ninguém o meu nome de verdade, talvez ninguém note, mas, além de tudo isso, *eu sou judia*. É verdade que frequentei o colégio da Igreja Anglicana e nossa dieta não é nem um pouco kosher e, até mesmo nos feriados, meu avô é o único que ia à sinagoga. Mas ainda sou uma Brodatt. Acho que Hitler não vai me deixar me safar porque não acredito em Deus.

Melhor não pensar nisso.

Não pensei em nada durante o primeiro dia e meio. Dormi por mais de 24 horas, apagada, o que foi muito bom porque foi justamente no dia em que a fazenda recebeu um monte de soldados alemães. O local do acidente foi isolado por dois dias conforme fotografavam todos os ângulos possíveis, incluindo do ar, e vasculhavam os destroços. Ainda está isolado, mas parece que tiveram dificuldades de manter os predadores de sempre: garotinhos procurando suvenires da RAF! Um hobby bem mais perigoso na França do que na Inglaterra.

Ainda estou muito dolorida — não por causa do pouso forçado, mas por tentar manter a altitude do maldito avião durante aquela última hora. Todos os meus músculos dos braços estão doendo, desde a ponta dos dedos até os ombros e descendo pelas costas. Parece que travei uma luta contra tigres. Não me importo de poder descansar, na verdade. Nunca conseguia descansar completamente nos meus dias de folga. Eu poderia dormir por uma semana.

Estou ficando com sono de novo. A luz entra pelas ripas cobertas com tela de arame para impedir os pombos. A plataforma deste sótão fica na metade das ripas. Se alguém desconfiasse e fosse contar as ripas, veria que há mais do lado de fora que do lado de dentro. É um esconderijo muito inteligente, mas não perfeito. Antes de dormir de novo, vou construir um lugar para esconder essas anotações idiotas. Se alguém as ler, a corte marcial vai ser a menor das minhas preocupações.

Gostaria que Julie aparecesse.

Passei esta tarde inteira (qui. 14 out.) na eira deste celeiro aprendendo a atirar com um Colt .32. Que divertido. Mitraillette e alguns dos seus amigos ficaram de guarda, e Paul me deu as aulas de tiro, com a arma que faz parte dos seus equipamentos do SOE, mas ele tem um maior, um Colt .38, que veio de um carregamento. Todos acham que preciso de uma, já que não tenho nada para me proteger: não tenho documentos e falo muito pouco de francês. Para Paul, sou apenas mais uma agente do SOE que precisa ser treinada rapidamente; não sei bem como isso aconteceu, mas, de qualquer forma, estou aprendendo a ser proficiente no sistema de "tiro duplo" do SOE. Você atira duas vezes, bem rápido, a cada vez que mirar para não ter de levar prisioneiros. Atiro bem. Acho que eu até acharia um desafio satisfatório, não fosse pelo barulho — e as mãos bolinadoras de Paul. Eu me lembro dele agora, daquele voo de transporte na Inglaterra. A mão dele na minha coxa DURANTE O VOO. *Ugh*. Mitraillette diz que não sou só eu, ele faz isso com todas as mulheres abaixo dos quarenta que se aproximam o suficiente a ponto de ele conseguir tocá-las. Não sei como Julie aguenta isso, e encoraja até, como parte do trabalho. Acho que ela é mais corajosa que eu, nisso e em todo o restante também.

Acontece que Mitraillette não é o verdadeiro nome da francesa da Resistência. Ela riu da minha burrice por ter achado que era — aquele era o seu codinome. Ela me contou os dois, já que seria estranho seu pai gritar o nome verdadeiro dela, logo abaixo da minha janela de ripas, quando ela estivesse alimentando as galinhas — a fazenda é uma granja. Não vou escrever seu nome verdadeiro. Mitraillette significa "submetralhadora". Combina com ela.

*Maman* — a mãe dela — é da Alsácia, e todos os filhos falam alemão fluentemente. Eles têm uma irmã mais nova que chamam de *La Cadette* — acho que significa "irmã caçula". O irmão, o mais velho, é um oficial da Gestapo — um francês de verdade que se tornou subalterno no quartel-general da Gestapo em Ormaie. A família, incluindo *maman*, despreza que ele colabore com os nazistas, mas todos fazem festa quando o irmão os visita. Parece que colaboradores são tão detestados em Ormaie que qualquer um pode atirar neles, até mesmo cidadãos comuns sem qualquer conexão com a Resistência, e ele precisa manter a cabeça baixa. Etienne, acho que é o seu nome verdadeiro. Ele não sabe, mas está seguro, pois é um ótimo disfarce para a ligação da família com a Resistência e existem ordens para mantê-lo vivo.

Mitraillette passou umas duas horas conversando comigo ontem à noite, aqui em cima no sótão escuro. O inglês dela é tão ruim quanto o meu francês, mas persistimos, misturamos as duas línguas e conseguimos nos entender bem. Estávamos observando a estrada enquanto transportavam parte dos explosivos — ela tem um apito de passarinho para avisar as pessoas lá embaixo se vir algum farol descendo a montanha. Desde que cheguei, os explosivos não estão muito bem escondidos sob fardos de feno no celeiro. Esta construção deve ter uns trezentos anos, provavelmente mais, vigas e ripas de madeira unidas com gesso como em Wythenshawe Hall, e se alguém deixasse cair um fósforo ou cigarro aceso, o lugar inteiro explodiria como o Vesúvio. E eu não teria como sair. Tento não pensar nisso.

Também tento não me preocupar com Julie. Dizem que anteontem ela se encontrou com seu primeiro contato. Não sei onde nem quem — todas as informações que recebo são de terceiros —, mas é um grande alívio saber que ela pousou em segurança! Pelo que entendi, o comitê de recepção que preparou a pista de pouso não tem conexão com os contatos preparados para Julie em

Ormaie — para ser mais exata, são todos membros diferentes do mesmo circuito. As coisas devem funcionar como uma corrida de revezamento com Julie levando o bastão, mas ela perdeu a primeira etapa da corrida, a conexão com este grupo — provavelmente por ter pousado no lugar errado no escuro.

É melhor me acostumar a chamá-la de Verity. É como todos a chamam por aqui. Seu circuito é chamado de Damask, em homenagem ao membro mais venerável, que tem 83 anos e cultiva rosas damascenas, rosas *damask* — costumam nomear os circuitos com base em algum ofício. Ninguém usa nem sabe o nome verdadeiro dos outros. Não quero revelar o de Julie por acidente.

Sua missão é tão secreta que não foi informado ao contato que ela e as mercadorias haviam chegado, até que ela mesma o encontrou. Embora o contato soubesse que um Lysander havia caído em Ormaie, ele não sabia que ela estava viva — até se encontrarem. E nenhum dos dois sabia que os explosivos aterrissaram bem. Mas estão falando pelo circuito que ~~Julie~~ Verity *e* os explosivos estão aqui. A próxima parada é na prefeitura. Ela deveria obter acesso aos arquivos da cidade e procurar a planta original do arquiteto do antigo hotel que a Gestapo de Ormaie usa como quartel-general. E não será possível fazer isso até liberarem a identidade dela.

Estamos pensando em como proceder. Mitraillette não pode falar diretamente com o contato de ~~Julie~~ Verity, então ela precisa encontrar outra pessoa para levar a mensagem. Todos mantêm as tarefas e os nomes muito bem separados. E não queremos entregar os documentos de "Katharina Habicht" de Verity para ninguém além da própria Verity, ou seja, a própria "Katharina". Mitraillette vai tentar organizar as coisas para que V. os pegue em uma das "*cachettes*", as caixas de correio secretas. Isso significa que precisamos mandar o recado de algum modo.

Digo "precisamos" como se eu fosse fazer alguma coisa importante para ajudar, além de ficar sentada aqui assoprando os dedos para mantê-los aquecidos e rezando para ninguém me encontrar!

A operação deve seguir conforme o planejado — eles têm o equipamento, têm Verity, os contatos estão todos posicionados. Com um pouco de cuidado e planejamento, será o QG da Gestapo em Ormaie que explodirá como o Vesúvio, e não este celeiro. Se apenas Käthe Habicht não estivesse operando "atrás das linhas inimigas" com os documentos de identidade britânicos de Kittyhawk!

Estou começando a achar que foi uma de suas ideias menos inteligentes se chamar Kitty Hawk em alemão. Um gesto incrivelmente amoroso, mas não muito prático. Para ser justa, ela não esperava que eu viesse com ela.

Já desmontei e remontei o revólver de Paul sete vezes. Não é uma coisa tão interessante quanto um motor radial.

Outro Lysander caiu.

Inacreditável, mas é verdade. Este conseguiu passar pela artilharia antiaérea e chegou exatamente como planejado, fácil, fácil, a uns cem quilômetros daqui, na seg. 18 out. Infelizmente a pista de pouso tinha virado um mar de lama porque não parou de chover na última semana aqui e talvez em toda a França. O comitê de recepção na pista passou cinco horas tentando desatolar o avião; prenderam dois *touros* a ele, pois estava enlameado demais até para usar um trator, mas por fim foram obrigados a desistir quando estava prestes a amanhecer. Então, destruíram outra aeronave e tem outro piloto de Missões Especiais preso aqui.

Estou dizendo "outro", mas é claro que eu não sou pilota de Missões Especiais. Existe um pequeno conforto em não ser a única — mesquinhez e egoísmo da minha parte, eu sei, mas não consigo evitar.

Tinham falado de tentar me tirar daqui naquele avião. Iam me espremer com as duas pessoas que eu deveria ter levado de volta à Inglaterra quando vim; eu teria de ir sentada no chão, mas o SOE e o ATA estão frenéticos para me levar de volta para casa e querem me tirar logo daqui. Não aconteceu. Várias coisas precisam ser organizadas, depois reorganizadas e acabam dando errado no último segundo. Todas as mensagens para Londres precisam ser codificadas laboriosamente e entregues de bicicleta para um lugar a quinze quilômetros daqui, onde há um equipamento de radiotelegrafia escondido. A mensagem talvez não seja enviada na hora porque alguém mexeu na folha da fechadura ou no cílio dobrado do bilhete deixado pelo entregador, e precisam esperar mais três dias para se certificar de que não estão sendo vigiados. A chuva é terrível, com nuvens baixas a trezentos metros e visibilidade quase nula nos vales dos rios onde o nevoeiro tomou conta de tudo — mas ninguém mais pode pousar lá. Não há nenhuma pista mais próxima que a de Tours, a oitenta quilômetros de distância, para substituir a que eu arruinei.

Eles chamam a pista arruinada de *brûlé* — queimada. Foi o que aconteceu com a minha.

Terão de mandar um Hudson para pegar todos de volta, já que não há espaço suficiente em um Lysander. E isso significa esperar a lama secar.

*Ugh!* Nunca fiquei tão molhada e miserável por tanto tempo — é como viver em uma barraca sem luz, sem aquecimento. Eles empilham edredons de pena de ganso e de pele de ovelha para mim, mas a chuva é constante — cinza, pesada e outonal, que impede as pessoas de fazer qualquer coisa, mesmo que não estivessem presas em um espaço apertado embaixo das calhas. Desci algumas vezes — me oferecerem uma refeição por dia na casa principal para me aquecer e quebrar a monotonia. Não escrevi nada aqui por uma semana, porque meus dedos estão ficando com feridas do frio — sempre dormentes e gelados. Preciso daquelas luvas que fiz com o livro de moldes que minha avó me deu, com pontas que podem ser dobradas a fim de usar os dedos. *Peças essenciais para o Exército* era o título do livro. Se eu soubesse como aquelas luvas seriam *essenciais* agora, nunca as teria tirado da valise de viagem — a não ser para usá-las. Nada como a máscara de gás.

Gostaria de ser escritora — gostaria de ter as palavras para descrever a mistura complexa de medo e tédio que estou vivendo nesses últimos dez dias e que se estende indefinidamente em mim. Dever ser um pouco como estar na prisão. Esperando a sentença — e não a execução, já que não perco as esperanças. Mas existe a possibilidade de que as coisas terminem em morte. E é real.

Nesse meio-tempo, os dias são mais maçantes do que a vida como trabalhadora do moinho, carregando fardos — sem nada para fazer a não ser chupar meus dedos gelados, como Jamie fez no Mar do Norte, e me preocupar. Não estou acostumada com isso. Estou sempre fazendo alguma coisa, sempre trabalhando. Não sei como ocupar a minha mente sem estar ocupada. As outras garotas em Maidsend se deitavam para dormir, tricotar ou fazer as unhas quando a chuva caía e a visibilidade ficava tão terrível que ninguém podia pilotar. Tricotar nunca foi suficiente para mim. Eu ficava tão entediada e não conseguia me concentrar em nada maior que meias ou luvas. Eu sempre acabava procurando alguma bicicleta emprestada para sair e explorar.

Eu me lembro da Aventura de Bicicleta quando contei para Julie todos os meus medos — que parecem tão tolos agora. O terror rápido e repentino de bombas explodindo não é a mesma coisa que o medo constante e congelante de ser descoberta e capturada. Esse medo nunca vai embora. Não há alívio algum, e jamais a possibilidade de uma sirene de aviso que o perigo passou. Você sempre se sente um pouco enjoada, sabendo que o pior pode acontecer a qualquer momento.

Eu disse que tinha medo do frio. E o frio é bem desconfortável, mas… não é uma coisa que devemos temer, não é? Quais são as dez coisas que temo agora?

1. FOGO.

Não de frio nem de escuro. Ainda tem uma grande pilha de explosivos escondida embaixo de fardos de feno no celeiro. O cheiro é impressionante às vezes. Como marzipã. Não consigo esquecer que está lá. Se um sentinela alemão entrasse aqui, não sei como não notaria.

Isso me faz sonhar que estou eternamente preparando a cobertura para bolos de fruta, acredite ou não.

2. Bombas caindo em cima dos meus avós. Esse não mudou.

3. Bombas caindo em cima de Jamie. Na verdade, me preocupo muito mais com Jamie agora que vivi um pouco do que ele sempre precisa enfrentar.

4. Novo item da lista: campos de concentração nazistas. Não sei os nomes, não sei onde ficam — acho que não prestei muita atenção. Eles nunca foram muito reais. Os rugidos do meu avô sobre as histórias horrendas no *Guardian* não os tornavam reais. Mas saber que posso muito bem acabar em um é mais aterrorizante do que qualquer artigo de jornal jamais poderia ser. Se me capturarem e não atirarem em mim na hora, vão colocar uma estrela amarela em mim e me mandar para um daqueles lugares odiosos e ninguém jamais vai saber o que aconteceu comigo.

5. CORTE MARCIAL.

Estou tentando me lembrar do que mais disse para Julie que eu tinha medo. A maioria daqueles "medos" sobre os quais conversamos no primeiro dia, na cantina, eram tão bobos. Envelhecer! Fico constrangida só de pensar nisso. As coisas que disse para ela durante a nossa aventura de bicicleta foram bem melhores. Cachorros. Ah… isso me faz lembrar.

6. Paul. Fui obrigada a expulsá-lo daqui sob a mira da arma — claro que era a arma dele, a que me deu e me ensinou a usar. Talvez eu tenha sido dramática demais. Mas ele subiu no meu sótão, sozinho, em plena luz do dia, sem ninguém da família saber que estava aqui, o que, por si só, já é alarmante. Eles têm o maior cuidado e estão sempre de olho em quem entra e quem sai, e precisam confiar nele. Acho que ele só queria beijos e amassos. Ele foi embora parecendo muito magoado e fez com que eu me sentisse culpada, suja e puritana, tudo ao mesmo tempo.

Senti muito medo na hora e ainda mais depois, quando pensei mais sobre o assunto. Se ele... ou qualquer pessoa... tentasse fazer alguma coisa comigo, eu não teria como fugir nem pedir ajuda. Teria que aguentar sem lutar e em silêncio ou me arriscar a me entregar aos nazistas.

Fiquei acordada quase a noite toda segurando a maldita arma de Paul, com o ouvido colado no alçapão, ouvindo atentamente, à espera de que ele voltasse e tentasse alguma coisa sob a proteção do escuro da noite. Como se não tivesse coisa melhor para fazer sob a proteção da noite! Enfim consegui dormir e sonhei que havia um soldado alemão batendo na porta do alçapão. Quando ele passou, atirei no rosto dele. Acordei ofegante e horrorizada — dormi de novo e tive o mesmo sonho, de novo e de novo, pelo menos três vezes seguidas. Cada vez eu pensava: *Foi o sonho que tive antes, mas, DESTA VEZ, é real.*

Quando Mitraillette apareceu com meu café da manhã, que consistia em pão, cebola e aquele odioso café falso, contei-lhe toda a história sórdida. Em inglês, é claro, e acabei me debulhando em lágrimas. Ela foi acolhedora, mas ficou confusa. Não sei o quanto ela entendeu e acho que não tem muita coisa que ela possa fazer.

"Em inglês, é claro" me leva ao Medo Número Sete — ser inglesa. Acho que disse para Julie que tinha medo de colocar o uniforme errado e as pessoas rirem do meu sotaque, e imagino que, de certa forma, ainda tenho medo dessas coisas — com motivos melhores agora. Minhas roupas! As de Mitraillette não me servem na cintura nem no quadril. Tenho que usar um vestido que era da mãe dela — antiquado e austero, uma coisa que nenhuma garota da minha geração com um pingo de respeito por si mesma usaria. O pulôver de Mitraillette me serve, e tenho um casaco de lã todo remendado que já foi do irmão dela, mas a combinação dessas roupas quentes com o vestido desmazelado é horrível. Para terminar, uso *tamancos de madeira* como os do jardineiro da minha avó. Não há esperança de uma roupa melhor para mim, a não ser que a gente use os cupons de vestuário de Julie. Não me importo com a moda, mas eu estou obviamente usando uma coleção de peças descartadas e, se eu for vista, as pessoas vão especular.

E meu "sotaque"! Bem...

Mitraillette diz que consegue perceber pelo JEITO QUE EU ANDO que eu não sou de Ormaie. Se eu fosse até a loja da esquina usando uma roupa de última moda e não dissesse nenhuma palavra, eu ia entregar a mim e todos à minha volta. Tenho muito medo de decepcioná-los.

Ah, sim, decepcionar as pessoas. Essa parte é medo ou culpa? Parece um pedaço de granito preso nas engrenagens do meu cérebro, corroendo-as. Decepcionar as pessoas. Uma grande lista circular de fracasso e preocupação. E se eu for pega e entregar a localização do Esquadrão da Lua da RAF? Já decepcionei todos os pilotos de Lysander — que gostavam de mim, me encorajavam tanto a ponto de me deixar pilotar um de seus aviões até a França. O Serviço de Operações Especiais também confiou em mim, isso sem mencionar os refugiados que eu devia ter pegado. Sou um total fracasso até mesmo em relação ao transporte que faço para o ATA, desaparecendo de forma indefinida, e tenho horror a trair meus anfitriões por acidente, ser encontrada na casa deles e ceder sob pressão. Não acredito que conseguiria guardar nenhum segredo da Gestapo se me torturassem. Ah, aqui estou de novo, voltando à localização do Esquadrão da Lua e à Gestapo.

Tudo leva à Gestapo de Ormaie. Bem, eles podem ser meu Medo Número 9. A polícia secreta dos nazistas é uma questão que me deixa doente só de pensar. Tenho quase certeza de que o QG da Gestapo em Ormaie será a minha primeira parada a caminho de alguma prisão qualquer para a qual resolvam me mandar.

A não ser que o QG da Gestapo em Ormaie exploda pelos ares primeiro. Mas não parece que isso esteja prestes a acontecer. Já estou aqui há dez dias. Parte do motivo de não ter escrito mais desde a semana passada é porque não quero colocar no papel o que estou prestes a escrever, não quero dar nenhum peso de realidade a este feio "talvez". Além disso, se tivesse me permitido escrever essa semana, teria gastado metade do papel listando possibilidades e suposições. Já faz muito tempo. É um tormento, o mais puro tormento, esperar por notícias... por qualquer coisa.

Julie desapareceu.

É verdade que ela apareceu no seu primeiro encontro — ter. 12 out., um dia depois que chegamos aqui, mas ela desapareceu como se nunca tivesse pisado na França. Hoje é dia 21. Ela já está desaparecida há mais de uma semana.

Entendo agora por que a mãe dela banca a sra. Darling e deixa a janela do quarto dos filhos aberta quando estão fora. Quando você consegue fingir que talvez voltem, ainda existe esperança. Acho que não deve existir nada pior nessa vida do que não saber o que aconteceu com seu filho — nunca saber.

Isso acontece aqui o tempo todo. As pessoas desaparecem, famílias inteiras às vezes — acontece o tempo todo. Nunca mais ninguém ouve falar. Elas somem. Pilotos derrubados, é claro, marinheiros atingidos, é claro, isso é de se esperar. Mas aqui na França acontece com pessoas comuns também. A casa do vizinho simplesmente amanhece vazia uma manhã, ou o carteiro que não aparece para trabalhar ou o seu professor que não vai dar aula. Acho que houve um tempo, há uns dois anos talvez, quando havia uma chance de que tivessem fugido para a Espanha ou para a Suíça. E, mesmo agora, existe uma chance remota de que Julie tenha se escondido até que algum perigo desconhecido passasse. Mas é bem mais comum que alguém desaparecido tenha sido tragado pelos motores da máquina de morte nazista, como uma ave infeliz atingindo a hélice de um bombardeiro Lancaster — não resta nada a não ser penas voando na esteira do avião, como se aquelas asas quentes e o coração batendo nunca tivessem existido.

Não existe registro público da prisão. Elas acontecem todos os dias. Em geral, as pessoas fingem que não veem uma briga nas ruas só para evitar ter problemas.

Julie sumiu.

É um choque escrever isso, ver as palavras aqui no meu Manual de Pilotagem do ATA junto a "De Havilland Mosquito — Falha de motores depois da decolagem". Ela sumiu. Talvez já esteja morta.

Tenho medo de que eu também seja capturada. Tenho medo de que Julie esteja morta. Mas, de todas as coisas que temo, não há nada que me assuste mais do que a probabilidade — a quase certeza — de que Julie é prisioneira da Gestapo de Ormaie.

Sinto um frio na espinha ao escrever isso e estremeço ao ler as palavras que acabei de escrever.

Preciso parar. A caneta é ótima. Não borra nem quando você chora em cima do papel.

Verity, Verity, tenho de me lembrar de chamá-la de Verity. Droga.

Eles não podem avançar — não têm contatos infiltrados ainda. Com Julie fora de cena, tudo parou. Ela deveria ser o elo central da operação, a informante, a tradutora de alemão andando pela prefeitura e pelo QG da Gestapo. Mitraillette não pode fazer isso — é moradora local, suspeita demais. Agora todo o circuito Damask está nervoso, temendo que a captura de Julie vá entregá-los.

Digo, que a própria Julie os traia. Ao ceder à pressão, entregando-os. Quanto mais tempo dura o silêncio, maior a certeza de que ela foi capturada.

Enquanto isso, ainda estão tentando fazer alguma coisa em relação a mim. Já faz duas semanas — nada mudou.

Tiraram uma foto minha. Vai levar um tempo até que o filme seja revelado. Foi difícil conseguir um fotógrafo de confiança, que tem tanto trabalho em tantas frentes. A maior parte das negociações não me envolveu. Novamente, esforçaram-se por mim. Percebi como a *maman* de Mitraillette ficou nervosa por estarmos eu, Paul e o fotógrafo na sua sala de estar.

A ideia é aproveitar a *carte d'identité* falsa de Verity para transformar Kittyhawk — quero dizer, eu — em Käthe, quero dizer Katharina Habicht. Eu me tornaria a prima da família não muito inteligente, vinda da Alsácia depois que os pais morreram em um bombardeio, e que veio em busca de abrigo e para ajudar na fazenda. É um risco por inúmeros motivos, o pior sendo a possibilidade de Julie ter sido presa e comprometido o nome. Conversamos muito sobre isso, Mitraillette, *maman*, *papa*, eu como principal consultora, e Paul como tradutor. Se os nazistas capturaram mesmo Verity, temos de presumir que 1) eles também têm a licença de pilota de Margaret Brodatt, o cartão Nacional de Registro e já sabem o MEU verdadeiro nome, e 2) Julie contou o *próprio* nome, porque, como oficial alistada sob a Convenção de Genebra, é isso que deveria fazer e é sua melhor chance de ser tratada decentemente como prisioneira de guerra. Não achamos que ela vai revelar o nome de Katharina Habicht na *carte d'identité* falsificada. Paul acha que nem vão perguntar e, mesmo que perguntassem, ela poderia dizer *qualquer coisa*, já que não teriam como saber a verdade. Ela poderia inventar um nome — é o que ela faria. Ou talvez até dar o nome de Eva Seiler.

Mas o verdadeiro motivo de não dizer o nome de Käthe Habicht é por saber que, se pousei em segurança, aquela é a única identidade que tenho.

O fotógrafo também trabalha "para o inimigo". Pilotos britânicos da aeronáutica sobrevoando o continente europeu carregam fotografias na sua caixa de emergência para o caso de serem derrubados e precisarem de uma identidade falsa. Mas as minhas fotos estão sendo tiradas por um fotógrafo francês que trabalha para a Gestapo! Um dos seus outros trabalhos é revelar fotos ampliadas do meu acidente. Ele trouxe algumas cópias para vermos. Impossível descrever a mistura de emoção e terror ao vê-lo abrir a pasta de papelão e mostrar o papel lustroso, destinado para a mesa do capitão da Gestapo em Ormaie. É como sentir os primeiros toques sombrios de ar frio em suas asas, enquanto a nuvem de tempestade da qual está tentando fugir começa a alcançar o avião. Essa é a pequena distância que estou da Gestapo de Ormaie: o fotógrafo pode me entregar junto às fotografias.

Ele me avisou em inglês:

— Não é agradável ver.

A parte mais perturbadora era saber que aquela pessoa deveria ser eu. O corpo incinerado usando as minhas roupas, ossos e pele fundidos na cabine destruída no meu lugar. Os contornos das asas do ATA ainda distinguíveis e afundados no esterno. Havia uma ampliação do contorno pálido das asas — só das asas —, não dava para ver se eram o símbolo do ATA em particular.

Não gostei daquilo. Por que focar no distintivo do piloto... Por quê?

— Para que é isso? — perguntei, usando um pouco do meu parco francês. — O que vão fazer com as fotografias?

— Tem um piloto inglês preso em Ormaie — explicou o fotógrafo. — Querem mostrar as fotos para ele, fazer perguntas.

Eles derrubaram um bombardeiro inglês esta semana. Com o tempo bom, há enxames de aviões Aliados voando à noite e alguns até durante o dia. Acho que pararam de bombardear a Itália desde a invasão dos Aliados no mês passado, mas, agora que a Itália declarou guerra contra a Alemanha, as coisas estão esquentando. Estamos longe demais de Ormaie para ouvir as sirenes, a não ser que o vento esteja na direção certa. Mas dá para ver o brilho no céu quando a artilharia antiaérea dispara contra os aviões que passam.

Aquela era eu segurando com força a foto ampliada das minhas asas queimadas, tentando entender. É a foto menos medonha do piloto falso, mas foi a que me incomodou mais. Enfim olhei para Paul.

— O que um rapaz capturado da tripulação de um bombardeiro pode saber sobre um avião irreconhecivelmente destruído?

Ele encolheu os ombros.

— Você me diz. Você é a pilota.

O papel lustroso da foto estremeceu na minha mão.

Parei de imediato. Pilote o avião, Maddie.

— Você acha que o piloto inglês capturado pode ser Verity?

Paul encolheu os ombros de novo.

— Ela não é pilota.

— Nem inglesa — acrescentei.

— Mas provavelmente está com sua licença de pilota inglesa e seu cartão de Registro Nacional — argumentou Paul baixinho.

— Não há fotos na sua identidade britânica, não é? Você é civil. Então, mesmo que saibam seu nome, não saberão sua aparência. Diga-me, Kittyhawk, acha essas fotos convincentes? Você se reconheceria? Alguém a reconheceria?

Era difícil até reconhecer aquele cadáver derretido como o de um ser humano. Mas as asas do ATA... Ah, eu não quero que Julie veja aquelas fotos e alguém lhe diga que estava olhando para mim.

Porque ela conhece o avião. Não há dúvidas de que é o mesmo avião — a identificação ainda é visível, R 3892. Eu só... não consigo pensar nisso, em Julie, na prisão, sendo obrigada a olhar para aquelas fotos.

Respondi a Paul:

— Pergunte ao fotógrafo quanto tempo ele pode adiar a entrega das fotos.

O fotógrafo entendeu sem a necessidade de tradução.

— Eu espero — disse ele. — O capitão da Gestapo vai esperar. As fotos não ficaram muito boas quando as revelei. Muito claras, talvez. Vão precisar ser refeitas. Vai levar muito tempo. O inglês pode contar ao capitão sobre outras coisas. Ele ainda não vai ver as fotos do piloto. Nós podemos lhe dar essas outras para começar...

Ele pegou mais folhas de papel lustroso da pasta e me entregou uma. Era da cabine traseira, carregada com as cinzas de *"onze radios"* — onze equipamentos de radiotelegrafia.

Arfei e quase comecei a rir. Horrível da minha parte, eu sei, mas é uma fotografia BRILHANTE — totalmente convincente. É a melhor imagem que vi nas últimas duas semanas. Se estiverem com Julie e lhe mostrarem aquela fotografia, será um presente. Ela vai criar um operador e um destino para cada um desses rádios falsos, as frequências e os códigos que acompanham cada um. Ela vai enganá-los.

— *Oui, mais oui*, ah, isso! — gaguejei, um pouco histérica, e todos franziram o cenho para mim. Devolvi as duas fotos, a que vai acabar com Julie e a que pode salvá-la. — Entregue estas para eles.

— Que bom... — afirmou o fotógrafo em tom frio e neutro. — Bom porque terei menos problemas se entregar algumas das fotos no prazo. — Eu me sinto tão... tão pequena diante do risco que todos correm, a vida dupla que todos levam, como eles encolhem os ombros e continuam trabalhando. — Agora, fotografamos você, *mademoiselle* Kittyhawk.

*Maman* se alvoroçou toda e tentou deixar meu cabelo bonito. Não adiantou. O fotógrafo tirou três fotos e começou a rir.

— O seu sorriso é muito grande, *mam'selle* — falou ele. — Na França, não gostamos desses cartões de identidade. Seu rosto deve ficar... neutro, *oui*? Neutro. Como a Suíça!

Todos começamos a rir, com um pouco de nervosismo, e acho que acabei parecendo raivosa. Tento sorrir para todo mundo; é uma das poucas coisas que sei sobre estar escondida em território ocupado pelo inimigo. Isso e como atirar com um revólver usando a técnica do "tiro duplo".

Não consigo nem descrever o quanto odeio Paul.

O fotógrafo também me trouxe uma calça de alpinismo forrada de lã, que pertencia à esposa, uma calça de ótima qualidade, bem-feita e sem muito uso, que me deu depois de guardar o equipamento. Fiquei tão surpresa e grata que comecei a chorar de novo. O pobre homem interpretou errado e se desculpou por não ter trazido um vestido bonito! *Maman* veio até mim, enxugando as lágrimas com o seu avental com uma das mãos e mostrando como a calça era quentinha e grossa com a outra. Ela se preocupa mesmo comigo.

Paul se virou para o fotógrafo e fez um comentário em um tom de colegas conversando em um pub tomando uma cerveja. Mas disse em inglês para que apenas eu e o fotógrafo entendêssemos:

— Kittyhawk não vai se importar de usar calça. Ela não usa o que tem no meio das pernas.

---

Eu o odeio.

Sei que ele é o organizador, a chave de todo esse circuito da Resistência. Sei que minha vida depende dele. Sei que posso confiar nele para me tirar daqui. Mas eu o odeio mesmo assim.

O fotógrafo deu uma risada constrangida para Paul — uma piada suculenta de homem para homem — e me olhou de esguelha para ver se eu ouvira —, mas é claro que eu estava chorando nos grandes braços de *maman* e pareceu que eu não tinha escutado. E fingi mesmo não ouvir, porque era mais importante agradecer ao fotógrafo de forma adequada do que discutir com Paul.

EU O ODEIO.

Depois que o fotógrafo foi embora, eu ainda tinha mais uma sessão de treinamento com Paul. Ele AINDA tem a mão bem bolinadora — mesmo depois de ter sido afastado sob a mira de uma arma, mesmo com Mitraillette observando —, ele não deixa as mãos vagarem, mas as pousa no braço ou no ombro muitas vezes e por muito tempo. Paul deve saber o quanto eu gostaria de estourar o cérebro dele com a sua própria arma. Mas ele adora o perigo e, apesar de meus pesadelos violentos, não sou realmente capaz de fazer isso. Acho que ele também sabe.

No último fim de semana de cada mês, *maman* tem permissão para matar uma galinha especialmente escolhida e autorizada a fim de preparar um jantar de domingo para meia dúzia de oficiais da Gestapo. Como Etienne é um morador local, sua família é obrigada a entreter os superiores dele com regularidade, e é claro que os nazistas sabem que a comida é melhor na fazenda do que na cidade. Passei as três horas inteiras da visita agarrada ao meu Colt .32 com tanta força que mesmo quatro dias depois minha mão ainda estava dura. Apertando os olhos e olhando pelas ripas laterais da parede do celeiro, consegui ver o capô do Mercedes-Benz reluzente onde o deixaram estacionado no pátio, e tive um vislumbre da bainha do longo casaco de couro do capitão, que prendeu no para-choque quando entraram para ir embora.

Foi La Cadette, a irmãzinha, que me contou sobre a visita. La Cadette se chama, na verdade, Amélie. Parece um pouco tolo não escrever o nome da família agora, já que os nazistas os conhecem. Mas comecei a pensar nos Thibaut simplesmente como *maman* e *papa*, e não consigo pensar em Mitraillette como Gabrielle-Thérèse, assim como não consigo pensar em Julie como Katharina. A família deixa que Amélie puxe as conversas enquanto os nazistas ocupam a cozinha; ela parece ter a cabeça oca, mas é muito charmosa com os visitantes com seu alemão fluente da Alsácia. Todo mundo gosta dela.

Eles tentam deixar essas visitas mensais informais, usando roupas civis, embora todos demonstrem uma deferência pelo capitão da Gestapo como se ele fosse o rei da Inglaterra. Tanto

Mitraillette quanto Amélie concordam que ele é assustador, calmo e de fala mansa, sem nunca dizer nada antes de ponderar. Deve ter mais ou menos a mesma idade de *papa* Thibaut, o fazendeiro. Os subordinados o temem. O capitão não demonstra favoritismos, mas gosta de conversar com Amélie e sempre lhe traz pequenos presentes. Dessa vez, foi uma caixinha de fósforos com a insígnia do hotel que tomaram como gabinete — C d B, Château de Bordeaux. Amélie a deu para mim. Foi muito carinhoso, mas não quero acender nenhum fogo aqui!

Começam a beber. Os homens ficam pela cozinha, tomando conhaque, La Cadette servindo, Mitraillette sentada em um canto com uma alemã emburrada que é levada para todos os lados para servir como secretária/criada/escrava do capitão — e também é a motorista. Ela não toma conhaque com os homens, já que as mãos estão ocupadas segurando a pasta de documentos, luvas e chapéu do capitão durante toda a conversa.

Hoje o irmão, Etienne, estava com um galo horrível na testa, acima do olho esquerdo — um ferimento recente, um hematoma roxo com um corte no meio, ainda inchado. La Cadette o cobre de atenção, *maman* e Mitraillette se controlam mais. Não se atrevem a perguntar o que aconteceu. Na verdade, a caçula se atreve, mas ele não conta. Também fica constrangido com a atenção e todo o alvoroço que estão fazendo na frente do chefe, dos dois colegas e da outra moça também.

Então, La Cadette se vira para o capitão e pergunta:

— Etienne passa o dia todo arrumando briga com as pessoas? Ele poderia muito bem estar de volta à escola!

— Seu irmão se comporta muito bem — responde o capitão. — Mas, às vezes, algum prisioneiro violento nos lembra de como o trabalho de um policial pode ser perigoso.

— O seu trabalho é perigoso também?

— Não — responde ele suavemente. — O meu trabalho é burocrático. Tudo que faço é conversar com as pessoas.

— Prisioneiros violentos — retruca ela.

— É por isso que tenho seu irmão para me proteger.

Naquele ponto, a secretária-escrava dá uma risadinha bem discreta atrás da mão, fingindo pigarrear, e faz um gesto para o ferimento de Etienne, antes de cochichar para Mitraillette, ao seu lado:

— Foi uma mulher que fez isso.

— Ele mereceu? — cochicha Mitraillette de volta.

A secretária encolhe os ombros.

------

É um INFERNO não saber o que aconteceu ou o que está acontecendo com Julie. Já se passaram mais de três semanas agora, e estamos em novembro. Silêncio total — ela pode muito bem estar no lado escuro da lua. É incrível como você começa a se prender em ínfimos detalhes para manter a esperança.

Eles não interrogam muitas mulheres em Ormaie, já que costumam ser enviadas diretamente para a prisão em Paris, acho. Tenho certeza de que meu coração parou por um segundo quando ouvi isso, e novamente quando escrevi:

— *Foi uma mulher que fez isso.*

Não sei se estou decepcionada ou aliviada — passei quase o dia todo de ontem (dom. 7 nov.) tentando sair da França, e agora estou de volta ao mesmo velho celeiro. Exausta, mas agitada, e consigo escrever porque já está clareando e Paul me deu um comprimido de benzedrina ontem à noite, para me dar energia.

Estou feliz por ter essas anotações de volta. Eu as deixei aqui para que não as estivesse comigo se eu fosse pega no caminho de oitenta quilômetros até a pista de pouso. É claro que disse para mim mesma um milhão de vezes que não deveria escrever nada disso, mas acho que vou levá-las na próxima vez. Foi como se estivesse deixando um pedaço de mim aqui, e é um crime de traição perder meu Manual de Pilotagem.

Fui no porta-malas de um carro pequeno de um camarada de *papa* Thibaut, um Citroën Rosalie — motor de quatro cilindros, com pelo menos dez anos de uso, funcionando... por pouco... com uma mistura nojenta de alcatrão de carvão e etanol de beterraba. O pobre motor odeia isso, engasgando e tremendo por todo o caminho — acho que tenho sorte por não ter morrido asfixiada pela descarga. *Papa* Thibaut tem uma caminhonete de entregas na fazenda, mas ela e o motorista passam por uma regulamentação tão cuidadosa que não se arriscam a usá-los para nenhuma atividade da Resistência. Na viagem de ontem, uma tarde de domingo, havia seis pontos de checagem para passarmos, mais de um a cada quinze quilômetros. Nem sempre eles sabem onde estão esses pontos e foi uma boa maneira de descobrir para que pudéssemos evitá-los na volta, depois do toque de recolher. Eu estava na traseira do carro junto a um cesto de vime de piquenique e duas galinhas — galinhas poedeiras — as quais estavam sendo legitimamente levadas para outra fazenda. Não dá para acreditar no alvoroço das galinhas nos pontos de checagem. Diferentemente de mim, elas têm documentos.

Uma distração muito inteligente, porém. Assim que qualquer um abria o porta-malas, o que fizeram em metade dos pontos, as galinhas começavam a cacarejar como... bem, como galinhas! A dificuldade para mim, encolhida no fundo do porta-malas sob sacos vazios de ração, não era tentar evitar um ataque cardíaco sempre que alguém olhava para nós, mas tentar não revelar a minha presença com uma risada histérica.

Demorou muito tempo para chegarmos à pista de pouso — já tinha escurecido quando chegamos, sem as galinhas, que foram entregues ao destino. Tive que esperar no esconderijo por quase uma hora até que toda a transação com as galinhas fosse concluída, mas eles guardaram um sanduíche e um gole de conhaque para mim. Depois seguimos para a pista, um pouco inclinada, mas não muito ruim, infelizmente havia alguns cabos de energia muito altos dos quais não gostei nada e parece que o piloto que não pousou lá também não... Vou voltar a isso...

Além de mim e das galinhas, o carro contava com a presença do amigo de *papa* Thibaut para autenticar a venda dos animais, Amélie e Mitraillette para validar o piquenique de domingo, e Paul pelo conhecimento geral e execução do plano. Paul se sentou no meio das garotas, com Amélie ronronando no ombro dele. La Cadette é atriz. Embaixo do banco haviam escondido duas armas: submetralhadoras, como o nome de Mitraillette, e um equipamento de radiotelegrafia. A pista ficava no fim de uma trilha de terra, com três portões de madeira para abrir e fechar no caminho — e "guardas" da Resistência esperando em cada um deles. Eles chegaram de bicicleta, que esconderam nos arbustos na beira da estrada; alguns levaram colegas na garupa para que, quando os passageiros partissem, não tivessem de carregar bicicletas extras de volta. A "equipe local de solo" montou o equipamento de rádio ligando-o à bateria do pobre Rosalie e colocando a antena em uma árvore que convenientemente escondia o carro da visão aérea também. A recepção estava boa no início, mas quando começou a ventar ficou mais difícil de ouvir qualquer coisa.

Nós nos juntamos em volta dos fones quando a BBC entrou no ar, dois ou três em cada lado do fone...

*...ICI LONDRES...*

É LONDRES! Que emoção, não tenho outra palavra para descrever além de EMOÇÃO, ouvir a BBC... é inacreditável. Que incrível, *impressionante* ter essa tecnologia, esse elo — com centenas de quilômetros entre nós, campos e florestas, rio e mar, todos os guardas e as armas, tudo isso superado em um piscar de olhos. E, então, a voz moderada, falando em um francês tão claro que até eu conseguia entender, como se o camarada estivesse sentado ao meu lado, conversando secretamente comigo na pista escura europeia que o avião de resgate está a caminho!

Paul apresentou todos os rapazes do comitê de recepção — não pelos nomes verdadeiros, é claro. Você tem de apertar a mão de *todos*. É difícil me lembrar de todos depois de apenas um encontro e no escuro. Havia uma garota que deveria ser levada com a gente, uma operadora de rádio, estavam frenéticos para mandá-la de volta para a Inglaterra, já que parecia que metade da Gestapo de Paris a procurava.

— Não sei o que faremos sem você, princesa — disse Paul, apertando-a pela cintura.

— Eu vou voltar — afirmou ela em voz baixa.

Nem um pouco como Julie, ela é tímida e tem uma voz suave, mas deve ser tão corajosa quanto. Não consigo imaginar o sangue frio que essas pessoas têm.

Então, Paul apontou para mim.

— Aquele jovem vindo na última bicicleta é o outro piloto, o que ficou preso na lama a oeste daqui. Vocês talvez se conheçam?

Eu olhei. Era Jamie, JAMIE BEAUFORT-STUART. Mesmo na penumbra sob a lua crescente eu sabia que era ele, e ele me viu ao mesmo tempo. Ele largou a bicicleta e nós saltamos um para o outro como cangurus.

Ele disse:

— MA...

Ele quase disse meu nome, mas se corrigiu a tempo, gaguejando um pouco até completar:

— *MA CHÉRIE!* — E me jogou para trás para um beijo extasiante no estilo de Hollywood.

Nós dois nos separamos ofegantes.

— Desculpe, desculpe! — sussurrou ele no meu ouvido. — Foi a primeira coisa que me veio à cabeça... Não quero estragar seu disfarce, Kittyhawk! Não vou fazer isso de novo, juro...

Então, ficamos constrangidos com a bobagem de tudo aquilo, rindo como dois idiotas. Eu o beijei de novo, muito rápido, só para ele saber que eu não me importava. Ele me levantou, mas manteve um braço por cima do meu ombro — eles são todos assim, esses Beaufort-Stuart, carinhosos como filhotinhos de cachorro e muito casuais em relação a isso. Não é nada britânico! Nem inglês, na verdade, mas também acho que não seja muito escocês. Por um momento, vi Paul nos observando, ele mesmo com um dos braços em volta da cintura da outra garota — então, virou-se e disse alguma coisa para alguém da equipe de solo.

— Alguma notícia de Verity? — perguntou Jamie de repente.

Neguei com a cabeça porque não confiava em mim mesma para responder.

— Que inferno — praguejou ele.

— Vou contar o plano de Paul, mas é um tiro no escuro...

Entramos no carro com Amélie, que tinha caído em um sono abençoado no banco de trás. Mitraillette estava sentada no capô com uma das submetralhadoras Sten apoiada no joelho, mantendo uma vigilância atenta como sempre. Demoraria ainda umas duas horas para o avião chegar — o comitê de recepção estava arrumando a pista de sinalizadores: lanternas elétricas amarradas em varas. Não havia nada para fazermos, a não ser esperarmos até chegar a hora de acendermos as luzes.

— Tiro no escuro? — perguntou Jamie.

— Tem uma mulher em Paris que apresenta um programa de rádio para os ianques — contei para Jamie. — Paul perguntou se ela pode entrevistar a Gestapo de Ormaie, talvez incluir alguma propaganda de apoio aos nazistas no programa... dizer para os rapazes americanos no campo de batalha como é insensível nos usar, garotas inocentes, como espiãs, e como os alemães as tratam bem quando as capturam. A apresentadora se chama Georgia Penn...

— Meu Deus, não é ela que apresenta aquele programa horrível "Não existe lugar como a nossa casa" para a rádio do Terceiro Reich, ou seja lá qual é o nome do programa? Achei que ela fosse nazista!

— Ela... — Não consegui pensar em outra palavra além de "agente dupla", que não é exatamente o que eu queria dizer, embora eu ache que ela seja isso mesmo. — Ela não faz entregas nem leva mensagens. Quem é a pessoa que o rei manda na frente do exército e espera que não seja morto?

— Um heraldo?

— Exatamente! — Eu devia me lembrar. Esse é o nome do jornal para o qual ela trabalhava, *Herald*.

— E o que ela vai fazer por nós ao oferecer propaganda positiva em Ormaie para os nazistas?

— Tentar encontrar Verity — respondi suavemente.

É isso que essa mulher faz, essa apresentadora americana maluca, embora seu salário seja pago pelo ministro nazista da propaganda em Berlim: ela entra, com a cara e a coragem, em prisões e campos de prisioneiros e encontra pessoas. Às vezes. Às vezes ela se recusa a entrar. Às vezes, chega tarde demais. É comum que as pessoas procuradas não possam mais ser encontradas. Mas ela tenta, ganha acesso como uma pessoa que vai levar entretenimento para os soldados aprisionados, e sai com informações. E ainda não foi pega.

Droga de vento. Ainda soprando por toda a França — um dia lindo às avessas, para variar.

Bem... o avião chegou aqui, enfim, um dos Lizzies do Esquadrão da Lua — a fuselagem linda e familiar e as asas como as de uma águia — e seria um pouco apertado para três passageiros na cabine traseira, mas teríamos conseguido, já que nenhum de nós era muito grande, mas ele não pousou. O vento devia estar soprando a uns quarenta nós no sentido contrário à pista, além dos fios elétricos que poderiam se enrolar no avião durante a aproximação, enquanto as pilhas das lanternas que iluminavam a pista estavam morrendo — finalmente Paul, Jamie e eu tínhamos de ficar apagando as luzes sempre que o piloto se afastava e acendíamos de novo quando ele começava outro circuito em volta da pista. O piloto circulou por 45 minutos e tentou descer umas seis vezes antes de finalmente desistir. Acho que é um pouco cruel dizer "desistiu", qualquer pessoa com meio neurônio teria feito o mesmo e talvez nem tivesse cogitado tanto quanto ele. A lua desapareceu às quatro da manhã e provavelmente já tinha se posto quando ele voltou à Inglaterra.

Jamie e eu sabíamos que ele não ia conseguir. Mesmo assim, fiquei desolada quando o avião se afastou e pegou a rota para o oeste. Ficamos parados, olhando o céu escuro, com os dedos só por mais alguns segundos sobre o botão de acender e apagar a lanterna e, então, não conseguíamos mais ver nada — mas ainda ouvimos o ronco familiar do motor por mais um ou dois minutos antes de ele morrer à distância.

Era como o final de *O Mágico de Oz*,[63] quando o balão vai embora sem Dorothy. Eu não queria, mas não consegui evitar e soltei um soluço alto e infantil ao atravessar a pista. Eu parecia chorar por *tudo*. Quando chegamos ao carro, Jamie pressionou meu rosto contra o ombro para me acalmar.

---

63. Obra infantil norte-americana escrita por L. Frank Baum (1856-1919), publicada em 1900, e que inspirou o filme homônimo (1939) dirigido por Victor Fleming (1889-1949). [N. E.]

— Shhh.

Parei, mas mais por vergonha do que por qualquer outra coisa, principalmente porque a radiotelegrafista perseguida estava sendo extremamente corajosa.

Tivemos de guardar tudo e voltar pelo caminho que viemos; nós, os refugiados, de volta aos nossos diferentes esconderijos, e agora, é claro que já tinha passado muito tempo desde o toque de recolher e não contávamos mais com o blefe das galinhas. Comecei a chorar *de novo* quando tive de me despedir de Jamie.

— Pode parar. Você vai voltar a Ormaie e encontrar Verity.

Sei que ele também está morrendo de preocupação com ela e estava sendo corajoso para me ajudar a ser corajosa, então assenti. Ele enxugou minhas lágrimas com a ponta dos polegares.

— Muito bem. Coragem, Kittyhawk! Você não é de chorar.

— É que me sinto tão *inútil* — chorei. — Escondendo-me o dia inteiro quando todo mundo corre de um lado para o outro, arriscando a vida, cuidando de mim, compartilhando a comida quando precisam contar cada migalha, não posso nem lavar minha própria calcinha... e o que vai acontecer quando eu voltar para casa? Eles provavelmente vão me prender por ter enganado meu comandante, pegado um avião da RAF e caído com ele na França...

— Vão pegar no pé de todo mundo e nós defenderemos você. Eles não nos impediram de voltar a voar... Estão desesperados por pilotos para o Esquadrão da Lua. Você só cumpriu ordens.

— Sei o que dirão. "Garota idiota, sem cérebro, mole demais, não podemos confiar em uma mulher para fazer o trabalho de um homem." Permitem que mulheres pilotem em missão só quando estão desesperados. E sempre são mais rígidos com a gente quando erramos. — Tudo era verdade, e o que eu disse em seguida era verdade também, mas um pouco mesquinho: — Você até pôde ficar com suas BOTAS, mas as minhas foram QUEIMADAS.

Jamie caiu na gargalhada.

— Não me deixaram ficar com as botas porque sou homem — explicou ele, em tom tão ultrajado quanto devo ter usado no meu. — Foi só porque não tenho os dedos dos pés!

Isso arrancou uma risada um pouco sufocada de mim.

Jamie me deu um beijo rápido na testa.

— Você precisa encontrar Julie — cochichou ele no meu ouvido. — Você sabe que ela está contando com você.

Então, ele chamou baixinho:

— Ei, Paul! Quero falar com você! — Jamie manteve um braço carinhoso na minha cintura, como se eu fosse sua irmã.

Paul se aproximou no escuro.

— Você já usou essa pista antes? — quis saber Jamie.

— Só para pouso de paraquedas.

— Os cabos de energia sempre serão um problema para o pouso, mesmo sem o vento contrário. Veja bem, camarada, se puder se arriscar a levar Kittyhawk algumas vezes durante o dia, ela é a sua melhor aposta para selecionar pistas de pouso perto de Ormaie. Ela é uma excelente pilota, navegadora e uma mecânica razoável também.

Paul ficou em silêncio por um momento.

— Mecânica de aviões? — perguntou ele, por fim.

— E de motocicletas — respondi.

Outro momento de silêncio.

Então, em tom casual, Paul perguntou:

— Explosivos?

Eu nem tinha pensado sobre isso. Mas... bem, por que não? Isso é uma coisa maravilhosa para colocar minha mente ociosa para trabalhar: construir uma bomba.

— Ainda não — respondi, com cautela.

— É um trabalho difícil para uma mocinha. Você está disposta a arriscar, Kittyhawk?

Concordei como um cachorrinho feliz.

— Vamos acelerar a produção dos seus documentos e soltá-la um pouco ao esperar o próximo voo que vai tirá-la daqui.

Ele se virou para Jamie e falou naquele tom de camaradagem masculina de novo, como se eu não pudesse ouvir, como se eu fosse surda.

— Um pouco arisca, não é, a nossa Kittyhawk? Achei que ela não gostasse de homens, mas está pronta como uma coelha para você.

Jamie me soltou.

— *Cale esta boca suja, camarada!*

Ele deu um passo na direção do nosso líder destemido e o agarrou pela gola do casaco. Em uma voz baixa e ameaçadora, perigosamente escocesa, esbravejou de modo acalorado:

— Fale assim de novo perto das mulheres destemidas daqui e vou arrancar sua língua inglesa imunda da boca. *Pode acreditar.*

— Calma, rapaz — falou Paul tranquilamente, afastando a mão de Jamie. — Pode ficar calminho aí. Estamos um pouco alterados...

O que havia restado da mão de Jamie parecia perigosamente pequeno no punho forte de Paul, e Jamie não é tão grande quanto Paul — é meio como um furão tentando atacar um labrador. Naquele momento, o ar começou a vibrar. Outro avião se aproximava, voando o mais baixo que é possível ainda em segurança, dois holofotes grandes iluminando o solo na frente e atrás dele.

Paul foi o primeiro a reagir e empurrou a radiotelegrafista para trás dos arbustos, onde as bicicletas estavam escondidas. O restante se atirou em uma vala na extremidade da pista. Nenhuma parte da noite de ontem pareceu tão longa quanto os últimos cinco minutos que permanecemos deitados, tão indefesos como se tivéssemos caído em uma armadilha de lama congelada e grama morta, esperando as metralhadoras da Luftwaffe nos atingirem no chão frio ou passar sem nos notar.

Obviamente, o avião passou. Ele não ficou sobrevoando a nossa pista em particular — devia ser algum tipo de patrulha de rotina —, não gosto nem de pensar no que teria acontecido se estivéssemos entrando no Lysander.

Isso nos deixou mais alertas.

Levamos os refugiados e mais qualquer um que coubesse na traseira até estarmos a uns dois ou três quilômetros de distância de seu esconderijo, três bicicletas amarradas nos estribos e no teto do Rosalie, o carro lotado com três pessoas na frente, quatro no banco de trás e duas no porta-malas, e eu e a radiotelegrafista no para-choque nos segurando no teto como macaquinhas agarradas à mãe — a ideia sendo que, se fôssemos parados, ela e eu poderíamos pular e tentar fugir. Mais ninguém teria chance. Era maravilhoso, de um jeito meio desesperado, optar pela velocidade em vez da sutileza — assim como descer a toda velocidade para apagar o fogo quando sua aeronave está em chamas.

Sempre que chegávamos a um dos portões, descíamos para abri-los, fechá-los e voltávamos correndo ao para-choque, então o Rosalie partia de novo.

— Você tem tanta sorte de estar no circuito Damask — gritou a radiotelegrafista para mim enquanto atravessávamos a escuridão. Não havia luz nem as lanternas inúteis para os blecautes. Mas não precisávamos disso com a lua quase cheia brilhando. — Paul vai tomar conta de você. E vai fazer o possível para encontrar a agente extraviada... isso é uma questão de orgulho para ele, que nunca perdeu alguém do próprio circuito antes. — Seu inglês era elegante, do sul, com um ligeiro sotaque francês. — Meu próprio circuito acabou. Foram catorze prisões na semana passada. Organizadores, mensageiros, o lote... Alguém entregou os nomes. Tem sido um verdadeiro inferno. Fui entregue para Paul por razões de segurança. Que pena que ele é tão safado, mas desde que você *saiba*...

— Eu não o suporto! — confessei.

— Você tem de ignorar. Ele não faz por mal. Feche os olhos e pense na Inglaterra.

Nós duas começamos a rir. Acho que estávamos um pouco altinhas por causa da benzedrina, conforme atravessávamos o interior da França ao luar, pessoas que amávamos desaparecendo à nossa volta como centelhas se apagando. Difícil imaginar que estaríamos mortas se tivéssemos encontrado alguém no caminho... mas nos sentíamos vivas e invencíveis.

Não gosto de pensar que ela está sendo caçada. Espero que ela consiga sair da França.

Eu sou Katharina Habicht agora. Não é tão assustador quanto achei que seria — a mudança trouxe uma tremenda melhora no dia a dia, a ponto de o perigo adicional não incomodar. Quem se importa? Não dá para ficar mais nervosa do que já estou.

Durmo no quarto de Etienne agora — "esconderijo a olhos vistos" ganhando um significado novo e extremo. Também me apossei de algumas coisas dele. Esvaziamos uma gaveta para colocar as roupas íntimas de Käthe e uma saia extra — obtida ilegalmente com os cupons de Julie. No fundo da gaveta havia um canivete suíço, um abridor de latas, uma chave de fenda e um caderno — um caderno de exercícios escolares de quinze anos atrás. Etienne tinha escrito uma lista de pássaros locais nas primeiras três páginas. Durante uma semana, em 1928, Etienne Thibaut decidiu que seria um entusiasta da natureza. O tipo de coisa que você faz quando tem dez anos, mais ou menos a minha idade quando desmontei o gramofone do meu avô.

A lista de pássaros me deixa triste. O que transforma um garotinho observador de pássaros em inquisidor da Gestapo?

Não há um bom lugar para eu esconder qualquer coisa neste quarto — Etienne conhece todos os bons esconderijos. Duas tábuas soltas no chão, um nicho abaixo da janela e um buraco no gesso, tudo cheio das coisas dele de quando era criança — ele não tocava em nada daquilo há anos e estava tudo sujo de poeira, mas com certeza sabe que os lugares existem. Estou guardando este caderno e meu Manual de Pilotagem DENTRO do colchão... que cortei usando o canivete de Etienne.

Eu o conheci. Prova de fogo para Käthe. Fui de bicicleta com Amélie e Mitraillette, minha primeira saída em busca de pistas de pouso... apenas três garotas de bicicleta passando uma tarde alegre, o que poderia ser mais normal? Minha bicicleta é a que pertencia ao sentinela que Paul matou quando pousei aqui. Ela foi "remodelada". Quando voltávamos para a estrada principal, encontramos Etienne vindo no sentido contrário e é claro que ele parou a fim de falar com as irmãs e descobrir quem eu era.

Meus atos de evasão consistem em sorrir como uma idiota, escondendo o rosto no meu próprio ombro como se eu fosse tímida demais para merecer viver, dar uns risinhos e murmurar algumas palavras. Meu francês não melhorou, mas me ensinaram algumas respostas a cumprimentos que posso dar quando alguém se dirige diretamente a mim... depois, deixar Mitraillette e a irmã *cadette* falarem por mim.

— Ela é a filha da prima da mamãe da Alsácia. A casa foi bombardeada e a mãe dela morreu. Está passando uma temporada com a gente até o pai dela encontrar outro lugar para morarem. Está um pouco fragilizada no momento, e não gosta muito de falar sobre isso, sabe?

Em caso de emergência, elas devem usar uma palavra de código, MAMAN, e falar diretamente comigo em alemão. É o sinal para eu cair aos prantos, o que vai desencadear uma resposta igualmente ruidosa de conforto e consolo — tudo em alemão. A encenação foi criada para chocar e constranger quem quer que nos parasse e nos observasse com atenção demais, assim devolveriam logo nossos documentos, sem olhar os meus com muita atenção, e sair correndo em outra direção, bem longe de nós.

Praticamos essa rotina e a transformamos na mais pura arte. E, toda manhã desde que me mudei para a casa, La Cadette, Amélie, entra correndo e se senta na minha cama, chamando:

— Acorde, Käthe, venha alimentar as galinhas! — Suponho que seja mais fácil se lembrarem do meu "nome" já que só me conheciam como Kittyhawk.

Então... conhecemos Etienne. E é claro que *toda a conversa* ocorreu em alemão, não só porque é o idioma usado em casa para falar com a mãe, mas, como prima deles, eu deveria entender também. Precisei de toda a minha atenção para tentar detectar qualquer código nas palavras deles, que poderiam muito bem ser o dialeto de Glasgow, por tudo que eu conseguia compreender! Meu rosto corado não era fingimento — senti o rosto queimar de tanto medo e vergonha. Eu tinha deixado as meninas Thibaut fazerem o trabalho de me dar cobertura, explicando para o irmão a existência de uma prima da qual ele nunca tinha ouvido falar.

Mas, então, Etienne e Amélie começaram a discutir, e Amélie foi empalidecendo conforme o irmão não parava de falar — acho que também empalideci pouco depois — até o ponto em que achei que ela ia vomitar, que foi quando Mitraillette começou a praguejar contra o irmão vira-casaca e ameaçou bater nele, que permaneceu parado, deu uma resposta a Mitraillette, subiu na própria bicicleta e partiu para longe de nós. Depois, ele parou, virou-se e fez um aceno educado e formal antes de ir.

Quando já estava longe demais para nos ouvir, Mitraillette começou a falar em inglês:

— Meu irmão é um MERDA. — Não sei onde ela aprendeu essa palavra; comigo que não foi. — Meu irmão é um MERDA — repetiu, começando a falar em francês, que era mais difícil para entender, mas mais fácil para ela xingar.

Etienne está ajudando em um interrogatório. Isso está começando a pesar, o que o fez descontar em Amélie, que *mais uma vez* debochou do hematoma que já sumia da testa. Depois, ele começou a contar os detalhes chocantes do que seria feito caso ela fosse uma prisioneira que se recusasse a responder às perguntas da Gestapo.

Não consigo tirar isso da cabeça agora que entrou.

Fico ouvindo repetidas vezes no meio da tagarelice de Amélie, que me acha uma ótima ouvinte, embora eu não consiga entender metade do que ela diz. Ela está um pouco chateada pelo envolvimento do capitão da Gestapo, já que, na sua mente, ele ocupa o mesmo lugar que o padre ou o diretor da escola; ou seja, alguém em posição de autoridade, um pouco distante, mas gentil com ela, e, acima de tudo, alguém que joga de acordo com as regras. Alguém que *vive* de acordo com as regras.

E enfiar alfinetes sob as unhas dos pés de alguém só porque essa pessoa não fala com você não conta como uma regra de que qualquer um já tenha ouvido falar.

— Não acredito que fariam uma coisa dessas com uma mulher — afirmou Amélie para o irmão, enquanto estávamos parados nas bicicletas na beira da estrada.

— Os alfinetes são enfiados nos mamilos se você for mulher.

Foi quando Amélie engoliu em seco ficando esverdeada, e quando Mitraillette ficou com raiva.

— Cale a boca, Etienne, seu idiota. Você quer que as meninas tenham pesadelos? Meu Deus! Por que você fica nessa merda se é tão horrível? Isso excita você? Ver pessoas alfinetando mamilos de mulheres?

Foi a vez de Etienne ficar frio e formal.

— Eu fico porque é o meu trabalho. E não, não é nada excitante. Nenhuma mulher é atraente quando você joga um balde de água fria para reanimá-la e ela vomita no próprio cabelo.

---

Digo a Amélie para não pensar nisso. Então, digo a mim mesma para não pensar nisso. Em seguida, digo que *tenho* de pensar nisso. É REAL. Está acontecendo AGORA.

O que Jamie disse está me dando pesadelos. Se Julie ainda não está morta... se não estiver morta, está contando comigo. Está me chamando, sussurrando meu nome sozinha no escuro. O que posso fazer... Mal consigo dormir. Fico caminhando em círculos a noite toda, tentando pensar no que posso fazer. O QUE eu posso fazer?

Encontrei uma ótima pista de pouso — um pouco longe daqui, porém — enquanto passava o dia pedalando com M., sex. 12 nov. É incrível como é difícil encontrar uma pista de pouso decente para o SOE. É tudo tão igual, uma fazenda depois da outra, santuários a cada encruzilhada e um forno de pão comunitário em cada vilarejo. Os campos são tão planos que dá para pousar qualquer coisa neles. Mas nunca há nenhum ponto de referência noturno ou outro tipo de cobertura para a equipe de recepção. Deve ser ótimo voar em épocas de paz.

Faz cinco semanas que estou na França.

Minhas pernas estão mais fortes do que nunca — pedalei uns cem quilômetros duas vezes esta semana, uma delas para encontrar a pista, e a outra, dois dias depois, para levar Paul para vê-la. Ele precisa que sua radiotelegrafista mande um avião da RAF fotografar para fins de aprovação do Esquadrão da Lua. Entre a maratona de saídas de bicicleta, passo a maior parte do tempo cuidando das galinhas, aprendendo a fabricar pequenos dispositivos explosivos e me esforçando para controlar o meu nervosismo e não sair gritando de repente.

A apresentadora Georgia Penn recebeu um "não" do chefe da Gestapo da região, um homem poderoso e terrível chamado Ferber; acho que ele é o chefe do capitão de Ormaie. Penn nos informou que planeja ignorar a recusa e tentar de novo, entrando em contato direto com o capitão. Ela vai colocar uma data anterior no pedido e amarrá-los com a própria burocracia, para que a mão direita não saiba o que a esquerda está fazendo. Uma mulher impressionante, mas totalmente doida, se quer saber minha opinião — espero que a mão direita dela saiba o que a esquerda está fazendo.

Outro resgate com Lysander está planejado para amanhã à noite, ter. 16 nov., naquela mesma pista cheio de cabos de energia perto de Tours. O tempo é imprevisível, mas é a última chance antes de perder a lua de novembro. Talvez eu vá para casa com minha expertise em munições não testada.

Não, ainda estou aqui. Maldito Rosalie.

Acho que não posso culpar o carro, mas não me sinto bem culpando o motorista idiota e cheio de boas intenções.

Ah, estou cansada. A lua apareceu às dez ontem à noite, então o avião não chega antes das duas da manhã — Paul me pegou depois do toque de recolher e fomos, de bicicleta, encontrar o carro, ele pedalando e eu na garupa, em pé em uma barra encaixada na estrutura. Tive de me agarrar a ele por oito quilômetros, para não morrer. Aposto que ele adorou. O carro se atrasou para nos pegar; o motorista precisou desviar de uma patrulha inesperada. Paul e eu ficamos sozinhos por meia hora, tremendo de frio e andando em volta da vala de drenagem onde escondemos a bicicleta, em pé na lama gelada, no meio de novembro com meu tamanco de madeira — pensei muito em Jamie boiando no Mar do Norte. Eu já estava quase chorando quando o carro enfim chegou.

Éramos apenas nós três dessa vez, fazendo um percurso perigoso nas duas direções e não quisemos envolver *papa* Thibaut. Seu amigo e dono do carro acelerou ao máximo, indo a toda velocidade, sem acender o farol e contando apenas com a lua nascendo. O Rosalie realmente não queria ir a toda velocidade e fez seu show dramático usual sempre que chegávamos a uma ladeira, engasgando e ofegando como uma heroína de Dickens no leito de morte, até enfim parar; o motor ainda estava funcionando, mas o carro simplesmente *parou*. Não tinha potência para subir a montanha. Engasgado, mas os cilindros disparando de modo ridículo, como se estivéssemos tentando fazer a pobre criatura funcionar apenas com ar.

— O afogador não está funcionando — falei, do banco de trás.

Claro que o motorista não me entendeu, e não conheço a palavra em francês para "afogador", nem Paul — *le starter*, descobri depois, que não é a mesma coisa que o arranque usado em um carro inglês. Uma confusão inacreditável se seguiu. Em desespero, Paul tentava traduzir, e o motorista resistia a receber conselhos de uma pentelha ou seja lá qual é a expressão francesa para isso, mas tenho quase certeza de que a tradução direta em qualquer língua seria mais ou menos "cabeça oca", que é do que me sempre chamam ao considerarem que não sou capaz de fazer algo: pilotar um avião, carregar uma arma, fabricar uma bomba ou consertar um carro. Então, perdemos quinze minutos discutindo.

Por fim, quando ficou muito óbvio que o afogador *não* estava funcionando, o motorista deu umas sacudidas bem violentas até que alguma coisa voltou para o lugar e, depois de uns engasgos com um som mais saudável, o Rosalie partiu de novo com certa relutância.

Esse processo inteiro foi repetido, passo a passo, mais três vezes. QUATRO VEZES NO TOTAL. O carro parou, informei que o afogador não estava funcionando, Paul tentou traduzir sem sucesso, todos discutimos por mais quinze minutos, o amigo de *papa* Thibaut sacudia a alavanca do afogador por um tempo e finalmente Rosalie ressuscitava e saía de novo.

Perdemos uma hora inteira com isso e eu estava *fervendo* de raiva. Assim como o motorista francês, cansado de ouvir gritos em inglês de uma pentelha mais nova que sua própria filha. Sempre que o carro voltava a funcionar, Paul colocava a mão no meu joelho e dava uma apertadinha para me reconfortar, até que dei um tapa na mão dele e falei para não me tocar; mesmo quando o carro estava funcionando, rosnávamos uns para os outros, como gatos.

Eu não estava mais com medo de ser capturada pelos nazistas nem me importava em chegar atrasada para o resgate do

Lysander, embora as duas coisas estivessem ficando cada vez mais prováveis quanto mais permanecêssemos na estrada. Eu estava enfurecida como uma vespa porque *sabia* o que havia de errado com o carro e ninguém me deixava tomar uma atitude a respeito.

Quando o carro parou pela quinta vez, passei por cima de Paul e saí.

— Não seja idiota, Kittyhawk — disse ele entredentes.

— Eu vou ANDANDO para a pista — retruquei. — Sei as coordenadas e tenho uma bússola. Vou ANDAR até lá e, se eu chegar atrasada, voltarei ANDANDO para Ormaie, mas se quiser que eu entre DE NOVO neste carro francês, ALGUMA OUTRA VEZ NA VIDA, você vai obrigar esse motorista francês idiota a abrir o capô para que eu conserte o afogador AGORA!

— Meu Deus, nós não temos tempo para isso, já estamos uma hora e meia atrasados.

— ABRA O CAPÔ OU VOU ATIRAR PARA ABRIR.

Eu não estava falando sério. Mas a ameaça me inspirou porque me deu a ideia de apontar o Colt .32 para a cabeça do motorista e obrigá-lo a sair do carro.

Ele nem desligou o motor, ainda engasgado, quando abrimos o painel lateral do capô com o abridor de latas do canivete suíço de Etienne. Estava totalmente escuro lá dentro. O motorista reclamou e xingou em francês, mas Paul murmurou algumas palavras no mesmo idioma para tranquilizá-lo, já que não tinham como me fazer parar agora. Pedi para um deles segurar uma lanterna elétrica enquanto o outro fazia uma barreira de proteção com o casaco para esconder a luz. Ah — o parafuso que prendia o cabo da válvula do afogador estava solto, provavelmente por causa de todas as malditas sacudidas que ele deu, e o freio que deveria se fechar sobre a alimentação de ar do carburador não fechava direito, e tudo que precisei fazer foi apertar o parafuso com a minha chave de fenda mágica que roubei dos nazistas.

Fechei o capô, me inclinei sobre a porta do motorista, liguei o afogador, e o motor rugiu de volta à vida como um zoológico cheio de leões felizes.

Depois voltei para o assento destinado às damas no banco de trás e fiquei em silêncio até chegarmos à pista, meia hora depois de o avião ter partido. A maior parte do comitê de recepção também já tinha ido embora, e só dois nos esperavam para o caso de alguma coisa horrível ter acontecido.

Senti tanta raiva dessa vez que nem pensei em Dorothy no fim de *O Mágico de Oz*. Dei um chute tão forte no para-choque dianteiro do pobre Rosalie que deixei a marca do tamanco de madeira. Todos ficaram chocados. Parece que eu tinha uma reputação de ser tranquila e um pouco chorona; na verdade, achavam que eu era uma manteiga derretida.

Paul explicou:

— Eles não poderiam ter esperado. É tão tarde que já vai ter amanhecido quando voltarem para a Inglaterra. Eles não poderiam arriscar ser pegos sobrevoando a França em plena luz do dia.

Então, me senti uma garota egoísta, mandona e cruel e tentei pedir desculpas para o amigo de *papa* Thibaut, com meu francês horrível, por ter amassado o para-choque dele.

— Não, não, sou eu que tenho de agradecer, *mademoiselle* — falou ele, em francês. — Você consertou o afogador!

Educadamente, ele abriu a porta para eu entrar. Sem dizer nada sobre perder outra noite arriscando a própria vida por uma estrangeira ingrata que jamais o recompensaria pelo que ele estava fazendo; aquele era o Princípio da Carona para Campos de Pouso levado ao extremo.

— *Merci beaucoup, je suis désolée.* — Muito obrigada, sinto muito, sinto muito. Parecia que eu sempre estava dizendo: — Obrigada. Sinto muito.

Uma pessoa do comitê de recepção enfiou a cabeça no carro depois que entrei:

— O piloto escocês me pediu para lhe entregar.

Jamie deixou as botas dele para mim. Fiel à minha reputação de manteiga derretida, chorei a maior parte do caminho até Ormaie. Mas pelo menos meus pés estavam quentinhos.

Georgia Penn a encontrou. Georgia A ENCONTROU! Julie desapareceu em 13 out. e Penn conversou com ela ontem, 19 nov. QUASE SEIS SEMANAS DEPOIS.

Não reconheço mais as minhas emoções. Não é mais pura alegria nem tristeza. É horror e alívio e pânico e gratidão, tudo misturado. Julie está viva — ainda está em Ormaie — e inteira, usando o equipamento habitual de batalha: cabelo elegante penteado perfeitamente a cinco centímetros do colarinho, e até conseguiu fazer as unhas de alguma forma.

Mas *é* uma prisioneira. Eles a capturaram quase de imediato. Ela olhou para o lado errado antes de atravessar. Tão típico de Julie. Ah... Não sei se rio ou se choro. Estou cansada de chorar o tempo todo, mas estou chateada demais para rir. Se ela estivesse com a identidade certa quando a interrogaram pela primeira vez, talvez tivesse se livrado. Ela não tinha chance sem uma identidade.

A srta. Penn perguntou se poderia entrevistá-la em inglês, e as duas ficaram frente a frente, sob vigilância, e Georgia verificou a identidade de Julie com o codinome. Ela não sabia o nome verdadeiro de Julie. Não sei que desculpa deram. A jornalista chegou bastante convencida de que todo o cenário da entrevista era uma grande mentira, e a própria Julie estava sendo mantida sob extrema vigilância. Invisível, mas existente. Acho que Julie sabia que, se saísse da linha, eles silenciariam Penn também, e sei que Julie jamais correria esse risco. Ela nem descumpriu ordens de informar o próprio nome. Todas as informações foram passadas com pistas e palavras codificadas. O capitão e a criada estavam lá, e um ou dois outros, e todos se sentaram, tomando conhaque — menos a criada, é claro! — no gabinete elegante do capitão, onde Julie foi colocada temporariamente para trabalhar como tradutora. Então, na verdade, ela estava fazendo exatamente o que tinha sido enviada para fazer!

Nenhum nome foi dado, nenhum serviço ou posição militar foram mencionados; ela mesma se apresentou para Penn como operadora de rádio. Falou para os nazistas que é operadora de rádio. LOUCURA, não é por isso que ela está aqui, e agora se esforçam muito para arrancar o máximo de códigos dela. Penn não tinha a menor dúvida de que os códigos arrancados de Julie deviam ser antigos ou inventados, mas definitivamente algo com que poderiam trabalhar. Penn acha que foi exatamente por esse motivo que ela informou ser uma op/r — eles chamam de O/R no SOE, Operadora de Radiotelegrafia: para que ela lhes informasse códigos. É mais comum que uma garota do SOE venha para a França como mensageira, mas se Julie dissesse que era mensageira, a teriam interrogado sobre o circuito inteiro — códigos obsoletos é uma forma mais segura de traição, acho, do que pessoas de carne e osso. Além disso, não deixa de ser verdade, já que esse foi o treinamento original de Julie na WAAF e combina com as fotos do local do acidente que com certeza devem ter mostrado a ela. Desde que se concentrem nas atividades inexistentes de radiotelegrafista, não vão fazer perguntas sobre a Operação-Explodir-o-QG-da-Gestapo-em-Ormaie ou seja lá qual é o nome de verdade.

Penn viu alguns escritórios administrativos e um dormitório vazio com quatro camas arrumadas — não teve nenhum contato com outros prisioneiros nem sinais das condições em que eram mantidos. Julie deu algumas pistas. Ela disse...

Ela

Julie foi

... DROGA. Pilote o avião, Maddie.

NÃO VOU CHORAR.

Tive chance de conversar com a srta. Penn. Mitraillette e eu nos encontramos com ela perto de um lindo lago em uma elegante área residencial de Ormaie. Sentamo-nos em um banco enrolando fios de lã ao conversar, uma garota de cada lado da jornalista e uma bolsa de lona no colo cheia de meias de lã desgastadas para serem desfiadas. Devia estar parecendo nossa babá. Ela é quase trinta centímetros mais alta do que nós. Ela falava e íamos pegando mais meias na bolsa para desmanchar conforme a ouvíamos. De repente, no meio do relato, quando eu ia apanhar outra meia, a srta. Penn pegou a minha mão e a segurou com firmeza. Não a de Mitraillette. Só a minha. Não sei como soube que seria a garota a ter mais dificuldade com o que seria dito. Ela é um pouco interrogadora também, se você parar para pensar — o mesmo trabalho que o restante deles, conseguindo histórias sensacionais de fontes relutantes. Cada um faz a seu modo, mas é o mesmo trabalho. E Julie, também sendo perita, facilitou as coisas, dando informações que Penn nem tinha pedido.

— Você é corajosa, Kittyhawk? — perguntou Penn, segurando minha mão com força.

Dei um sorriso forçado.

— Acho que sim.

— Não existe uma maneira delicada de dizer isso — avisou ela, com sua voz americana e direta cheia de raiva.

Nós esperamos.

Penn nos contou em voz baixa:

— Ela foi torturada.

Por um minuto, não consegui responder. Não consegui fazer nada.

Provavelmente demonstrei tristeza, mas não surpresa, na verdade. Penn falou de forma tão franca que parecia que eu tinha acabado de levar um tapa na cara. Por fim, fiz uma pergunta idiota:

— Tem certeza?

— Ela me mostrou — respondeu Penn. — De forma bem clara. Ela ajeitou o lenço assim que trocamos um aperto de mãos e me olhou diretamente nos olhos. Uma linha feia de queimaduras triangulares ao longo do pescoço e da clavícula, que começavam a cicatrizar. Mais algumas na parte interna dos punhos. Ela foi muito esperta ao me mostrar, na verdade, sem nenhum drama. Ela puxava a saia para cruzar as pernas ou deixava a manga subir um pouco ao aceitar um cigarro, só se movendo quando o capitão não estava olhando. Hematomas horríveis nas pernas. Mas as marcas já estão desaparecendo, devem ter sido feitas há cerca de duas ou três semanas. Estão pegando mais leve com ela agora. Não sei o motivo... Ela deve ter feito algum trato, isso com certeza, ou não estaria mais aqui. Era de se imaginar que Ormaie já tivesse arrancado dela o que desejavam ou desistido.

— Fez um trato com eles! — engasguei.

— Bem, alguns de nós conseguem fazer isso — disse a srta. Penn guiando minha mão gentilmente para a bolsa de meias. Então confessou: — Mas é difícil saber o que sua amiga está fazendo. Ela estava... ela estava *concentrada*. Não esperava ouvir o próprio codinome na conversa e aquilo a abalou, mas ela não... sabe... ela não deu dicas sobre um resgate... Acho que ainda está dedicada a concluir a missão e tem motivos para acreditar que consegue fazer isso lá de dentro. — A srta. Penn me olhou de esguelha. — Você sabe qual era a missão dela?

— Não — menti.

— Bem — disse a srta. Penn —, vou dizer o que ela me contou. Talvez você consiga tirar algum sentido de tudo.

Mas não consigo. Não sei o que fazer com nada daquilo. É como... Deve ser como paleontologia. Tentar montar um dinossauro com base em ossos aleatórios sem nem saber se são todos do mesmo tipo de animal.

Mas vou escrever tudo que Julie nos informou — talvez Paul consiga entender...

1. O prédio que a Gestapo usa em Ormaie tem o próprio gerador. Penn reclamou da falta de energia e como era difícil não poder contar com eletricidade quando

se trabalha em uma rádio e Julie disse: "Bem, aqui nós temos a nossa própria energia". É bem a cara dela falar como se fosse um deles. Que nem quando fomos ver *Coronel Blimp* e ficamos sentadas chorando durante toda a cena em que os soldados alemães presos estão ouvindo Mendelssohn.

2. A caixa de fusíveis fica embaixo da grande escadaria. A srta. Penn não disse como Julie conseguiu dar essa informação. Ela também mencionou:

3. É um fato bem conhecido que os nazistas têm um gabinete de radiotelegrafia do outro lado da praça do QG da Gestapo, na prefeitura e, de acordo com Julie, isso deve ser porque não há uma estrutura de transmissão no prédio do Château de Bordeaux — Penn acredita que é porque as paredes são muito grossas para fornecerem uma boa recepção, mas imagino que o gerador ofereça interferência maior para a recepção do que as paredes. Essa informação foi passada de forma muito casual — o SOE chama o trabalho de rádio de "artrite", fácil, fácil. Consigo imaginar Julie olhando as unhas e dizendo: "Ainda bem que não sofro de problemas de articulação. Ninguém aqui sofre. Como esses nazistas tirariam vantagem!".

4. Penn também descobriu muita coisa sobre a secretária--criada. Julie acha que ela está prestes a ter uma crise de consciência, e talvez consigamos aproveitar isso, e sugere que a observemos para que ela consiga encontrar a Resistência com facilidade quando estiver pronta.

Fico perplexa tentando imaginar como Julie conseguiu comunicar tudo isso na *presença* do capitão da Gestapo. Aparentemente, elas estavam falando em inglês e a criada tinha de traduzir tudo para o capitão, então ou ela não entendeu nada ou não traduziu tudo, o que prova, em parte, a suposição de Julie. Ela chama a criada de "anjo" — *l'ange* —, o que é muito constrangedor, na minha opinião. Não é de se estranhar que a garota se mantenha calada. E é uma palavra no masculino em francês e não um substantivo neutro, como é em inglês. É uma tradução direta do sobrenome dela, Engel, do alemão.

Às vezes, eu sentia inveja de Julie — sua inteligência, sua facilidade com homens, sua elegância. Caça a perdizes, escola suíça, conhecimento de três idiomas e ter sido apresentada ao rei com um vestido de baile de seda azul — e ela ainda é membro da Ordem do Império Britânico depois que pegou aqueles espiões, era quase como ser condecorada cavaleiro, e *principalmente* o semestre que passou em Oxford — e me odeio por pensar que qualquer uma dessas coisas é digna de inveja.

Agora tudo em que consigo pensar é onde está e quanto a amo. Começo a chorar de novo.

Sonhei que estava voando com Julie. Eu a estava levando de volta para casa, seguindo para a Escócia no Puss Moth de Dympna. Estávamos subindo pela costa ao longo do Mar do Norte, o sol baixando no oeste — o céu, o mar e a areia banhados de dourado, dourado por toda a nossa volta. Não havia balões de barragem nem nada, só o céu vazio como nas épocas de paz. Mas não estávamos em época de paz, era agora, no fim de novembro de 1943, com a primeira neve caindo nos montes Cheviot no oeste.

Voávamos baixo sobre as longas faixas de areia de Lindisfarne, e tudo era lindo, mas o avião ficava tentando subir e eu tinha de me esforçar muito para mantê-lo baixo. Exatamente como aconteceu com o Lysander. Com medo, preocupação e cansaço, tudo de uma vez, e raiva do céu por ser tão lindo quando havia o perigo de cairmos. Então, Julie, sentada ao meu lado disse:

— Deixe-me ajudar.

No sonho, o Puss Moth tinha controles duplos, um do lado do outro, como um Tipsy; Julie pegou o próprio manche e gentilmente o empurrou para trás e, de repente, estávamos pilotando juntas.

Toda pressão desapareceu. Não havia nada a temer, nada contra o que lutar, só nós duas, pilotando juntas, pilotando o avião juntas, lado a lado no céu dourado.

— Fácil, fácil — disse ela, rindo, e era mesmo.

Ah, Julie, será que eu *saberia* se você estivesse morta? Será que eu sentiria acontecer, com um choque elétrico no meu coração?

Amélie acabou de testemunhar uma execução no Château de Bordeaux. Château des Bourreaux é como todos o chamam agora. Castelo dos Carrascos. As crianças aqui têm a quinta-feira de folga em vez de sábado, e Amélie tinha ido a Ormaie com dois colegas a um café barato de que gostavam, que é bem no fim da rua que fica atrás do QG da Gestapo. Amélie e os amigos estavam sentados perto da janela do café quando notaram uma aglomeração na rua. Sendo crianças, logo foram ver o que estava acontecendo e descobriram que os desgraçados montaram uma guilhotina nos fundos do pátio e estavam executando pessoas...

As crianças *viram*. Não sabiam o que estava acontecendo ou nem teriam ido ver, diz Amélie, mas chegaram bem na hora em que estava acontecendo e viram. VIRAM ACONTECER. Ela chorou a noite toda, e foi impossível a consolar. Eles viram uma garota ser morta e Amélie a *reconheceu* da escola, mesmo que a garota fosse mais velha que Amélie e já tivesse se formado — imagina se tivesse sido minha velha amiga Beryl? Ou a irmã de Beryl? Porque foi exatamente isso que aconteceu: uma colega de escola sendo guilhotinada como espiã. Eu não entendia antes — não entendia mesmo. Ser criança e se preocupar que uma bomba possa cair e matar você é terrível. Mas ser criança e se preocupar que a polícia possa cortar sua cabeça é uma coisa completamente diferente. Nem tenho palavras para descrever. O profundo horror é algo que eu não compreendia até vir para cá.

Quando eu tinha oito anos, antes da Grande Depressão, passamos um feriado em Paris — me lembro de partes, fizemos um passeio de barco pelo Sena e vimos a *Mona Lisa*. Mas do que mais me lembro é de vovô e eu subindo a Torre Eiffel. Pegamos o elevador para subir, mas descemos a pé e, ao descer, paramos no primeiro patamar e vimos a vovó lá embaixo no parque, usando o grande chapéu novo que tinha comprado naquela manhã, e acenamos para ela — que estava tão elegante no Champ de Mars que nem dava para saber que ela não era francesa. Ela nos fotografou e, embora estivéssemos muito longe e pequenos para identificar na foto, sei que somos nós na imagem. E também me lembro de que havia uma loja no primeiro patamar, e vovô comprou uma miniatura da Torre Eiffel para mim, presa a uma correntinha dourada como um suvenir, e ainda a tenho, lá em casa em Stockport.

Não faz tanto tempo assim. O que está *acontecendo* com a gente?

*Maman* Thibaut está dando *café au lait* para Amélie na grande mesa da cozinha. Mitraillette e eu nos alternamos para abraçá-la enquanto trocamos olhares horrorizados por cima da cabeça dela, que não para de falar. Só consigo entender uma a cada três palavras. Mitraillette sussurra uma tradução:

— *Il y en avait une autre.* — Havia outra. — *Il y avaient deux filles.* — Havia duas garotas. — *La Cadette et ses amies n'ont rien vu quand on a tué l'autre...*

Não viram a segunda ser executada. Tirar essa informação de La Cadette foi um tormento para *todas* nós. Havia *duas* garotas que foram levadas juntas para fora, amarradas uma à outra. A segunda teve de ficar parada e assistir quando decapitaram a primeira — estava *tão perto* que Amélie contou como o sangue espirrou no rosto da outra. Então fecharam os portões. Pelo muro do pátio, Amélie e as amigas os viram levantar a lâmina de novo e foi quando saíram de lá.

A segunda garota era Julie. Tenho certeza. Não pode haver outra loura pequena usando um pulôver da cor das folhas do outono como prisioneira no QG da Gestapo de Ormaie. Amélie *a viu*.

Mas não acredito que a tenham matado. Simplesmente não acredito. Fico pensando naquelas fotos do piloto. Devem tê-las mostrado a Julie, talvez ela ache que estou morta. Mas não estou. E é o mesmo para ela. Tenho certeza. Pode parecer que ela está morta, mas não está. Há um motivo para fingir a morte dela agora, já que foi entrevistada por Georgia Penn esta semana e agora precisam restabelecer a própria supremacia ou o seja lá o que for — o controle sobre o que todos sabem ou não. Aquele capitão/comandante deve estar com problemas — ele foi contra seu superior ao permitir a entrada de Penn. Talvez tenha recebido ordens de matar Julie. Mas acho que talvez só fingiu a morte dela, assim ela pode desaparecer de novo. Beber conhaque com ela e mandá-la para a guilhotina na mesma semana? Apenas não acredito.

QUERO EXPLODIR AQUELE LUGAR.

Os aviões sobrevoam quase toda noite — há fábricas de munição trabalhando para os alemães e locais de lançamento que estão desesperados para tirar de ação. Mas não vão jogar uma bomba no meio de Ormaie, não de propósito, por medo de atingir civis. Eles precisam atingir o cruzamento ferroviário daqui e atacar as fábricas do norte da cidade, embora eu não ache que Ormaie tenha qualquer fábrica significativa além da de guarda-chuvas. Mas a RAF não vai bombardear a cidade bem no meio. Por esse motivo Julie foi mandada para cá, para que pudéssemos fazer um ataque terrestre. Não é muita gente que sabe que a RAF está evitando acertá-los — ninguém se sente seguro. Os americanos lançaram algumas bombas em Rouen em plena luz do dia. As pessoas ficaram em pânico quando ouviram as sirenes de ataque aéreo e procuraram abrigo exatamente como nós fizemos na blitz de Manchester. Mas nada nunca atinge o centro de Ormaie.

Às vezes eu gostaria que isso acontecesse: uma única grande explosão para acabar com o Castelo dos Carrascos. Quero que esse lugar maligno exploda em chamas. Quero tanto que chega a *doer*. Então me lembro que Julie ainda está lá dentro.

Não acredito que ela está morta, não acredito em nenhum dos blefes, mentiras e ameaças que nos fazem. Não acredito que ela está morta. NÃO VOU ACREDITAR que está morta até EU MESMA ouvir os tiros e vê-la tombar.

Outro jantar de domingo com os nazistas na casa da família Thibaut, 28 nov. Precisei desaparecer um pouco. Consigo imaginar La Cadette dizendo para eles:

— Käthe está namorando um *homem mais velho*! Nem acredito como ela foi rápida. É um amigo do motorista de *papa*. Ela o conheceu quando estávamos colocando as galinhas no carro algumas semanas atrás. Eles saem juntos todo domingo. E algumas noites da semana também!

E *maman* revirando os olhos.

— Isso não é certo. Não é certo mesmo. Uma menina tão nova com um homem que tem o dobro da sua idade. Mas o que eu posso fazer para impedir? Ela não é minha filha... Ela trabalha duro aqui e não recebe nada, então sou obrigada a lhe dar as tardes de domingo de folga. E ela já é maior de idade. Só espero que seja cuidadosa e não arrume *problemas*...

"Problemas" com Paul, que nojo.

Nós dois fomos juntos de bicicleta para a casa de outra pessoa a fim de refinar minhas habilidades com explosivos e armas. É um alívio tão grande me concentrar em coisas neutras: a quantidade de explosivo plástico necessária para explodir um carro, como conectar os dispositivos, como usar um ímã para colocar o detonador, como atingir um alvo em movimento com um revólver de bolso — um emprestado, porque Käthe não costuma portar uma arma, já que poderia ser presa se fosse vista com uma. Obrigada, Jamie e Julie Beaufort-Stuart pelas primeiras aulas de tiros. O alvo em movimento de hoje não foi um Me-109, nem uma perdiz, mas uma latinha vazia em uma vara, sacudida por uma pessoa muito corajosa do outro lado do jardim. O barulho é encoberto por uma serraria próximo à casa. Não sei se costumam trabalhar nas tardes de domingo ou se o barulho era só para nos dar cobertura.

— É uma pena que não podemos ficar com você, Kittyhawk — disse o dono da casa em que estávamos. — Você nasceu para ser uma soldada.

Hum. Isso me faz estufar o peito de orgulho e, ao mesmo tempo, querer debochar de tudo — que bobagem! Não nasci para ser uma soldada. Tem uma guerra acontecendo, então, estou entregando aviões. Mas não saio por aí em busca de aventura e emoção, e definitivamente não saio por aí comprando briga com as pessoas. Gosto de fazer as coisas funcionarem e *amo* pilotar.

Preciso me lembrar de que ainda sou Maddie — não escuto meu próprio nome há sete semanas. E minha dublê Käthe será pressionada ao limite nos próximos dias.

Ela... eu... vai ter que entregar a mensagem... convite?... para a recruta de Julie, a secretária-criada alemã, Engel. Por que eu? Porque não sou moradora e, com sorte não estarei mais aqui depois da próxima lua cheia. Engel não conhece meu rosto. Pouca gente conhece. Mas nunca a vi antes de hoje, então organizamos tudo para eu lhe dar uma boa analisada antes de a abordar na rua amanhã. Paul e eu voltamos para a casa da família Thibaut antes de os visitantes nazistas irem embora, e ficamos esperando, esperando e esperando, até todos saírem.

Fechamos o portão. Para que a Mercedes da Gestapo tivesse que parar, e Engel, que era a motorista, saísse a fim de abri-lo.

E lá estava eu, do outro lado da estrada com a minha bicicleta do homem assassinado, esperando bem longe da Mercedes com a cabeça baixa e usando um dos lenços de *maman* Thibaut. E lá estava Paul, dando em cima da alemã tão corajosa — tenho certeza de que ninguém nem olhou duas vezes para mim porque ele deu um show. Deixou a pobre mulher abrir um pouco o portão, depois cobriu a mão dela com a dele, ajudando, claro, mas conseguiu passar a outra mão na bunda da mulher ao abrirem o portão juntos. Acho que é seguro dizer agora que ela o odeia tanto quanto eu. Ela voltou para o carro segurando o casaco e a saia enquanto Etienne ria no banco de trás.

Todo aquele desempenho de Paul serviu para que eu a visse bem. Ela é alta, deve ter a minha idade, cabelo castanho-escuro e um coque severo e frisado, um pouco fora de moda. Olhos verdes surpreendentemente claros. Não é bonita, mas interessante — talvez ela fique estonteante em um vestido vermelho de festa, mas parecia séria e desmazelada com sapatos confortáveis e sobretudo cor de sujeira.

Ah, eu estou parecendo a Julie. "Pois eu digo, criada nazista, você ficaria *ótima* se me deixasse fazer suas sobrancelhas."

Então Engel voltou para o carro e o deixou morrer quando passou a marcha... Ela estava zangada àquele ponto. Logo virou a chave e arrancou suavemente, sem nem lançar um olhar na direção de Paul quando partiu, deixando-lhe a tarefa de fechar o portão.

Acho que nenhum deles notou a minha presença. Estavam ocupados demais assistindo à comédia romântica entre Paul e Engel.

Consegui ver o capitão da Gestapo também.

Sei que deveria manter a cabeça baixa, mas não consegui evitar ficar um pouco boquiaberta. Aquele é o homem que interrogou Julie, o homem que vai ordenar a execução dela — ou já ordenou. Não sei o que eu esperava, mas ele parecia uma pessoa *qualquer* — o tipo de camarada que entraria na loja para comprar uma motocicleta de presente de aniversário para o filho de dezesseis anos — como um diretor de escola. Mas ele também parecia estar de joelhos. Morto de cansaço e farto de tudo. Parecia não dormir há mais de uma semana. Todos os pilotos estavam assim em setembro de 1940, durante os piores dias da Batalha da Inglaterra — o filho do vigário estava assim, quando saiu do avião no dia que foi morto.

Eu não sabia naquele dia — quer dizer, eu não sabia mais cedo naquele dia, quando vi o rosto do capitão e pensei em como ele parecia cansado e preocupado —, mas sei agora que a Gestapo de Ormaie está em polvorosa não só porque o capitão cometeu um erro ao permitir a entrevista com Georgia Penn, mas também porque foram *roubados*. Mitraillette conseguiu essa informação com a criada Engel durante o ritual do conhaque na casa da família Thibaut. Um conjunto de chaves desapareceu por uma hora na semana passada e, quando reapareceu, estava no lugar errado, e ninguém sabia para onde tinha ido. Todos da equipe foram interrogados pelo capitão e, amanhã, o próprio capitão será interrogado pelo seu comandante, o terrível Nikolaus Ferber.

Se eu fosse a capitã, colocaria uma focinheira em Engel; tenho quase certeza de que ela não deveria dar informações como essa. Bem, se ela não vier trabalhar com a gente de livre e espontânea vontade, talvez possamos chantageá-la com isso... Agora é a nossa chance...

Cabe a mim trazê-la para nós. Não acredito que eu tenha dito a um oficial da Inteligência que eu não conseguiria fazer esse tipo de trabalho! Eu não poderia estar mais ansiosa do que já estou, *e é um alívio* fazer alguma coisa útil. Acho que não vou conseguir dormir muito bem esta noite. Fico pensando no que Theo me disse depois que pilotei o Lysander no meu primeiro voo de transporte: "Nós poderíamos muito bem ser operacionais...".

PILOTE O AVIÃO, MADDIE

Pesadelo horrível com guilhotinas. Todo em francês, provavelmente um francês muito ruim... Nunca imaginei que fosse possível sonhar em francês! Eu estava usando o canivete suíço de Etienne para apertar o parafuso do cabo que levantava a lâmina, para me assegurar de que ela cairia sem problemas. Era horrível pensar que, se houvesse alguma confusão naquela morte, a culpa seria minha. Eu ficava pensando: *Ela funciona como o afogador... C'est comme un starter...*

Pode ter certeza, senhorita, como Jock diria.

Se eu mesma não acabar no pátio dos fundos daquele hotel horrível com a minha cabeça em uma bacia, será um maldito milagre.

Fiquei sentada no café favorito de Amélie por uma hora esperando um velho cujo nome não sei até ele me dizer: *"L'ange descend en dix minutes..."*. Dez minutos até o anjo descer. Aquilo significava que Engel tinha descido para pegar o carro na garagem a fim de levar o capitão da Gestapo para se encontrar com o odioso comandante. Então, tudo que eu tinha de fazer era passar na frente do hotel quando ela estivesse o ajudando a entrar no carro, devolver-lhe um batom com um papel escondido na tampa, que dizia que conseguimos o seu próprio *cachette* pessoal — se ela desejasse fazer contato com a Resistência, poderia deixar um bilhete no café das crianças, escondido em um guardanapo de linho dobrado que está embaixo do pé de uma mesa bamba, servindo como apoio para não balançar.

É claro, ela também pode montar uma armadilha para mim já que eu pegarei o bilhete, e ela sabe.

Sabe do que mais? Se ela vai me dedurar, nem precisa da armadilha. Se montar uma armadilha, já estou morta.

Quando a alcancei esta tarde, me ajoelhei rapidamente aos seus pés, como se ela tivesse deixado cair alguma coisa, quando, na verdade, era eu mesma que tinha colocado o objeto ali. Então, me levantei e entreguei o estojo brilhante. Dei meu sorriso idiota e falei poucas palavras que sei em alemão:

— *Verzeihung, aber Sie haben Ihren Lippenstift fallengelassen...*
— Com licença, você deixou seu batom cair.

O capitão já estava no carro e Engel ainda não tinha aberto a porta para entrar. Ele não podia nos ouvir. Eu não seria capaz de compreender nada se ela respondesse, então apenas deveria continuar sorrindo se ela não pegasse o batom e dizer: *"Es tut mir leid, daß es doch nicht Ihr Lippenstift war..."*. Desculpe, não era o seu batom, no fim das contas.

Ela olhou para o tubo dourado, franzindo o cenho, então olhou para o meu sorriso idiota e bondoso.

Ela perguntou curiosamente em inglês:
— Você é Maddie Brodatt?

Ainda bem que eu já estava sorrindo. Porque só precisei mantê-lo congelado no rosto. Parecia extremamente forçado, como se eu estivesse usando uma máscara... como se eu estivesse usando o rosto de outra pessoa. Mas não parei de sorrir. Neguei com a cabeça.

— Käthe Habicht — respondi.

Ela assentiu uma vez... como uma saudação. Pegou o batom, abriu a porta da Mercedes e entrou.

— *Danke*, Käthe — falou ela antes de fechar a porta.

Obrigada, Käthe. Tão casual. Informal e alegre, como se eu fosse uma garotinha.

Quando ela se afastou, me lembrei de que Käthe não deveria entender inglês.

Pilote o avião.

Gostaria de poder... Gostaria de... GOSTARIA DE TER O CONTROLE.

Ainda não morri e temos a resposta de Engel. Eu mesma a peguei e já estou bem confiante para andar de bicicleta pela cidade, já que Mitraillette sempre usa o mesmo ponto de controle — eles já me conhecem e acenam para mim sem se preocupar em pedir meus documentos. Engel nos entregou o lenço de Julie. Não o reconheci no início. Estava caído embaixo da mesa do café e o rapaz que varre o chão o entregou para mim.

— *C'est à vous?* — É seu?

Eu não sabia o que era no início... um amontoado de tecido cinza e sem graça... mas assim que toquei percebi que era seda, então peguei, para o caso de ser importante. Eu o amarrei no pescoço e abri meu sorriso idiota.

— *Merci.* — Obrigada.

Fiquei sentada por mais uns dez minutos, sentindo o estômago se revirar de medo e animação, obrigando-me a terminar uma xícara do café falso mais horrível já passado para que eu não levantasse suspeita por sair com tanta pressa.

Pedalei de volta para casa como um demônio, tirei o lenço amassado do pescoço e o abri na minha cama no quarto de Etienne. Foi quando percebi que era o lenço de seda parisiense de Julie...

Eu era pequena quando meu pai morreu, mas me lembro de como eu costumava abrir a gaveta onde ele guardava as gravatas, antes de vovó se livrar delas, e cheirar. Todas as gravatas tinham o cheiro do meu pai: uma mistura de tabaco, colônia e um toque de óleo de motor. Eu adorava o cheiro daquelas gravatas. Elas o traziam de volta.

O lenço de Julie não tem mais o cheiro dela. Afundei o nariz nele. Tem cheiro de sabão carbólico. Como uma escola. Ou uma prisão, suponho. Tem uma mancha de tinta em um canto e a seda está arruinada no meio, como se Engel tivesse brincado de cabo de guerra com ele.

Aquele cheiro químico, adocicado e forte. Não se assemelhava nem um pouco a Julie. Ele me fez lembrar que Penn nos disse que Engel era química.

Corro lá para baixo.

— *Tu cherches Gabrielle-Thérèse?* — "Quer falar com minha irmã?", perguntou La Cadette, erguendo o olhar dos livros escolares em cima da mesa da cozinha.

— *Oui... tout de suite... Agora mesmo.* Preciso de um ferro de passar... um ferro bem quente... Ah, que droga... — Eu não fazia ideia de como dizer aquilo. Fiz mímica de um ferro de passar. A menina, muito esperta, entendeu na hora, jogou o ferro da mãe no fogo da cozinha para esquentá-lo, apontou para a tábua de passar e foi procurar a irmã.

Mitraillette, Amélie e eu ficamos como as bruxas de *Macbeth* sobre a tábua de passar, prendendo a respiração. Eu estava com medo de estragar o lenço e queimá-lo, mas não foi o que aconteceu. Depois de mais ou menos um minuto a mensagem de Engel começou a aparecer em uma tinta marrom entre a seda cinza no canto contrário à mancha de tinta.

Não é preciso ser treinado pelo Serviço de Operações Especiais para saber usar tinta invisível. Nem precisa ser química. Beryl e eu aprendemos isso com as bandeirantes. Costumávamos escrever mensagens secretas com leite. É fácil.

Não sei o que Engel usou, mas escreveu em francês, então não me lembro das palavras exatas. Ou ela nos deu uma pista ou nos traiu. Não saberemos qual das duas opções é até hoje à noite.

Mitraillette mandou chamar Paul — usaram o mensageiro dele, pois não sabemos onde ele fica.

Nesta noite há dezenove prisioneiros de Poitiers em transporte para um campo de concentração em algum lugar no nordeste da França. O ônibus vai parar em Ormaie e pegar mais cinco prisioneiros aqui. Julie estará entre eles.

Se eu conseguir escrever como um relatório de acidente...

Acho que não vou conseguir escrever como um relatório de acidente, mas preciso escrever alguma coisa... Eu tenho que me lembrar... Talvez haja um julgamento. E nem me importo mais se houver. Apenas quero escrever o que aconteceu enquanto ainda lembro.

Mitraillette tentou me fazer dormir com um remédio minutos atrás — trinta minutos até o esquecimento. Mas dessa vez fui mais esperta que ela e quero escrever. Talvez eu o tome depois.

Acho que vou tomar. Quando terminar, não vou mais querer pensar em nada

## RELATÓRIO DE INCIDENTE

Tentativa de sabotagem da ponte sobre o rio Poitou na estrada Tours-Poitiers com a intenção de interceptar o ônibus militar carregando 24 prisioneiros franceses e Aliados — qua. 1 dez. 1943.

Bem, nós os interceptamos.

Fizemos um grande buraco na ponte também, para impedir que deportassem qualquer um pela estação ferroviária em Tours por um tempo.

EU OS ODEIO

EU OS ODEIO

Preciso me lembrar de Paul... Paul, que eu também odiava.

Ele foi maravilhoso. Sou obrigada a assumir. Planejou tudo na hora, foi criando conforme seguíamos o caminho. A carnificina não foi culpa dele, que conseguiu reunir um exército de doze homens e duas mulheres em uma hora. Todos nós partimos de bicicleta e no carro escondido — o mesmo Citroën Rosalie. Não sei como o dono evita ser descoberto ou ter o carro confiscado, e acho que ele é velho demais para esse tipo de trabalho. Escondemos o carro em uma garagem, acredite ou não, que pertence a uma adorável e heroica velha senhora que mora sozinha em uma vila à margem do rio, no lado de Tours do rio Poitou. Ela cultiva as rosas que deram o nome ao circuito. Deixamos o carro estacionado *atrás* do carro dela, que convenientemente é um modelo mais novo e maior de Rosalie, então, parecia que o nosso era o antigo carro dela, e nós o escondemos embaixo de um lençol também. Escondemos as bicicletas nos estábulos abandonados embaixo do feno de vinte anos.

Então, pegamos os barcos dela. Um lindo barco a remo do século XIX, feito de teca, e duas canoas canadenses de castanheira. Bom demais para nós. A ponte fica rio acima da casa — eles já tinham interrompido o tráfego aqui antes e a senhora ficou sob vigilância cerrada. Espero que não enfrente muitos problemas de novo — embora ela pareça ter se safado dessa vez. Fomos muito cuidadosos.

Apesar de não acreditar em Deus, rezei para que ela se safasse. Parecem as ondulações em um lago, não é? Não param em um só lugar.

De qualquer forma, carregamos as bombas para o barco — acho que não consigo dar detalhes sobre os explosivos, já que não era a responsável nem prestei atenção, e remamos até a ponte, no escuro. Levamos uma hora com os remos silenciosos. Lemos sobre isso em histórias de pirata — aposto que deve haver alguma parte em *Peter Pan* em que usam esses remos. Ou talvez no livro *Swallows and Amazons*. O verão inglês e as férias escolares parecem tão longe agora. A visibilidade era baixa — o rio estava encoberto por uma névoa. Mas conseguimos. Colocamos as bombas na ponte e esperamos.

O que deu errado?

Não sei. Sinceramente, não sei. Não era uma armadilha. Não estávamos em número menor, pelo menos não no início. Acho que nossa aposta era maior do que a dos alemães. Não devíamos ter imaginado que eles seriam mais implacáveis que nós? Como *poderíamos* imaginar? Também fomos bastante implacáveis.

O que deu errado? Talvez estivesse escuro demais, noite e neblina, as duas coisas. A névoa era tanto boa quanto ruim, porque nos escondia, mas também dificultava a visão. A lua crescente devia ter aparecido, mas o céu estava encoberto e ficamos sem enxergar nada até o ônibus dos prisioneiros aparecer com os faróis brilhando.

Essa parte deu certo — em um minuto nós o interceptamos. Nossa camuflagem na margem do rio era muito boa: um emaranhado de salgueiro, amieiro e álamo cheio de viscos. Havia também muitas ervas daninhas nos escondendo, além da própria neblina. Nossa pequena explosão não feriu ninguém, só a ponte e o ônibus. A grade do radiador se soltou, mas a explosão não atingiu os faróis e a bateria devia estar boa porque havia luz suficiente para Paul e o dono do Rosalie meterem balas em três dos pneus.

O motorista desceu. Depois o guarda. Eles tinham lanternas e caminharam ao longo do ônibus, inspecionando os danos e praguejando.

Paul os derrubou como se fossem patinhos em um parque de diversão, usando sua submetralhadora Sten. Enquanto tudo isso acontecia, eu estava toda encolhida e inútil, com os braços sobre a cabeça e os dentes cerrados, então acabei perdendo parte da ação. Nascida para ser uma soldada, pois sim! Um ataque, na verdade, é bem parecido com uma batalha. É uma guerra. É uma guerra em miniatura, mas, mesmo assim, é uma GUERRA.

Dois guardas desceram do ônibus atirando a esmo nos arbustos em que estávamos escondidos. Mitraillette teve de se sentar em cima de mim para que eu não revelasse nossa localização.

Eu estava completamente fora de mim, até que Paul me deu uma pancada na cabeça.

— Controle-se, Kittyhawk — sibilou ele. — Precisamos de você. Você atira bem, mas não esperamos que mate alguém. Concentre-se nas ferramentas, certo? Eles vão começar a tentar consertar o ônibus a qualquer momento. Tente acertar os equipamentos.

Engoli em seco e assenti. Não sei se ele viu o movimento, mas voltou para a posição embaixo das ervas de salgueiro e cicuta farfalhando suavemente, bem ao lado do motorista do Rosalie, e derrubaram outro guarda.

O guarda que sobreviveu entrou de novo no ônibus. Seguiu-se um silêncio sombrio — não uma coisa que acontece por um ou dois minutos. Então os quatro guardas remanescentes fizeram os prisioneiros descerem e obrigou que se deitassem lado a lado, com o rosto no chão. Tudo foi feito sob a luz de lanternas elétricas e não nos atrevemos a atirar em ninguém agora por medo de atingir um dos nossos.

Não consegui distinguir rostos — não conseguia descrever nada em relação aos prisioneiros, nem a idade, nem o sexo, nem como estavam vestidos, mas dava para ver, pelo modo como se moviam, que alguns estavam assustados, alguns provocativos e outros com as pernas acorrentadas. Esses últimos tiveram muita dificuldade de descer do veículo, tropeçando uns nos outros na saída. Quando todos estavam no chão, enfileirados como sardinhas, com o rosto na lama, um dos guardas atirou na cabeça de seis deles.

Aconteceu TÃO RÁPIDO.

Aquele homem terrível gritou para nós em francês. Mitraillette cochichou no meu ouvido as palavras que conseguiu traduzir para o inglês:

— Vingança! Dois para cada um dos nossos mortos. Se matarmos...

— Eu sei, eu sei — sussurrei em resposta. — *Je sais.*

Para cada um deles que matássemos, eles matariam dois dos nossos. Reféns descartáveis.

Três guardas mantiveram as armas apontadas para os prisioneiros quando o quarto voltou para a estrada — acho que para tentar encontrar um telefone.

Então, esperamos. Era um impasse. Estava muito frio.

Paul e mais dois homens conversaram aos sussurros e decidiram seguir para baixo da ponte a fim de tentar atacar os guardas por trás. Havia apenas três guardas, além do que saíra para buscar ajuda. Parecia impossível que não conseguíssemos nos sair melhor do que eles.

Mas eles tinham dezoito reféns deitados, acorrentados e impotentes na lama.

E um deles era Julie.

Ou talvez, pensei na hora, talvez ela já tenha sido morta. Impossível saber. Mas os guardas colocaram um pequeno refletor no ônibus e dava para ver agora que apenas poucas eram mulheres e que todo mundo parecia subnutrido. Entre eles, bem no meio, estava quem eu procurava: um amontoado de cabelo louro e pulôver da cor do fogo. Os braços estavam amarrados atrás das costas, com um arame, ao que parecia, e a cabeça afundada no chão, mais do que os outros, que se apoiavam nos antebraços. Mas ela não estava no fim da fileira, não era um dos seis que tinham acabado de ser mortos. Respirava tranquilamente, à espera. Tremendo de frio, como todos nós.

E nós esperamos por cerca de uma hora, creio eu.

Os guardas se certificaram de que fosse difícil os acertar. Ficavam se movendo e mirando as lanternas no nosso rosto — ou onde achavam que nosso rosto estava —, às vezes nos cegando. Descobri mais tarde que roí todas as unhas até sangrar, à espera do ataque-surpresa de Paul pela retaguarda. Os três soldados alemães se organizaram de um jeito que estivessem voltados para um lado diferente, e um deles manteve a própria arma apontada para os prisioneiros. Não conseguíamos chegar até lá. Uma das mulheres deitadas começou a chorar — acho que era só porque estava com frio — e, quando o homem ao lado dela tentou abraçá-la, o guarda atirou na mão dele.

Acho que foi nesse momento que percebi ser impossível vencer aquela batalha — não venceríamos.

Acho que Mitraillette também percebeu. Ela apertou minha mão com força. Também estava chorando, mas em silêncio.

O quarto guarda retornou e iniciou uma conversa casual com os colegas. Nós esperamos. O lugar não estava mais tão silencioso com os guardas falando e a mulher chorando, o homem com a mão ferida gemendo e ofegante. Mas não havia muito mais barulho — apenas aqueles da noite na margem de um rio, o vento açoitando os galhos e o som da água correndo embaixo da ponte arruinada de pedra.

Então, Julie levantou a cabeça e disse algo para os soldados que *os fez rir*. Acho — posso jurar, não conseguíamos ouvi-la, mas juro que estava conversando com eles. Ou algo do tipo. Um deles se aproximou e a cutucou com a ponta da espingarda, como se avaliasse um pedaço de carne. Então ele se agachou, levantou o queixo dela com a mão e lhe fez uma pergunta.

Ela o mordeu.

O guarda afundou o rosto dela no chão com força e se levantou, mas, quando apontou a arma para ela, um dos outros guardas riu e o impediu de atirar.

— Ele disse para não a matar — sussurrou Mitraillette. — Se a matassem, não teriam nenhuma... diversão.

— Ela enlouqueceu? — sibilei. — Por que ela o mordeu? Vão matá-la por causa disso!

— *Exactement* — concordou Mitraillette. — *C'est rapide*, rápido. Nada de diversão para os nazistas.

Os reforços chegaram. Dois caminhões militares com lonas nas laterais, com meia dúzia de guardas armados em cada um. Mesmo assim, não estavam em um número tão superior ao nosso. Começaram a descarregar sacos de areia e conseguiram levantar o ônibus do buraco, deram ré e posicionaram placas sobre a parte destruída para atravessar com os caminhões.

Mas, então, quando estavam prestes a carregar os caminhões, houve resistência. Não apenas nossa. Alguns dos prisioneiros entraram em ação, uns cinco prisioneiros que não estavam acorrentados saíram correndo e mergulharam na vala do outro lado da estrada e, por sorte, correram direto para Paul e seus homens, que os empurraram para baixo da ponte e nos barcos ao longo do rio. Houve mais tiros quando dois soldados os perseguiram e os homens de Paul derrubaram os soldados. "Mire nos equipamentos" foi a ordem que recebi de Paul e, por um minuto, o tiroteio era tão intenso que eu sabia que um revólver não seria notado. Mirei nas correntes. Usei a técnica de tiro duplo no mesmo alvo. As correntes nas quais mirei se romperam como se fossem de brinquedo. Mal acreditei na minha sorte. E os dois prisioneiros que consegui libertar também correram e conseguiram fugir.

Quando outro homem tentou correr, os soldados o derrubaram, tal qual como se faz com ladrões de banco em filmes de gângster dos Estados Unidos.

Quando o primeiro homem fugiu, o guarda que tinha atacado Julie a segurou com o calcanhar da bota pressionado contra o pescoço dela — ele não facilitou. Ela lutou com vigor e levou um chute do guarda que avisou para não a matarem. Agora, com alguns reféns mortos, outros já nos caminhões e uns poucos foragidos, havia apenas sete pessoas vivas no chão — Julie, com a bota do guarda pressionando sua nuca, e duas outras mulheres. Dois dos homens restantes estavam acorrentados pelos pés. E agora o cabo alemão, ou seja lá qual for sua patente, o camarada no comando que tinha chegado com os reforços, decidiu ensinar uma lição para todo mundo — para a Resistência, por termos tentado libertar os prisioneiros, e para os prisioneiros, por quererem ser libertados...

Basicamente, ele escolheu os homens, os dois que não estavam acorrentados, e os colocou de pé. E, ao ver que Julie estava recebendo tratamento especial do homem que a mantinha no lugar com o pé, ele a levantou também e a empurrou para ficar ao lado dos outros dois — um deles era um trabalhador robusto e outro um rapaz bonito da minha idade, os dois esfarrapados e surrados.

Julie também estava esfarrapada. Usava as mesmas roupas de quando tinha saltado de paraquedas na França: a saia cinza de flanela e o pulôver chique no estilo parisiense, que tinha a cor laranja-avermelhada das lanternas chinesas, com buracos nos cotovelos agora. O cabelo louro acobreado brilhava sob as luzes artificiais dos faróis, caindo solto e desgrenhado pelas costas. O rosto era pele e osso. Era como se ela... tivesse envelhecido cinquenta anos em oito semanas — encovada, cinzenta, frágil. A mesma imagem de Jamie quando o conheci no hospital. Mas mais magra. Ela parecia uma criança, um palmo mais baixa do que o menor homem da fila ali. Qualquer um dos soldados poderia levantá-la e jogá-la para cima.

Três prisioneiros na fila. O soldado no comando deu a ordem, e o guarda que estivera segurando Julie apontou para o prisioneiro mais jovem e, com uma bala, o atingiu no meio das pernas.

O rapaz gritou e caiu, e os guardas atiraram de novo, primeiro acertando um dos cotovelos e, depois, o outro; em seguida o levantaram mais uma vez e o fizeram caminhar até o caminhão; se viraram e também atiraram na virilha do outro homem.

Mitraillette e eu nos ajoelhamos horrorizadas, uma do lado da outra sob a proteção da nossa cobertura e do escuro. Julie estava lá, encolhida, pálida como uma vela sob a luz forte do refletor, olhando para o nada à sua frente. Ela era a próxima. Sabia disso. Todos sabíamos, mas os guardas ainda não haviam terminado com a segunda vítima.

Quando atiraram em um dos cotovelos e depois rapidamente no mesmo lugar para destruí-lo, meu controle-não-muito-confiável foi para os ares e comecei a chorar. Não consegui me conter, algo se rompeu dentro de mim, como quando fomos ajudar o artilheiro em Maidsend e achamos os rapazes mortos. Comecei a chorar e a soluçar alto, berrando como um bebê.

O rosto dela — de Julie — se iluminou de repente como o sol nascente. Alegria, alívio e esperança voltaram a brilhar de uma só vez, e ela voltou a ser adorável e *linda*. Ela me ouviu. Reconheceu meu choro de medo de tiros e bombardeios. Ela não se atreveu a me chamar, não se atreveu a me entregar, a fugitiva mais desesperada de Ormaie.

Eles atiraram no segundo homem de novo, destruindo o outro braço. Tiveram de arrastá-lo para o caminhão.

Julie era a próxima.

De repente, ela começou a rir histericamente e deu um grito trêmulo, com a voz se elevando em um grito desesperado:

— BEIJE-ME, HARDY! Beije-me, RÁPIDO!

Ela desviou o rosto para tornar as coisas mais fáceis para mim.

E eu atirei nela.

Vi o corpo se contrair — os tiros fizeram sua cabeça virar, como se tivesse sido esbofeteada. E, então, ela se foi.

Ela se foi. Em um momento voando sob a luz esverdeada do sol e, de repente, o céu ficou cinza e escuro. Ela se apagou como uma vela. Estava aqui, então se foi.

Eu só vou continuar escrevendo, está bem? Porque não foi o fim. Não foi nem uma pausa.

O soldado pegou outra mulher no chão para tomar o lugar de Julie. Essa garota gritou para nós em francês:

— *ALLEZ! ALLEZ!* — Vão! Vão. — *Résistance idiots sales, vous nous MASSACREZ TOUS!*

IDIOTAS IMUNDOS DA RESISTÊNCIA, VOCÊS ESTÃO MATANDO TODOS NÓS

Entendi o que ela estava dizendo mesmo com meu francês de escola. E ela estava certa.

Fugimos. Eles atiraram e nos perseguiram. Paul e seus homens atiraram NELES, pulando a mureta da ponte, e se viraram para enfrentar o ataque pela retaguarda. Carnificina. CARNIFICINA. Metade de nós ficou despedaçada na ponte, Paul entre eles. O restante conseguiu voltar aos barcos e fugimos pelo rio com os cinco fugitivos que conseguimos salvar.

Quando estávamos longe das margens e outra pessoa estava remando, não me restava mais nada para fazer, coloquei a cabeça entre os joelhos, com o coração despedaçado. Ainda estou despedaçada. Acho que ficarei assim para sempre.

Mitraillette tirou o Colt .32 gentilmente dos meus dedos e me fez soltá-lo. Ela sussurrou:

— *C'était la Vérité?* — Aquela era a Verity?

Ou talvez ela tenha perguntado "Aquilo tudo foi verdade?". Foi verdade? Aquilo tudo realmente aconteceu? As últimas três horas foram *reais*?

— Sim — respondi num sussurro. — *Oui. C'était la vérité.*

Não sei como continuei. É o que você faz. É o que precisa fazer, então você faz.

A ideia original, quando esperávamos ter mais 24 pessoas para transportar e esconder, era levá-los para a margem do outro lado e dividi-los em grupos menores de dois ou três. Então íamos dividir o nosso time para guiá-los pelos campos em direção a diversos barracões e currais para passar a noite, antes da tarefa mais complexa de tirá-los de forma segura da França, cruzando os Pirineus ou o Canal da Mancha. Mas agora só tínhamos cinco fugitivos para esconder e só havia sete de nós, então havia lugar para todo mundo para seguirmos de volta ao vilarejo à margem do rio. Mitraillette tomou a decisão de ficarmos juntos. Acho que eu nem tinha notado — tão absorvida que eu estava nos meus próprios medos e preocupações —, mas ela era a vice-comandante de Paul.

Também não sei se teríamos conseguido sem ela. Estávamos *tão confusos*. Mas ela nos guiou como se estivesse possuída.

— *Vite! Vite!* — Rápido!

As ordens sussurradas em tons baixos e urgentes — barcos guardados nos lugares e remos escondidos, tudo cuidadosamente seco com capas de móveis, que escondemos embaixo das tábuas do piso depois. Conseguimos trabalhar mesmo ainda entorpecidos. Se alguém lhe dá um trabalho cuja execução não requer reflexão, você o faz automaticamente, mesmo com o coração despedaçado. Mitraillette pensou em tudo — talvez já tenha feito isso antes? Esfregamos os remos e o casco nos barcos com feno velho dos estábulos, deixando uma fina camada de poeira em tudo. Os cinco prisioneiros trabalharam lado a lado com a gente, e de boa vontade, ansiosos por ajudar. A casa de barcos estava perfeita quando saímos — e parecia não ter sido usada há anos.

Quando o grupo de buscas nazistas chegou, passamos uma hora deitados na lama na margem do rio, escondidos nos juncos como Moisés, esperando-os partir. Conseguíamos ouvi-los conversando com o caseiro. Ele voltou depois para trancar a casa de barcos e nos dar o sinal de que poderíamos ir, só que havia três guardas nazistas na entrada, então não teríamos como pegar o Rosalie tão cedo. Mas o caseiro achou que seria seguro seguir com duas bicicletas pela trilha do outro lado do rio. A benzedrina foi distribuída para todos. Pegamos uma das canoas de novo e levamos duas bicicletas, duas de nós e dois dos fugitivos cruzamos o rio e os mandamos pela névoa.

Naquele ponto, um dos rapazes do ônibus caiu em um acesso de tremores e Mitraillette começou a enrolar.

— *Nous sommes faits* — disse ela. Já tivemos o suficiente.

Passamos a noite nos estábulos junto às bicicletas. Não era o lugar mais seguro do mundo.

Fico imaginando onde é esse lugar — o mais seguro do mundo? Até mesmo os países neutros, a Suécia e a Suíça, estão cercados. A Irlanda está sendo dividida. Eles têm que marcar a parte neutra da "IRLANDA" em grandes letras feitas de pedras brancas, à espera de que os alemães não lancem bombas achando que é a fronteira norte do Reino Unido. Eu já vi lá de cima. A América do Sul, talvez.

Estávamos acordados quando amanheceu. Eu estava sentada abraçando os joelhos, ao lado de um dos rapazes que escapou quando atirei nas correntes dele. Os homens acorrentados tiveram de ficar conosco para se livrar dos ferros antes de irem a qualquer lugar.

— Como capturaram você? O que você fez? — perguntei, esquecendo-me de que ele era francês. Mas ele me respondeu em inglês.

— O mesmo que você — respondeu com amargura. — Explodi uma ponte para impedir o exército alemão de avançar, mas fracassei.

— Por que não o mataram?

Ele sorriu. Todos os dentes superiores estavam quebrados.

— Por que você acha, *gosse anglaise*? — Inglesinha. — Eles não podem interrogá-lo se atirarem em você.

— E por que só alguns estavam acorrentados?

— Apenas alguns de nós são perigosos. — Ele ainda sorria. Acho que tinha motivos para se sentir otimista: havia recebido uma segunda chance na vida e podia ter esperança. Uma esperança tênue, mas melhor do que tinha doze horas antes. — Eles acorrentam se acharem que você é perigoso. A garota que estava com os braços presos para trás, você a viu? Ela não era perigosa, ela era uma… *collaboratrice*. — Colaboradora. Ele cuspiu no feno velho.

Os pedaços partidos do meu coração gelaram dentro do peito. Parecia que eu tinha engolido farpas de gelo.

— Pare — disse. — *Tais-toi*. CALE A BOCA.

Ele não me ouviu ou não me levou a sério enquanto continuava contando:

— Melhor que esteja morta mesmo. Você a viu, mesmo deitada na estrada ontem à noite, tentando conversar com os soldados em alemão? Como os braços dela estavam amarrados, alguém teria de ajudá-la no caminho para onde quer que estivessem nos levando… Dar comida, água. Ela teria de oferecer favores aos guardas, já que nenhum de nós teria ajudado.

Eu sou perigosa também, às vezes.

Naquela manhã eu era outra pessoa, uma bomba-relógio pronta para explodir, e ele tocou no fusível.

Não me lembro bem do que aconteceu. Não me lembro de tê-lo atacado. Mas a pele dos meus dedos está ferida onde meu punho acertou um soco no meio dos dentes quebrados. Mitraillette disse que eu parecia prestes a arrancar os olhos dele.

Eu me lembro de três pessoas me segurarem enquanto eu barrava:

— Você não a ajudaria a COMER E A BEBER? ELA TERIA FEITO ISSO POR VOCÊ!

Então, em pânico porque eu estava fazendo muito barulho, eles se sentaram em cima de mim. Mas assim que me soltaram, me levantei de novo e parti para cima do homem.

— EU LIBERTEI VOCÊ! Você ainda estaria ACORRENTADO e enfiado em um vagão podre IGUAL A GADO se não fosse por mim! *E você não teria ajudado outra prisioneira a COMER E BEBER?!*

— Käthe, Käthe! — Mitraillette chorava na tentativa de segurar meu rosto para me consolar e me calar. — Käthe, *arrête*... Pare, pare agora! *Tu dois*... Você precisa parar! Espere... *attends*...

Ela levou um copo de café frio batizado com conhaque até a minha boca — me ajudou. Ela me ajudou a beber.

Essa foi a primeira vez que ela me apagou. Demora trinta minutos para a droga fazer efeito. Acho que tenho sorte por não terem batido com uma das bicicletas na minha cabeça para acelerar o processo.

---

Quando acordei, eles me obrigaram a ir com o motorista até a *villa*. Eu me sentia quente, tonta, enjoada e morrendo de fome, e provavelmente não teria me importado se a idosa que morava lá me denunciasse para a polícia. NÃO É ISSO QUE ACONTECE QUANDO VOCÊ MATA SUA MELHOR AMIGA?

Mas não, o motorista me levou até um vestíbulo elegante e escuro, com painéis de carvalho, e a mulher veio me encontrar. Ela é uma dessas pessoas lindas e perfeitas como as bonecas de porcelana do século passado, com cabelo branco como a neve penteado no mesmo estilo que Julie usava — notei isso. Ela pegou minha mão sem dizer nada e me levou até o banheiro do andar de cima, que mais parecia um salão de festa, onde a banheira estava preparada e esperando, meio que me empurrou para lá e me deixou sozinha para resolver a questão.

Pensei em pegar o canivete de Etienne e usá-lo para cortar meus pulsos, mas parecia injusto demais com a mulher heroica e frágil em cuja casa eu me encontrava, além disso, EU QUERIA ME VINGAR, DROGA.

Então, tomei um banho. E confesso que foi uma sensação maravilhosa. Depois, me enxuguei em uma toalha fofinha, obviamente deixada ali para mim, e parecia que eu estava até cometendo um pecado. Tudo era um pouco irreal.

A velha senhora — deveria dizer idosa, não velha. Ela é aquele tipo de pessoa refinada — veio ao meu encontro assim que saí. Eu estava limpa por baixo, mas minha calça de escalada estava suja de lama, meu cabelo arrepiado e me senti como uma mendiga. Ela pareceu não se importar — pegou-me pela mão e, dessa vez, me levou até uma pequena sala onde a lareira estava acesa e havia uma chaleira. Ela me fez sentar em uma poltrona de franjas de seda do século XVIII enquanto preparava um jantar leve, de pão, mel e café, maçãzinhas amarelas e um ovo quente.

A bandeja foi colocada em uma mesa lateral com tampo de mármore e ela quebrou a casca do ovo para mim com uma linda colher de prata, como se eu fosse um bebê que precisava ser alimentado. Mergulhou a colher no ovo e a gema saiu como o sol surgindo atrás de uma nuvem. Logo me lembrei do jantar com os Irregulares de Craig Castle na primeira vez que estive lá. Logo me dei conta de que Julie e eu nunca estivemos juntas lá e agora isso nunca mais aconteceria. Eu me curvei e comecei a chorar.

A velha mulher não sabia quem eu era nem que sua vida estava em perigo só por ter permitido que eu entrasse em sua casa, me sentasse em uma poltrona antiga e acariciasse meu cabelo com as mãos enrugadas enquanto eu soluçava em desespero em seus braços por uma hora.

Depois de um tempo, ela se levantou e disse:

— Vou preparar outro ovo para você, três minutos apenas, como os ingleses gostam. Este já esfriou.

Ela preparou outro e me fez comer enquanto comia o que tinha esfriado.

Quando eu me levantei para voltar aos estábulos, ela me deu um beijo de cada lado do rosto e disse:

— Nós duas compartilhamos um terrível fardo, *chérie*. Somos iguais.

Não sei ao certo o que ela quis dizer.

Retribuí o gesto, dando um beijo de cada lado do rosto dela e agradeci:

— *Merci, madame. Merci mille fois.*

Mil obrigadas não chegam nem perto de ser o suficiente. Mas eu não tinha mais nada para lhe oferecer.

Os jardins dela estão cheios de rosas — arbustos velhos e emaranhados, a maioria de rosas damascenas de floração outonal, com as últimas flores ainda balançando e caindo na chuva. A velha mulher é a que dá nome ao nosso circuito. Mitraillette diz que, antes da guerra, a mulher era uma horticultora notável — o motorista/caseiro é na verdade um jardineiro habilidoso — e ela mesma criou e nomeou algumas das rosas. Eu não tinha notado as flores quando chegamos na noite anterior, nem quando fui até a *villa* durante o dia em um estupor, mas as notei no caminho para o estábulo depois do banho. Estão encharcadas e morrendo na chuva de dezembro, mas os arbustos fortes permanecem vivos e ficarão lindos algum dia na primavera, se o exército alemão não os arrancar como fizeram com os canteiros da praça de Ormaie. Sem nenhum motivo aparente, isso me fez pensar em Paris e, desde então, não consigo mais parar de pensar naquela música.

Ninguém mais ganhou um banho nem um ovo quente, embora ovos cozidos frios tenham sido distribuídos. Acho que me mandaram para casa enquanto resolviam o que fazer com o rapaz que tentei matar naquela manhã e o outro homem acorrentado. De qualquer forma, nunca mais os vi. Não sei como tiraram os ferros das pernas deles nem para onde foram ou se estão seguros. Espero que sim. Realmente espero que sim.

As pessoas foram embora aos poucos nos dois dias que se seguiram. Mitraillette diz que, na verdade, é mais seguro viajar durante o dia do que à noite quando se é fugitivo, já que, durante o dia, as pessoas estão nas ruas envolvidas nos próprios afazeres e não há qualquer toque de recolher — acho que eu não tinha percebido isso, já que eu sempre estava tentando entrar em um avião que chega depois da meia-noite em alguma pista distante.

Ela, eu e o dono do Rosalie fomos levados para casa pelo motorista da dama das rosas no carro dela — achamos que seria melhor deixar o velho Rosalie por lá por mais tempo para o caso de os nazistas verificarem a garagem dela de novo. A ponte ainda não foi consertada e, exceto pelos corpos dos soldados nazistas que matamos, todos os outros ainda estão lá, caídos na chuva, com guardas a postos para evitar que qualquer um tente enterrá--los. *Quinze pessoas.* Eu não vi. Não podíamos seguir por aquele caminho, já que a ponte estava danificada. Eles vão precisar limpar a estrada quando a ponte for consertada, mas tenho a sensação de que vão apenas empilhar os corpos no acostamento para nos lembrar de não tentar fazer isso de novo. Ah, Julie, linda Julie,

JULIE

Vou tomar esse negócio agora e tentar dormir de novo, mas devo escrever que tenho um projeto para trabalhar quando acordar — enquanto Mitraillette e eu estávamos fora, um amigo de *maman* Thibaut, responsável pelo serviço de lavanderia, deixou uma bolsa de camisas limpas *fabricadas na Alemanha* com o nome "Käthe Habicht", e escondido embaixo delas havia uma enorme pilha de papéis que preciso ler. Não sei o que é — não tive coragem de olhar ainda —, mas devem ser de Engel de novo. Amélie espiou e descobriu que as páginas são numeradas, então as colocou em ordem para mim, mas estão em inglês e ela não consegue ler. Ainda estão escondidas na bolsa de lavanderia embaixo da minha nova coleção de roupas íntimas enviadas "anonimamente". E não estou com a mínima vontade de ler nada que Engel possa ter me mandado hoje, mas amanhã é domingo e teremos croissants com café, e acho que ainda vai continuar chovendo.

A letra não é de Engel.
É de Julie.

---

Ainda não acabei de ler. Mal comecei. Tem *centenas* de páginas, metade são cartões. *Maman* Thibaut continua preparando café para mim e as meninas ficam de olho na estrada e na entrada dos fundos. Não consigo parar. Não sei se há alguma urgência ou não — Engel talvez precise dos papéis de volta, já que há um número vermelho de aparência oficial no fim, e uma ordem de execução horrível no papel timbrado da Gestapo assinado pelo terrível Nikolaus Ferber. Não uma ordem, na verdade, apenas uma recomendação — de acordo com a tradução de Engel. Mas acho que ela estava em processo de execução quando interceptamos o ônibus.

---

Dá para perceber quando Julie estava chorando. Não só porque ela diz, mas porque as palavras ficam borradas e o papel, amassado. Suas lágrimas, secas naquelas páginas, misturam-se com as minhas e as folhas ficam molhadas de novo. Já chorei tanto por causa disso que estou começando a me sentir idiota. Eles *mostraram* a ela as malditas fotos. E ela *deu* os códigos — onze conjuntos de poemas, senhas e frequências de código, UM CONJUNTO PARA CADA UM DOS APARELHOS FALSOS, um para cada um dos "*onze radios*" que plantamos nos destroços do Lysander acidentado. Aquelas fotografias foram um presente. Ela poderia ter contado *tanta coisa*, ela sabia TANTA COISA, e tudo que ela deu a eles foram códigos falsos.

Ela não revelou nem o meu codinome — embora eles devam ter se perguntado. Ela nunca mencionou Käthe Habicht, o que poderia ter me entregado. Ela nunca lhes revelou NADA

Nomes nomes nomes. Como ela conseguiu? Cattercup — Stratfield — SWINLEY??? Newbery College? Como ela *conseguiu* fazer isso? Ela parece *tão triste* ao entregar tantas informações, sendo que tudo não passa de invenção. Ela nunca revelou NADA. Acho que não deu o nome correto de nenhum dos campos de pouso em toda a Grã-Bretanha, a não ser Maidsend e Buscot, que, é claro, foram os dois postos dela. Eles poderiam facilmente verificar. Também é bem perto da verdade e tão eloquente — a identificação da aeronave é boa, considerando o estardalhaço que faz. Isso me faz pensar naquele primeiro dia quando nos conhecemos, dando todas aquelas direções em alemão. Tão fria e direta, com tanta autoridade — de repente ela *realmente era* uma operadora de rádio, uma operadora de rádio alemã, era *tão boa* em fingir. Ou quando eu lhe disse para ser Jamie, como ela de repente se transformou em *Jamie*.

A confissão está cheia de erros — o meu treinamento de Guarda Aérea Civil foi feito em Barton, não em "Oakway", e a iluminação para neblina em tal Oakway é elétrica e não a gás. E não foi um Spitfire que pilotei na primeira vez que fui para Craig Castle, é claro que foi em um BEAUFORT, e ela sabia muito bem. Embora eu tenha transportado Spitfires para "Deeside". Parece que não queria mesmo chamar atenção para nenhum nome real. Ela chama o líder do esquadrão de Maidsend de "Creighton", quando sabe muito bem que o nome dele é Leland North. Creighton é o nome do coronel em *Kim*. Sei disso porque Julie me obrigou a ler — em parte, tenho certeza, como um aviso de que estávamos sendo preparadas para nos encaixar na máquina de guerra pelo maldito oficial maquiavélico da Inteligência, cujo verdadeiro nome ela também sabe muito bem.

Não me lembro mesmo da história sobre a irmã da avó ter atirado no marido. É claro que Julie teve de inventar um monte de conversas entre nós para manter o ritmo da história, e nenhuma delas é exatamente como me lembro. A maior parte das coisas está lá e reconheço, mas acho que ela nunca me contou isso especificamente. Não tenho nenhuma lembrança a respeito.

É sombrio e insuportável. É como se ela estivesse tentando me dizer o que desejava que eu fizesse. Mas ela não tinha como saber como tudo aconteceria, nem mesmo que eu leria isso. Ela pensou que eu estivesse morta. Assim, a história não deve ter sido escrita para mim, então por que contar?

O mais estranho de tudo é que, embora esteja cheio de bobagens, o relato é *verdadeiro* — Julie contou a nossa história, a minha e a dela, da nossa amizade, de forma tão sincera. É exatamente como *somos*. Até tivemos o mesmo sonho ao mesmo tempo. Como poderíamos ter tido o mesmo sonho ao mesmo tempo? Como algo tão maravilhoso e misterioso é possível? Mas é.

E isto, ainda mais maravilhoso e misterioso, também é verdade: quando leio, quando leio o que Julie escreveu, é como se ela voltasse a viver, estivesse inteira e sem ferimentos. Com suas palavras na minha mente enquanto leio, ela é tão real quanto eu. Gloriosamente louca, charmosa ao extremo, cheia de bobagens literárias e boca suja, corajosa e generosa. Ela está *bem aqui*. Com medo e exausta, sozinha, mas *lutando*. Voando sob o luar prateado em um avião impossível de pousar, emperrado na subida — viva, viva, VIVA.

C d B = Château de Bordeaux
H d V = Hôtel de Ville [prefeitura]
O.HdV.A. 1872 B. Nº 4 CdB
O = Ormaie? Talvez A/Anais? Arquivos B/Box/*Boîte*
1872 - pode ser o ano, Arquivos 1872 box nº 4

EU ESTOU VENDO

ARQUIVOS DA PREFEITURA DE ORMAIE 1872 CAIXA Nº 4
CHÂTEAU DE BORDEAUX

Nós os pegamos. NÓS OS PEGAMOS.

✓ Nossas celas são só quartos de hotel, mas somos vigiados como se fôssemos da realeza. E também tem os
cachorros.

✓ a maioria dessas adegas estão vazias porque não são
seguras.

✓ Existem vários elevadores de serviço, elevadores para
transportar as bandejas lá para cima, além de elevadores
de carga para trazer engradados e outras coisas da rua
principal.

Tem muito mais — sei que tem mais —, Engel sublinhou as instruções em vermelho — vermelho é a cor dela. Foi o que Julie escreveu.
As páginas estão numeradas e datadas em vermelho também. Julie
mencionou que Engel tinha de numerá-las. Elas criaram aquilo en-

tre si, Julia Beaufort-Stuart e Anna Engel, e me deram para usar —
o código não está em ordem, não precisa estar. Não é de estranhar
que estivesse tão determinada a acabar de escrever...

*Ugh*, tem TANTO PAPEL AQUI

Aqui está...

√ houve um ataque aéreo, e todos se entulharam nos
abrigos, como sempre... por duas horas

√ "C d B" = Château de Bordeaux

√ assim como acontece com todos os quartos de prisioneiros, minha janela está fechada com tábuas e pregos

√ A Gestapo usa o térreo e dois mezaninos para a própria acomodação e os escritórios

√ "H d V" marcado em vermelho = Hôtel de Ville

√ pelos porões e saímos em um pequeno pátio de pedras [onde há] o portão para a rua mais baixa

Podemos entrar pelos porões, da frente e de trás. Há uma entrada
pela rua mais baixa nos fundos e um elevador de carga pela rua
na frente. As adegas não são seguras e usam os quartos como
celas. Durante os ataques aéreos, o lugar fica sem segurança nenhuma, a não ser pelos cachorros. Teremos até duas horas para
agir. Podemos puxar os fusíveis, desativar o gerador, encher os
elevadores de alimentos com Explosivos 808 quando sairmos.

Julie colocou a história da tia-avó porque achou que teríamos
de explodir o lugar com ela lá dentro. Que talvez não houvesse
outra forma. E ela queria que seguíssemos com o plano.

Mas não temos de abandonar nenhum prisioneiro. Podemos
entrar nos quartos com pés de cabra ou arrombar as fechaduras e
salvar todo mundo. Os números com aparência oficial em vermelho são uma REFERÊNCIA AOS ARQUIVOS DA CIDADE. Deve ser a
PLANTA do Château de Bordeaux. Vamos ter um mapa do prédio.

Eles vão cair. Nós ainda formamos uma equipe sensacional.

SOE LONDRES - MSG O/R, RASCUNHO
PARA CODIFICAR


Lamentamos informar que o ~~seu~~ organizador ~~codinome~~ Paul, do Circuito Damask, e a ~~Oficial~~ de Voo Julia Beaufort-Stuart, ambos mortos em ação em 1º dez. 1943 PONTO pedido de voo operacional da RAF p/ França passando por Ormaie nessa lua cheia sab. 11 dez. para criar uma distração e permitir Operação Verity.

La Cadette reuniu os desenhos. Na verdade, *qualquer um* pode consultar os arquivos da Prefeitura de Ormaie. É o desdém nazista pelo país ocupado levado ao extremo — como se convidassem os cidadãos para saquear a própria herança para que ninguém mais se incomode em fazê-lo. A pessoa é revistada ao entrar no prédio, é claro, mas não na saída, e nem *olharam* para a identidade de Amélie — ela disse que precisava fazer um trabalho da escola, fácil, fácil. Era para dizer que estava conferindo a fronteira da fazenda Thibaut, mas quando viu como seria fácil entrar e sair, inventou uma história mais simples na hora. Ela é tão *esperta*.

Ela levou vinte minutos durante o intervalo da escola e deixou os papéis para eu recolher, assim não seria pega com eles.

Foi um erro, provavelmente, falar para ela deixá-los no *cachette* de Engel. Penso nele como meu, mas é de Engel. Além disso, acho que devemos evitar usar cafés. Gostaria de ter sido treinada para isso. No fim das contas, não importa, mas, ah, quase senti meu estômago revirar quando encontrei Engel sentada à mesa.

Comecei a me encaminhar para a outra mesa, com meu sorriso idiota no rosto, que faz com que eu me sinta um zumbi, mas ela me parou de forma abrupta.

— *Salut*, Käthe. — Ela deu um tapinha na cadeira ao seu lado.

Quando me sentei, ela apagou um cigarro e acendeu outros dois, passando um para mim. Por algum motivo, senti meu coração quase parar depois de tocar com meus próprios lábios o cigarro que tinha tocado os lábios de Anna Engel um segundo antes. Parece que a conheço tão intimamente depois de ler a confissão de Julie. Ela deve se sentir do mesmo modo em relação a mim, embora eu não acredite que eu a assuste tanto.

— *Et ton amie, ça va?* — perguntou-me casualmente: "Como vai sua amiga?".

Afastei o olhar, engoli em seco e não consegui manter o sorriso forçado no rosto. Dei uma tragada e me engasguei, não fumava havia um tempo e nunca tinha experimentado aquele cigarro francês. Depois de mais ou menos um minuto ela percebeu que o que eu não estava dizendo não era um final feliz.

Ela praguejou baixinho em francês, uma única palavra violenta de decepção. Então, fez uma pausa e perguntou:

— *Elle est morte?*

Assenti. Sim, ela morreu.

— *Viens* — disse Engel, empurrando a cadeira para trás. — *Allons. Viens marcher avec moi, j'ai des choses à te dire.*

Se ela estivesse prestes a me levar para a prisão, acho que eu não teria como recusar. Venha caminhar comigo, tenho coisas para lhe contar? Não era uma escolha.

Levantei-me de novo na nuvem de fumaça de Engel — eu nem tinha pedido nada, o que foi bom, pois sempre entro em pânico quando preciso conversar em francês com estranhos. Engel deu um tapinha na pilha grossa de papel dobrada ao lado do cinzeiro, como um lembrete. Eu o peguei e coloquei no bolso do casaco ao lado da identidade de Käthe.

Era o meio da tarde, as ruas não estavam muito movimentadas, e Engel mudou para o inglês quase de imediato — falando em francês apenas quando passávamos por alguém. É muito estranho conversar em inglês com ela, pois parece uma ianque falando. O sotaque é americano e é bem fluente. Acho que Penn disse que ela frequentou a universidade em Chicago.

Chegamos à esquina da rua de trás e entramos na Place des Hirondelles, a praça da prefeitura, cheia de veículos armados e sentinelas com expressão entediada.

— Tenho quase uma hora — falou Engel. — Meu intervalo para o jantar. Mas não vamos falar aqui.

Assenti e a acompanhei. Ela falou o tempo todo — deve ter feito com que parecesse um passeio bem causal, duas colegas caminhando e fumando juntas. Ela não usava uniforme — é apenas uma funcionária, nem tem patente. Atravessamos os paralelepípedos em frente à prefeitura.

— Ela estava atravessando a rua, bem aqui, e olhou para o lado errado. — Engel soltou uma grande nuvem de fumaça. — Um lugar idiota para cometer um erro como aquele, bem no meio de La Place des Hirondelles! *Sempre* tem alguém observando aqui, com a prefeitura de um lado e a Gestapo do outro.

— Foi o carro dos Thibaut, não foi? — perguntei com voz sofrida. — O carro que quase a atropelou. Um veículo francês cheio de galinhas francesas, foi como ela escreveu nas primeiras páginas da confissão.

— Não sei. O veículo já tinha ido embora quando cheguei. Tenho certeza de que o motorista não queria se envolver na prisão. Ormaie inteira desvia o olhar quando há algum espancamento na Place des Hirondelles... Mais um judeu arrastado do esconderijo ou algum idiota jogando esterco contra as janelas dos escritórios.

Ela olhou para as janelas, não havia nenhum cadáver pendurado ali esta semana, graças aos céus.

— Ela lutou muito, sua amiga — continuou Engel. — Ela mordeu um policial. Me chamaram para apagá-la com clorofórmio, sabe? Tinha quatro guardas segurando-a quando cheguei correndo do outro lado da praça com clorofórmio, e ela ainda estava se debatendo. Ela tentou me morder também. Quando os vapores finalmente a dominaram foi como ver uma luz se apagando...

— Eu sei. Eu sei.

Já tínhamos saído da praça a essa altura. Viramos uma para outra no exato momento. Os olhos dela eram incríveis.

— Destruímos mesmo esse lugar — disse ela. — Havia rosas na praça logo que fui mandada para cá. Agora tudo que temos são caminhões e lama. Penso nela *todas as vezes* que atravesso esta rua de paralelepípedos. Três vezes por dia. Odeio isso. — Ela afasta o olhar. — Venha. Podemos caminhar pela margem do rio por meio quilômetro. Já foi lá?

— Não.

— Ainda é bonito.

Ela acendeu outro cigarro. Era o terceiro em cinco minutos. Não consigo imaginar como ela consegue pagar por eles nem onde os consegue comprar — as mulheres não podem mais comprar cigarro em Ormaie.

— Eu já tinha usado clorofórmio antes. É algo que esperam de mim, parte do meu trabalho... Sou química, estudei Farmacologia nos Estados Unidos. Mas nunca senti tanto desprezo por mim mesma quanto naquele dia... Ela era tão pequena e...

Ela gaguejou e precisei morder a bochecha para não chorar.

— Tão forte, tão *linda*, era como quebrar as asas de uma águia, impedir com blocos de concreto que a primavera floresça, desenterrar os canteiros de rosa para abrir espaço para estacionar o seu tanque. Sem sentido e feio. Lá estava ela, cheia de vida, desafiadora em um momento, e depois nada, a não ser um casco vazio caído de cara na vala...

— EU SEI — sussurrei.

Ela olhou para mim com uma expressão curiosa, franzindo a testa e analisando meu rosto com seus olhos afiados e claros.

— Sabe mesmo?

— Ela era minha *melhor amiga* — revelei entredentes.

Anna Engel assentiu.

— *Ja*, eu sei. *Ach*, você deve me odiar.

— Não, não. Desculpe. Pode continuar. Por favor.

— Aqui está o rio — disse Anna, e nós atravessamos outra rua. Havia um parapeito ao longo das margens, onde permanecemos encostadas. Antes havia olmeiros dos dois lados do Poitou aqui — agora só restam troncos porque nos últimos três anos tiveram de ser cortados para serem usados como lenha. Mas ela estava certa — a fileira de casas históricas do outro lado da rua ainda é bonita.

Anna respirou fundo e voltou a falar.

— Quando desmaiou, a virei para revistá-la e ver se estava armada, e ela estava segurando o lenço de seda embolado na mão. Devia estar segurando desde o início da briga e, quando perdeu a consciência, os dedos relaxaram. Eu não deveria fazer uma revista completa, esse é o trabalho de outra pessoa, mas fiquei curiosa para saber o que ela vinha protegendo com tanto afinco na mão fechada... Uma pílula de suicídio talvez, e afastei o lenço e olhei para a palma.

Ela abriu a própria mão contra o parapeito para demonstrar.

— Na palma da mão, havia uma mancha de tinta. No lenço, uma impressão perfeitamente invertida do número de referência do arquivo da prefeitura. Ela tinha anotado o número na mão e tentou apagar com o lenço quando foi pega.

"Cuspi no lenço, como se estivesse demonstrando meu desprezo por ela, entende? E embolei e o pressionei de novo contra a mão dela. Esfreguei a seda úmida contra a palma da mão dela para borrar os números e fechei os dedos frouxos em volta, e tudo que encontraram foi um pedaço de tecido manchado de tinta e *ninguém nunca perguntou nada a respeito disso* porque ela tinha preenchido formulários no gabinete de racionamento um pouco antes de ser capturada, usando a desculpa esfarrapada de que estava ajudando a avó idosa de alguém, e os dedos estavam todos borrados de tinta."

Uma revoada de pombos esperançosos pousou no chão perto do nosso pé. Sempre fico fascinada com a forma como eles plainam e pousam: sem quicar nem bater no chão. Ninguém os ensina, eles fazem por instinto. Ratos voadores, mas com uma linda forma de pousar.

— Como você sabia para que serviam os números? — perguntei por fim.

— Ela me disse — respondeu Anna.

— Não pode ser.

— Ela me disse. No fim, depois de ter terminado. Ela só estava escrevendo um monte de bobagens. Peguei a caneta para que parasse, e ela soltou sem brigar. Estava cansada. Nós a exaurimos. Ela olhou para mim, sem esperança, não haveria mais desculpas agora, não haveria mais adiamentos. As ordens de Ferber deveriam ser secretas, mas nós duas sabíamos o que ele tinha ordenado Von Linden a fazer com ela. Para onde a mandariam.

Anna bateu com as costas da mão de leve contra o parapeito para dar ênfase e demonstrou com o cigarro, segurando como se fosse uma caneta.

— Na palma da minha própria mão, escrevi: 72 B4 CdB.

Ela deu mais uma tragada no cigarro para se acalmar.

— Ela era a única que podia ver e, antes que a tinta secasse, fechei os dedos e borrei os números para que ficassem ilegíveis. Peguei as páginas que ela tinha terminado e as juntei, então ela disse: "Isso é *meu*". Eu sabia que ela não estava se referindo à pilha de papéis e cartões soltos que eu estava arrumando. Estava falando sobre a referência ao arquivo que eu tinha escrito na minha mão. Então perguntei que utilidade aquilo tinha, e ela respondeu: "Nenhuma. Não mais. Mas se eu pudesse...". E foi quando perguntei baixinho o que *eu* deveria fazer com aquilo. Ela estreitou os olhos como um ratinho encurralado e desconfiado, antes de responder: "Atear fogo em tudo, explodir este lugar pelos ares. Essa é melhor coisa que você poderia fazer". Apertei a pilha de papéis contra o peito. As instruções. Ela olhou para mim apertando os olhos, como um desafio, e disse "Anna, o anjo vingador", e começou a rir da minha cara. Ela *riu* e declarou: "Bem, isso é problema seu agora".

Anna atirou a bituca de cigarro no Poitou e acendeu outro.

— Você deveria voltar para casa, Käthe — disse ela, de repente. — Essa garota inglesa que vende motocicletas para os judeus, essa tal de Maddie Brodatt, ela vai meter você em confusão. Você deve voltar para Alsácia amanhã, se puder, e deixe que Maddie se arrisque sozinha.

Tirar Käthe de cena antes que qualquer coisa aconteça — aquilo fez sentido. Será bem mais seguro para a família Thibaut. Embora eu odeie ter que voltar para o esconderijo. Amanhã à noite, voltarei para o vão do sótão, e está ainda mais frio agora do que estava em outubro.

— E quanto a você? — perguntei.

— Vou voltar para Berlim. Pedi uma transferência semanas atrás, quando começamos a interrogá-la e aquela patética garota francesa. *Meu Deus.* — Ela estremeceu, tragando o cigarro com fúria. — Eles só me dão trabalhos ruins. Ravensbrück e Ormaie. Pelo menos, quando eu trabalhava requisitando produtos farmacêuticos para Natzweiler não precisava ver o que faziam com eles. De qualquer forma, só vou ficar aqui até o Natal.

— Você vai ficar mais segura aqui. Estamos bombardeando Berlim — falei. — Estamos bombardeando há duas semanas já.

— *Ja*, eu sei — respondeu ela. — Também ouvimos a BBC. A blitz de Berlim. Bem, provavelmente merecemos isso.

— Acho que ninguém merece, na verdade.

Ela se virou de repente e me olhou com aqueles olhos verdes vítreos e implacáveis.

— A não ser o Castelo de Carrascos, não é?

— O que *você* acha? — desafiei com raiva.

Ela encolheu os ombros e se virou para voltarmos à Place des Hirondelles. O tempo dela estava acabando.

Sabe quem ela me lembrava? E sei que é loucura, mas ela me lembra Eva Seiler.

Não de Julie como ela era normalmente, mas de Julie quando estava zangada. Isso me fez lembrar de quando ela me contou a história do falso interrogatório durante o treinamento do SOE, em uma violação direta do Ato de Segredos Oficiais... A única vez que consigo me lembrar dela fumando como uma chaminé, exatamente como Engel agora, e xingando como um estivador.

— *E seis horas depois, eu sabia que não aguentaria mais, mas estaria* acabada *se dissesse o meu nome. Então, fingi um desmaio, todos entraram em pânico e foram procurar um médico. Porra de* filhos da puta.

Engel não disse muita coisa no caminho de volta. Ela me ofereceu mais um cigarro e tive meu momento de revolta.

— Você nunca deu nenhum para Julie.

— Nunca dei nenhum para Julie! — Engel começou a rir de surpresa. — Pois saiba que dei a ela metade do meu salário em cigarros, aquela selvagem e ávida escocesa! Ela quase me levou à falência. Ela fumou o tempo todo em que contava os cinco anos da sua carreira de pilota!

— Ela nunca mencionou nada! Não deu a entender nenhuma vez!

— O que você acha que teria acontecido? — perguntou Engel friamente. — Se ela tivesse escrito isso? O que teria acontecido comigo?

Ela ofereceu outro cigarro.

Aceitei.

Caminhamos em silêncio por um tempo — duas garotas fumando juntas. Muito bem, senhorita.

— Como foi que conseguiu a história de Julie? — perguntei de repente.

— A senhoria de Von Linden me deu. Ele tinha deixado na mesa de trabalho no quarto e, quando saiu, ela colocou tudo na bolsa de roupa para lavar. Eu falei que ela usou para acender o fogo da cozinha... afinal aquilo *realmente* parece lixo, todos aqueles cartões de receita e formulários rabiscados.

— Ele *acreditou*? — perguntei, surpresa.

Ela encolheu os ombros.

— Ele não tinha escolha. Ela vai sofrer as consequências. Um corte no suprimento de ovos e leite, que serão suficientes apenas para os moradores. A família toda tem de respeitar um toque de recolher na própria casa, então não podem nem se sentar à noite. Eles têm de ir direto para a cama depois do jantar. Ela só pode lavar a louça do jantar de manhã, antes de preparar o café da manhã para os hóspedes. As crianças foram açoitadas.

— Ah, NÃO! — exclamei.

— Eles até que se safaram bem. Poderiam ter tirado as crianças ou mandado a mulher para a prisão. Mas Von Linden tem um cuidado especial com crianças.

Eu tinha deixado a bicicleta na rua que dava para a praça. Quando já estava pegando o guidão, Anna pegou minha mão e pressionou algo frio e fino contra ela.

Uma chave.

— Pediram que eu trouxesse sabão para ela tomar banho quando teve que dar aquela entrevista — contou Anna. — Algo cheiroso e agradável. Eu tinha alguns que comprei nos Estados Unidos. Sabe como você guarda algumas coisas? Então, consegui fazer uma cópia da porta de serviço nos fundos. Esta é uma chave nova. Acho que você tem tudo de que precisa agora.

Eu apertei a mão dela com força.

— *Danke*, Anna.

— Cuide-se, Käthe.

Naquele momento, como se ela o tivesse chamado, Amadeus von Linden virou a esquina, caminhando em direção à Place des Hirondelles.

— *Guten Tag, Fräulein* Engel — cumprimentou ele com cordialidade.

Ela jogou o cigarro no chão, esmagou com os pés antes de se empertigar e arrumar a gola do casaco em um alvoroço de pânico bem treinado. Soltei meu cigarro também. Parecia o certo a fazer. Ela lhe disse alguma coisa sobre mim, cruzando os braços com os meus, como se fôssemos velhas amigas, e a ouvi dizer o nome de Käthe e dos Thibaut. Talvez me apresentando. Ele estendeu a mão.

Permaneci imóvel, absolutamente congelada por cinco segundos.

— *Hauptsturmführer* Von Linden — disse Anna em tom grave.

Coloquei a chave no bolso junto às plantas de arquitetura e minha identidade falsa.

— *Hauptsturmführer* Von Linden — repeti, apertando a mão dele, com um sorriso lunático.

Nunca tive um "inimigo mortal". Nunca soube o que isso significava. Algo que se lia em Sherlock Holmes e Shakespeare. Como todo meu ser, toda minha vida, até aquele ponto, poderia rivalizar com um homem em um combate mortal?

Ele ficou olhando para mim, distraído com os próprios problemas colossais. Nunca lhe ocorreu que eu poderia lhe dar as coordenadas para o campo de pouso do Esquadrão da Lua ou fornecer o nome de pelo menos uns dez ou doze membros da

Resistência, ali, na cidade dele, ou que eu estava planejando explodir pelos ares, em cinco dias, toda a administração dele. Nunca lhe ocorreu que eu era sua inimiga, sua oponente sob todos os aspectos. Eu sou *tudo* contra o que ele luta. Sou britânica e judia, no ATA sou uma mulher fazendo o trabalho de um homem e recebendo o mesmo salário que eles, e minha função é entregar as aeronaves que destruirão seu regime. Nunca lhe ocorreu que eu sabia que ele tinha assistido e feito anotações enquanto minha melhor amiga estava amarrada a uma cadeira, apenas com as roupas de baixo, enquanto queimavam buracos nos pulsos e no pescoço dela, que eu sabia que ele que ordenava tudo, que eu *sabia* que, apesar de todas as suas preocupações, ele tinha seguido ordens como um covarde e a enviara para ser usada como cobaia de laboratório até o coração dela parar. Nunca lhe ocorreu que agora ele estava olhando para a sua mestra, a única pessoa do mundo que tinha o destino dele na palma das mãos, aquela garota com roupas esfarrapadas de segunda mão, cabelo curto e sorriso idiota, e que meu ódio por ele é puro e sombrio e impossível de ser aplacado. E que não acredito em Deus, mas, se acreditasse, *se eu acreditasse*, seria no Deus de Moisés, furioso e exigente e EM BUSCA DE VINGANÇA, e

---

Não importa se sinto pena dele ou não. Era o trabalho de Julie e agora é o meu.

Ele disse algo educado para mim, com o rosto neutro. Olhei para Anna, que assentiu uma vez.

— *Ja, mein Hauptsturmführer* — falei entredentes.

Anna chutou minha canela discretamente e começou a falar por mim. Enfiei a mão no bolso e senti o estalo do papel grosso de setenta anos de idade, a nova chave pesando na costura da lã surrada.

Eles assentiram para mim e se afastaram juntos. Pobre Anna. Eu gostava muito dela.

Käthe voltou para a Alsácia e estou esperando a lua de novo —
tudo está em ordem e temos a confirmação de um bombardeio
planejado para sábado à noite. Seja ou não a Operação Verity
bem-sucedida, eles planejam mandar um Lysander para me buscar na pista que encontrei, no domingo ou na segunda-feira — se
o tempo permitir e, é claro, presumindo que consigam pegar o
Rosalie. Muito difícil dormir quando só tenho pesadelos de estar
pilotando aviões em chamas com afogadores com defeito, ou ter
de cortar a garganta de Julie com o canivete suíço de Etienne
etc. Se acordo três vezes por noite aos berros, não adianta muito
tentar me esconder. Estou voando sozinha.

Queimando queimando queimando queimando...

*Behead me or hang me*
*That will never fear me*
*I'll burn Auchindoon*
*Ere my life leave me*

Ormaie ainda está em chamas na minha cabeça. Mas estou na Inglaterra.

Estou de volta à Inglaterra.

Sabe, talvez eu tenha de enfrentar a corte marcial. Talvez eu seja julgada por assassinato e seja enforcada. Mas tudo que sinto agora é *alívio*... alívio — como se eu tivesse ficado embaixo d'água respirando por um canudinho pelos últimos dois meses, e agora emergi e posso respirar livremente. Respirar fundo, puxando o máximo do ar frio e úmido de dezembro para os meus pulmões, sentindo cheiro de gasolina, carvão e liberdade.

A ironia é que não estou livre. Estou em prisão domiciliar no Chalé do campo de pouso do Esquadrão da Lua. Estou trancada no quarto de sempre, aquele que eu costumava compartilhar com Julie, e tem um guarda sob a minha janela também. Não me importo... Sinto-me livre. Se me enforcarem, será uma morte limpa com meu pescoço quebrando na hora, e vou merecer. Eles não vão me obrigar a trair ninguém. Não vão me obrigar a olhar o que está acontecendo com outra pessoa. Não vão incinerar meu corpo e transformar em sabão. Vou me certificar de que meu avô saiba o que aconteceu.

O maldito oficial maquiavélico da Inteligência foi chamado para me interrogar. Creio que ele vai fazer isso sem recorrer a um ferro de solda, água fria e alfinetes. Xícaras de chá, talvez. Estou nervosa em relação ao meu interrogatório por vários motivos, mas não estou com medo.

Não acredito em como me sinto segura aqui. Não me importo se *sou* uma prisioneira. Apenas me sinto *segura*.

## RELATÓRIO DE INCIDENTE Nº 2

Sabotagem e destruição bem-sucedidas do Quartel-General da Gestapo, no prédio que abrigava o Château de Bordeaux, Ormaie, França — 11 dez. 1943.

Meus relatórios são tão ruins.

Sei que as Forças Aliadas estão planejando uma invasão à Europa Ocupada com tanques, aviões e planadores cheios de soldados, mas quando penso na França sendo libertada, imagino um exército vingador chegando em bicicletas. Foi assim que todos entramos em Ormaie naquela noite, cada um vindo de uma direção diferente, nossos cestos cheios com bombas caseiras. As sirenes só foram disparar depois do toque de recolher e todos ficamos *esperando* cheios de nervosismo — aposto que havia uma bicicleta-bomba atrás de cada banca de jornal de Ormaie —, eu mesma fiquei embaixo de uma caminhonete por duas horas junto a um colega de Mitraillette. Ainda bem que eu estava com as botas de Jamie.

Teríamos de explodir o portão dos fundos — um pouco arriscado, mas não havia ninguém por lá, já que um ataque aéreo estava a caminho, e é claro que tínhamos a chave para entrar depois. Eram os malditos *cachorros* que eu temia encarar mais do que qualquer outra coisa. Coitados dos cachorros, a culpa não era deles. Eu nem precisava ter me preocupado. Mitraillette foi impiedosa.

Sinto que eu deveria escrever com detalhes objetivos. Mas não há muito o que relatar aqui. Fomos rápidos e eficientes, sabíamos exatamente para onde deveríamos ir — nós nos dividimos em equipes de duas ou três pessoas, e cada equipe tinha uma missão e uma seção específica: matar os cachorros, destrancar a porta, pegar os prisioneiros, descarregar as bombas. Dar o fora. Diria que entramos e saímos em meia hora. Com certeza não mais do que 45 minutos — não havia muitos prisioneiros para libertar, já que ali tecnicamente não era uma prisão — apenas dezessete. Nenhuma mulher. Mas...

Fiz isso de propósito, escolhi para mim e para meu parceiro que eu libertaria quem quer que estivesse na cela de Julie. Eu não tinha pensado direito que aquilo significaria ter de passar pelo quarto de interrogatório que era ligado ao...

Felizmente, não havia ninguém lá, mas, *ah*, mal consigo pensar nisso. *Como fedia.* Sinto ânsia de vômito só de lembrar. Entramos e logo sentimos o fedor e, por um instante, não consegui fazer nada a não ser respirar pela boca e tentar não vomitar, e o rapaz francês que vinha comigo ficou zonzo e precisou se apoiar para não cair. É claro que estávamos fazendo isso com a ajuda de lanternas elétricas, então não conseguíamos ver muita coisa — o contorno obscuro de móveis institucionais, cadeiras de ferro, mesas e alguns armários, nada obviamente sinistro, mas, *ah*, era o fedor mais forte e infernal que eu já tinha sentido na vida — como uma privada cheia misturada com amônia, carne podre, cabelo queimado e... não, era uma coisa *indescritível* e sinto vontade de vomitar de novo só de escrever. Só depois passou pela minha cabeça que Julie foi obrigada a conviver com aquele fedor por oito semanas — não é de se estranhar que a tenham lavado antes da entrevista com Penn — de qualquer forma, nós não pensamos em *nada* a não ser sair de lá o mais rápido possível sem sufocar. Cobrimos o nariz com o casaco e fomos até a porta da cela de Julie, pegamos o habitante assustado conosco, arrastando-o pelo quarto horrível até um corredor.

O homem que resgatamos não compreendeu quando falamos em francês. Era um *jamaicano* — um atirador de cauda da

RAF que fora derrubado na semana anterior — talvez estivessem tentando arrancar dele os planos da invasão dos Aliados? Ele está em boa forma, ainda não tinham começado a tortura, e embora ele mal tenha comido por uma semana, conseguiu carregar um rapaz que estava com os joelhos quebrados...

Um homem amável o jamaicano, isso ele é. Bem, acho que não está aqui no Chalé, acho que foi enviado para um campo de pouso adequado da RAF, mas voltou para a Inglaterra comigo. Escondeu-se comigo também, no celeiro da família Thibaut. Ele é de Kingston e tem três filhas. Ele me seguiu pela escadaria daquele hotel horrível e arruinado, com o garoto silencioso, cujas pernas estavam quebradas, agarrado às suas costas — eu com uma lanterna em uma das mãos e o Colt .32 na outra, localizando-me, como sempre, com base no mapa que tinha decorado.

Todos nos encontramos no pátio onde a guilhotina está e fizemos uma chamada para conferir os presentes. O último a sair ligou o gerador — tínhamos colocado um temporizador nele. Quando foi ativado, tínhamos vinte minutos. Uma dupla de Lancasters ainda sobrevoava Ormaie, desafiando os holofotes lá embaixo, e a noite estava barulhenta por causa da artilharia antiaérea bem desanimada — muitos dos canhões são operados por rapazes locais, alistados para fortalecer o exército da Ocupação, mas sem a convicção necessária para derrubar aviões Aliados. Vinte minutos para sair da Place des Hirondelles e talvez mais uma hora para nos escondermos até tudo acabar.

Precisávamos encontrar alguém que morasse perto para abrigar o garoto ferido. Mitraillette cuidou disso enquanto o restante de nós fugiu de bicicleta ou a pé. O atirador jamaicano e eu tomamos a rota tortuosa, passando por vários muros de jardim para evitar os pontos de checagem na estrada. Mas, depois que saímos de Ormaie, seguimos de bicicleta — fiquei em pé na barra da garupa e ele ia pedalando, porque era muito maior que eu, quando ouvimos a explosão.

Levamos um susto tão grande que caímos. Não sentimos o impacto; foi só o susto pelo barulho. Ficamos sentados na estrada por alguns minutos, rindo histericamente com a luz da lua e do fogo iluminando o céu e, então, meu atirador resgatado gentilmente me fez subir de volta na bicicleta e seguimos caminho, deixando Ormaie para trás.

— Para onde agora, srta. Kittyhawk?

— Pegue a esquerda na bifurcação. E pode me chamar apenas de Kittyhawk.

— Esse é o seu nome?

— Não.

— Ah — disse ele. — E você não é francesa.

— Não, sou inglesa.

— E o que você está fazendo na França, Kittyhawk?

— O mesmo que você. Eu sou uma pilota derrubada.

— Está de brincadeira!

— Não estou, não. Sou primeira-oficial do Auxiliar de Transporte Aéreo. E aposto que ninguém acredita quando você diz que é atirador da Força Aérea Real.

— Você está certa em relação a isso, garota — afirmou com sinceridade. — É o mundo dos homens brancos.

Agarrei-me à sua cintura, esperando que ele não fosse mulherengo como Paul ou eu teria de atirar nele também quando ficássemos sozinhos no celeiro dos Thibaut.

— Qual é o problema, Kittyhawk? — perguntou ele suavemente. — Por que está chorando tanto? Aquele lugar já foi tarde.

Eu me segurava nele com a cabeça apoiada no seu ombro, soluçando.

— Prenderam minha melhor amiga lá. Você estava na cela dela. Ela ficou dois meses.

Ele continuou pedalando em silêncio ao digerir aquilo. Por fim, perguntou:

— Ela morreu lá?

— Não — respondi. — Não lá. Mas está morta.

De repente, senti através do casaco que ele estava chorando também, o corpo trêmulo em silêncio, abafando os soluços como eu.

— Meu melhor amigo também morreu — revelou ele em voz baixa. — Era o piloto do avião. Pilotou baixo, mantendo o avião em um curso reto e estável para podermos saltar depois que fomos atingidos.

Ah... só agora que estou escrevendo é que percebo que foi exatamente o que fiz.

Engraçado... pareceu a coisa mais heroica do mundo para se fazer quando ele me contou sobre o amigo, tão incrível que alguém pudesse ser tão corajoso e altruísta. Mas não me senti uma heroína quando estava fazendo isso — eu só estava com medo demais para saltar.

Seguimos de bicicleta pelo luar com as chamas de Ormaie atrás de nós, e nenhum de nós parou de chorar até guardarmos a bicicleta.

Dormimos um de costas para o outro naquele espaço apertado do celeiro por duas noites. Ou melhor, uma noite e meia, na verdade. Jogamos 21 por horas com um baralho de imagens obscenas que peguei em um dos esconderijos de Etienne. Na segunda-feira, ontem, ontem à noite para ser mais precisa, o motorista da dama das rosas veio nos buscar a fim de pegarmos o Rosalie para nossa viagem até a pista de resgate.

Aquela foi a terceira vez que os Thibaut me abraçaram e me deram um beijo de despedida — Amélie criando um alvoroço, *maman* tentando me presentear com uma dúzia de colheres de prata — eu simplesmente *não pude* aceitar! E Mitraillette com os olhos marejados, a primeira vez que a vi engasgada com alguma coisa que não envolvesse sangue.

Ela não foi com a gente daquela vez. Eu espero...

Gostaria de saber rezar por todos eles. Gostaria de saber.

---

O Rosalie nos esperava na garagem do casarão às margens do rio Poitou. Ainda estava claro quando chegamos lá, então, para não causar problemas para o motorista e enquanto aguardavam o outro carro, a velha senhora, com o cabelo branco preso como o de Julie, pegou minha mão exatamente como tinha feito no dia seguinte ao ataque à ponte, e me levou sem nada dizer até o jardim frio.

Lá embaixo, ao longo do rio, havia uma pilha de rosas, uma pilha *imensa* de rosas damascenas, as rosas que floresciam no outono. Ela tinha cortado cada uma que tinha ficado no jardim e empilhado ali.

— Eles enfim permitiram que enterrássemos todo mundo — disse-me ela. — A maioria está lá perto da ponte. Mas fiquei tão zangada por aquelas pobres moças, duas jovens adoráveis, largadas na lama por quatro dias, com ratos e corvos se alimentando delas! Não é certo. Não é *natural*. Então, quando enterraram os outros, pedi que os homens trouxessem as garotas para cá.

Julie está enterrada no jardim de rosas de sua tia-avó, envolvida no véu da primeira comunhão da sua avó, e coberta com um manto de rosas damascenas.

É claro, como o nome do seu circuito. *Damask*.

Ainda não sei o nome da tia-avó dela. Como isso é possível? E de repente eu soube que era ela, o conhecimento me atingindo como um raio: quando ela disse que usou o véu que ela e a irmã tinham usado na primeira comunhão, me lembrei que a avó de Julie era de Ormaie e depois me lembrei da história horrível sobre a tia-avó, e o que ela me disse sobre compartilhar um fardo terrível, tudo se encaixou e eu soube exatamente quem ela era.

Mas não contei nada — não tive coragem. Ela parecia não saber que era Julie — é claro que Katharina Habicht teria mantido a verdadeira identidade escondida de todo mundo para evitar comprometer qualquer pessoa. Acho que eu deveria ter dito algo, mas *não consegui*.

Agora estou chorando *de novo*.

---

Ouvi um carro estacionando, então eles devem vir me pegar a qualquer momento, mas quero terminar de contar sobre minha saída da França — que provavelmente vai me fazer chorar —, mas isso não é mais novidade, é?

Comecei a chorar só de ouvir a mensagem no rádio nos informando que vinham me pegar naquela noite: "Depois de um tempo, todas a crianças contam a verdade" — em francês é *"Assez bientôt, tous les enfants disent la vérité"*. Tenho certeza de que colocaram a palavra *vérité* ali de propósito, mas não tinham como saber que aquilo me fazia pensar na última página que Julie escreveu — *Eu contei a verdade*, de novo e de novo e de novo.

Toda a rotina é tão familiar agora, como um sonho recorrente. Campos escuros, luzes brilhantes, asas do Lysander cortando o luar. Só que a cada nova tentativa o tempo está *mais frio*. Não há lama dessa vez, apesar da chuva da semana passada. O chão está congelado. Uma aterrissagem perfeita e sem problemas, o avião nem precisou contornar a pista… Gosto de pensar que isso aconteceu parcialmente à *minha excelente* seleção de pista — isso fez a troca de mercadorias e passageiros acontecer em menos de quinze minutos. *É assim que deve ser.*

Meu atirador de cauda jamaicano já subiu a bordo e eu já estava com a mão na escada para segui-lo quando o piloto gritou para mim:

— EI, KITTYHAWK! Você vai pilotar para nos tirar daqui?

Quem mais poderia ser, se não Jamie Beaufort-Stuart… quem mais?

— Venha, troque de lugar comigo — gritou ele. — Você veio pilotando para cá, nada melhor do que pilotar de volta para casa.

Não consigo acreditar no que ele me ofereceu e não acredito que aceitei… era tudo tão errado. Eu precisava passar por novos testes depois do acidente, isso para dizer o mínimo.

— Mas você não queria que eu VIESSE pilotando para cá, lembra? — berrei

— Eu estava preocupado com você estar na França, não com sua habilidade de pilotar! Já era ruim o suficiente uma de vocês vir, imagine perder as DUAS. De qualquer forma, se atirarem na gente, você é muito melhor em pousos de emergência que eu…

— Podemos ir à corte marcial por causa disso, nós dois...

— Que bobagem, você é CIVIL. Não corre o risco de corte marcial desde que deixou a WAAF em 1941. O pior que o ATA pode fazer contra você é demiti-la, e vão fazer isso de qualquer forma se assim o decidirem. AGORA VENHA!

O motor estava ligado. O freio estava ativo e só havia espaço suficiente para trocarmos de lugar quando ele se pendurou na beirada da cabine — nem precisei ajustar o assento, já que somos exatamente do mesmo tamanho. Ele me entregou o capacete.

E não aguentei. Contei a ele.

— Eu a matei. Eu atirei na Julie.

— *O quê?*

— Fui eu. Eu atirei na Julie.

Por um momento, nada mais parecia importar ou ter qualquer significado. Tudo que existia no mundo era eu no assento do piloto do Lysander e Jamie pendurado na cabine com a mão na cobertura deslizante, nenhum barulho, a não ser o ronco do motor, nenhuma luz em lugar nenhum, a não ser os três pequenos sinalizadores na pista e o luar brilhando sobre o painel de controle. Enfim Jamie fez uma pergunta:

— Foi de propósito?

— Foi. Ela me pediu... e não consegui... *não consegui* decepcioná-la.

Depois de outro longo momento no Lysander, Jamie disse abruptamente:

— Pois não comece a chorar agora, Kittyhawk! Com corte marcial ou não, você tem de pilotar este avião porque eu não confio mais em mim para fazer isso, não depois dessa confissão.

Ele se afastou da cabine e passou pela asa do avião para acessar a escada de trás. Fiquei o encarando enquanto ele entrava na cabine traseira e, depois de um momento, ouvi quando se apresentou para o meu amigo jamaicano.

PILOTE O AVIÃO, MADDIE

Fechei a cobertura deslizante e comecei a fazer as verificações preparatórias para um voo que eu conhecia tão bem.

Então, quando ativei os motores, senti a mão dele no meu ombro.

Exatamente assim... Nada foi dito. Ele só colocou a mão no meu ombro através da divisória, exatamente com ela tinha feito, e apertou meu ombro. Ele tem dedos muito fortes.

E manteve a mão ali, durante todo o voo de volta para casa, mesmo quando lia o mapa e me passava as orientações.

Então, não estou mais pilotando sozinha.

O papel está acabando. Este caderno de Etienne está quase cheio. Mas tenho uma ideia do que fazer com ele.

Com isso em mente, acho que vou escrever o nome do maquiavélico oficial da Inteligência. Julie não disse que ele se apresentou com um número na entrevista dela? Ele se apresentou como ele mesmo esta tarde. É estranho escrever sobre isso sem usar um nome. John Balliol, talvez seja um bom nome irônico, igual ao rei escocês miserável que William Wallace defendeu até a morte. Sir John Balliol. Estou ficando boa nisso. Talvez, no fim das contas, eu devesse entrar para o Serviço de Operações Especiais.

Ah, querida Maddie, NEM EM UM MILHÃO DE ANOS.

Minha entrevista com sir John Balliol teve que acontecer na sala de interrogatório — acho que as reuniões de preparação para missões acontecem lá também, mas é como todo mundo chama. Tinha que ser lá, não é? Porque tinha de ser feito direito. O sargento Silvey me levou até lá, acho que está com o coração partido por causa de Julie, mas estava todo rígido e formal ao me levar para ser interrogada — estranho, sabe? Ele não gostou de fazer aquilo. Achou errado eu ter ficado trancada também. Discutiu sobre isso com o líder do esquadrão. Não importa, tudo é parte do protocolo e, no fim das contas, a verdade é que eu não devia ter pilotado o avião para a França.

Então, segui escoltada para a sala de interrogatório e, quando entrei, fiquei vergonhosamente ciente de como eu estava esfarrapada — como os refugiados de Glasgow! —, eu *ainda* estava usando a calça de escalada da esposa do fotógrafo francês, o casaco surrado de Etienne Thibaut e as botas de Jamie, as mesmas roupas que eu estava usando havia uma semana e boa parte dos dois últimos meses e, na verdade, a mesma roupa que eu estava usando quando explodi e ateei fogo no centro da cidade de Ormaie. Não havia nenhum truque feminino que eu pudesse usar — pisei na sala fria e branca com o coração martelando contra as costelas como um mecanismo de detonação. A sala era como eu me lembrava da primeira vez que ele me encontrou aqui, quase dois anos antes — duas cadeiras duras, próximas do aquecedor elétrico, um bule de chá sobre a mesa. Não fedia como a sala de interrogatório de Ormaie, mas era impossível não pensar nela.

— Temo que isso vai demorar um pouco — disse Balliol se desculpando. — Imagino que tenha conseguido dormir um pouco ontem à noite?

Ele não estava de óculos. Isso me pegou desprevenida — ele parecia ser uma pessoa comum. Então, estendeu a mão para mim. E de imediato fui transportada a Ormaie de novo, na rua de paralelepípedos com a chave nova e os documentos velhos no bolso e o coração cheio de ódio e sedenta por sangue — e respondi entredentes:

— *Ja, mein Hauptsturmführer.*

Ele pareceu assustado e tenho certeza de que fiquei vermelha como um pimentão. AH, MADDIE, QUE ÓTIMA FORMA DE COMEÇAR.

— Desculpe, desculpe! — Arfei. — *Je suis désolée.*

*Inacreditável*, eu ainda estava tentando falar em francês com as pessoas.

— Ainda não estamos totalmente fora das trincheiras, não é? — comentou ele com voz suave. Com um toque suave nas minhas costas, me guiou até uma das cadeiras. — Chá, Silvey — pediu ele. O sargento Silvey serviu em silêncio e se retirou.

Os óculos de Balliol estavam sobre a mesa. Ele os colocou e se apoiou na beirada, segurando o pires e a xícara, e as mãos dele eram tão firmes que preferi colocar a minha xícara no chão — não podia colocar uma xícara de porcelana no colo enquanto ele me encarava com aqueles olhos imensos. Nossa — Julie o achava bonito. Não consigo entender o motivo. Ele me deixa *morta* de medo.

— Do que está com medo, Maddie? — perguntou ele com tranquilidade, deixando de lado aquela bobagem de "oficial de voo Beaufort-Stuart".

Eu nunca mais vou dizer isso de novo. Não há mais ninguém a quem dizer. Aquela foi a última vez:

— Eu matei a Julie. Verity, quero dizer. Eu atirei nela.

Ele colocou a xícara na mesa com um tilintar e olhou para mim.

— *Como é?*

— Tenho medo de ser julgada por assassinato.

Afastei o olhar e o fixei no ralo no chão. Foi aqui que o espião alemão tentou estrangular Eva Seiler. Estremeci, literalmente, quando me dei conta disso. Eu nunca tinha visto hematomas tão feios em toda a minha vida, nem antes, nem depois. Julie foi *torturada* nesta sala.

Quando olhei novamente para Balliol, ele ainda estava apoiado na mesa, os ombros curvados, os óculos na testa, e apertando o ponto entre o nariz e a testa como se estivesse com dor de cabeça.

— Tenho medo de ser mandada para a forca — revelei miseravelmente.

— *Caramba*, garota — irritou-se ele, colocando os óculos de novo. — Você precisa me contar o que aconteceu. Confesso que me assustou. Mas não estou usando minha peruca de juiz no momento. Então, vamos ouvir tudo.

— Eles a estavam transportando em um ônibus cheio de prisioneiros para um dos campos de concentração e tentamos impedi-los...

Ele me interrompeu melancolicamente.

— Você precisa começar pelo assassinato? Volte um pouco. — Ele olhou para mim de cenho franzido. — *Mea culpa*, desculpe. Escolhi mal a palavra. Você não disse que *foi* assassinato, não é? Só que você estava preocupada que os outros pudessem ver dessa forma... Possivelmente foi um erro ou um acidente.

Bem, vamos lá, minha menina. Comece pelo início, quando você pousou na França.

Contei-lhe tudo... bem, quase tudo. Tem uma coisa que não contei para ele, e foi sobre a grande pilha de papéis que está na minha bolsa de voo — com tudo que Julie escreveu e tudo que escrevi, todas as folhas de papel timbrado, partituras musicais, meu Manual de Pilotagem e o caderno de exercícios de Etienne — eu não disse para ele que existe um registro escrito.

Estou impressionada com o quanto aprendi a mentir bem. Não mentir exatamente — não menti para ele. A história que contei é como um pulôver de tricô cheio de buracos, pontos soltos que vão começar a se desfazer se você começar a puxar. Estava mais para um tricô, em que você pula um ponto, depois tricota outro, deixando passar o ponto perdido. Entre tudo que Penn e Anna Engel me disseram, havia informações suficientes para que eu não precisasse mencionar a confissão escrita de Julie que está no meu quarto. Porque não vou entregar isso para um arquivista qualquer de Londres. É *meu*.

E quanto ao meu relato... bem, preciso dele para poder fazer um relatório adequado ao Comitê de Acidentes.

Demorei *muito* tempo contando tudo. O sargento Silvey trouxe outro bule de chá e depois mais outro. No fim de tudo, Balliol me assegurou com tranquilidade:

— Você não vai ser enforcada.

— Mas eu sou a responsável.

— Não mais que eu. — Ele afastou o olhar. — Torturada e enviada para ser usada como cobaia de laboratório. Meu Deus. Aquela garota adorável e inteligente. Posso muito bem... Eu sou *desprezível*. Não, você não vai ser enforcada.

Ele respirou fundo, em uma inspiração trêmula.

— "Morta em ação" foi o que o primeiro telegrama nos informou. "Morta em ação" e é esse o veredito que vai permanecer — afirmou ele com firmeza. — Ela *foi* morta em ação, de acordo com o seu relato, e, considerando o número de pessoas que morreram naquela noite, acho que não precisamos entrar em detalhes sobre quem atirou em quem. A sua história não deve sair deste prédio. Você não contou para mais ninguém o que aconteceu, contou?

— Para o irmão dela — respondi. — E, de qualquer forma, vocês têm escutas nesta sala. As pessoas escutam pelas persianas que dão para a cozinha. As pessoas vão saber, com certeza.

Ele olhou para mim, pensativo, meneando a cabeça.

— Tem alguma coisa sobre nós que você *não* saiba, Kittyhawk? Você guarda os nossos segredos e nós guardamos os seus. "Conversas descuidadas custam vidas."

Na França, custam mesmo. Não é tão engraçado quanto parece.

— Olhe, Maddie, vamos fazer um intervalo de meia hora. Temo que ainda haja vários detalhes que preciso questionar e ainda nem chegamos perto deles. Sinto que perdi um pouco da compostura.

Ele tirou um lenço de seda de bolinhas do bolso e limpou o nariz. Quando olhou para mim, estendeu a mão para me ajudar a me levantar.

— E acho que você precisa de um cochilo.

O que foi que Julie disse sobre mim? Que sou treinada para reagir positivamente a pessoas de autoridade. Voltei para o meu quarto e caí em um sono profundo por vinte minutos. Sonhei com Julie me ensinando a dançar o foxtrote na cozinha de Craig Castle. É claro que ela me ensinou o foxtrote, mas foi em um dos bailes de Maidsend e não na cozinha de Craig Castle, porém o sonho parecia *tão real* que quando acordei não sabia direito onde estava. E, então, foi como levar um golpe na cabeça e ser tomada pela desolação de novo.

Só que agora, em vez de "The Last Time I Saw Paris", não consigo parar de ouvir "Dream a Little Dream of Me"[64] na cabeça, que foi a música que estava tocando quando dançamos em Maidsend. Não me importo nem um pouco, porque já estou *farta*

---

64.   Canção composta por Gus Kahn (1886-1941), André Fabian (1910-1960) e Schwandt Wilbur (1904-1998). Foi gravada pela primeira vez em fevereiro de 1931. [N. E.]

de "The Last Time I Saw Paris". Se eu um dia ouvir essa música sendo tocada em algum lugar público, tenho certeza de que vou vaiar no mesmo instante.

Então, Balliol e eu tivemos outra sessão e as coisas ficaram um pouco mais técnicas, eu tendo que me lembrar de nomes e números que eu nem sabia que sabia — os codinomes de todos os agentes da Resistência que conheci, Balliol comparando com as observações que tinha em um caderninho dele, e a localização de qualquer exército, suprimentos ou *cachettes* dos quais eu tivesse conhecimento. Teve uma hora que apoiei os cotovelos nas pernas e comecei a puxar o cabelo até a raiz doer, tentando me lembrar das coordenadas exatas do celeiro dos Thibaut e da garagem da senhora das rosas. Eu me dei conta de que eu estava ali sentada, arrancando os cabelos pelos últimos vinte minutos e, de repente, fiquei com raiva.

Levantei a cabeça e perguntei, furiosa:

— *Por quê?* Por que você se *importa* se tenho as coordenadas na minha cabeça? Posso *inventar coordenadas* exatamente como a Julie criou códigos! Dê-me a droga de um mapa e mostro tudo para você, você não *precisa* fazer isso! O que você *realmente* quer, seu maldito maquiavélico IMBECIL?!

Ele ficou em silêncio por um minuto.

— Pediram-me para testar você um pouco — confessou ele por fim. — Esquentar um pouco as coisas e ver como você reagia. Não sei bem o que fazer com você. O ministro da aeronáutica quer tirar sua licença e o Serviço de Operações Especiais quer recomendá-la para uma Medalha George. Querem que você fique com eles.

NEM EM UM MILHÃO DE ANOS.

Mas, mas. Meu sucesso como uma agente não oficial do SOE vai cancelar meu voo para a França como uma pilota não oficial para a RAF. Não vou ganhar uma medalha que não quero nem mereço, mas não vou perder a minha licença... Pode-se dizer que já a perdi, mas eles vão me dar outra. E não vão tirar de mim. Não vão nem tirar o meu trabalho. *Ah...* esse é um bom motivo para chorar lágrimas de alívio. Vão me deixar pilotar de novo. Eu terei de me apresentar diante do Comitê de Acidentes, mas será apenas sobre o acidente — exatamente como se eu fosse uma pilota do próprio Esquadrão da Lua, fazendo um pouso de emergência com meu próprio avião. Não vão me acusar de nada.

E o ata fará transporte de aviões para a França depois da invasão. Não vai demorar muito — será na primavera. Voltarei. Sei que vou voltar.

Estou exausta. A não ser pelo cochilo e algumas horas depois que pousamos, não dormi direito desde domingo à noite. E já é quase noite de terça-feira. Mais uma coisa, porém, antes de ir para a cama...

Balliol me deu uma cópia da mensagem que tinham acabado de receber e decodificar da radiotelegrafista do circuito Damask.

```
RELATO DE FORTE BOMBARDEIO ALIADO
SOBRE ORMAIE NA NOITE DE SÁB. 11 DEZ.
E MADRUG. DOM. 12 DEZ. OP BEM-SUCEDIDA
DESTRUIÇÃO DO CDB TB CONHECIDO COMO
QG REGIONAL DA GESTAPO NENHUMA PRISÃO
FEITA TUDO SAIU BEM PASSAR MSG PARA
KITTYHAWK DIZENDO QUE O PAI DE ISOLDA
FOI ENCONTRADO MORTO COM UM TIRO NA
CABEÇA POSSÍVEL SUICÍDIO
```

— Quem é o pai de Isolda? — perguntou Balliol quando me passou a mensagem.

— O oficial da Gestapo que... que interrogou Verity. E a sentenciou.

— Suicídio — disse Balliol suavemente. — Outro pobre coitado.

— Outra pobre coitada — corrigi.

---

Aquelas ondulações no lago de novo — elas simplesmente não param em um lugar só. Todas aquelas vidas que tocaram a minha por um breve momento, e nem sei o nome verdadeiro da maioria delas, como a tia-avó de Julie e o motorista do Rosalie. E de alguns deles não sei nada a não ser os nomes, como Benjamin Zylberberg, o médico judeu, e Esther Lévi, cujas partituras de flauta foram dadas para Julie escrever. Algumas delas conheci brevemente, gostei delas e nunca mais vou vê-las de novo, como o filho do vigário que pilotava Spitfires, Anna Engel e o atirador jamaicano.

E há Isolda von Linden, na sua escola na Suíça, sem saber que o pai tinha acabado de se matar.

---

*Isolda ainda no reino do sol, ainda na luz do dia cintilante, Isolda…*
Guardei a caixa de fósforos que o pai dela deu para Amélie.

---

Tomei um banho e peguei um pijama emprestado com a motorista e enfermeira de primeiros socorros da unidade Yeomanry que nunca diz nada. Quem pode saber o que ela pensa de mim. Não estou mais trancada nem sob guarda. Alguém vai me levar de volta a Manchester amanhã. Esta noite… esta noite vou dormir neste quarto mais uma vez, na mesma cama onde Julie chorou até cair no sono nos meus braços oito meses antes.

Vou guardar seu lenço de seda cinza. Mas quero que Jamie fique com este caderno, com meu Manual de Pilotagem e a confissão de Julie para entregar tudo a Esmé Beaufort-Stuart porque o certo é que a mãe de Julie saiba de tudo. Se ela quiser saber, acho que tem esse direito. *Absolutamente tudo com riqueza de detalhes.*

Retornei à Inglaterra e posso voltar a trabalhar. Não tenho nem palavras para dizer como estou surpresa e grata por ter podido manter minha licença de pilota.

Mas uma parte de mim está enterrada sob renda e rosas nas margens de um rio na França — parte de mim está quebrada para sempre. Uma parte de mim sempre se manterá impossível de pilotar, emperrada na posição de decolagem.

Lady Beaufort-Stuart
Craig Castle
Castle Craig
Aberdeenshire

26 dez. 1943

Minha querida Maddie,

Jamie me entregou suas "cartas" — tanto as suas quanto as de Julie, e as li. Elas ficarão aqui e em segurança — a Lei de Segredos Oficiais não tem muita valia em uma casa que absorve segredos como umidade. Alguns cartões de receita e receituários médicos com certeza passarão despercebidos ao serem colocados entre o conteúdo de nossas duas bibliotecas.

Quero lhe dizer o que Jamie me disse ao entregar estas páginas: *"Maddie agiu corretamente."*

E eu digo o mesmo.

Por favor, venha me visitar, Maddie querida, assim que permitirem. Os menininhos estão todos arrasados com a notícia e seria bom se pudessem vê-la. Talvez também façam bem a você. Eles são meu único consolo no momento, e andei muito ocupada tentando tornar esse Natal "feliz" para todos. Ross e Jock perderam os pais no bombardeio, então talvez eu fique com os dois quando a guerra acabar.

Gostaria de "ficar" com você também, se permitir… Quero que continue no meu coração e como a melhor amiga da minha única filha. Seria como perder duas filhas se você nos deixasse agora.

Por favor, venha logo. A janela está sempre aberta.

Pilote com cuidado.
Com amor,
Esmé

P.S.: Obrigada pela caneta Eterpen. Que coisa extraordinária — nenhuma palavra desta carta borrou. Ninguém nunca saberá quantas lágrimas chorei enquanto a escrevia!

Estou falando sério quando digo para pilotar com cuidado. E quando digo para vir logo.

# Interrogatório da autora

Como alguém já disse: "Meus relatórios são tão ruins". Eu tenho o dever legal de escrever o posfácio para assegurar que este livro não esteja em desacordo com as Leis de Segredos Oficiais. Esta deve ser uma nota histórica, e sinto *dor* no coração por admitir que *Codinome Verity* é uma obra de ficção — que Julia Beaufort-Stuart e Maddie Brodatt não são pessoas reais, apenas produtos da minha mente obcecada por aventuras.

Mas vou tentar. Este livro começou apenas como o retrato de uma pilota do serviço Auxiliar de Transporte Aéreo. Como mulher e pilota, eu queria explorar as possibilidades que teriam sido abertas para mim na Segunda Guerra Mundial. Já escrevi uma história de guerra sobre uma pilota ("Something Worth Doing" em *Firebirds Soaring*, editada por Sharyn November), mas eu queria escrever uma história longa e mais detalhada e, acima de tudo, plausível.

Comecei a pesquisar na esperança de conseguir ideias para o enredo e li *The Forgotten Pilots*, de Lettice Curtis. Esta é a história definitiva sobre o ATA e foi escrita por uma mulher, então pareceu certo e natural usar uma pilota do ATA na minha história. Mas a história do ATA saiu de controle quando (acidentalmente, escrevendo ao preparar o jantar) tive a ideia para *Codinome Verity* e acrescentei uma agente do Serviço de Operações Especiais.

Mais leituras — tudo bem, eu poderia ter uma pilota E uma espiã. Duas garotas vivendo uma história plausível. Porque *havia* mulheres fazendo esses trabalhos. Não eram muitas. Mas elas existiram. Trabalharam, sofreram e lutaram com tanta garra quanto qualquer homem. Muitas morreram.

Tenham em mente que, apesar da minha busca exaustiva por precisão histórica, esta obra não foi escrita para ser um livro de História, mas para contar *uma boa história*. Então, vou pedir para o leitor dar um grande salto de fé ficcional comigo em relação ao voo de Maddie para a França. As pilotas do ATA só tiveram permissão para pilotar para a Europa muito depois da invasão da Normandia, quando o território antes ocupado pelos alemães tinha voltado para as mãos dos Aliados. (Quando Maddie é chamada de "única pilota Aliada derrubada fora da Rússia", estou fazendo uma referência às russas que realmente foram pilotas de combate durante a guerra.) Eu me esforcei muito para construir uma cadeia crível de eventos para possibilitar a viagem do Lysander de Maddie para a França; o trunfo de Maddie é o meu trunfo, o fato de que ela poderia autorizar o próprio voo.

O outro elemento que inventei (como determinada narradora não confiável) foram os nomes próprios. A maioria deles, pelo menos. Meu raciocínio para isso foi por constituir uma forma fácil de evitar incongruências históricas. Por exemplo, Oakway é um tênue disfarce de Ringway (atualmente o aeroporto de Manchester); mas, diferentemente de Oakway, Ringway não tinha nenhum esquadrão por lá no inverno de 1940. Maidsend é uma mistura de muitos campos de pouso na região de Kent. A cidade francesa de Ormaie não existe, mas foi inspirada livremente em Poitiers.

No início da pesquisa, também planejei dizer aqui que inventei alguns trabalhos específicos de interrogadores e pilotos de táxi aéreo do SOE. No entanto, existiu uma pilota americana do ATA, Betty Lussier, que realizou mais ou menos esses dois trabalhos em momentos diferentes da guerra (embora ela trabalhasse para a OSS, dos norte-americanos, e não para o SOE). Sempre que me deparo com a biografia de alguma pilota de guerra ou agente da Resistência, penso: *é impossível criar um personagem assim*.

Eu adoraria passar novamente pelas páginas do livro e documentar de onde "absolutamente tudo com riqueza de detalhes" veio — como descobri que querosene pode ser usada para afinar tinta de caneta-tinteiro, ou que enfermeiras de escolas usavam as pontas dessas canetas para fazer exames de sangue ou onde descobri um formulário judaico de receituário médico. É claro que não posso fazer isso para cada detalhe, mas já que papel e caneta são a matéria-prima deste romance, vamos falar sobre a CANETA ESFEROGRÁFICA! Seria muito difícil manter o suprimento de tinta para todos os meus escritores ficcionais, e seria conveniente dar-lhes uma caneta esferográfica. Então, fui pesquisar para me certificar de que elas existiam em 1943.

Acontece que existiam, mas tinham acabado de ser inventadas. A caneta esferográfica foi inventada por László Bíró, um jornalista húngaro que foi para a Argentina a fim de fugir da ocupação alemã na Europa. Em 1943, ele licenciou sua invenção para a RAF, e as primeiras canetas esferográficas foram produzidas em Reading, Inglaterra, pelo fabricante de aeronaves Miles, para dar aos pilotos um suprimento de tinta durável! Eu tinha de usar uma amostra em *Codinome Verity* — as canetas esferográficas ainda não eram vendidas. Mas foi *plausível*. É tudo que peço — que os detalhes sejam plausíveis. E *adorei* saber que a caneta esferográfica foi fabricada primeiramente para a RAF. Quem poderia imaginar?

Existe uma história real, igual a essa, atrás de quase todos os detalhes ou episódios deste livro. Acho que foi em um dos livros da série HORRIBLE HISTORY, de Terry Deary, que fiquei sabendo sobre um agente do SOE que foi capturado por olhar para o lado errado ao atravessar uma rua na França. Eu mesma quase morri uma vez por cometer o mesmo erro. Também passei algumas tardes acabando com a minha coluna por tirar pedras de uma pista. Até mesmo os defeitos do Lysander e do Citroën Rosalie são baseados em fatos. O Green Man é um pub de verdade, se você conseguir encontrá-lo. Nem me dei ao trabalho de criar um novo nome, mas agora ele é chamado de outra maneira.

Sei que deve haver erros e imprecisões espalhados pelo livro e, por eles, imploro por um pouco de licença poética. Alguns foram cometidos de forma consciente, outros não. O codinome

"Verity" no título do livro foi muito óbvio para mim. Até onde sei, as agentes do SOE na França recebiam codinomes de nomes franceses, e Verity é um nome inglês. Mas se traduz bem como *vérité* — a palavra em francês para *verdade* — e alguns codinomes para operadores de rádio são tão aleatórios ("enfermeiro" por exemplo), que decidi seguir adiante. Outro bom exemplo é o uso da expressão *Nacht und Nebel*, que se refere à política nazista de fazer certos prisioneiros políticos desaparecerem na "noite e neblina". A expressão era tão secreta que seria altamente improvável que Julie a conhecesse. No entanto, prisioneiros do campo de concentração de Ravensbrück sabiam que eram designados por "NN" e, no fim de 1944, sabiam o que significava também. As últimas palavras de Nelson também são sujeitas a debate considerável. Mas seja lá o que ele tenha *dito*, Hardy o *beijou*. Onde quer que eu tenha falhado em termos de precisão, espero ter compensado com plausibilidade.

Existem várias pessoas que me ajudaram a tornar este livro completo e perfeito, e todas merecem meus agradecimentos. Entre os heróis anônimos está o trio de consultores "culturais" e linguísticos do escocês, do francês e do alemão: Iona O'Connor, Marie-Christine Graham e Katja Kasri, que mergulharam no trabalho com o entusiasmo de voluntários de guerra. Meu marido, Tim Gatland, foi meu consultor técnico e conselheiro de voo (como sempre); e Terry Charman, do Museu Imperial da Guerra de Londres, examinou o manuscrito em relação à precisão histórica. Jonathan Habicht da The Shuttleworth Collection permitiu que eu tivesse contato pessoal e próximo com um Lysander e um Anson. Tori Tyrrell e Miriam Robert foram indispensáveis como primeiras leitoras, e Tori, na verdade, sugeriu os títulos de seções, que por mais óbvios que fossem, me escaparam no princípio. Minha filha, Sara, sugeriu algumas das reviravoltas mais angustiantes. O livro não existiria se não fosse pela adorável Sharyn November, editora-sênior da Viking Children's Books, que me pediu para escrevê-lo; e foi sob a regência da minha agente Ginger Clark que a orquestra da equipe editorial liderada por Stella Paskins, da Egmont UK, Catherine Onder, da Disney • Hyperion Books e Amy Black, da Doubleday Canadá, que deram a forma definitiva de *Codinome Verity*.

Também sinto que devo agradecer discretamente a um grupo de pessoas sem nome cujas vidas estão entrelaçadas com a minha e que me influenciaram durante todos esses anos: amigos, familiares, professores e colegas — alemães, franceses, poloneses, americanos, japoneses, escoceses e ingleses, judeus e cristãos, que durante o conflito global da Segunda Guerra Mundial lutaram na Resistência, artistas da unidade de camuflagem, pilotos de caça da RAF e pilotos de transporte da USAF, crianças refugiadas, prisioneiros em campos de concentração americanos e alemães, refugiados escondidos, pessoas da Juventude Hitlerista, WAACs, soldados e prisioneiros de guerra. NÃO PODEMOS ESQUECER.

# Uma breve bibliografia

(não incluindo atlas de estradas, mapas com rotas de fuga, anotações de pilotos, listas de gírias da RAF etc.)

## ATA

*Livros:*

CURTIS, Lettice. *The Forgotten Pilots: A Story of the Air Transport Auxiliary 1939-1945*. Olney, Reino Unido: Nelson & Saunders, 1985. Publicado originalmente em 1971 pela editora Go To Foulis.

DU CROS, Rosemary. *ATA Girl: Memoirs of a Wartime Ferry Pilot*. Londres: Frederick Muller, 1983.

LUSSIER, Betty. *Intrepid Woman: Betty Lussier's Secret War, 1942--1945*. Annapolis, Md.: Naval Institute Press, 2010.

WHITTELL, Giles. *Spitfire Women of World War II*. Londres: HarperPress, 2007.

*Filme:*

*Ferry Pilot*. Londres: Trustees of the Imperial War Museum, 2004 (Crown Film Unit, 1941).

*Exposições em museus:*
*Grandma Flew Spitfires*: The Air Transport Auxiliary Exhibition and Study Centre, Maidenhead Heritage Centre, 18 Park Street, Maidenhead, Berkshire. <http://www.atamuseum.org>.

## SOE

*Livros:*
BINNEY, Marcus. *The Women Who Lived for Danger: The Women Agents of SOE in the Second World War.* Londres: Hodder & Stoughton, 2002.

ESCOTT, Beryl E. *Mission Improbable: A Salute to the RAF Women of SOE in Wartime France.* Sparkford, Reino Unido: Patrick Stephens, 1991.

HELM, Sarah. *A Life in Secrets: The Story of Vera Atkins and the Lost Agents of SOE.* Londres: Little, Brown, 2005.

*SOE Secret Operations Manual.* Boulder, Colo.: Paladin Press, 1993.

VERITY, Hugh. *We Landed by Moonlight: Secret RAF Landings in France 1940-1944.* Londres: Ian Allan, 1978.

*Filme:*
*Now It Can Be Told.* Londres: Imperial War Museum, 2007 (RAF Film Production Unit, 1946).

## WAAF

ARNOLD, Gwen. *Radar Days: Wartime Memoir of a WAAF RDF Operator.* West Sussex, Reino Unido: Woodfield Publishing, 2000.

ESCOTT, Beryl E. *The WAAF.* Shire Publications, 2001.

França durante a ocupação alemã

CASKIE, Donald. *The Tartan Pimpernel*. Edinburgo: Berlinn, 2006. Publicado originalmente em 1960 pela editora Fontana.

KNAGGS, Bill. *The Easy Trip: The Loss of 106 Squadron Lancaster LL 975 Pommeréval 24/25th June 1944*. Perth, Escócia: Perth & Kinross Libraries, 2001.

NÉMIROVSKY, Irène. *Suite Française*. Londres: Vintage Books, 2007.

Luvas de Maddie

<https://vanda-production-assets.s3.amazonaws.com/2018/11/15/13/53/12/6cb42488-3dc3-4b42-b232-c8f67f03e818/Mittens%20for%20women.pdf> (De *Essentials for the Forces,* escaneadas por Victoria and Albert Museum, Londres, em "1940s Patterns to Knit" em <http://www.vam.ac.uk/articles/1940s-knitting-patterns>).

Vire a página para
descobrir uma nova história
e conhecer a origem de
*Codinome Verity*

# RÊVERIE[65]

Rosenstrasse, 122
Berlim

14 de junho de 1945

Querida Käthe,

Não, querida *Maddie*. Mesmo agora que a guerra na Europa acabou, parece perigoso usar o seu verdadeiro nome. Mas penso em você e muitas vezes me questiono se você ainda está viva, se continua voando. Pergunto-me se pensa em mim — com pena, talvez, ou apenas com raiva — ou se nunca pensa em mim.

Se você se importa (ou ao menos se pergunta), estou bem. Estou em Berlim, no apartamento que cresci, com minha mãe e minha avó. Fiquei em um campo de concentração por mais de um ano — como prisioneira, não como "guarda-feminina--de-serviço Engel", mas como Prisioneira Número 32131. Fui acusada de agredir o meu chefe (nenhum que você tenha ouvido falar). Fomos todos libertados pelos russos em abril, e aqui estou, em casa, finalmente com água encanada depois de dois meses tendo que andar até uma bomba a meio quilometro de distância para coletar água toda manhã. Além disso, minha mãe começou a trabalhar, cuidando da contabilidade de uma pequena empresa de construção soviética, e eu tenho uma bicicleta. Com água e dinheiro suficiente para comprar farinha, e os longos dias en-

---

65. Em tradução livre: Devaneio. [N. E.]

solarados, estou começando a sentir que existe algo como voltar à vida comum que nos espera, apesar da ruína que nos envolve como Sodoma.

Não sei se você ouviu sobre a queda de Berlim. Bombas americanas transformaram a capital da Alemanha em destroços um pouco antes de eu voltar, e os soldados russos que invadiram avançaram em todas as mulheres que haviam sobrado na cidade. Agora, quando cumprimentamos nossas vizinhas, perguntamos com curiosidade: "Quantos foram para você?" (Não vou dizer quantos, mas não fui poupada.)

Não quero parecer amarga. Não estou tão brava quanto talvez deveria estar sobre o que foi feito comigo. Era a guerra e eu também fiz coisas terríveis. Talvez, só esteja entorpecida e a raiva surgirá depois.

Talvez, parte de mim realmente acredite que você nunca lerá esta carta. Como Verity, acho que estou lhe escrevendo para me manter sã. Mas talvez você esteja morta, e minhas palavras de luto e dor vão ficar esquecidas na prateleira de um correio da Escócia, não entregues, juntando poeira nos próximos quinze anos. Eu penso, repetidas vezes, o que aconteceu com aquelas palavras dela. O que aconteceu com as maravilhosas histórias depois de Ormaie — com a história da amizade de vocês? A história continua? Ela vive na sua memória como você vive na minha?

Isso não tem sentido, mas sempre que estou deitada à noite, acordada e assomada pelo futuro sombrio e completamente desconhecido da Alemanha e da minha própria vida, penso nas partituras para flauta de Debussy que foram dadas para que ela escrevesse — a esperança rebelde com que ela insistiu em usar o lápis para não arruinar as notas musicais, no caso improvável de, depois da guerra, alguém poder tocar aquela música. Não consigo nem escutá-la na minha mente; a música foi banida da Alemanha antes da guerra, e nunca ouvi alguém tocá-la.

Quando não consigo dormir, me deito no escuro imaginando um concerto, uma flauta e uma jovem pronta para tocar, segurando o fôlego com os seus dedos flutuando pelas teclas e seus lábios sobre o bocal do instrumento... Uma nova garota, alguém cheia de esperança que possa dar vida à essa música.

Mas não ouço nada, pois não sei como é o som da música. Não existe nada para tocar na minha mente. Talvez exista algo que eu possa descobrir neste momento, um pequeno projeto para me concentrar.

E, caso você esteja viva e ainda tenha a história que Verity escreveu (e se está viva, acho que provavelmente ainda a tenha, pois eu mesma lhe entreguei essas páginas), talvez você traga essa música à vida em memória dela — e minha — e para a pobre desaparecida Esther Lévi, cujo nome condenado foi escrito nas partituras e está gravado na minha memória como uma marca punitiva.

Craig Castle é o único endereço que conheço para lhe escrever. Não considero que os amigos e familiares de Verity irão perdoar a minha participação nos acontecimentos que envolvem a morte dela (na verdade, não tenho certeza se um dia perdoarei a mim mesma). Mas espero que eles sejam gentis o suficiente para garantirem que esta carta chegue a você — caso esteja viva. Talvez se lembrem da sua teoria do Princípio da Carona para Campos de Pouso.

Querida Maddie — Kittyhawk —, se isto chegar até você, imploro que me escreva neste endereço e me traga conforto ao saber que uma de nós, ao fim desta guerra, tem uma vida pela frente... Que existe alguma janela aberta em algum lugar com vista para o céu azul.

*"Pilote o avião."* Eu sei que é isso o que você diria.

Com meus sinceros cumprimentos,
Anna Engel

Filial de Transportes nº 15 do ATA Hamble

Hamble, Southampton

12 de julho de 1945

Querido Jamie,

Em que estranho limbo nós pilotos vivemos, largados em conjunto, pela guerra e pelo luto, e nos agarrando aos escombros que dividimos, como os destroços do Mar do Norte. Fico tentando contar quantos dias convivemos juntos desde aquele voo com o Lysander em dezembro de 1943, mas não tive clareza nem emoções o suficiente nos meus registros, ou não tive nem tempo para fazer anotações, então não tenho certeza. Mas sem dúvidas foi menos de um mês ao todo! No entanto, não há ninguém de quem me sinto mais próxima agora.

Quais são as chances de nós dois ainda estarmos em atividade depois de a guerra ter acabado na Europa, quando todo mundo — em particular se você for uma mulher — está sendo forçado a seguir em frente? Na maior parte do tempo, estou transportando aeronaves até Prestwick, na Escócia, para armazenamento. Tenho dois dias inteiros de folga toda semana, em vez de trabalhar treze dias sem parar, e temos permissão para tirar fotos nos campos de pouso agora! Tudo está mais calmo, mas o ritmo das coisas também está diminuindo. Sei que eles não vão precisar de nós por muito tempo. Continuo pensando que eu deveria apenas desistir e deixar o trabalho aéreo para outra garota merecedora (ou garoto) enquanto a vaga ainda está disponível. Mas o ATA ainda não foi dissolvido, a guerra ainda continua no Pacífico, ainda existe toda a reconstrução para ser feita, e desejo permanecer no céu com todas as minhas forças o máximo de tempo que conseguir.

Com certeza logo você terminará os voos na Europa agora que a Operação Exodus foi concluída e todos os prisioneiros de guerra já foram repatriados? Penso que esse deve ter sido o trabalho mais satisfatório que você teve durante a guerra — sem bombardear pessoas, sem entregar pessoas para missões mortais, *mas trazê-las vivas de volta para casa.*

Já é hora de você voltar para casa também. (Apesar de me preocupar que, caso se encontre sem nada para fazer além de pensar, você desmorone. Vi isso acontecer com outras pessoas com que me importo.)

Planejo passar o fim de semana do aniversário da Julie em Craig Castle, você estando lá ou não. O feriado Glorious Twelfth é domingo, e sempre tenho os domingos livres agora, sem mencionar que espero não estar trabalhando mês que vem (pedi um dia extra antes e depois do fim de semana para garantir). Se você tiver voltado para casa e estiver liberado para sair, sabe onde me encontrar.

"Sê a ti próprio fiel",
Maddie

P.S.: Anna Engel, de todas as pessoas inesperadas, voltou para Berlim e me enviou uma carta. Demorou apenas três semanas para chegar a mim; talvez ela tenha escondido na correspondência diplomática de algum oficial, o que é algo que não deixaria passar! Fiquei muito feliz de saber que ela está bem — ou o melhor que ela consegue estar (você sabe o que aconteceu em Berlim). Acho que ela não superou a Julie também. Ela estava sendo sentimental sobre aquela música para flauta e, desde então, não consigo parar de pensar nisso. Já sonhei *duas vezes* que estou em um concerto e a garota falecida que era dona daquela partitura está tocando em um vestido vermelho de festa. Anseio ouvir a peça sendo tocada por uma pessoa viva. Nós conhecemos algum flautista que está sob a Lei de Confidencialidade Oficial?

RAF Newmarket Heath
Exning, Suffolk

10 de agosto de 1945

Querida Louisa,

Está muito em cima da hora, e eu não tinha nenhum outro endereço além do da sua última carta, onde provavelmente você não está mais agora. Ouvi que os pilotos (e pilotas) do ATA foram dispensados. Talvez isso signifique que você esteja disponível pela primeira vez desde que começou a trabalhar naquele pub em Windyedge, em 1940. Se você *estiver* disponível, talvez *possa* largar tudo quando receber esta carta e vir a Craig Castle para o Glorious Twelfth. (Sempre esperançoso, *sempre*, estou postando duas cartas iguais e enviando uma delas para seu antigo alojamento e outra para a sua Filial de Transportes do ATA, já que Windyedge não é longe de Craig Castle! E anexei uma ordem postal para pagar as passagens de trem no caso de você não estar trabalhando no momento, apenas para garantir.)

Já rabisquei tantos falsos começos para o que quero pedir que estou começando tudo de novo em uma nova folha de papel de carta.

Minha pequena irmã falante de alemão, Julie, era um camaleão, você bem sabe. Ela estava em um dos seus bobos disfarces quando você a conheceu, e como desejo que você tivesse tido a chance de apenas aproveitar a companhia dela, o seu verdadeiro eu, nos próprios termos dela (e nos seus). Vocês duas, por exemplo, amavam os mesmos heróis e heroínas ficcionais (sim, lembro da sua prateleira de livros!), e vocês compartilham um desdém e aversão por autoridades arcaicas e regras injustas. Se ela tivesse nascido com uma pele marrom e você com uma branca, em vez do contrário, talvez você estivesse viajando pela França com o Serviço de Operações Especiais? Talvez a Julie tivesse sido barrada do trabalho que ama? Talvez ela ainda estivesse viva? Talvez você teria se saído melhor que ela... Talvez vocês *duas* estivessem vivas?

Louisa, você e eu compartilhamos desde o início certos serviços de guerra que nem Julie tinha conhecimento, e sei que você pode guardar um segredo.

A melhor amiga de Julie e eu gostaríamos de marcar o aniversário da minha irmã no dia doze de agosto com uma cerimônia informal na capela da casa dos meus pais em Craig Castle. É cerca de 32 quilômetros de distância de Windyedge, então você estará familiarizada com os trajetos do terreno. Se puder trazer a sua flauta, estarei eternamente em débito com você. O "segredo" está na música... Não posso compartilhar com qualquer flautista, e não posso dizer mais por carta porque "Conversas descuidadas custam vidas" etc., apesar de, francamente, as vidas que talvez tivessem um custo já foram gastas.

Bem, escrevi para que você soubesse e enviei o suficiente para passagens de trem partindo de dois lugares diferentes, e não acredito que tenha mais nada que possa fazer além de cruzar os dedos e me preparar para esperar por todos os trens que chegarem na sexta e no sábado.

Venha.

Espero vê-la em breve,
Tenente de voo J. G. Beaufort-Stuart (Jamie, claro)

The Limehouse
Windyedge, Escócia

13 de agosto de 1945

Minha querida Lady Craigie (espero que esteja certo),

Não consigo agradecer-lhe o suficiente — realmente não consigo! — por imensa recepção e hospitalidade, e por compartilhar os segredos escondidos da sua biblioteca comigo. Estou singelamente honrada por ter tido a oportunidade de tocar o amável arranjo de Debussy na sua pequena capela coberta de hera entre as urzes. Não tenho palavras para descrever a alegria, o pesar e a admiração que senti ao ouvir o som da *minha flauta* ecoando calorosamente contra a pedra fria, minhas mãos e respiração dando vida aos mortos. Com sinceridade, fiquei um pouco receosa. Foi a coisa mais maravilhosa que já fiz na vida.

Gostaria que tivéssemos tido um momento a sós. Talvez em outra hora! Sei que Jamie disse a você que nos conhecemos quando ele estava posicionado na RAF de Windyedge e eu trabalhando no pub do vilarejo de lá, mas não sei o quanto mais ele contou: por exemplo, que eu o deixei entrar na noite que ele retornou depois de abandonar o Mar do Norte; que vi o verdadeiro horror dos seus dedos congelados antes de ele ir ao hospital para amputá-los ou que, dez dias depois nesse inverno, vivi sob o mesmo teto e dividi refeições com a sua Julie, assim como segredos nossos.

Tudo que tenho a dizer é que sua bela, louca, exuberante única filha e seu semelhante, louco, generoso filho mais novo me tocaram com suas asas de beija-flor antes de ontem. *E* — isso me faz feliz, é maravilhoso em seu próprio mistério, mas absolutamente verdade — os dois já me ouviram tocando flauta antes. Sua Julie me ouviu tocando a peça que apresentei no fim, "Ave-Maria", de Gounod. (Só não consegui encontrar as palavras para dizer a você naquela hora, pois estava chorando.)

Obrigado por me deixar tocar para ela novamente — por trazer os falecidos de volta à vida —, para relembrar e para *amar* relembrar.

Sua mais sincera,
Louisa Adair

Craig Castle
Castle Craig
Aberdeenshire

10 de setembro de 1945

Querida srta. Engel,

"Kittyhawk" me deu o seu endereço no espírito do Princípio da Carona para Campos de Pouso, e queria especialmente lhe escrever *eu mesma*.

Eu sou a mãe de "Verity".

Entendo que você trabalhou para a Resistência na França ocupada em 1943. Não consigo imaginar o que deve ter acontecido entre vocês duas nesses dias sombrios e tenebrosos no meio da guerra, mas posso assegurar-lhe a minha gratidão por todos aqueles que dividiram cigarros com a minha filha.

Acredito que você gostaria de saber que um pequeno memorial foi feito em homenagem a Julie mês passado, sendo tocada a música que você sugeriu. A verdadeira partitura é mantida, em segurança, com os seus conteúdos na biblioteca local. Se um dia desejar utilizar tais recursos você mesma, saiba que é bem-vinda para examinar as páginas mantidas aqui.

O perdão não é uma coisa fácil de ser cultivada. Mas a habilidade de considerar o perdão, para si mesmo e para os outros, é um primeiro passo. As janelas da minha casa estarão sempre abertas para o vento e o céu.

Sua mais sincera,
Esmé Beaufort-Stuart

# O brilho verde:
## iluminando *Codinome Verity*, dez anos depois

De muitas maneiras, *Codinome Verity* é o livro de Maddie. A primeira metade conta a história do ponto de vista de Julie; na segunda, Maddie termina a própria história. Julia é uma personagem tão exibida que é fácil prender-se a ela como o foco da narrativa, mas, no próprio cerne, o livro se inicia e se finaliza com Maddie e as crônicas do seu amadurecimento.

Quando eu estava escrevendo *Codinome Verity*, a voz de Julie me veio naturalmente. Maddie foi mais difícil. Julie e eu dividimos uma bagagem literária e autoral; Maddie é mais mecânica do que literária, mais prática do que sonhadora. Então, tive de me controlar a todo momento quando estava viajando em grandiosas metáforas ou deixando a imaginação fluir conforme tentava escrever como Maddie.

Descobri que um jeito de me controlar e ainda permitir que a narrativa de Maddie tivesse um certo lirismo, um impulso imaginativo (só porque ela não é uma poeta natural, não significa que ela não é criativa), era relacionar todas as suas figuras de linguagem com o clima e a aviação, pois isso é o que Maddie sabe de melhor e para onde a sua mente vai quando tem dificuldade com comparações. Então, suas emoções são expressas através de tempestades, decolagens e motores com problemas. Na verdade, isso me deu bastante conteúdo para trabalhar e significa que qualquer voo que acontece de fato no livro tornou-se profundamente conectado com os seus temas emocionais.

Uma das minhas cenas favoritas é Maddie voando sobre o norte da Inglaterra em um avião emprestado um pouco antes de a guerra começar. Apesar do voo de Maddie ser narrado por Julie, é possível assumir que Julie ouviu essa história da amiga e que isso *ressoou* nela em sua imaginativa e desoladora ironia: a tranquilidade áurea de um lugar prestes a ser mergulhado em guerra.

Escrever essa cena foi pura indulgência da minha parte. (Está nas páginas 38-39.) Vivi no Reino Unido por mais de um quarto de século, e na Escócia nos últimos vinte anos, e agora sou uma cidadã britânica (porém, eu não era quando escrevi *Codinome Verity*); não estaria aqui se não tivesse uma corrente de amor profundo pela minha nação adotada nas veias. Despejei esse amor em tinta quando escrevi a passagem e assumi que meus editores me fariam removê-la por ser uma prosa prolixa e exagerada. Mas eles não quiseram tirá-la e, para o meu espanto, tornou-se um dos momentos mais celebrados e citados do livro. Nunca entendi muito bem o porquê; porém, claramente a minha paixão, sublimada como Maddie, ressoou com o leitor. Acredito que esse pequeno fragmento de patriotismo é necessário para o coração do livro, para tornar as motivações das personagens críveis.

Existe outra cena, esta do ponto de vista da Maddie, que é um dos momentos essenciais para mim. De fato, foi um momento central na escrita do livro, e talvez surpreenda com a sua ordinária simplicidade. É o sonho de Maddie (na página 273), a sua versão de um sonho similar que ela e Julie tiveram ao mesmo tempo, no qual Maddie voa com Julie de volta para casa, da França. Eu adiei a escrita desse sonho, pois sabia que me faria chorar com a sua beleza e improbabilidade. Quando enfim tive de colocá-lo no papel, *chorei* por intensos e profundos vinte minutos. Meu marido apareceu e pensou que alguma coisa terrível havia acontecido. "Não, não, estou apenas escrevendo meu livro", consegui soluçar.

Maddie e Julie, voando em um pôr do sol esverdeado, pilotando o avião juntas, toda a pressão desaparecendo.

O título deste posfácio remete ao brilho verde. É um tema que atravessa o livro e representa vida e amor, mas também a centelha mágica que atrai duas pessoas, sejam elas amantes ou amigas, guerreiras ou colegas trabalhando no mesmo projeto: *mágica*. Eu não sabia que iria construir essa metáfora no livro até o momento em que estava pronta para escrevê-lo. A princípio, surgiu porque queria que Maddie e Julie experenciassem algo bonito e espetacular no primeiro voo juntas — não sabia o quê, mas estava pensando em arco-íris e cometas. Dei uma pesquisada na internet, provavelmente procurando "fenômenos atmosféricos" como palavra-chave, e o brilho verde surgiu.

Um brilho verde é o momento em que o sol parece ter a cor verde por conta da refração da luz contra o horizonte, normalmente no nascer e pôr do sol. A primeira vez que é mencionado em *Codinome Verity* é quando Maddie, Julie e Dympna veem o que parecem ser matizes verdes junto ao sol quando voam em um dia nublado, e a miragem compartilhada consolida a amizade das duas. (Tecnicamente, o que elas veem é um "subproduto de brilho", que ocorre quando o observador está no exato ponto abaixo da inversão atmosférica.) O termo "brilho verde" surge novamente quando Julie descreve os primeiros radares: ela explica que as luzes na tela de um RDF representam vidas reais que estão voando ou que foram perdidas. Verde é a cor da vida; luz é a condição para os nossos dias de caminhada, de verão e esperança; luz e sol estão em contraste com os horrores da "noite e neblina" da polícia nazista; e repetidas vezes, por todo livro, o brilho da luz verde é usado para representar vida e, com frequência, especificamente, a vida de Julie.

Amo como tudo isso acontece. Na verdade, não coloquei nada disso de propósito, com uma exceção: mudei "luz verde" para "brilho verde" na seção sobre radares quando percebi o que estava fazendo e que maravilhosa metáfora era.

Refletindo sobre isso, acabo de perceber que o pub onde Maddie e Julie param durante seu passeio de bicicleta, o pub onde Julie é notada pelo maldito oficial maquiavélico da Inteligência Inglesa é chamado Green Man. O "Homem Verde", como alguns devem saber, é um símbolo antigo no folclore europeu, aparecendo por todo o Reino Unido como um tema entalhado em construções sagradas e seculares — normalmente como um rosto feito de folhas, às vezes com vinhas crescendo para fora da boca. Representa renascimento e renovação da vida, e não há mais nada a ser citado além disso. Uma das minhas esculturas favoritas do "homem verde" está no teto de um quarto no alto da torre do Castelo Campbell em Dollar, Escócia; o entalhe teria, orginalmente, uma lâmpada pendurada da sua boca. De fato, uma metáfora de *brilho verde*.

O detalhe que percebi escrevendo isso — o fantástico misterioso ocorrido que acabei de lembrar sobre o pub Green Man em *Codinome Verity* — é que *não inventei nada disso*. Eu estava sendo sagaz, colocando um pub ficcional em um lugar ficcional, mas usando um nome antigo e fora de uso para um *pub real em um lugar real*. Agora, ele é chamado de Coastguard e está na baía de St. Margaret, perto de Dover. A conexão com o brilho verde está lá, mas não a coloquei de propósito. E o que Maddie diz sobre Julie é a pura verdade: enquanto estou escrevendo, tudo é tudo tão real em minha cabeça quanto eu sou.

Em certo momento durante a escrita de *Codinome Verity*, ao usar variados nomes para lugares ficcionais, percebi que não sabia se era eu que os inventava como escritora ou se era *Julie* que os inventava como narradora. Tive de fazer escolhas conscientes para decidir quando era cada um dos casos. (Os dois são verdadeiros, no fim; alguns nomes foram criados por Julie e outros por mim.) Na verdade, houve vários momentos assim: momentos em que estava apenas escrevendo como eu mesma, um comentário vindo do meu coração no material que estava trabalhando e, quando olhava para a página, relia o que havia escrito e fazia sentido usá-lo como as palavras de Julie.

Foi o que aconteceu quando escrevi: "Descobrir sua melhor amiga é como se apaixonar".

Parei para construir a amizade de Maddie e Julie relembrando — e conscientemente celebrando — uma era da minha vida em que me tornei amiga da dra. Amanda Carson Banks, a mulher para quem *Codinome Verity* é dedicado. Nós duas estávamos com vinte e poucos anos na época, estudando para nossos exames de doutorado em História e Vida Folclórica na Universidade da Pensilvânia. Éramos adultas para o mundo, mas nenhuma de nós teve uma vida fora da universidade, ou viveu um relacionamento com alguém, ou ficou em um trabalho que durou mais de um ano. Não sabíamos onde iríamos passar a nossa vida ou o que faríamos quando estivéssemos formadas. Ainda pensávamos em "casa" como o lugar onde as mulheres que nos criaram viviam (a mãe dela e minha avó), e era para lá que voltávamos no recesso do nosso curso. Em resumo, erámos como Julie e Maddie, em um tipo de limbo entre a infância e a verdadeira vida adulta.

Não podíamos nos ver com frequência. Voltei a morar com a minha avó porque não tinha mais aulas e só precisava viajar para Filadélfia para ir à biblioteca uma vez por semana. Amanda estava trabalhando como pesquisadora-assistente e ficava nos dormitórios estudantis, e passávamos a noite juntas quando eu visitava o *campus*. Conversávamos e compartilhávamos nosso trabalho até estarmos exaustas, e nos abraçávamos com desespero quando eu tinha de voltar para casa, e começávamos a contar as horas até a próxima semana, quando eu teria de voltar ao *campus*.

Quando estava escrevendo *Codinome Verity*, recorri a diversos outros amigos próximos para preencher o enredo emocional, os celebrando e preservando em âmbar literário. (A aventura de bicicleta, por exemplo, foi inspirada em uma experiência da vida real que aconteceu com um outro amigo.) Ao chegar à cena em que Julie relembra o início da sua amizade com Maddie, recorri às emoções do início da minha amizade com Amanda. Pensando no que escrever em seguida, relembrando essas emoções, pensando na *minha* amiga da vida real, escrevi no meio da página: *Descobrir sua melhor amiga é como se apaixonar.*

*Escrevi isso como eu mesma*. Não era Julie escrevendo, não era ficcional. Era eu, tentando relembrar, pensando na minha melhor amiga e na minha própria amizade, tentando capturar esse sentimento para que Julie pudesse se expressar com precisão.

Depois que escrevi, olhei para essas palavras, as reli diversas vezes e pensei: *Mas isso é exatamente o que ela precisa dizer!*

Então, fiz com que a frase fosse parte do livro.

Como Maddie coloca (e de verdade, ela estava falando como eu quando "ela" escreveu):

"O mais estranho de tudo é que, embora esteja cheio de bobagens, o relato é *verdadeiro* — Julie contou a nossa história, a minha e a dela, da nossa amizade, de forma tão sincera. É exatamente como *somos*. Até tivemos o mesmo sonho ao mesmo tempo. Como poderíamos ter tido o mesmo sonho ao mesmo tempo? Como algo tão maravilhoso e misterioso é possível? Mas é.

E isto, ainda mais maravilhoso e misterioso, também é verdade: quando leio, quando leio o que Julie escreveu, é como se ela voltasse a viver, estivesse inteira e sem ferimentos. Com suas palavras na minha mente enquanto leio, ela é tão real quanto eu. Gloriosamente louca, charmosa ao extremo, cheia de bobagens literárias e boca suja, corajosa e generosa. Ela está *bem aqui*. Com medo e exausta, sozinha, mas *lutando*. Voando sob o luar prateado em um avião impossível de pousar, emperrado na subida — viva, viva, VIVA".

E isso, ó meu amado, é a coisa maravilhosa da *leitura*. Enquanto você lê, está imerso nisso, a história, seja ficção ou não ficção, parece *real*. Está acontecendo na sua cabeça em tempo real.

Acredito que o que nos torna humanos é nossa capacidade avançada de empatia. Não sentimos apenas pena ou felicidade pelos outros seres humanos; conseguimos sentir pena e felicidade por qualquer um que já existiu. Milhares de anos de história, bilhões de outras vidas humanas podem habitar um pequeno espaço na cabeça de cada um enquanto temos consciência o suficiente de reconhecer isso. É uma qualidade de deuses, se você parar para pensar nisso. Aí está: uma tela de RDF cheia de brilhos verdes, cada um deles uma pessoa viva, respirando, igual a você. É o nosso superpoder, e nossa tragédia, ser capaz de ver esse pequeno brilho verde e visualizar no nosso coração e mente como uma vida — e acreditar nisso —, permitindo não só viver em nossa memória individual continuamente depois que a luz se apagar, mas também, ao transmitir nossa consciência sobre isso, para sempre.

As vidas em *Codinome Verity* são ficcionais, mas sei que muitas vezes elas ressoam com os leitores tão profundamente, e com tanta verdade, como fazem comigo. O livro é um tributo às muitas vidas, existências reais, e as emoções despertadas nos leitores são emoções reais. A mais espetacular e mágica conquista da minha vida foi ser capaz de transmitir tais emoções por meio desta história. Se você compartilhar este livro com sua melhor amiga, sua filha, seu companheiro, sua companheira, sua irmã, seu irmão, você revive tudo isso; e ajuda a passar adiante a memória das pessoas reais que lutaram, falharam e triunfaram na guerra que nunca devemos repetir.

*Pilote o avião!*

# Uma conversa com
# Elizabeth Wein

**O que mais surpreendeu você na resposta dos leitores a *Codinome Verity*?**

Sem dúvida, a partilha. Eu soube de leitores que sempre mantêm uma cópia extra para dar de presente. Mesmo no primeiro ano de publicação, chegaram até mim histórias sobre mães e filhas lendo o livro juntas, adolescentes presenteando seus avós, estudantes presenteando professores e — repetidas vezes — leitores empurrando o livro para seus melhores amigos. Conheço pessoalmente duas duplas de melhores amigos que leram *Codinome Verity* em voz alta um para o outro; duvido que sejam os únicos. Alguns dos meus primeiros leitores *se tornaram* melhores amigos por conta deste livro. Com frequência, recebo pedidos de exemplares autografados como presente de aniversário para o melhor amigo de alguém, cujo livro favorito é *Codinome*; algumas vezes, como presente de noivado.

É claro, eu tinha esperanças de que os leitores gostassem do livro, mas nunca pensei no quão profundamente os tocaria e me encanta saber que eles estão *compartilhando* tudo isso.

**Se tivesse chance, você mudaria algo em *Codinome Verity* ou em algum dos romances nos quais as personagens aparecem?**

Me desculpe, o quê? *Codinome Verity* não é um livro perfeito?!

Acredito que se os autores ainda pudessem fazer alterações depois da publicação, alguns de nós estariam constantemente modificando as obras. Na verdade, ajustei uma ou duas palavras para esta nova edição, mas nada substancial.

Talvez, a *única* mudança substancial que faria seria no tom um pouco "trivial demais", que pode ser anacrônico; mas, neste momento, está tão bem intrincado no texto que provavelmente é melhor deixar como está.

Admito sentir uma certa frustração existencial surgindo da minha visão do manuscrito como um objeto literário que não pode ser replicado no livro impresso. Eu meio que desejei que tudo aparecesse em cartões de receitas, partituras, e em réplicas do Manual de Pilotagem do serviço Auxiliar de Transporte Aéreo, com as anotações de Anna Engel em tinta vermelha por cima.

Quanto aos outros romances com as personagens de *Codinome Verity*, com certeza não; os escrevi porque amo revisitá-las. Se eu tivesse um pouco mais de plenitude autoral, teria deixado as personagens sozinhas, suspensas sob o luar prateado da França em um voo que nunca pousaria. Mas minha mente *vai* trabalhar e imaginar o que elas fizeram antes e depois de ficarem presas na subida.

**Codinome Verity é uma extraordinária obra de ficção, ainda assim, é muito inspirada em histórias reais sobre a contribuição de jovens mulheres durante a guerra. Tais histórias e personalidades da sua pesquisa original continuam a acompanhando mesmo com o passar dos anos?**

Elas nunca irão embora.

Talvez, a mais marcante das mulheres reais que encontrei enquanto escrevia *Codinome Verity* seja Noor Inayat Khan. Sua mãe era americana e seu pai musicista era da realeza indiana, vindo de uma família de muçulmanos devotos. Noor nasceu em Moscou e foi criada em Londres e Paris, estudou música no Conservatório de Paris, psicologia infantil na Sorbonne e escreveu livros infantis antes de se tornar operadora de rádio para o Serviço de Operações Especiais. Quando o seu circuito da Resistência foi traído, ela continuou a operar sozinha até que também foi capturada, aprisionada, interrogada e, por fim, enviada ao campo de concentração de Dachau. Um dia depois de chegar lá, ela foi brutalmente espancada e levou um tiro. Outro prisioneiro contou que sua última palavra foi um desafiador *"Liberté"* — liberdade.

Noor foi assassinada em 1944. Ela era contemporânea da minha querida avó, que morreu em 2015. Esse fato nunca deixa de colocar a vida curta de Noor em uma perspectiva chocante para mim.

Mas nunca saberíamos o que aconteceu com Noor se não fossem pelos esforços obstinados pós-guerra de Vera Atkins, que estava no comando das mulheres do Serviço de Operações Especiais. Ela tomou para si a cruzada pessoal de rastrear as agentes que treinou e que simplesmente desapareceram depois de terem sido enviadas para o território ocupado pelos nazistas durante a guerra. No fim da década de 1940, ela viajou pela Europa entrevistando sobreviventes, refugiados, ex-prisioneiros, antigos guardas de prisão e antigos interrogadores, até juntar as peças do destino de suas agentes perdidas. Quando Vera Atkins contou ao interrogador nazista de Noor sobre sua execução desumana, ele desabou em lágrimas.

Dei a Noor e a Vera pequenas aparições em *Codinome Verity*: Noor é a operadora de rádio com a voz suave que Paul chama de "princesa"; Vera é a agente e diretora de Operações Especiais sobre quem Maddie comenta quando começa a escrever seu relato.

Alix d'Unienville, outra agente do Serviço de Operações Especiais, também me marcou, principalmente porque ela publicou um livro de memórias pós-guerra sobre suas aventuras como comissária de bordo no fim da década de 1940 — e é claro que adoro. Está disponível apenas em francês, e o título, traduzido livremente, é *Diário de uma comissária de bordo*. Essa mulher memorável conseguiu *escapar* de uma prisão nazista ao ser transferida para um hospital prisional. Recorri às histórias de Alix sobre o treinamento para pouso de paraquedas do soe em *Codinome Verity*.

Betty Lussier era uma garota de fazenda com dupla cidadania canadense e americana que aprendeu a voar pelo Civilian Pilot Training Program[66] enquanto estudava na Faculdade de

---

66. Em tradução livre: Programa de Treinamento de Piloto Civil. [n. e.]

Maryland. Ela tinha apenas vinte anos quando foi à Inglaterra como pilota do serviço Auxiliar de Transporte Aéreo. Betty ficou de saco cheio do ATA quando não permitiram mulheres voarem até a França logo depois da invasão da Normandia, em junho de 1944, então ela saiu para trabalhar no Office of Strategic Services — a versão americana do Serviço de Operações Especiais — e basicamente se tornou uma espiã! Adoro que ela é Julie e Maddie misturadas em *uma* pessoa real.

Nenhuma delas *jamais desaparecerá*.

**Algumas das pessoas lendo esta entrevista podem ser escritores que anseiam serem publicados. Qual conselho você lhes daria?**
Meu conselho para escritores aspirantes sempre é: escreva sobre algo pelo que é apaixonado.

Adiciono a isso: encontre um parceiro de escrita. Se você está feliz, compartilhe o seu trabalho em andamento, entre para um grupo de escrita, virtual ou presencial; se não gosta de compartilhar seus escritos ainda inacabados, procure alguém para escrever junto a você pela companhia. Um amigo e eu compartilhamos o nosso tempo de escrita, e não o que escrevemos em si, por 25 anos — todo ano viajamos por alguns dias, às vezes por uma semana, e nos sentamos para escrever de frente um para o outro na mesa. Entre esses retiros, nos encontramos em um café para algumas horas de escrita quase toda semana. Ter um parceiro de escrita, esteja você compartilhando sua obra ou não, é a melhor maneira que conheço de se manter motivado e engajado em seus projetos.

Entrando em uma organização, como a Science Fiction and Fantasy Writers of America, a Society of Children's Book Writers and Illustrators, Mystery Writers of America, ou qualquer uma que seja relevante para o seu tipo de gênero, também é uma excelente forma de se manter informado sobre o desenvolvimento da indústria e conhecer outros escritores e profissionais do mercado editorial.

**Você escreveu muitos livros aclamados na sua carreira. O que tem em *Codinome Verity* que o levou a receber mais críticas positivas e se tornar um sucesso comercial entre todos eles? Por que você acha que ele continua a ressoar?**
Acredito que a verdade brutal seja que ele simplesmente é um livro melhor que todos os outros.

*Codinome Verity* é a fonte de uma eterna alegria, em contrapartida, de eterna frustração para mim. Eu não precisava escrevê-lo com pressa ou seguir uma fórmula; escrevi o que queria em um ímpeto de inspiração e paixão de comprometimento e amor. O manuscrito estava praticamente pronto para ler quando eu o vendi.

Meus livros subsequentes foram contratados antes de eu escrevê-los. A pressão de um prazo final, a demanda do mercado, de não saber com muita antecedência como o enredo iria funcionar e tendo que reescrever cada manuscrito feito às pressas três vezes, essa não é uma fórmula natural para criar um livro melhor. Porém, se eu esperasse a inspiração cair do céu em um brilho de luz verde vindo do sol como da outra vez, talvez eu nunca mais produzisse algo. Preciso continuar escrevendo!

Em defesa dos meus outros livros, *Rose Under Fire*, apesar de não estar no mesmo patamar de "sucesso" de *Codinome Verity*, também foi aclamado pela crítica e continua a encontrar novos leitores todos os anos. Ele foi escolhido para uma leitura comunitária em um programa que abrangia noventa livrarias em seis municípios por todo o meu estado natal da Pensilvânia, gerando, talvez, o que tenha sido o engajamento de leitura mais prazeroso da minha carreira. A "Rose" do título é do centro da Pensilvânia, e os eventos que ocorrem na "terra natal" de Rose me fizeram sentir que existia uma nebulosa conexão entre o local real e o imaginário — alguém até me perguntou se eu havia aprendido a voar no aeroporto do pai de Rose!

*Codinome Verity* e *Rose Under Fire* certamente atraem os leitores porque muitos deles têm uma duradoura fascinação pela Segunda Guerra Mundial. O ambiente de *Black Dove, White*

*Rose* e *The Pearl Thief*, a Etiópia e Escócia em 1930, são, sem sombra de dúvidas, menos históricos e culturalmente familiares para muitos leitores. Talvez isso faça com que esses livros se tornem mais difíceis de se envolver.

**Você escreveu quatro livros que se passam nesse mundo, cada um deles é independente do outro, então podem ser lidos em qualquer ordem. Para os leitores que querem mergulhar em tal universo, você recomenda lê-los em ordem cronológica (*The Pearl Thief*, *The Enigma Game*, *Codinome Verity*, *Rose Under Fire*) ou de outra maneira?**
Para leitores que são novos nesse universo, penso que uma boa maneira de os organizar é: *The Enigma Game*, *Codinome Verity*, *Rose Under Fire* e, então, *The Pearl Thief* (como sobremesa, por assim dizer). *The Pearl Thief* é o único desses livros que não se passa na Segunda Guerra Mundial; é um verdadeiro *prequel* que existe separadamente dos outros livros e isso não muda em nada a sua apreciação. Além disso, para quem precisa de algo mais leve depois de ler três livros envolvendo os sofrimentos do período de guerra, é um pequeno alívio acompanhar uma Julie de quinze anos em suas escapadas da juventude no verão antes da guerra.

**Quais livros você recomenda aos leitores que acabaram de ler seus romances e que agora estão sedentos por grandes ficções históricas ou suspense?**
Uma busca na internet por "livros similares a *Codinome Verity*" trará resultados razoáveis, então, vou citar a velha guarda aqui e recomendar alguns clássicos porque acredito que eles não ganham amor o suficiente! Aqui estão alguns que reli recentemente e me fizeram ficar de boca aberta tal como na época do ensino médio. O primeiro é *Um conto de duas cidades*, e a visão engenhosa de Charles Dickens sobre a Revolução Francesa. Aparentemente, ele escreveu esse livro no êxtase de inspiração com que escrevi *Codinome Verity* e, no momento das nossas respectivas escritas, a Revolução Francesa estava tão distante (ou tão perto) para ele no

tempo como a Segunda Guerra Mundial estava para mim. Então, há o *Para quem os sinos dobram,* de Ernest Hemingway. Você não vai poder levar tão ao pé da letra a sua visão de homem americano privilegiado, mas meu deus, é um livro tão lindamente escrito, e evoca mesmo o espírito da Guerra Civil Espanhola. Por fim, o livro de memórias da Vera Brittain, *Testament of Youth,* mostra uma comovente e trágica descrição da Primeira Guerra Mundial do ponto de vista da autora como uma jovem enfermeira.

Além disso, se você também perdeu esses livros recentes, dê uma olhada em *Mare's War,* de Tanita S. Davis, sobre o 6888º Batalhão Postal, o único regimento de mulheres negras enviado para a Europa na Segunda Guerra Mundial; *Open Fire,* de Amber Lough, sobre um batalhão de combate de mulheres russas durante a Primeira Guerra Mundial; e *Flying,* de Sherri L. Smith, sobre uma garota negra que se passa como branca e entra para o Women's Airforce Service Pilots[67] durante a Segunda Guerra Mundial.

**Maddie e Julie parecem tão reais que muitos leitores imaginaram um fim mais feliz para as duas. O que você acha que cada uma delas teria feito se não fosse a guerra? Você já pensou como o futuro das duas teria sido se Julie não tivesse olhado para o lado errado ao cruzar a rua?**
Sabe, não acredito que em algum momento considerei um universo onde Julie não tenha olhado para o lado errado.

Eu *me perguntei* sobre um universo onde houve um resgate bem-sucedido no fim do livro (honestamente, juro que derramei muitas lágrimas por essas duas tanto quanto meus leitores). Tenho quase certeza de que Julie teria seguido uma carreira política. Apesar dos seus protestos por ser chamada de "inglesa", sinto que ela seria uma unionista,[68] uma Escocesa Conservadora com algumas inclinações socialistas, provavelmente a primeira

---

67. Em tradução livre: Pilotas de Serviço da Força Aérea Feminina. [N. E.]

68. O Unionismo é uma ideologia política que defende a união da Escócia com o Reino Unido. [N. E.]

mulher a ser eleita entre o seu eleitorado. Consigo imaginar isso tão claramente que a vejo em *seus* cinquenta, elegante, brilhante e inteligente, com um surpreendente senso de humor e antigas cicatrizes nos pulsos que ela não explicaria.

Na minha cabeça, como Julie não conseguiu concretizar isso, é Maddie que se torna uma política: uma representante do partido Trabalhista terrivelmente séria em algum lugar do norte da Inglaterra. Gostaria que ela conseguisse continuar voando, mas você sabe, era praticamente impossível para mulheres trabalharem com aviação depois da guerra. Havia muitos antigos pilotos procurando por trabalho, e todos os trabalhos de aviação foram para os homens. Talvez Maddie voltasse a ser uma controladora de tráfego aéreo e continuasse voando como uma pilota recreativa.

Talvez ela tenha feito todas essas coisas. Talvez Maddie, nos seus quarenta, fosse a representante Trabalhista de Stockport, trabalhando no Aeroporto de Manchester em 1963.

Talvez ela tenha dado a liberação de pouso para o avião transatlântico que me trouxe pela primeira vez à Inglaterra aos três anos de idade.

Amo essa ideia. Não é impossível.

# Questões para discussão

1. Durante a Segunda Guerra Mundial e outros conflitos bélicos, mulheres assumiram postos antes ocupados por homens, tais quais em produções fabris e agrícolas. Elas também ingressaram nas forças armadas e participaram de esforços de guerra, assim como as personalidades que inspiraram as protagonistas de *Codinome Verity*. Ainda assim, as mulheres enfrentaram sexismo e discriminação. Analise como as personagens femininas do romance se encaixam nesse contexto e quais impasses e obstáculos elas têm de enfrentar.

2. São comuns as cenas em que Maddie e Julie recebem tratamento misógino em *Codinome Verity*. Elas só têm lugar como operadoras de rádio no início da guerra (p. 40); homens não precisam esperar para serem aceitos no ATA, como Maddie (p. 108); Maddie deve se esquivar das "mãos bolinadoras" de Paul (p. 227). Como esses e outros acontecimentos do romance se relacionam ao papel das mulheres hoje, considerando a presença feminina no mercado de trabalho, na educação e na política?

3. Julie faz diversas alusões a obras ficcionais e eventos históricos durante sua confissão. Para você, qual delas é a mais significativa? Como essas referências se contrapõem às comparações e metáforas ligadas à aviação, usadas por Maddie na segunda parte do livro?

4. Por que Von Linden adia a morte de Julie até o momento inevitável, quando por fim é obrigado a seguir as ordens do chefe da Gestapo? Por quais mudanças passam suas impressões acerca da personagem de Anna Engel ao longo do livro? Como a presença de alguém como Etienne Thibaut pode se aproximar da ideia de banalidade do mal, da filósofa alemã Hannah Arendt?

5. Von Linden chama Julie de "pequena Sherazade" (p. 206), referindo-se à personagem da obra *As mil e uma noites*. De que modo o comportamento dessas duas protagonistas se aproxima?

6. Em dezembro de 1948, três anos após o encerramento dos conflitos da Segunda Guerra, foi proclamada a Declaração Universal dos Direitos Humanos. O documento discorre que "ninguém será submetido à tortura, nem a tratamento ou castigo cruel, desumano ou degradante". O que são direitos humanos e como eles são garantidos? Qual é a sua importância, de acordo com o contexto em que foram criados e os eventos reais semelhantes às torturas aplicadas em Julie?

7. O filósofo espanhol George Santayana é o nome por trás do célebre aforismo "Aqueles que não conseguem lembrar o passado estão condenados a repeti-lo". Qual é a importância do resgate de eventos históricos para os dias contemporâneos e como ele pode ser feito? Como os impactos da guerra ressoam em quem os sofreu mesmo após o fim dos conflitos?

ESTA OBRA FOI COMPOSTA EM CASLON PRO E IMPRESSA
EM PÓLEN NATURAL 70G COM CAPA EM CARTÃO TRIPLEX
SUPREMO ALTA ALVURA 250G PELA GRÁFICA CORPRINT PARA A
EDITORA MORRO BRANCO EM FEVEREIRO DE 2023.